王安润　作品

碧水之上
浪一般涌动的吊桥
连接山与山之间的牵挂
这样的美景里
我无法从山野的寂静里抽身而去

摄　影 / 张军戈

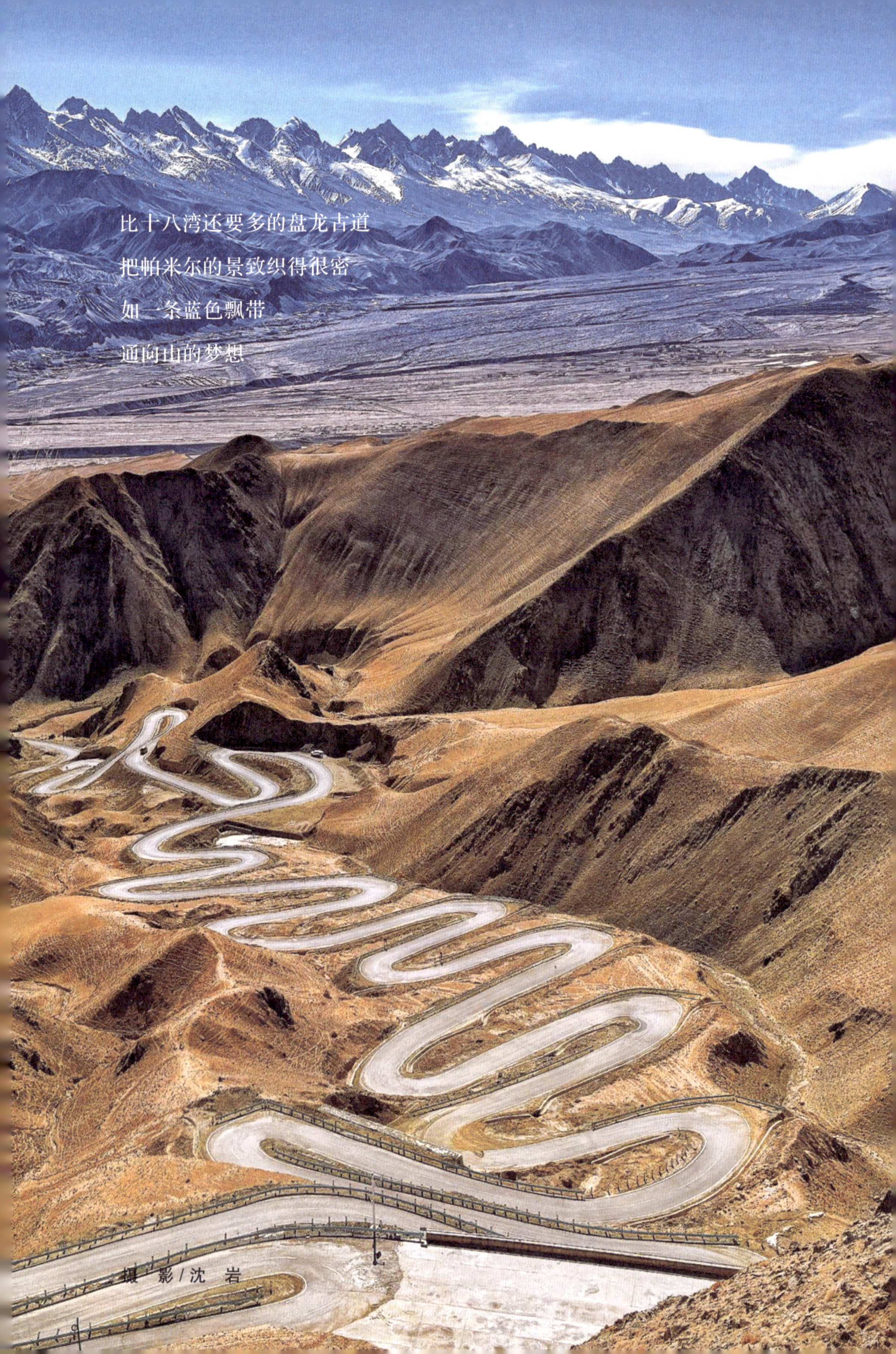

比十八湾还要多的盘龙古道
把帕米尔的景致织得很密
如一条蓝色飘带
通向山的梦想

摄 影/沈 岩

巍峨的公格尔九别峰
屹立在帕米尔之巅
用坚韧的臂膀
守护着边陲大地
让这里的天更蓝水更清
摄 影/沈 岩

塔什库尔干石头城的清晨

总能让天空绽放绚丽的色系

远山上的雪

依旧保持雪花的静默

一幅墨迹未干的山水

等待落款

摄　影 / 张军戈

当新时代的东风浩荡，路和电的翅膀
托起帕米尔高原孩子们的梦想
当春的讯息以野杏花的形式绽放
教育的星火将帕米尔高原照亮

摄　影 / 张军戈

当新时代的大潮汹涌澎湃

时代的故事如雨后春笋

在日新月异的帕米尔高原[illegible]节歌唱

摄　影/沈　岩

太阳迟落的高原

王安润 著

新疆文化出版社

图书在版编目(CIP)数据

太阳迟落的高原 / 王安润著 . — 乌鲁木齐：新疆文化出版社，2025.6. — ISBN 978-7-5694-4761-3

Ⅰ. I247.5

中国国家版本馆 CIP 数据核字第 2025TX9280 号

太阳迟落的高原

TAIYANG CHILUO DE GAOYUAN

作　者　王安润

出 品 人　沈　岩　　责任印制　铁　宇
责任编辑　邵　楠　　装帧设计　郝　强　赵亚俊

出版发行　新疆文化出版社有限责任公司
地　　址　乌鲁木齐市沙依巴克区克拉玛依西街 1100 号(邮编：830091)
印　　刷　北京汇瑞嘉合文化发展有限公司
开　　本　787 mm × 1 092 mm　1/16
印　　张　22.5
插　　页　12
字　　数　330 千字
版　　次　2025 年 6 月第 1 版
印　　次　2025 年 6 月第 1 次印刷
书　　号　ISBN 978-7-5694-4761-3
定　　价　78.00 元

序

惊开一片新世界

横空出世，莽昆仑，阅尽人间春色。

在亚洲中心地带,有一个巨大的山汇。它集喜马拉雅山脉、喀喇昆仑山脉、昆仑山脉、天山山脉、兴都库什山脉为一结，构成了举世瞩目的帕米尔高原。

2.8亿年前，这里曾是波涛汹涌的大海——古地中海。2.4亿年前的板块运动，使古地中海升起形成了帕米尔高原。雪山、河流、湿草地、石头城，是帕米尔高原柔美而粗犷的线条。中国古代，帕米尔高原被称为不周山和葱岭，古丝绸之路在此经过。更为传奇并让世人叹为观止的是，当灿烂的太阳跳出东海的碧波，帕米尔高原依然是群星闪烁。当北国还是银装素裹的世界，南疆早已洋溢着盎然的春色。

帕米尔，塔吉克语意为“世界屋脊”。千百年来，一代代塔吉克族、柯尔克孜族以及其他各族人民在这里繁衍生息，义无反顾地守卫着祖国的边防，守护着自己的家园。“一座毡房一个哨所，一个牧民一个哨兵。”他们演绎了精彩的民族雄风，筑起了坚不可摧的铜墙铁壁。电影《冰山上的来客》讲述的就是解放初期，我军某边防哨所杨排长与塔吉克族人民群众一道与特务斗智斗勇，最终军民同心消灭来犯之敌的故事。一曲《花儿为什么这样红》动人心魄、传唱不衰。

二十世纪六十年代，笛子独奏曲《帕米尔的春天》红遍大江南北，成为脍炙人口的乐曲。乐曲描绘了帕米尔高原壮丽的风光，表达了塔吉克族人民淳朴豪放的性格和热爱祖国、热爱生活和热爱劳动的情怀，生动形象地展现了塔吉克族人民载歌载舞的欢乐情绪和生活在社会主义祖国怀抱中无比幸福喜悦的心情。著名笛子演奏家、新疆军区歌舞团副团长李大同深情地说，是帕米尔高原和淳朴豪放的塔吉克族人民给了他创作灵感。

当新时期的大潮汹涌澎湃，时代的故事如雨后春笋，在日新月异的帕米尔高原上拔节歌唱。

为了一个不足6500人的边境行政乡，国家四年间拿出18个亿，一举改变了这里的生活生存条件。为了海拔2500多米的四个乡不再受泥石流等自然灾害的袭击，国家拨出85个亿建起阿克塔什镇，让3万维吾尔族群众告别贫困。先期搬迁的1.4万维吾尔族群众在新居里沐浴着党的阳光雨露，家家有房住、户户有就业、月月有收入，向世界奉献了脱贫攻坚最鲜活的中国智慧和中国力量。

在北纬39℃的麦盖提县，当年瑞典探险家斯文·赫定曾从这里启程，完成了“死亡之海”的穿越。中华人民共和国成立后，麦盖提县人民谱写出一曲又一曲人定胜天的壮歌。2012年，一个战略决策诞生，全县人民十年奋战，在北纬39℃创造了生态文明奇迹，这个刀郎故乡因舞蹈《阳光下的麦盖提》而家喻户晓。而被誉为“中国西极村”的乌恰县吉根乡斯姆哈纳村，走出了以“人民楷模”布茹玛汗·毛勒朵为代表的柯尔克孜族护边员群体，她们与边防官兵一道，筑起了祖国西部“钢铁长城”。

不仅如此，稻花飘香帕米尔，“新疆三峡”阿尔塔什水利枢纽工程横空出世，教育阵地寸土未丢，援疆干部谱写生命奏鸣曲……和谐共生的柔美画卷，栉风沐雨的奋斗足迹，世界屋脊的灿烂星火无不在书中呈现。

帕米尔高原历史悠久、内涵丰富、源远流长，但最美的还是勤劳、睿智、勇敢、顽强的高原人民。因为对中国共产党人而言，江山就是人民，人民就是江山。

这就是帕米尔高原想告诉世界、要告诉世界、必须告诉世界的，也是长篇报告文学《太阳迟落的高原》所要呈现的主题。

目 录

01

第一章

一步千年

无数次风尘沙暴
无数个花开花落
达里雅布依村被牢牢锁在历史的烟雨之中
一道精准扶贫的阳光雨露洒下
新时代的“凤凰涅槃”诞生了

黄沙漫漫，碱水涟涟，飞尘蔽日，枯树连天。

无数次风尘沙暴、无数个花开花落，达里雅布依村被牢牢锁在风沙之中。达里雅布依村距于田县城240公里，至新居民点达里雅布依小镇150公里。从达里雅布依小镇到县城仅仅需要一个小时的车程。路程虽短，到县城却是几代达里雅布依村民的梦。

依旧是那个世界第二大沙漠，依旧是那片三千年不朽的胡杨，依旧是那些锈迹斑斑的古老村落，一道精准扶贫的阳光雨露洒下，达里雅布依村彻底挣脱“死亡之海”的枷锁，整体搬迁，创造了新时代的“凤凰涅槃”。

这一天是2019年9月27日，达里雅布依村一步跨越了千年。

库尔班尼莎·买提肉孜是达里雅布依乡的第一位大学生。

她在县城读高三的时候，她请了十五天假，搭乘一辆大货车回家。仅仅上了一年高三，达里雅布依村在她的心里已有些缺憾。当然还有一些感觉，这感觉是什么她暂时还说不清楚，外面的世界太精彩了，精彩到让她涌起一些其他的想法。快要见到爸爸妈妈了，好想那黄灿灿、香喷喷的抓饭，尽管这是一个非常奢侈的想法，但她坚信妈妈一定会想方设法满足女儿的。抓饭入口的时候，她要将高中最后一年的设想一字不落地倒给全家人。大货车是行驶在塔克拉玛干大沙漠中间时“趴窝”的。更要命的是，一冬天都没下过的雪这会儿却潇潇洒洒飘了起来。夜幕降临得很快，寒气袭来也毫不留情。库尔班尼莎好悲伤，还有一些恐怖。荒无人烟的夜晚特别冷，库尔班尼莎·买提肉孜裹紧外套蜷缩在货车驾驶室里。

浑浑噩噩过去了三天，在绝望之时，“沙漠王”热杰甫·吐迪开车路过这里，库尔班尼莎·买提肉孜一下子看到了希望。热杰甫·吐迪取出工具帮助货车司机修车，库尔班尼莎·买提肉孜点燃了一堆火。透过噼噼啪啪跳动的火苗，库尔班尼莎·买提肉孜看清了热杰甫·吐迪宽阔的脸膛。热杰甫·吐迪是从于田县城到达里雅布依乡跑得最勤的人。这段路一般人不敢轻易挑战，路况崎岖险峻不说，还时不时有风沙阻路的危险，可热杰甫·吐迪驾驶技术精湛，一点儿不怕。从赶毛驴车、开拖拉机送货，到用吉普和越野车接送进出的人，热杰甫·吐迪几乎都经历过。在方圆几百公里，热杰甫·吐迪几乎就是勇敢的代名词，“沙漠王”的称谓由此而来。热杰甫·吐迪一边修车，一边轻描淡写地与库尔班尼莎·买提肉孜聊天。“车开得再好、钱赚得再多，也不抵老婆孩子热炕头，家永远是一个让你感到温暖的词儿。只有把家乡建设好了，家才有保证。”啃着苞谷馕，库尔班尼莎·买提肉孜细细咀嚼着“沙漠王”的话，对家乡和家的关系有了些粗浅的想法。

于田县小学一间宿舍的窗口还亮着灯，每当周末，这扇窗口的灯都会亮到很晚。

一对维吾尔族姐妹紧紧依偎在一起，泪水打湿了妹妹的衣襟。10岁的姐姐在轻轻安慰5岁的妹妹。想家的思绪如同一只山雀，老来撩拨姐妹俩脆弱的心。好不容易将它轰走，转眼间又翩然落下。雅布依村小学搬走后，姐妹俩最早走了出来。透过夜幕远眺240公里外的家已是两人的一种精神寄托。爸爸依明江·阿布力孜会说简单的普通话，是村里有名的能工巧匠，无师自通干起摩托车修理后，家里的日子好过了一些。各种型号的摩托车只要开进他的修理铺子，大大小小的毛病那都不是个事儿。一个阳光灿烂的日子，依明江·阿布力孜擦净手上的油污，毫不犹豫地将姐妹俩送进县城。他希望自己的女儿从此告别贫穷和落后，但告别贫穷和落后还需要一些人生的历练。当破旧的屋子里涨满寂寞时，依明江·阿布力孜会在老婆的催促下，跑到有信号的地方拨通女儿的手机，哪怕是听听女儿断断续续的哭泣也是一种满足。接下来的日子一定会越来越好。

几十年、几百年，甚至千年，达里雅布依村的日子就是这样过的。

纵然“沙漠王”飞跃沙漠纵横驰骋，库尔班尼莎·买提肉孜悬梁刺股勤学苦练，姐妹俩擦干泪水挺起胸膛发愤读书，塔克拉玛干大沙漠依然如大山般横亘在这里，阻挡着达里雅布依村，使其寸步难行。

年复一年，日复一日，残酷的现实谁也无法改变，谁也不可能改变。

达里雅布依地处塔克拉玛干这“死亡之海”的腹地，20世纪50年代以前，世人对它竟然还一无所知。这里的房子是用胡杨、红柳和掺入芦苇的克里雅河淤泥建成，当地人称它为芭子房。饮食也极其单调，胡杨木燃成的炭火将黄沙烧得滚烫，把和好的面团放置其中，再用沙子掩埋烤制，就是达里雅布依人最常吃的食物“库麦其”。村民们世世代代靠放牧为生，住的是笆子房，喝的是苦咸水，点的是煤油灯。日子几乎没有什么改变。

中华人民共和国成立后，村民们的生活发生了翻天覆地的变化。2002年，一缕阳光照进沙漠，国家光伏发电项目使达里雅布依乡摘掉了新疆最后一个无电乡的“帽子”，点灯熬油的日子一去不复返。但是这里的根本问题依然没有改变，贫困像大山般压在达里雅布依乡头上。作为中国占地面积最大的自然村，极其恶劣的自然条件使这里的贫困发生率高达73.5%。这个概率全国罕见。

怎么办？时光的脚步匆匆走进2016年的春天。

于田县委常委会议开得异常热烈。一个前所未有的思路逐步清晰起来，借助国家脱贫攻坚项目的强劲东风，彻底解决达里雅布依乡生态恶化顽症。这次会议形成了一个具有划时代意义的决议：易地搬迁，寻找更美好的生活家园。

两年后的2018年10月，金秋送爽，瓜果飘香。新落成的居民点达里雅布依小镇张灯结彩，等待着大漠深处的第一批主人。那一天，第一批村民热热闹闹地搬迁入住。

其实，达里雅布依乡仅有达里雅布依村一个村。当乡政府和学校、卫生院全部迁到达里雅布依小镇后，牵挂无时无刻不飞向150公里外的达里雅布依村，那里还有一部分村民未搬迁。

2019年春天，在通往达里雅布依村的沙尘路上，一辆摩托车在飞驰。驾车的汉子脸色黝黑，他叫贾存鹏，“80后”的达里雅布依乡党委书记。当新的使命发出召唤，他背包一打就来到了大漠深处，一待就是整整15年。

依稀记得，达里雅布依乡给他的两个下马威。

硕大的水坑，舀上来的水一片绿色。喝进嘴里又苦又咸又涩，这一瓢水下肚，贾存鹏拉了三天肚子。作为一个大男人他不能说苦，也没那么娇气。但作为乡党委书记，他要为达里雅布依乡几千父老乡亲负责。果然，水的化验结果出来令人心惊肉跳，含氟量惊人、矿物质太多，这水压根不能喝。打井队开进乡里打出来的水一个样。贾存鹏仰天长叹，饮用水如此，何谈脱贫？

一个孕妇突然要生产，这样的事情如果是在城里是件简单的事，可在大漠深处，就是一件不得了的大事儿了。人命关天，贾存鹏立即派人将孕妇送往于田县，去县城路途遥远，沙尘暴随时会降临。贾存鹏守在电话机旁，直到母子平安的喜讯传来，他心里悬着的石头才算落了下来。

正是这两件命悬一线的事儿，让很多村民最终下定了搬迁的决心。可搬迁太难了，别的乡布置任务一个大喇叭就可以解决了，达里雅布依的村民分散在无边的沙漠里，贾存鹏要和乡干部骑上摩托车跑上几天才能通知到位。办公就更别提了，除了乡政府周围有点手机信号，勉强能接打电话，其他地方都是信号盲区。一次次苦口婆心地登门劝说，一户一策、精准发力、重点突破，在乡干部们耐心细致的讲解下，达里雅布依乡2018年的首次搬迁工作才得以稳步推进，新家园全新的生活打消了村民们的顾虑，这才形成了示范效应。但是，将达里雅布依村彻底迁出大漠依然任重道远。

冬去春来，贾存鹏的身影频频跃动在尘土飞扬的路途上。原本粗糙的脸变得黑里透红，魁梧的身板变得更加瓷实，虽然沧桑的印记爬上了他年轻的额头，可举手投足间平添了稳健和成熟。

又起沙尘了，护目镜上转眼间落满沙粒。呛人的沙尘扑面而来，在狭小的头盔里弥漫开来。贾存鹏吐掉嘴里的沙子，更加坚定了精准扶贫的决心。

俗话说，故土难离。

村民艾孜罕·阿吾拉站在自己的屋子前泪水盈眶，不仅是艾孜罕·阿吾拉，对达里雅布依的村民们来说，外面的世界固然好，但一下子搬离祖祖辈辈生活的地方，并不是一件容易的事。他们有着各自的想法：年轻人心潮澎湃，渴望出去；老人们故土难离，有诸多顾虑。

是啊，达里雅布依村世世代代靠放牧为生，住的是红柳和泥巴搭起的“笆子房”，喝的是苦咸水，点的是煤油灯。直到2002年，乡里有了光伏电站才通了电。尽管如此，艾孜罕·阿吾拉和乡亲们分散在无边的沙漠里，两户之间动辄相隔几十公里甚至上百公里。恶劣的环境和闭塞的交通，让这里长期处于半封闭状态。没有网络、没有电视，乡政府距离县城249公里，远的村到乡政府甚至要走两天。这种“一方水土养不活一方人”的情况，最好的解决途径就是易地搬迁。

贾存鹏告诉乡亲们，这是习近平总书记讲的，易地搬迁是实现贫困群众跨越式发展的根本途径，也是打赢脱贫攻坚战的重要途径。说这番话时，贾存鹏的语气中透着坚定和自信。他的眼前浮现出2017年3月的情景，当时习近平总书记在参加十二届全国人大五次会议新疆代表团审议时指出，要全面落实精准扶贫、精准脱贫方略，把南疆贫困地区作为脱贫攻坚主战场。

不搬离沙漠腹地，达里雅布依乡的脱贫攻坚就无法突破瓶颈，村民们就难以改变与沙尘相伴、喝苦咸水的境况。即便吃穿不愁，教育、住房、饮水、基本医疗也难以从根本上解决……贾存鹏和乡干部们晓之以理、动之以情的话，在老老少少心里掀起波澜，有了结果。尽管这个结果还需要进一步充实、完善和扩大，但毕竟是结果。

傍晚，达里雅布依村家家户户都在为次日的搬迁忙碌着。收拾筷子、勺子、烧水壶，打包被子、褥子、毯子……

依明江·阿布力孜的摩托车修理铺里，一盏防爆灯散射出刺眼的光。来拾掇摩托车的村民很多，一时间依明江·阿布力孜忙得不亦乐乎。夜深了，扳手、螺丝放进了油腻腻的工具箱，店里静了下来。明天，一个崭新的修理铺正在达里雅布依小镇等着他。可对一个父亲来说，这些似乎还不是最重要的，最重要的莫过于一家人围在桌边热热乎乎吃顿饭，裹着被子热热闹闹聊会儿天。刚刚，他又给女儿打了电话，信号不好，声音断断续续。女儿在手机那头惊喜万分，一家人就要团聚在次日的夜晚，这怎么能让人不激动呢？

漫天繁星眨着眼睛，库尔班尼莎·买提肉孜在帮助家里收拾东西。家里的东西都被打了包，天一亮，这个简陋的家将奔向新的生活。墙上的各种奖状都被妈妈小心翼翼收了起来。走出大漠，生活掀开的不仅仅是改变环境这一个页码。睿智在女大学生的眸子里闪耀的时候，一篇深思熟虑的大文章正在破题。

月光下，膘肥体壮的牛和绒毛柔顺的羊格外有魅力。村民买提夏·吾斯曼大叔抚摸着牛，牛是那样攒劲；抚摸着羊，羊也是那样攒劲。吃了达里雅布依的草，喝了达里雅布依的水，到了城里人餐桌上才肉鲜味美。可这里是荒地，扔下它们可能就会死掉。就在这个时候，羊恰到好处地望着主人咩了几声，这几乎要了买提夏·吾斯曼大叔的命。吃了大半辈子沙土，幸福从天而降来得有点快、有点猛，买提夏·吾斯曼大叔一下子难以接住。贾存鹏告诉他："您就放心吧，我们有小伙子专门看你的羊，你有时间不是还可以回来嘛。"

蹲在苁蓉地头的村民托乎提汗·阿吾拉大妈心潮难平，她怎么也舍不得站起来。这些年，她成功种植了叶茎黄褐色、花淡紫色的草苁蓉。紧接着，花紫褐色、茎可入药入食的肉苁蓉也被她搞定了。真要感谢达里雅布依得天独厚的土质，没有这土质，纵然有三头六臂也是搞不定的。这个叫苁蓉或者大芸的“沙漠人参”，给托乎提汗·阿吾拉大妈带来多少快乐和美的享受，如今要跟这些心肝宝贝说再见了，托乎提汗·阿吾拉大妈难舍难分。她对贾存鹏书记说：“大芸还是需要我自己看着，如果交代别人可能找不到。”贾存鹏笑了笑，没有直接回答。

这个夜晚，“沙漠王”热杰普·吐迪夜不能寐。达里雅布依村搬出了沙漠，他的“四个轮子”永远不会离开这片土地。很小很小的时候，大漠和胡杨林就是他叱咤风云的热土。无拘无束奔跑在沙丘上，想歌就歌想唱就唱，天地之间唯我快哉。胡杨林里，一些稚嫩的愿望极尽想象，被理想化到最大程度。大漠和胡杨林，开阔了他男子汉的胸怀，更练就了他坚韧不拔的性格。达里雅布依，早已成为他心目中的“大漠胡杨”。

夜色下的贾存鹏想，达里雅布依村的最后一个夜晚，没有理由不思绪纷呈、情意绵绵。300多年前，当达里雅布依的先辈们不堪生活的折磨，沿克里雅河深入沙漠腹地200多公里，过起几乎与世隔绝的生活时，他们或许不会想到，若干年后他们的后人会沿着当年的来路，搬出大漠深处。

2019年9月27日，一个普普通通的日子。

魂牵梦萦的搬迁仪式即将开始，这可能是塔克拉玛干大沙漠深处最壮观的一幕。

几十辆红旗招展的摩托车集结待命，顶戴头盔的车手神情肃穆，个个目视前方、手握车把，好不威风。紧随其后的是各种各样的车辆，满实满载地地驮着一个个“家”。巨大的轰鸣声响起，浓烟从排气管中喷出，大地颤动起来，达里雅布依村仿佛披上了出征的战袍。

与其说这是一次壮丽的搬迁，毋宁说是一次伟大的远行。达里雅布依，这个中国占地面积最大的自然村，将在这一天把贫困彻底甩进塔克拉玛干，由此踏上富民兴疆的康庄大道。

贾存鹏发出了“出发”号令，憋足劲的摩托车像脱缰的马、离弦的箭奔驰起来。前方有蔚蓝色的天，有鹅黄色的地，有水声潺潺的渠，有硕果累累的林。更重要的是入住更美好的生活家园，再没了任何后顾之忧。

贾存鹏驾驶一辆摩托车冲在最前面。红旗猎猎，他的耳旁响起这样一段歌词：老百姓是山/老百姓是海/老百姓是共产党生命的源泉……贾存鹏热泪盈眶，只有不忘初心，永远挂念老百姓，我们的江山才能代代相传啊。这一点，他从群情激奋的村民脸上已经读懂。

依明江·阿布力孜的摩托车正风驰电掣，一路赶超着其他村民。迁出大漠，对依明江·阿布力孜来说是人生的一次新的挑战。明天，迎接他的除了新技术挑战，还有市场的公平竞争。依明江·阿布力孜暗暗道，没嘛达（方言：没问题）!

坐在车里的库尔班尼莎·买提肉孜浮想联翩。乘着歌声的翅膀她成为一名时代骄子，当达里雅布依村从偏僻和封闭中走出，还有什么理由不把自己的学识化作造福乡亲的良策。想到这里，她的脸上露出自信。

买提夏·吾斯曼大叔兴致勃勃望着车窗外，他感到，技术是个好东西，掌握好了终身受益。整体搬迁、住进楼房，他的牲畜养殖技术不会就此“马放南山”。长庄稼的土地上，从来都少不了牛羊的活蹦乱跳，如果是那样，就不叫和谐，就不是社会主义的新农村了。这点他是从贾存鹏书记的几次讲话里悟出来的，他对此深信不疑。

从不适宜人类居住的沙漠里搬出来了，但托乎提汗·阿吾拉大妈的苁蓉永久性地留在了达里雅布依村。闺女曾给她讲过一个“凤凰涅槃”的故事，说的是凤凰在火中重生并得到永生。说实话，告别凝结着多年心血、汗水和智慧的苁蓉地，她哭得像个泪人。贾存鹏书记说，并没有谁放弃达里雅布村，达里雅布村将“凤凰涅槃”，焕发出新的生机。凤凰会老的，老的羽毛不掉就无法自由飞翔，而每次换羽毛都要将全身羽毛拔光，再等新的羽毛长出来，非常非常痛苦。是啊，美好的未来不丢弃一些东西怎么会到来?

“沙漠王”热杰普·吐迪没有想到，彻底搬迁来得这么神速。好像就在昨天，噼噼啪啪的篝火前，他还在与村里的第一位大学生啃着苞谷馕，共同思考着达里雅布依村的未来。现在，达里雅布依村的未来已经看得见摸得着。新时代，最不缺的就是速度、激情和想象力。高速公路即将修建，他想好了，开一个运输公司，把达里雅布依村推向全疆、全国和全世界。

经过七个多小时的艰难跋涉，贾存鹏率领的车队浩浩荡荡开进达里雅布依小镇。

一排排青灰色的二层小楼非常漂亮。干净的水、稳定的电、平整的道路，达里雅布依小镇张开热情的双臂拥抱着贾存鹏率领的车队。

路灯下的民居错落有致，每个小院里住四户人家，每户不仅有80平方米的住宅，还增加了20平方米的旅游接待标准间。沙发、电视柜、茶几、标配床，几乎都是这样。从大漠深处走出来的牧民们过上了现代生活。

一双女儿回家了，不是大漠深处那个家，而是这个温馨四溢的新家。一大锅香喷喷的羊肉揪片子出锅了，一家人又围坐在饭桌边吃饭了。一双女儿吃得满头大汗，依明江·阿布力孜的心里便浮出一些滋味。这个时代真好，想什么就能来什么。做什么梦，就能梦想成真。再不需要跑到有信号的地方打电话，一双女儿也不必再眺望远方的家抚慰心灵。客运站每天三班车辆开往于田县城。坐上车，回家的路就不再遥不可及。饮水思源，这一切都离不开党的好政策啊。这会儿，那个达里雅布依乡最忙的人在干啥，要不要给他送上一口热汤饭？

贾存鹏还真顾不上吃口热汤饭。他和几个乡领导挨家挨户查看着，他们的心里有一种感觉，搬迁成功只是万里长征第一步，率领达里雅布依乡走上广阔的勤劳致富舞台才是重中之重。达里雅布依乡的整体搬迁具有标志性意义，2019年9月27日——新疆“十三五”易地扶贫搬迁任务全部完成，全疆15.91万人搬入新居。

这条新闻不仅上了中央电视台《新闻联播》，牵动了全国人民的心，还被评为新疆新闻奖一等奖，推荐到北京参选中国新闻奖。新疆脱贫攻坚的史册上应该有它浓浓的一笔。夜幕下，贾存鹏和几个乡领导还在逐门逐户地查看着，看着看着，他情不自禁地哼起了那首歌：老百姓是天，老百姓是地，老百姓是共产党生命的源泉……

整体搬迁夜，万家灯火时。

秋阳下，绽蕾吐絮的棉田里，一朵朵白绒绒的棉花开得正旺。

闺女告诉托乎提汗·阿吾拉大妈，棉花在乍暖还寒的春天破土发芽，在烈日炎炎的夏天现蕾开花，在凉风瑟瑟的秋天结桃。这让托乎提汗·阿吾拉大妈很好奇，来拾棉花不全是为了增加收入，她是想看一看棉花和苁蓉哪一个更好。拾棉花是女人的强项，手脚利索的托乎提汗·阿吾拉大妈稍一用力就把别人远远甩在了后面。

达里雅布依村的男人们也不甘示弱，拾棉花是乡里为他们开启的致富门路，不好好干对得起谁？在广阔的棉田里，达里雅布依村人弯下腰你追我赶，谁都不甘落后，一幅壮丽图景自然而然地凸现在灿灿的阳光下。

阿克苏地区的棉花地里，在乡党委的组织下，达里雅布依小镇第一批富余劳动力跨地区首战棉田。贾存鹏粗略算了一笔账，仅拾棉花这一项，每家每户就可以有5000～6000元的增收。

贾存鹏摘了一朵棉花细细打量，就有了许多新发现。这可是个关系国计民生的产业，古往今来，只要将它纺成线，就能变成“咱们的鞋和袜，还有衣和衫”，鞋袜衣衫谁能离得了？更重要的是，棉花纤维虽然细小，可它们总是手拉手肩并肩，紧密相连抱成一团。特别是做成棉制品后，棉花就再不是一根简单的线，而是一个经得起拉、磨、折的团结整体。贾存鹏笑了，眼下的达里雅布依乡不就是一个团结整体？脱贫致富奔小康，物质是一个层面，精神层面的引领才是最终目的。棉花总是冰清玉洁，容不得一点一滴的污垢。这时，一位村民直起腰，把粘在棉花上的碎叶子一点一点摘净。棉花正改变着村民的生活，也影响着村民的价值观。贾存鹏掏出随身携带的笔记本，飞快地记了起来。

一个月后，在150公里外的沙漠腹地——达里雅布依村民曾经的家园里，助推脱贫的“三驾马车”也已启动。

库尔班尼莎·买提肉孜脸上泛起一片霞光。贾存鹏代表乡党委郑重其事地找她谈话，内容与她造福乡亲的想法不谋而合。只是她有些信心不足，毕竟刚刚走出新疆财经大学的大门，没有一点经验。贾存鹏告诉她，经验是在实践的基础上形成的，没有谁一生下来就有经验。库尔班尼莎·买提肉孜的旅游合作社成立了，她对自己有信心，更对达里雅布依的未来充满憧憬。

库尔班尼莎·买提肉孜的旅游合作社起步了，尽管旅游观光路线还在不断充实和完善，但头一单生意非常出彩。

在库尔班尼莎·买提肉孜的带领下，八台勘路车出城沿克里雅河的沙漠公路一路向北。中间的沙漠路有整整100公里，这段路把大家折腾坏了。沙山不高但连绵起伏，细细的沙与粉尘没啥区别。车轮轧过遮天蔽日。一辆车陷进去了，所有的人都手忙脚乱……夜幕降临的时候，达里雅布依村的篝火点燃了。热气腾腾的馕饼、烤肉冲去了一路风尘和疲惫。主食上来了，自然是库麦其，之后就是达里雅布依独特的滚烫药茶。库尔班尼莎·买提肉孜笑盈盈地告诉大家："药茶什么时候都可以喝上，这是达里雅布依的规矩。"

"沙漠王"热杰普·吐迪的旅游车队组建不久就名声大噪，全国来的游客都知道他，现在车队的主要工作是拉来达里雅布依旅游的中外游客。

四十户居民在天津援疆资金的帮助下改造了民宿，安装了净水设备，不到一个月的时间就迎来了500多位来自全国各地的游客，收益达到了10多万元。

胡杨黄了，丰收季到了，一步千年的"最后的沙漠部落"续写着新的传奇。

摆放在乡党委书记贾存鹏、副书记王芳、村干部面前的，是一组沉甸甸的数字。

新成立的养羊合作社为143户易地搬迁安置点贫困户发放扶贫羊，村民以羊入股，合作社每年分红。新成立的大芸合作社为易地搬迁户每户发放大芸种子，按照目前市场价，持续收益5年，每年可增收400~5000元。

托乎提汗·阿吾拉大妈和买提夏·吾斯曼大叔大显身手，成为致富路上的领头羊。不仅仅是他们，从养殖业解脱出来的村民库瓦汗·买吐逊在小镇开了个餐厅，旺季的时候每天能接待100多名游客，每个月能收入2000多元，再加上养羊和种植大芸的收入，年收入可达到9万多元。

此时，90公里外的于田县城里，三位村民感慨万千。

一位是99岁的买提夏·吾斯曼，他是村里最年长的老人。在他的记忆里，以前几十峰骆驼去于田运回全村需要的物资，单趟就要12天。后来中国共产党的干部来了，只吃过苞谷面和沙枣的他才见到了白面，村里的商店有了布、火柴等生活用品。今天，他的生活发生了巨大改变。

另一位是88岁的买提夏·吾斯曼老人，他在小镇做了深度体检后参加了县里的家乡游。参观完库尔班·吐鲁木博物馆，买提夏·吾斯曼有这样一个感受：如果没有共产党和政府的关怀和帮助，我们肯定还住在破烂不堪、漏雨的旧房子里。

还有一位是56岁的买色地克·阿不都力木。以前他骑毛驴到县城要8天，一年只买一次衣服。如今他第一次买了手机，第一次用视频通话，第一次用上了电饭煲、洗衣机，第一次用上了抽水马桶。以前年收入不到2万元的他，因为两个儿子和妻子就业了，再加上200多只羊，一家年收入跨过了9万元大关。

窗明几净的学校和卫生室，使417名在校学生无一人辍学，贫困人口基本医疗保险实现了全覆盖。这时，朗朗的读书声透过玻璃窗传了进来，王芳告诉贾存鹏和赵刚，又有8个孩子考上大学。去疆内外上大学的孩子将分别获得每年3000元和6000元补助。这样一来，达里雅布依乡的大学生总数已达到32人。

当决战决胜的2020年最后一页刚刚翻过，达里雅布依村人均收入已从2014年的3200元攀升至9136元，全乡贫困户全部脱贫。达里雅布依实现历史性跨越的背后，是中国共产党向全国人民作出的庄严承诺，也是新疆落实“坚决打赢脱贫攻坚战”决心的最好体现。

曾经，达里雅布依这个原始村落，吸引了黄文弼、斯文·赫定等中外考古学家和探险家。今天，这里的神奇与传说也将继续吸引全球目光和有志青年施展才华。塔克拉玛干沙漠是世界上离海洋最远的沙漠，当达里雅布依的贫困发生率降为零时，世界第二大沙漠正飞快地与时代接轨。

达里雅布依村一步跨越的岂止千年。

02

第二章

地震带上那碗甜水

自古以来
地震带上的伽师就动荡不宁
一位身高一米八的汉子
眼前一黑
夸父逐日般缓缓倒下
倒在了水声潺潺的那个夜晚

伽师，坐落于乌恰—喀什地区地震断裂带上的小县。

自古以来，这里就动荡不宁。大大小小的地震不计其数，17年间经历过两次6级以上地震。而赖以生存的水源，无论是曾经的露天涝坝水，还是机井打出的地下水，都抵不住氟化物、硫酸盐、砷含量超标这个残酷现实。拉肚子、大脖子、不孕症等病症，折腾得人苦不堪言。地震和水源犹如两柄虎视眈眈的达摩克利斯利剑，随时在向人类挑战。

中华人民共和国成立后，党的阳光雨露洒进各族人民的心中。各级政府倾注了大量的心血，饮水的问题一直被列为重要事项，但都无法从根本上彻底解决这一棘手事情。

2020年5月20日，一项牵动伽师人民的改水工程，画上了圆满的句号。采自慕士塔格峰、流经3个县、跨越数千公里管网的冰川雪水，汩汩地流入这片土地。47万伽师人民和兵团伽师总场职工终于喝上了渴盼已久的甜水。

一位身高1.8米的汉子，眼前一黑，缓缓倒下，倒在了水声潺潺、万家团圆的那个夜晚。

汉子叫刘虎，伽师县水利局党组副书记、局长，改水工程主要负责人。

2016年，42岁的他从农业局调任水利局，从此，开始了一次非同寻常的人生搏击。

伽师长期干旱少雨，年降水量只有几十毫米，当地人畜饮水全靠涝坝水。土生土长的刘虎，深爱家乡这片土地，他太清楚水对伽师县百姓来说意味着什么了。浑浊的雨水、来自河流和沟渠的水流，汇聚到特意挖的大坑内蓄积，人畜共用，这就是涝坝水。即使是这又苦又咸又涩的水，也得看老天爷的脸色。若是遇上干旱年份，那就更惨了。水面上时常漂着枯枝败叶和其他腐败物，前来打水的人或毛驴车驮或人工挑，或用葫芦背。荡开水面上的东西，将葫芦或桶之类的盛水工具扎下去，再舀满倒进毛驴车上的水箱拉回村里，和面打馕、烧开泡茶、牛羊饮用。稍微讲究一些的村民，撒些漂白粉再过滤一下饮用此水。除此之外，他们别无他路。水，一直死死地扼着伽师的咽喉。千百年来，祖祖辈辈没有退却半步，他们不放弃自己的家园，尽管是地处地震带上，可那也是家园。用血汗书写的严酷自然环境中求生存的悲怆历史一直在延续着，直到五星红旗插上帕米尔高原。

从20世纪60年代起到20世纪80年代，围绕水，伽师县做了许多文章。可水的问题依旧困扰着伽师人，阻碍着伽师前进的步伐。1995年，几台钻机开始在村头轰鸣，伽师人第一回不再看老天爷的脸色吃饭。机井打出的地下水清澈透明，比涝坝水安全、卫生了许多，更重要的是用水方便，管道接入农民家里，拧开水龙头就有水淌出来。62眼机井，源源不断地喷吐浪花，滋润着这片土地上的人们。

可这样的日子好景不长。一天夜里，风雨交加，大地微微颤抖了几下。地震带上的人们见怪不怪，在这里地震时常发生。震后的62眼机井，井水浑浊，水的成分全给震乱了，氟化物、硫酸盐和砷含量大幅增加。恶劣的生存环境，严重地影响着伽师人民的生活质量和生命健康，更谈不上加快发展经济了。

刘虎一拳擂在水系图上，暗暗道：引不来甜水，我这个水利局局长就引咎辞职！

看准的事就要坚持，这是刘虎的一贯作风。

找水方案确定后，一辆辆越野车在崎岖的山道和戈壁滩上颠簸。方圆几十公里转遍了，没戏！司机吾斯曼·热合曼将水壶递给脸色铁青的局长，欲言又止。

晚上的碰头会上，伽师县水利局副局长阿巴斯·斯地克无可奈何地汇报了自己这个组的情况，也是两个字：没戏！刘虎“嚯”地一下站立起来，1.8米的个头，宛若一堵墙。两道浓眉一跳一跳的，怒火瞬间火山般爆发，将该遭天谴的地震、氟、砷、病魔通通骂了一遍。骂完了，他舒服了许多。全局人都在等他的决策，迎着大家期待的目光。他斩钉截铁地说：“进一步扩大找水范围，找不到合格的水源，要我们这些共产党员干什么？”

其实，水源多年前就找好了，但伽师县和水源地之间相隔不是几十公里，而是上百公里，要穿越3个县。巨额耗资像锋利的刀，割断了伽师县的引水路，也打破了伽师人喝上冰川雪水的梦。

阿巴斯·斯地克“嚯”地一下站起，对刘虎说：“局长，甜水源有，就看您的决心有多大。”

刘虎眼睛一亮，对阿巴斯说：“快讲讲看！”

慕士塔格峰峰顶终年积雪，雪峰顶上融化的雪水，甘甜凛冽，有益矿物质含量丰富。要从这里把慕士塔格峰冰川雪水引进伽师，是几代水利人的梦想。因为工程太大，所以没人敢想。以伽师县目前的实力，几乎是白日做梦。

刘虎浓眉一挑，右手狠狠向下一劈，一字一句地说：“干！再难也得干！天一亮，我就去县委汇报。”

几天后，刘虎率队直奔慕士塔格峰。酷爱运动的刘虎，是知道慕士塔格峰的，那是一座不亚于珠穆朗玛峰的山峰。但凡欲攀登珠峰的人，必先过慕士塔格峰这一关。20世纪60年代，中国登山队也是先在这里集训试手后，才勇攀珠峰为国争光的。想不到，为国争光的“马前卒”慕士塔格峰，在红旗插上珠穆朗玛峰半个世纪后，又要造福一方百姓了。

那段日子，伽师县水利局的办公室灯火通明，刘虎、阿巴斯率领大家挑灯夜战，一项功在当代、利在千秋，凝结着方方面面心血、智慧和汗水的可行性调研报告终于形成。

2017年初，刘虎将报告呈送到伽师县委、县人民政府后，就带着水利局工作队进驻古勒鲁克乡欧吐拉古勒鲁克村。

在田间地头，他皱起眉头。伽师本来就缺水，可村里农田灌溉用的还是毛渠，这怎么能行，那要渗漏多少水？欧吐拉古勒鲁克村目前很贫困，贫困的根源还是水的问题。即便是那个“天方夜谭”变成现实，也不能糟蹋水。刘虎掏出手机拨通了主管领导的电话，将修防渗渠的设想做了汇报。很快，水利技术人员被他请来，村民们拿起工具上了防渗渠工地。在刘虎的帮助下，村里的水、电、路等基础设施逐步完善。

当水利局办公室的电话打到欧吐拉古勒鲁克村时，刘虎正与村妇联主席阿米妮古丽商量办超市的事。刘虎接完电话一愣，沉思了20秒钟，仅仅20秒过后，他便镇定自如了。电话那边传来了噩耗，肺癌！稍微脆弱一点的人，是会精神崩溃并轰然倒下的。可刘虎没有，是因为心中那个宏伟目标处在要命的冲刺阶段，不能有半点懈怠，否则将前功尽弃。只要这个不可思议的改水方案能成功，地震带上的饮水安全隐患，才能被彻底消除。伽师人民告别苦咸水喝上甘甜水的那一天指日可待，悬在伽师人头顶数千年的利剑，也将被折断。这是一个怎样的方案，竟然能折断那根达摩克利斯利剑！引慕士塔格峰雪水入伽师彻底改变水源现状，要流经3个县、铺设干支管和配套管网数千公里，最关键的是耗资巨大，前所未有，自治区、中央能批准吗？

刘虎的家里天已经塌了下来。儿子刘虎的病情已将白发苍苍的父母击倒。刘虎是这个家的顶梁柱，刚刚43岁的他，人生的路还很长啊！最悲伤莫过于刘虎的妻子宋桂蓉，这位年轻漂亮的伽师县广电局干部，为了方便孩子的学业和照顾老人，她从伽师县调入七十公里外的喀什市，一肩扛起了整个家。尚在读书的儿子，对父母的这些举措，并不是很理解。但他从爸爸早出晚归、有时候甚至几天见不到人影的情况判断：爸爸一定在干大事。打记事起，这个家就是妈妈和爷爷、奶奶帮助撑起来的。爸爸的早出晚归，他早已习以为常。宋桂蓉清楚，丈夫押上身家性命，要去实现的那个宏大目标非常得人心，这是从人们的脸上读到的。为这个，她骄傲自豪。当丈夫患肺癌如晴天霹雳炸响在这个家庭时，她和公公婆婆一样，被炸懵了。这究竟是怎么回事啊，身强体壮的刘虎，偏得了这种病，这可能吗？现代医学技术是不容置疑的，化验结果就摆在那里。全家上下十几口人，不知该如何面对这冷酷的现实。但这个充满亲情和凝聚力的家庭，很快就形成了统一意见，配合医生，全力以赴治疗。当刘虎推开父母家门，他的脸上没有沮丧抱怨，更没有一丝丝绝望，只有一脸阳光，好像患病的是别人。他向全家述说了改水方案，这是他这个水利局局长该做的事。说得很细致，他不知父母心里已经暗暗流泪，为他捏着一把汗。他讲得头头是道、滔滔不绝，直到热气腾腾的饭菜上了桌。他也是个大孝子啊，说什么也不能再给年迈的父母雪上加霜了，刘虎将一切苦水咽回肚子里，淡然面对，此时能做的就是这些。这个晚上，刘虎家的灯熄得很晚。

与引水方案比，接受肺癌现实和陪儿子考高中都显得微不足道。在刘虎眼里，唯有将慕士塔格峰的雪水引来，才是最大的事，这关乎几十万人的生存环境和幸福指数。县里主管领导和家人那里，他作了保证，一定积极治疗。但他都是晚上去喀什市打针，打完针后，第二天早上又赶回县里。

儿子积极备考高中时，刘虎正穿梭于喀什和乌鲁木齐之间，为改水工程四处奔波着。

伽师县委及时向上级汇报，经过多方努力和无数次论证，总投资17.49亿元的伽师县城乡饮水安全工程改水方案，层层报批，终于通过了。

在中共中央、自治区党委、喀什地区行政公署的大力支持下，改水项目很快得以实施，牵动3县的伽师县城乡饮水安全工程2019年5月3日正式动工。

这是一个浩大的改水工程，由取水、输水、供配水三部分组成，在喀什地区亘古未见。

65个标段，跨越3个县，输水干管长112公里，支管长167公里，改扩建配水管网1548公里。尽管，工程以分段承包的方式，与施工单位签订了合同，可是刘虎认为，高度负责、相互监督、工程优质才是最终目的。作为改水工程负责人、一线指挥，刘虎日夜操劳着。

盖孜河位于喀什地区中部，发源于萨雷阔勒斯山北麓，流经疏附县、疏勒县、岳普湖县等地。这条河是输水管线必经之地，河面宽几十米，两岸异常荒凉，瑟瑟秋风吹过，枯草败叶扬起一片。

这段工程是刘虎最放心不下的，这段日子也是病魔折腾最厉害的时候。按照工程设计，干管从盖孜河底穿过，这是一场硬仗。一旦有什么闪失将管毁人亡，还会造成不可挽回的恶劣影响。在这异常艰苦的工地上，刘虎带人像一枚枚钢钉扎了进去。枯水期终于来了，施工单位在河边预制构件，将大型水管置入河底，用混凝土浇灌牢固，最后走水。经过日夜艰苦奋战，盖孜河底管道工程通过了工程监理的验收。站在盖孜河岸，刘虎仿佛看见在滚滚流动的盖孜河底，来自慕士塔格峰的雪水，正通过这段光滑洁净的管道流向伽师。

在卧里托格拉克镇卧里托格拉克村输水支管道施工现场，刘虎发火了。砌流量井的混凝土里竟然有泥土，这还得了？刘虎指着混凝土不容置疑地命令道："拆掉重砌！"

施工人员惊呆了，被刘虎的怒气吓住。刘虎给他们解释道："咱们改水工程，任何一个环节都容不得瑕疵。"当晚，刘虎召集紧急会议，一个行之有效的决议形成：凡涉及改水的乡村项目验收，都必须由施工方、水利局负责干部和镇上干部三方到现场查验签字后才可实施，以确保工程质量。这个制度实施后，刘虎每到一处，还是不忘叮咛施工人员：把责任扛在肩上，干不好，我们都是罪人！

在那段风风火火的日子里，施工方只知道刘虎是位"黑包公"，对工程质量毫不含糊，任何一点纰漏都休想逃过他的眼睛。又有谁知道，这还是位肺癌患者。有时他胸部疼痛得满头大汗，却一声不吭，悄悄去医院做个化疗，第二天又出现在施工现场。吾斯曼·热合曼不时向县里主管领导"告状”：工程进入了最紧张的工期，刘局长留给自己的休息时间越来越少。

靠着这股拼劲，伽师改水工作越做越细。刘虎一天要步行二三十公里，目的就是要布下最佳管线。可工程进行得并不顺利，最突出的问题是管线与部分村民“一亩三分地”的小农意识发生了冲突。在卧里托格拉克镇苏坎阿斯提村，不理解政策的村民们想不通，将刘虎团团围住。

“我家就靠红枣园挣钱吃饭，管线不能绕一下吗?”

“不能在我家地上挖沟埋管线，影响我们种瓜。”

……

刘虎感到村民说的话不无道理，关键是我们的宣传工作没有做到家。他严肃地告诉大家，面对群众的责难，我们不要有半分委屈。我们的工程再伟大，群众不理解、不认可、不支持，与失败有什么两样？所以我们宁让群众骂一阵子，不能怨咱一辈子。从这天起，在刘虎的带领下，村干部们一户一户去做工作，一个一个去说服教育，一家一家去落实到位。不好听的话听进去了，第一手资料摸清了。耐心细致的群众工作，如同涓涓细流暖着村民们的心，启开了一把把心锁。

干管、支管严格按照设计，井然有序地向前延伸着。刘虎已经5个月没有去医院了。主治医生的电话，一直追到工地上。刘虎很抱歉地向主治医师保证，忙完工程，一定去医院治疗。县上主管领导在查岗，他告诉领导，忙完这一阵，立即去医院。领导不放心地叮嘱道，“千万别忘记吃药!”刘虎爽快地答应着，可拉开车门，他又向下一个疾驶而去。车上，他头一仰，喝口水将白色药片咽下。吾斯曼·热合曼提醒他该去医院了，刘虎微微一笑说：“这个时候？地委下了死命令，工程必须提前完成，这可是立了军令状的，去医院还是再等等吧。”吾斯曼·热合曼心里一热，是啊，这个时候，工程上怎么离得开刘局长呢。他一脚油门，把车开得又快又稳。

大漠、戈壁、风沙、烈日、严寒。

改水工程以惊人的速度和优异的质量，争分夺秒地向前推进着。刘虎告诉大家：“与同等规模工程相比，咱们的工期要缩短一大半，这是任务更是使命。早一天完工，老百姓就能早一天喝上放心水，我们离打赢脱贫攻坚战就更近了一步。”

2019年11月，工程的主体部分全部如期完工。刘虎长舒了一口气，他乐观地憧憬着2020年工程竣工的场景。是的，伽师人民盼穿了双眼，一定要将那碗甜水如期送到各族群众手中。

事不顺遂，2020年1月19日21时许，伽师县发生了6.4级地震。震后1个多小时，县里就将年事已高的群众转移到距离震中20公里的安置点。为防止余震等风险，4827名处在受灾中心危险地带的群众被陆续转移到3个安置点。

面对突如其来的6.4级地震，如期完工的希望还有几分胜算？工程复工问题已使他焦头烂额，随着癌细胞猖狂进攻，刘虎有些摇摇欲坠。他撑住了，打电话八方紧急寻求走出困境的良方。眼下最棘手的问题是复工，可到哪里去找施工单位？乍暖还寒时节，他住进了总水厂。原定2月10日复工，可工地上连个人影都见不到。戴着口罩的刘虎冒着危险，一个公司一个施工单位去走访，又一个接一个电话联系施工人员，得到的答复几乎都是一样：去不了。

怎么办？刘虎上火了，胸口堵得慌。他走出总水厂，看着空空荡荡的厂子心急如焚。难道工程真的就这样被耽搁吗？这时，县里和地区领导与他一样心急如焚。伽师县城乡饮水安全工程是一项重大的民生工程，如果因为地震等原因误了工期，怎么向人们交代？经过反复研究和层层请示，一个大胆设想开始付诸行动：组织当地施工人员复工。自治区水利厅、喀什地区水利局大力支持。地委决定，举全地区之力，打响伽师县城乡饮水安全工程建设大会战。

沉寂了3个月的工地，第一次有了人气。刘虎和他的团队不停地联系地区技术人员，一个社区一个社区接人，夜以继日往工地上送。邻近的几个县也行动起来，一支支队伍从四面八方赶来，一个个问题在集体智慧的碰撞中迎刃而解。厂家的技术人员到不了现场，就用手机视频，指导施工人员现场调试。

就在这时，主治医生催刘虎化疗的电话多次追到工地上，刘虎的回答几乎一样：快了，等水一通，马上就去。过去，他21天去医院化疗一次，小半年了，他一次也没去过医院。主治医生在电话里焦急地催着他，不厌其烦地重复着病情的危险性。可刘虎此时从早到晚排得满满当当，每天只睡三四个小时，忙得不亦乐乎。

白天简直是一场鏖战。配套网管入户，一段一段加起来总长度有4000多公里，足足的8000里。“三十功名尘与土，八千里路云和月。莫等闲、白了少年头，空悲切。”刘虎精神倍增，大步流星往前窜。他的身后是年轻的团队，年轻人气喘吁吁地踩在沙丘上。一连几天，他们跟着这位“拼命三郎”局长翻沙包、跨戈壁、走村串户，解决随时会出现的施工难题，早已吃不消，但看看刘虎的精神状态，他们瞬间被感染了。

夜晚无疑又是一个考验。调度会雷打不动。在这个会上，白天所有的问题都摊开来，研判、分析，理出思路。而白天处理得当的经验，也会在这个会上形成文字加以保存。一般来说，调度会后，年轻人早已东倒西歪进入梦乡。可刘虎擦一把脸，又回到办公室查阅资料、整理笔记。往往，他办公室的灯要亮到深夜。

2020年4月，输水管线开始试通水，这是一项需要极强责任心而又科技含量高的技术活，来不得半点马虎。

水源地总水厂，刘虎在。

管道施工现场，刘虎也在。

他的手机和座机24小时紧张忙碌着，管线巡检人员的电话不停地打来。

“刘局，我们这里水压不正常。”

“刘局，管道漏水了。”

“刘局，排气井漏水，井里的设备已被淹没……”

刘虎大吃一惊，排气井漏水？这意味着地下管线及地下管道的阀门出了故障。漏水，管道会受到来自不同方面的压力，从而会产生不同程度的抖动或沉降。更为严重的是，埋得很深的阀门井管道在水里浸泡时间一长，会受到化学物质的腐蚀和侵害，引起断裂。如果不立即采取措施排水，后果不堪设想。

刘虎迅速赶到疏附县布拉克苏乡克孜坎特村那眼漏水的排气井，一边给施工方的巡检人员打电话，一边安排身边巡检人员联系抢修人员送水泵过来。车灯划破夜幕，两台水泵以最快的速度送到了。顿时，水泵轰鸣起来，一股股浑浊的水被抽了出来，排气井漏水故障排除了。刘虎欣慰地抬起手腕，手表指针已指向凌晨4时。刘虎感到双腿像灌了铅一样沉重，他掏出随身带的止痛片吞了下去。

越野车开着大灯继续行驶在坑坑洼洼的土路上，吾斯曼·热合曼一边驾车一边关切问道："局长，身体吃得消吗？"刘虎微微一笑，很干脆地答道："继续巡检！"刺骨的寒风透过车窗缝隙吹了进来，吾斯曼·热合曼不禁打了个寒战。这一天从早到晚，刘虎几乎没有歇过片刻。天亮了，浑身是泥的刘虎拖着沉重的脚步，疲惫不堪地走回家，瘫倒在沙发上再也爬不起来了。

2020年4月27日，全县12个乡镇和伽师总场陆续试供水，时间一天比一天紧，压力一段比一段大。

总水厂是调试设备的龙头，坚守在这里的刘虎接二连三接到家里电话。父亲的电话很含糊，问他什么时候可以回家。母亲的电话还是问他啥时候回家，她想儿子了。最后，宋桂蓉的电话直截了当："你快请假回家，老爹住院了。"刘虎连忙请假赶往喀什地区第一人民医院，到医院才知道，父亲住院好多天了，就盼着儿子回来看看。刹那间，刘虎的心里在滴血。可他明白，自古忠孝难两全，对祖国的忠，就是对父母的孝。

在试通水的日日夜夜，刘虎晕倒过，可他醒来后仍然坚守岗位，任吾斯曼·热合曼怎么劝，也没有去医院。长期的压力和睡眠不足，尤其是治疗不及时，导致他的左眼失明了，但他咬牙坚持着，没对外人说。

为掌握水质、水压，以及是否能持续供应等第一手资料，刘虎亲自来到检测现场。一份化验结果出来了：国家的标准是余氯不能小于0.05g/L，浊度标准不能大于1.0NTU（散射浊度单位）。结果余氯是0.99g/L，浊度为0.22~0.28个NTU，水质没有问题，完全达标。

2020年5月20日，随着一道指令，112公里外的水源地总水厂闸门缓缓升起，经过净化过滤，各项指标均达到国家规定的慕士塔格峰冰川雪水奔涌而出，沿着干管、支管和配套管网，流向伽师县，奔向几十万各族群众家中。

甜水来了！

甜水来啦！

甜水、甜水、甜水……

人们奔走相告，喊着、跳着、唱着、笑着……伽师人民和兵团伽师总场职工，终于喝到了渴盼已久的甜水。

三年的工程，只用了九个多月完成，这是奇迹。奇迹背后是刘虎与团队的“5+2”和“白+黑”工作常态。当时，喀什地委下达了“3月10日管道试通水，5月份全面完成通水工作”的死命令。刘虎给工程人员也下达了死命令：豁出命来，也要让群众吃上甘甜的安全水。

这年9月，他突然眼前一黑，高大的身躯轰然倒下，倒在了冲过胜利红飘带那一刻。刘虎被送进医院，癌细胞扩散，已转移至骨髓。从这天起，他再也没有回到工作岗位。可他却对宋桂蓉说：媳妇，能参与改水，让家乡百姓吃上了甜水，值啦！

正是金秋时节，伽师县广袤的田野里，一片丰收的景象。

甘甜的冰川雪水沿着防渗渠道，流入欧吐拉古勒鲁克村的庄稼地里，他们的小麦和甜菜又获得大丰收。

卧里托格拉克镇馕合作社员工麦尔丹·玉素甫说：“以前，我们的水不是很好，现在接上了好水以后，馕的味道也好了，顾客也多了，生意也越来越好了。”

伽师县第一小学教师古力努尔·艾力说：“现在，我们喝上了甘甜洁净的冰川雪水，我的牙齿一天比一天白了，我的皮肤越来越好看了，干劲越来越足了。”

巴仁镇英吉斯塘博依村村民艾海提·麦麦提激动地说：“我是七八十岁人了，还能喝上这么好的山泉水，今生满足了。”

可冰冷的日子却缠绕着刘虎，他的病情远比家人想的严重。因为耽误了最佳治疗期，癌细胞扩散导致呼吸困难，他依靠药物与癌症进行殊死抗争。在喀什地区第一人民医院呼吸科，刘虎的身上插着各种胶管。心电图显示，心率很不正常，脉搏跳动过速。因为这个时候刘虎依然亢奋，他亢奋什么呢？身上、喉管里插的各种胶管，让他想到伽师大地上那密如蛛网的配套管网，此时甘甜凛冽的雪水，正缓缓流动造福父老乡亲。还有什么能比这个让一位情系百姓的水利局局长亢奋的？癌细胞是冷酷无情的，它们在向刘虎大举进攻，吞噬着他身上的造血细胞，摧毁着他的生理功能。刘虎面无血色，艰难地进行着又一场战役，一场击退死神的战役。县里领导又来看他了，兴致勃勃地告诉他，来自慕士塔格峰的冰川雪水，冲走了人们心中的许多阴影，全县各行各业呈现出勃勃向上的景象。

这是一场史无前例的胜利，意义早已超出工程本身。4000多户近2万伽师父老乡亲脱贫，惠泽周边200多万各族群众，提振的却是新疆2500万各族儿女奔小康、乡村振兴的士气。伽师县城乡饮水安全工程的成功，奏响了自治区“十三五”水利改革发展目标最强音。

历史是忠实的记录者，它默默为这场伟大的脱贫攻坚战做了最好注解——为了打赢打好脱贫攻坚战，自治区党委团结带领各族干部群众，牢记习近平总书记殷殷嘱托，五级书记抓扶贫，层层抓落实，上下一心，推动脱贫攻坚，结出了丰硕成果。作为新疆脱贫主战场的喀什地区，齐心协力，奋力脱贫，也在脱贫领域取得骄人的业绩。许多同志甚至献出了宝贵的生命，他们挽起袖子拼命干的情景历历在目，温暖着人们的心并激励着人们的坚强斗志。

2020年11月，伽师县摘掉贫困帽子，步入阳光灿烂的小康道。

2021年2月25日上午，全国脱贫攻坚总结表彰大会盛况向全世界直播。

被誉为“新时代的英雄”、脱贫攻坚战场上最忘我的战士之一的全国脱贫攻坚楷模刘虎，在病床上收看了大会直播，接受了一场特殊的颁奖仪式。当记者问他，若您去北京领奖，最想对习近平总书记说什么呢？刘虎断断续续地说：总书记，我完成了您的指示，完成了党交给我的任务，解决了我们伽师县贫困人口饮水不安全的问题。为了结束伽师县47万人民喝苦咸水的历史，我值了！因为他清楚地听到总书记说“许多乡亲告别苦咸水、喝上了清洁水”，这说的不就是我们伽师吗？

同一时间，远在北京人民大会堂的宋桂蓉，有幸参加了这一盛会。她是代表丈夫参加大会，并接受党和人民褒奖的。她热泪盈眶地接过了金光灿灿的奖牌，那是至高无上的荣誉。当身材魁梧、面带微笑的习近平总书记从面前健步走过时，她和所有的与会代表一样，拍红了手掌。

2021年5月21日下午，自治区脱贫攻坚总结表彰大会在新疆人民会堂隆重举行。表彰了脱贫攻坚先进个人和先进集体，要求大力弘扬伟大脱贫攻坚精神，巩固拓展脱贫攻坚成果，全面推进乡村振兴，努力建设习近平新时代中国特色社会主义新疆。刘虎获自治区脱贫攻坚创新奖。表彰大会以视频会议形式，开至乡镇。

伽师干部看了视频会，激动万分，信心满满。伽师需要安全水赖以生存，更需要各族人民交融交心的政治生态。经过9个多月的艰苦奋战，伽师人民打赢了这场改水工程的战役。无疑，刘虎是这场改水工程最直接的亲历者，在他身上所折射出来的敢于担当、勇于牺牲的精神，不正是伽师的一笔宝贵财富吗？应该大力弘扬，使之成为激励伽师人民继续奋斗的精神动力。

刘虎是一个精神坐标，无愧于全国脱贫攻坚楷模光荣称号。伽师需要榜样，但更需要英雄的力量。

2021年6月17日上午，我们走进喀什地区第一人民医院呼吸科一间普通病房。

那是一幅让任何人都瞬间泪奔的场面。一米八的刘虎，已经萎缩了许多，双臂骨瘦如柴，鼻孔里插着氧气管，晶亮的点滴，维系着他脆弱的生命。

主治医生非常清楚这病的痛苦程度，那是一种消灭免疫力足以摧毁人的意志顽症。癌细胞时不时万箭穿心，会锥心刺骨地疼痛。一股股浓痰，随时都会卡住气管，夺走刘虎年轻的生命。他能将慕士塔格冰峰上的雪水引入伽师，让数千公里的管网畅通无阻，却无力畅通自己的气管。为了几十万伽师老百姓手中那碗幸福甜水，他的病耽搁得太久、太久了。那时，他正在热火朝天的工地上，抽不开身，也无法分心。可需要怎样的毅力和精神，才能与冷酷无情的癌症抗争达四年之久？生命比什么都宝贵。如果在肺癌发现之初的2017年，他就配合医生治疗，那结果绝不会这样。那一年，一面是千百双渴盼甜水的焦灼眼神，一面是配合治疗就能控制病情的最佳医治方案，刘虎毫不犹豫地选择了前者，因为那是伽师县人民对美好生活的向往。这就是刘虎！这才是刘虎！否则怎能干出如此惊天动地的事？病魔袭来时，刘虎没有叫过任何苦痛，甚至没向同事们透露半分，一切都自己扛了，怕的是一旦惊动大家，便会动摇军心。

我在想，荧屏上经常出现“共产党员是特殊材料制成的人”这经典台词，刘虎用透支的生命，为之做了寓意深远的注解。47岁的优秀党员刘虎，带领他的团队为47万伽师人民引来了幸福水，也为中国共产党的百年庆典献上了自己心中的礼赞。

一脸泪痕的宋桂蓉告诉我们，她已做好最坏的思想准备。

泪水涟涟的刘虎母亲，拉着我们的手连连道：“我的儿子、我的儿子……”

这位含辛茹苦将儿子培养成人的老母亲，已经无法用语言表达此时此刻撕心裂肺的痛。77岁的她，难以接受眼前的现实，那个活蹦乱跳的儿子哪里去了？

刘虎的大哥一直陪护在床头，无微不至地照料着亲如手足的弟弟。

刚刚高考完的儿子刘志炜，与爸爸一样高大，有敦实的身板、憨厚的面庞。他准备报考生物科学专业，要像备受乡亲们爱戴的父亲一样，为这片土地上的父老乡亲贡献自己的聪明才智。

陶醉在丰收喜悦中的伽师人，没有忘记刘虎这个水利先行官。

欧吐拉古勒鲁克村村民艾尼·麦麦提是刘虎的结亲户，刘虎给他们家太多的帮助。听到刘虎身患重病的消息，他非常难过，想去探望一下这位大功臣，又不知道准备什么东西好。

村民古丽努尔·艾尼难过地擦着眼泪，弟弟考上新疆现代职业技术学院没钱上学。是刘虎局长，掏出身上的1万元，还留下手机号码。他对古丽努尔·艾尼说："放心吧，我的手机永远为你们开着。"

正是在刘虎的鼓励下，她在欧吐拉古勒鲁克村办起了超市，年收入已超过4万元，不仅还完了贷款，还有了5万元存款。

伽师县农业局的古再努尔·阿不都热依木怎么也想不通，这么好的人，怎么会得这样的病，太不公平了。那一年，她刚进农业局工作。当知道她早年丧父、4个孩子全靠母亲一人养活时，刘虎掏出2000元递给她说："你刚工作，先拿着这些，紧着家里用。"古再努尔泣不成声，没想到刚刚工作就遇上这么好的领导。

其实，干群关系就是鱼和水、瓜和秧的关系。一样的道理，地震断裂带上的伽师县，哪一个特色产业离得开水？农作物且不说，闻名遐迩的伽师瓜，异军突起的伽师羊、伽师馕、伽师新梅、伽师甜菜，如果没有冰川雪水的滋润，就不会这么牛气冲天。步入高端大气的伽师县馕产业园，顿时被琳琅满目的馕产品、图物并重的馕文化廊、科学有序的网购气场、万花争艳的植物园和"新疆情"联合研发中心所吸引所陶醉。伽师小麦在冰川雪水的滋润调和下，粒大饱满，纯香馥郁。有这样的优质原料做后盾，伽师馕的前景一片光明。

2021年，伽师县委、县人民政府积极运作，在对口援疆广东省以及佛山市的大力援助下，共同筹集3.2亿元建设了伽师县新梅产业园，园区配套冷藏保鲜区、加工生产区、交易服务区等，打造集规模种植、采摘分拣、储存保鲜、精深加工、冷链物流、品牌销售、生态旅游、技术研发为一体的现代化农业产业园区。同时引进上市公司百果园实业发展有限公司、金安达农业开发有限公司和京东集团进驻新梅产业园，让伽师新梅插上了打造品牌、拓展销路的翅膀。

新疆—广东，绵延万里的产业链被牢牢衔接起来。

这一切，都离不开这来之不易的安全水、幸福水。

这碗水，伽师人祖祖辈辈渴盼了千百年。

这碗水，牵动了日理万机的党和国家领导人。

这碗水，是地震带上的又一次人定胜天实践。

这碗水，是贫困地区以人为本最真实的写照。

它彻底消除了千百年来伽师县饮水安全隐患，进一步推进了各族人民跟党走听党话感党恩的自觉行动，生动有力地诠释了中国共产党“消除贫困、共享富裕”人民至上精神的丰厚内涵。

2021年7月1日，彩色荧屏和红色电波将北京—帕米尔高原的时差缩减为零。在喀什地区第一人民医院，通过电视荧屏，庆祝中国共产党成立100周年大会盛况清晰地展现在各族医患者的眼前。

他们看到，天安门广场中轴线两侧设置的观众席，整体形成了一艘巨轮形状，“船头”位置在人民英雄纪念碑附近，立着巨大的金色党徽和“1921”“2021”大字。这艘“巨轮”象征中国共产党从100年前小小红船上出发，成为领航中国的巨轮，也象征这艘巨轮在下一个百年的启航。

他们看见，5架直-10型、24架直-19型武装直升机，拼出了“100”的字样。10架轰鸣而来的歼-10战机组成了“71”字样。15架歼-20组成3个梯队，飞过天安门广场上空。教-8拉出10道彩烟，辉映长空庆祝建党百年……

然而这一切，对生命垂危的刘虎来说已经非常模糊了，但是这一天，他获得了“全国优秀共产党员”称号。这位意志坚如磐石的汉子，以自己微弱的生命迎来了为之奋斗的中国共产党百岁生日。

弥留之际，他拉着妻子的手说：“我们的党走过了100周年，我也快年过半百了，不能陪你走完下半生是我最大的遗憾，但能够为党做些工作，此生也值！”在场的医生无不潸然泪下，并为之深感惋惜，如果在肺癌发现之初，或者说在化疗期间，他能配合我们及时治疗，那结果绝不会是这样。他怎么能连续5个月都不来化疗呢？他在乎自己的身体吗？

2021年7月2日，刘虎终因病情极度恶化永远闭上了双眼，在喀什地区第一人民医院不幸去世，年仅47岁。在人民利益和自己身体之间，他果断地选择了前者。

慕士塔格峰垂泪，盖孜河在呜咽……刘虎，这位人民的水利先行官，永远地离开了他无比眷恋并为之奋斗一生的伽师大地。出殡那天，伽师百姓纷纷前来为他送行。

“我不相信！他这样一个魁梧的壮汉就这么没了！”

“他是为我们能够喝上好水累病的呀……”

每一位父老乡亲都眼含热泪，每一位父老乡亲都不忍这位“好巴郎”离他们而去。然而，我们再也见不到他那高大忙碌的身影，听不到他那亲切真诚的声音了。

四个月后的11月5日，第八届全国道德模范名单揭晓，刘虎与拉齐尼·巴依卡、胡拥军一道，跻身全国道德模范行列。此时，刘虎最疼爱的儿子刘志炜悲喜交加，正端坐山东泰山学院窗明几净的课堂里，向着生物科学专业进军。

万川终究入海，落叶注定归根。刘虎长眠在生他养他，并为之奋斗了一生的伽师大地上。对含笑九泉的刘虎而言，汩汩流淌的冰川雪水是最美妙的旋律，各族人民的欢歌笑语是永不枯竭的壮歌。

有一种奉献叫崇高，有一种平凡叫伟大。

2012年至2020年，短短八年间，中国832个贫困县全部摘帽，全国近1亿贫困人口实现脱贫，创造了世界减贫史上的奇迹，这奇迹背后彰显的是不懈奋斗的精神和勇于担当的深情。

近三千个日日夜夜里，近200万名乡镇干部和数百万村干部一道奋战在扶贫一线。

在这个没有硝烟的战场上，他们用执着与拼搏诠释了无私的奉献精神，历史终将铭记所有奉献者的名字。

03

第三章

在北纬39°

地球上很多国家在这个纬度
数中国故事最精彩
英雄的麦盖提人民与大自然顽强抗争
给塔克拉玛干沙漠筑轧“绿栅栏”
建起一道永久性的屏障

瑞典探险家斯文·赫定从北纬39°的新疆麦盖提县踏入塔克拉玛干沙漠，又极其狼狈地被沙尘暴打了回来。最终还是在中国向导的引领下，才成功穿越了“死亡之海”。

1949年12月，当中国人民解放军将五星红旗插上帕米尔高原，时代的画卷在北纬39°缓缓展开。天蓝了，树绿了，麦盖提县各族人民的脸上绽开了前所未有的笑容。然而，塔克拉玛干沙漠包围着麦盖提县，尽管这里是闻名中外的刀郎之乡，但麦盖提人民却面临着严峻的自然考验，是沙进人退还是人进沙退？

2012年，一项富有战略前瞻性的决策，在麦盖提县委常委会上一致通过。这个决策就是给塔克拉玛干沙漠筑起“绿栅栏”，建起一道永久性的绿色屏障。

麦盖提县的领导们比谁都清楚，麦盖提县三面环沙，全县92%的土地被沙漠覆盖，居住在这里的老百姓祖祖辈辈与沙暴相伴。每天一睁眼，他们面临的现实就是沙进人退。同时，这里也是刀郎人最大的聚集地，堪称刀郎艺术之乡，因此名气很大。刀郎之乡的人，唱起来、跳起来可以热烈奔放到痴迷的程度，干起事儿来也是极有智慧和毅力的。不然，风沙尘暴再肆虐，祖祖辈辈不照样坚守在北纬39°？

新县委书记到任那天，麦盖提县没有起沙尘，天气也出奇地好，远处还传来了麦西热甫的欢乐鼓点。就在这个时候，林业局局长陶万林不无担忧地告诉新来的“班长”，不是所有的日子都这么平静。当时，县委书记微微一笑，其实他的心里已经翻卷起波澜。麦盖提位于塔里木盆地西部，喀喇昆仑山北麓，叶尔羌河下游和提孜那甫河下游。东与塔克拉玛干沙漠相连，东南与皮山县相邻，南与莎车县、叶城县相邻，西与岳普湖县接壤，北以叶尔羌河为界，与巴楚县接壤，东北与阿瓦提县接壤。

这天晚上，县委书记躺在硬板床上反复咀嚼着林业局局长的话，并细细琢磨着陶万林这个人。1986年从甘肃当兵到新疆，五年后转业到麦盖提县，23岁任副镇长，2010年任麦盖提县林业局局长。

陶万林同样辗转反侧，难以入睡。县委书记高大魁梧，眼睛炯炯有神，没什么豪言壮语。直觉告诉陶万林，同是转业军人出身的这个男人靠谱。后来，麦盖提县持这种看法的人越来越多了。这与县委书记沉稳的性格、不苟言笑的外表和来麦盖提县前良好的口碑有关。

2012年，新一届县委领导班子走乡串户了解民情、调查民意，深深意识到，制约麦盖提县经济发展和人民群众对美好生活向往的瓶颈就是生态环境问题。深入沙漠腹地，一望无际的沙丘使他们的心在往下沉，越沉越领悟到上级党委对麦盖提县委一班人的良苦用心。共产党员不去风沙前线要你干什么？比起当年黄河古道上的兰考，麦盖提条件算是好的。比一比焦裕禄书记那个年代，县委一班人算是幸运的。可乡亲们的生活现状烙得大家胸口生疼，风，犹如一匹脱缰的野马粗暴残忍，来去之处留下一片狼藉。在这里生活，一年得吃下去“半块砖”，村子里不少老人也因此患上了心肺疾病。

麦盖提县电视台曾经拍下的一些资料令人触目惊心。天空一片混沌，树被吹的东倒西歪，地膜被一缕一缕掀到半空。沙尘笼罩下天昏地暗，伸手不见五指，偌大的县城杳无人迹。

这样的恶劣环境，不要说人类，就是各类动植物都不好生存。上溯几十年、几百年甚至千年，麦盖提的先辈们从未退却半步，一直在沙漠的包围中生儿育女、繁衍后代，是另外一层意义上的向大自然宣战。以至于中华人民共和国成立后，离沙漠零距离的麦盖提县，人口还保存了6万余人。这仅仅是道简单的数学命题吗？这是人定胜天最有力的佐证。这里的各族人民，生长生活生存在这片土地上的老老少少，没有任何理由不富裕起来，去享受生态文明建设的阳光雨露。唯其如此，中国共产党以人民为中心的理念，方能春燕般飞入寻常百姓家，润物细无声地浸润父老乡亲们的心田，催生出排山倒海的力量，让历史悠久的麦盖提再次发生质的飞跃。

击退沙尘，还麦盖提县父老乡亲们一片蓝天，成为县委一班人必须作出的决策，尽管因为囊中羞涩，作决策时会有些沉重甚至尴尬。沙尘又起了，呼吸着刺鼻的空气，喝着苦涩的茶水，县委领导们慎之又慎地讨论着，先治沙后治窝成为一种主导思想，引领着县委领导们率先向沙漠进军。

把生态文明建设作为安身立命的大事，坚持绿色发展理念，走资源开发可持续、生态环境可持续道路，用“敢教日月换新天”的实际行动确保山川壮美、绿洲常在。在这个指导思想下，决策形成了：在塔克拉玛干沙漠边缘启动实施沙海林场百万亩防风固沙生态林建设工程，力争用最短的时间在沙漠边缘构筑一道绿色屏障，再造一片生态绿洲。这个决策是科学而富有挑战性的，代表着二十多万麦盖提县人民的意愿。

这个夜晚，陶万林来到县城北面的沙坡上扯着嗓子嘶吼，嘶吼声传得很远很远。

这是他告别河西走廊以来吼得最爽的一嗓子，痛快淋漓。他手里是一本皱巴巴的中学课本，那里面有篇课文，是中国科学院副院长竺可桢在考察了新疆、甘肃、宁夏的沙漠地带后，发表在1961年2月9日《人民日报》上的，叫《向沙漠进军》。陶万林可以一字不落地背诵全文，甚至对文章的中心思想、段落大意、谋篇布局和写作手法都了如指掌。

竺可桢通过对人类最顽固的自然敌人之一——沙漠的剖析，说明沙漠危害之严重，治理沙漠的必要性和重要意义，还通过对人类改造沙漠取得的初步成绩的介绍，说明了改造沙漠的可能性。同时又以积极进取的姿态提出了“向沙漠进军”的号召，展示了人类改造、战胜沙漠的美好前景。在文中，竺老欣喜地写道：“沙漠是可以征服的。在中共中央和毛主席的领导下，我们有计划地向沙漠开展攻势，已经取得了若干成绩。新疆生产建设兵团在天山南北建立国营农场，开沟挖渠，种麦种棉植树，那里原是不毛之地，现在一片葱茏，俨然成为绿洲……”

陶万林吼过瘾了，回到宿舍摊开地图，他早弄清楚竺可桢老先生文章中“现在一片葱茏”的地方就是北疆的莫索湾。20世纪80年代，古尔班通古特沙漠边缘呈现了一片人工绿洲。就是莫索湾150团的防风固沙林，这个地方现在有一个浪漫的名字叫驼铃梦坡。再后来，河北塞罕坝、内蒙古库布其、山西右玉、新疆柯柯牙用绿色实践向全世界证明，生态文明建设重如泰山，构建人类命运共同体是地球村的百年大计。就要启动生态林建设工程了，作为林业局局长，他兴奋、激动、痛快淋漓是可以理解的。放弃回河西走廊的家乡来这里，就是要让自己的热血继续沸腾，不然对不起“万林”这个名字。

现在，麦盖提县就要开始向沙漠大规模地进军了，这是一项“前无古人”的事业。干“前无古人”的事业，怎能不叫他激奋？

2012年11月，麦盖提县防风固沙战役冲锋号吹响了。

红旗招展，声势浩大，各族干部群众带着帐篷和行李走进生态林工程建设工地。

塔克拉玛干是世界上第二大流动性沙漠，在居西南边缘的麦盖提种树，是一件难上加难的事。在这里种活树，需要先挖排泄区排碱，然后推沙包、打井、拉电、修路、铺滴灌，最后才是种树。年降水量仅为56毫米，蒸发量却高达2300毫米，水资源极度匮乏。如果浇不上水，树苗几天就能变成干柴。

推土机冒着黑烟推沙包，几个月后，一片颇具规模的毛地在沙漠边缘诞生了。植树水为先，没有水，等于在沙窝子里糟蹋金贵的树苗子。麦盖提人深谙此道，大军未动，粮草先行，水和树苗就是防风固沙生态林建设工程的“粮草”。

12支外地的打井队浩浩荡荡开来，仅仅看完周边的环境，就跑得只剩下两支了。两支就两支吧，打出水来就是胜利。经过艰苦奋战，两支打井队打出了十口井，还没来得及高兴，塌了八口。大家欲哭无泪，有种心灰意冷的感觉。人类在大自然面前太虚弱了，流沙和沙尘欺负了整整几代人。生态不平衡，纵然有天大的本事也难以施展拳脚。生态林建设工程就是把金钥匙，工程拿不下，休想捅开生态平衡这把锁头。打不出井取不上水来，一切都是纸上谈兵！

没有路，打井车白天进来，晚上就被沙子陷住了，需要推土机拉出去。一进一出，耗费人力、物力、财力不说，关键是动摇军心。陶万林急得满嘴起泡，请来两个队长商量对策。钻头再次扎进沙子，尘沙飞溅，还算顺利。可合金钢的钻头扎进沙层，犹如重拳击打在沙袋上，有劲使不出来。钻机轰鸣，柴油机喷着黑烟，钻头越来越飘。陶万林果断地挥了挥手：“提钻！”钻杆刚刚拔出来，流沙轰然一声将井埋了。

深夜，两台钻机孤零零地立在夜幕下，两个队长和技术人员相对无言，用沮丧的眼神看着在场的陶万林。一向执着、韧劲十足的陶万林，将嘴里的烟头甩在沙堆上：“我就不信这个邪了，活人不能让尿憋死。沙土层是流动的，沙土层下的水是死的，只要钻透沙土层，加快固井速度，肯定能够成功！”

是啊，困难休想阻挡县委向沙漠进军的号令，天大的挫折也要迎难而上。钻机立马轰鸣起来，陶万林握着拳头紧盯钻头，黑夜是遮挡不住塔克拉玛干星空璀璨的。除了机器的轰鸣声，周围一片漆黑。伴随着微弱的灯光，两名施工队长指挥着人不时向井口添加固井材质，一米、二米……四十五米、八十米……

一小时、两小时、十小时、十三小时……期待中的夜晚总是那么漫长，突然，水由小到大“突突”溢出，一名队长激动地大喊一声：“井打成功了！”水，源源不断地被抽上地面。稳定的井架下，两眼通红的陶万林与两名队长相拥而泣。

塔克拉玛干沙漠的太阳缓缓升起，瞬间就散射出夺目的光环。县委主要领导在第一时间听到这个消息显得非常冷静，在电话里告诉大家，鼓足干劲，总结经验，扩大战果！

之后，第二口、第三口……有了水，拉电、修路、铺滴灌都顺理成章了。2013年开始，县里决定把井深普遍打到150米以上，为的是避开盐碱层。如今已相继建设机井450口，按照规划设计合理布局，基本满足了植树滴灌需求。

随着生态林建设稳步推进，县委任命程守谦担任环塔克拉玛干沙漠百万亩生态林建设指挥部副总指挥。他与陶万林同是转业军人、甘肃老乡，在多个岗位历练过。

一顶顶简易帐篷扎在沙丘中，这里是指挥部的营地，也是管护人员生活休息的地方。造林工程从规划、沙丘平整、打井、铺设滴管、植树，再到管护环环相扣，不敢有丝毫马虎。一年四季，程守谦、陶万林率队坚守浩瀚的“死亡之海”寸绿必争。

六月到九月，塔克拉玛干沙漠地表似炭火烧烤，走不到二十米，浑身上下汗水像断了线的珠子。穿着鞋灌沙子脚硌得受不了，脱了鞋脚烫得受不了。在深入沙漠勘察规划时，实时差分定位测量仪（ITK）因为高温常常死机失灵，人在烈日高温下随时伴随着窒息。办法总比困难多，程守谦和陶万林碰了个头，想出了一个点子。大家早出晚归，在帐篷上安装了滴灌带，用管护树木的滴管为帐篷降温，自嘲为“水帘洞”。

每天晚上不管多晚多困，碰头会是雷打不动的。汇总当天的工程进度，研判可能出现的新情况、新问题。这天晚上，指挥部的同志忙完“命题作文”后，憧憬着击退风沙尘暴后的美好生活，甚至都设计了绿树成林后来一场酣畅淋漓的麦西热甫，也不枉做一回刀郎之乡人。突然，管护人员慌里慌张进来报告有情况！

程守谦和陶万林随管护人员来到林区，顿时怒火万丈，一批白天栽下的树苗已被糟蹋得面目全非。千算万算，就是没算到一群销声匿迹多年的野兔回来祸害了。照说兔子性格温顺，既可爱又活泼，还昼伏夜动、喜干恶湿、胆小易惊、耐寒怕热。麦盖提野兔不这样，昼伏夜动不错，绝非性格温顺、可爱活泼之辈。它们会朝着树苗的中上部下嘴，那么高它怎么就够得着？望着一片狼藉的树苗，大家心疼万分。这些树苗是全县男女老少拼死拼活，起早贪黑抢在沙尘暴前栽下的。在大家的精心呵护和严格管控下，好不容易才绿满戈壁。

指挥部以最快的速度拿出了解决方案。麦草从根部绕小树一圈，严严实实裹着树干，形成一道软甲。铁丝编织的“外套”穿在树上，俨然一副黄金甲胄。终于制止了野兔的祸害。

兔子本是人类的朋友，可能也是因为环境恶劣，才会啃食树苗。程守谦和陶万林想，走着瞧吧，沙退树绿的那一天，它们一定会回来的，还是麦盖提的好朋友！

从2012年起，麦盖提县牢固树立“环保优先、生态立县”的理念，以“政府主导、企业投资、科技保障、全县参与”的模式，带领全县各族人民群众积极投身到百万亩防风固沙生态林建设当中。

每年春秋两季，麦盖提人民白天迎风沙、顶烈日，晚上天当被、地作床，在亘古沙漠上战天斗地、植树造林，一干就是一个多月。那时候，沙漠里红旗飘扬、车水马龙。全县十个乡镇、一百多个单位的职工和群众都来参加植树造林活动。从县领导到普通科员，从乡村干部到老百姓，只要你是麦盖提人，就有义务植树。种树前，每个树坑里填5公斤土及农家肥。栽上后就开始滴灌，准备滴五年，五年后树木成林，滴灌就可以撤了。县里测算过，这样下来，一亩地种树成本为3500元人民币。为种树，一起步麦盖提县就咬牙投入了大量资金。

为了把树种好，县里实行了“大包干”，全县各个单位、各个乡镇都分到了“责任田”。树林中，每隔一段距离就能看见各单位的标牌。责任制如同一股神奇的力量，聚起麦盖提的人气和民心。十几万人顶着风沙，冒着严寒，奋战在茫茫沙海中，没有一个人叫苦叫累。来自基层的林业管护人员，连续半个多月在沙漠中吃馕饼、喝凉水。村里来的乡亲们，两个人同挤一间帐篷，有的干脆在沙漠上铺上干草和被褥席地而眠。

植树期间，县委、县政府的干部们同群众一起，大约40天，他们几乎都在工地上。每当这时，1950年的新疆就在陶万林等转业官兵们眼前闪现。

那时候王震司令员一声令下，十万官兵将武器架在地头上，拿起坎土曼、十字镐和二牛抬杠，一年就在亘古荒原上创造了人间奇迹。当年开荒、当年生产，打下的粮食装满仓。不仅如此，还捐出军衣领子和口袋，建起了八一钢铁厂、八一棉纺厂、红十月拖拉机厂……陶万林他们也曾经是军人，时代不同了，现在的条件远远好于当年，但有一点什么时候都不能忽略，那就是人是应该有点精神的。当年十万官兵凭什么？就是后来经过提炼和升华的兵团精神。六十多年过去了，在党中央、国务院的亲切关怀下，在全国人民的无私援助下，兵团事业得到了长足发展。更让人欣慰的是，在中国共产党成立100周年之际，“热爱祖国，无私奉献，艰苦奋斗，开拓进取”的兵团精神被列入中国共产党精神谱系。

麦盖提有刀郎文化，主要体现在刀郎舞蹈方面，以“刀郎麦西热甫”为核心内容。在麦盖提县城和乡村，民族音乐舞蹈很常见，孩子们从出生起就受到大人的影响。只要音乐响起，男女老少都会放下手里的东西，踏着明快的节奏如痴如醉地跳起舞蹈来。孩子们更不用说了，音乐的节奏能瞬间点燃他们的激情，即便是襁褓中的孩子也会对音乐有反应。这种艺术文化，早已渗透到麦盖提人的日常生活中，成为不可或缺的精神寄托。

一支200人的管护队伍常年驻守沙漠，一年365天，天天泡在沙漠里。即使不在集中造林季，他们每天也都忙忙碌碌，不是操心滴灌招标，就是要打井、修路、管护林子。这支队伍是生态建设的常规部队，他们对绿色眷恋、对树苗的痴爱胜过一切。这支队伍无疑是一个鲜活的榜样，而榜样的力量是无穷的。

陶万林常年待在沙漠里，家全部甩给了妻子，偶尔回家拿些换洗衣服。妻子指着洗衣机问陶万林“要么要树、要么要老婆，你选吧！”衣服和鞋里全是沙子，洗衣机被整坏好几回了。老陶风趣地哄妻子：“因为我的名字叫陶万林，不植树恐怕对不起这名字。所以种树可能是我老陶的宿命，不种都不行啊。”妻子被他哄得破涕而笑，陶万林在心里感谢妻子。

有一年，记者来采访时，遇到了麦盖提县最大的沙尘暴，陶万林的帐篷被狂风吹得猎猎作响，黄沙弥漫了整个天空。沙尘暴过去后，陶万林无奈地对记者说：“沙漠里种活一棵树不容易，只要树能活好好长，我老陶可以天天给树磕头。”但愿不久的将来，这条人造“绿龙”能缚住“黄龙”，让麦盖提的父老乡亲们少受风沙的侵袭。

“三分造、七分管”，植树造林结束后，苗木的抚育管护成为工作的重点。麦盖提县结合林权制度改革工作，选择深圳中环油新能源有限公司全面介入和参与麦盖提县防风固沙生态林建设，为防风固沙生态林建设提供资金、技术等支持，确保了苗木的成活率和正常生长。到2014年6月，麦盖提县在沙漠里植树4.5万亩，共930万株。定植的杨树总体成活率达90%以上，红枣成活率达60%以上，文冠果成活率达50%以上，430万株梭梭更是长势盎然。

一期规划全部完成，展示出的景致令人心旷神怡。杨树已有拇指粗细、一米多高，油亮的叶子在风里翻飞。树与树之间的沙地里，隐约可见一排排黑色滴灌管线一直延伸向沙漠深处。

在库木库都克村，村民托乎提·艾山带着孙子来给枯树补种新苗。老汉乐观而坚定地说：“种了死，死了再种。我们种的不仅是树，也是我们的未来。等我老了，干不动了，就由他们接着干。”这就是麦盖提的底气，愚公可以移山，麦盖提人民绝对不会在绿色道路上半途而废。

到2020年，麦盖提人民历时八年时间创造的人间奇迹一览无余——修建林区道路300多公里，新建63千伏变电站1座，架设10千伏输电线路285公里，累计定植生态和经济林木37万亩，共2亿株。茫茫沙海变成一望无际的绿洲，各类苗木总体成活率达95%以上，县域生态环境明显改善，为保护绿洲免受风沙侵袭筑起一道绿色屏障。据气象部门统计，风沙天气由2010年以前150多天减少到2020年50天以下，风沙被有效遏制。年降雨量由2010年53.6毫米增加到110毫米。

麦盖提县正发生着历史性的改变。最显著的变化就是，花花草草扮靓了县城的大街小巷。一片绿色蔓延开来，将昔日被黄沙包围的县城团团簇拥着，形成了塔克拉玛干腹地一道独特的奇观。曾经风沙肆虐的地方，如今绿树成行、鸟语花香。阳光下的麦盖提蒸蒸日上，各族人民安居乐业。2021年，新疆艺术学院的老师们将这个主题升华为一部火了京城的舞剧。尽管如此，麦盖提县没有丝毫松懈：防风固沙、植树造林只有进行时，没有完成时。

绿水青山就是金山银山，沙漠戈壁也是风水宝地。

早在“百万亩防风固沙生态林”建设过程中，麦盖提县就将生态建设与脱贫攻坚有机结合，因地制宜、适地适树，兼顾生态和经济树种。他们根据不同地势、土壤、PH值，科学布局新疆杨、文冠果、红柳、胡杨、沙棘、沙枣等生态和经济苗木。与此同时，大力发展林下经济，依托22万亩梭梭林接种肉苁蓉4.5万亩。

如今，站在晚风轻轻吹拂的梭梭林前令人陶醉。万千株梭梭林摇曳着俊俏的身姿，仿佛是列队的士兵在接受检阅。梭梭林内接种的4.5万亩肉苁蓉，在2019年经济效益就达到了2000万元。肉苁蓉产业收益采取生产奖补、劳务补助等方式分配给建档立卡贫困户，贫困群众户均受益千元以上，生态效益和经济效益互利共赢，实现了以林养林、以林促富。

其实，在栽种树苗阶段县里就有了设想，树苗成活后全部承包给企业，树苗的种植、养护、销售等投入也全由承包企业负责，当地政府和植树工人可以从中受益。引进大芸、甘草、金银花等耐旱经济作物之初，专家预测企业要效益、县里要生态。果然，生态林建成后，它不仅是一个防沙林，更是一个绿色聚宝盆。既弥补了巨大的栽培成本，也吸引数亿元企业投资。一排排红柳、沙枣、胡杨从眼前一直延伸到远处的沙丘之上，郁郁葱葱的新树与黄沙形成了鲜明的色差。当然，百万亩防风固沙生态林，要两三代人、二三十年才能完成。可生态建设和保护以工代赈政策一出台，就引导了700余名贫困群众参与生态林管护，实现了稳定就业。

县委还清醒地认识到，现代农业必须是生态农业，现代农业出路必须是建立在保障生态与环境协调发展的基础上。巩固拓展脱贫攻坚成果，助推经济健康快速发展，进一步加强与东部地区的联系与合作刻不容缓。

吃够沙尘苦头的麦盖提人格外珍惜生态环境，作为全国首个旨在解决农田“白色污染”、实现循环经济示范点，他们从传统农用薄膜回收入手，以革除“白色污染”弊端。高堡膜利用拉伸流变技术生产的地膜，强度高、韧性好，回收率高达90%以上，能有效解决“白色污染”。全县大力推进“高堡膜”棉田，2021年已达50万亩，进一步降低了麦盖提的“白色污染”。

麦盖提县位于叶尔羌河流域五个县的中心，属喀什一小时经济圈，是毗邻叶尔羌河中游的一颗明珠，也是喀什地区向西开放的前沿地区，以及丝绸之路经济带核心区的节点。按照“稳粮、优棉、增菜、促经、兴果、强畜”思路，麦盖提县大力实施“双一十百”工程，培育壮大肉牛、红枣、蔬菜、家禽、棉花五大产业，调优调强农业产业结构，使农业搭上“一带一路”东风。在工业上，他们发挥本地优势，积极承接东部产业转移，全力支持中国（新疆）自由贸易试验区喀什片区建设，与喀什市建立联合体，进行分工合作，联合打造开放合作平台。在产业上，他们充分发挥刀郎文化品牌效应，完善道路设施改善景区服务，形成吃、住、行、游、购、娱及休闲度假、体育健身、健康养老等综合功能，丰富旅游业内涵，规范旅游市场秩序，推进旅游安全保障能力建设，努力把麦盖提县建成新疆乃至中国西部知名旅游目的地。

2019年，是麦盖提县可载入史册的辉煌年份。

这个曾经的深度贫困县，达到脱贫标准，所有行政村实现“五通七有”全覆盖，全县基本公共服务主要领域指标接近全国平均水平，圆满完成脱贫攻坚任务，庄严地退出贫困县序列。

因为对口援疆的实施，位于黄海之滨的日照市与全国唯一嵌入沙漠的小县麦盖提有了交汇点。山东人民与刀郎之乡人民之间不仅结下深厚情谊，还谱写出新时代对口援疆的新篇章。

有人说，日照和麦盖提都是海边的。只不过一个在湛蓝的大海边，一个在浩瀚无垠的沙海中。日照市因环境优良获得联合国人居奖，被誉为“水上运动之都”和“东方太阳城”，而麦盖提却被风沙包围数百年之久，成为最不宜人类居住之地。“海上日出，曙光先照”的日照，是中国远古时期的太阳文化起源地，是世界五大太阳文化起源地之一。这一点，与太阳迟落的帕米尔高原异曲同工，而麦盖提县正位居帕米尔高原上的昆仑山脉。1988年，日照被文化和旅游部首批命名为中国现代民间绘画之乡，与上海金山县、陕西户县并称中国三大农民画乡。日照农民画，是日照民间传统抹画的继承与发展，在全国民间绘画艺术中占有重要的位置。这为以后推动麦盖提县的农民画创作奠定了坚实的基础。

在麦盖提，流行着这样一句话“日照刀郎一条心，同心共筑中国梦。”

这绝对不是什么大口号，它的背后是“一步脚印一个坑”的生动注解。新一轮对口援疆工作开展以来，山东省日照市坚持以改善民生为根本、以特色产业为重点、以人才支持为保障，截至2020年底，先后选派4批484名干部人才到麦盖提工作，投入援疆资金实施各类援建项目，稳步推进民生援疆、产业援疆、干部人才援疆。援疆干部人才与当地干部群众同甘苦一起干，打出了一套行之有效的支援“组合拳”，有力助推了麦盖提社会稳定和长治久安。日照市的倾囊相助，极大改善了麦盖提县的基础设施条件、民生福祉和产业格局，得到鲁疆两地充分肯定，赢得麦盖提各族干部群众广泛赞誉。

在诸多项目中，福泽千秋万代的正是防风固沙生态林工程建设。日照市前期投入援疆资金200万元，并组织援疆干部人才加入植树行列中。为提高造林成活率，他们改良土壤，挖排碱沟排碱，用好土掺上部分土杂肥换土，并通过滴灌的方式加强灌水，还重点引进推广容器苗技术，提高成活率。2015年起，每年投入1500万元，用于防风固沙生态林基地内基础设施建设，水、电、路、滴灌、供水管网等由此加快了实施进度。

麦盖提县境内拥有26万亩连片胡杨林，胡杨生而千年不死、死而千年不倒、倒而千年不朽，在年平均降水量只有几十毫米的地方，只有不屈的生命才能如此孤独、坚韧而旺盛。

除了英雄之树胡杨，根植于广袤沙地上的红枣树同样倔强。但县里财力有限，就把栽下的红枣树部分承租出去，收到“以林养林”之效。之后以每年两万亩的速度扩大红枣林面积，采取县直单位和各乡镇包片的办法，利用春季的周末、节假日，集中种植红枣树。

为了扶持红枣产业快速健康发展，麦盖提县里还出台了一系列财政补贴与优惠政策。天海绿洲枣业公司等十多家红枣加工企业相继落户，形成“公司+农户”的产业格局，加工率达90%以上。以“喀什噶尔”“刀郎情”为商标，注册了“麦盖提大漠枣”品牌。

尕孜库勒乡，一个紧邻塔克拉玛干沙漠的普通乡。前所未有的红枣政策为这个乡插上了致富的翅膀。

关于这一点，跃进村林农斯拉木·艾买提感触颇深。起初他和乡亲们是没有底气的。这入侵了跃进村几代人的黄沙上，能种植红枣？“红枣”这个新名词进入跃进村时，大伙觉得太陌生，陌生到遥不可及。什么学名啦，什么鼠李科枣属植物啦，斯拉木·艾买提一样也听不懂，只是记住了红枣成熟后变为红色，晒干后可以制成枣干。红枣是滋补佳品，素有“日食三枣，长生不老”之说，斯拉木·艾买提倒是牢牢记住了。后来他成了种枣大户才彻底弄明白了，红枣可供药用，有养胃、健脾、益血、滋补、强身之效，枣仁和根均可入药，枣仁可以安神，是重要药品之一。

当红枣在跃进村乃至整个尕孜库勒乡家喻户晓的时候，一片葱绿开始在漫漫黄沙上倔强地扩展。种枣，改变了跃进村民世世代代的耕作理念。短短时间，跃进村的枣园一个个矗立于黄沙之上，洋溢着勃勃生机。收获时节，沙漠红枣园子里一片火红。地上的塑料筐子也是一片红火，加上姑娘们脖子上的红围巾和红衣裳，简直就是一片仙境。就有人联想到《西游记》里，仙女们翩翩降临桃园摘桃子的情景。伫立在自己家的4亩红枣园，斯拉木·艾买提幽默地说：村干部带领我们在沙漠里种红枣，使我们的日子变得跟神仙一般！

如今在沙漠里种红枣已不是什么新鲜事，斯拉木·艾买提家的枣园每亩产量超过200公斤，亩产值近8000元，一点儿也不比正常耕地上的效益低。斯拉木·艾买提指着枣树自豪地说："我们家红枣长势很好，乡里派的林果业技术员每天都来地里，现场指导我们怎样打药、怎样施肥、浇水。红枣管理到位，果子结得也多。"

在跃进村，百亩高产红枣园连年丰收，亩产稳定在300公斤左右。从绿色中收获财富，使这片土地上的人们尝到了甜头。

仅2008年至2011年，麦盖提县财政投入931.51万元购买红枣种子91.7吨。当果农种植的红枣未见效益时，政府会免费为果农发放测土配方肥；为加强红枣管理，政府还向各红枣产业乡配发果树修剪机具、病虫害防治机具及农药。如今在全县范围内发展红枣产业已达56.3万亩，农民人均4亩枣园，红枣年产量约为1.94万吨，为农民带来的人均纯收入达1560元。红枣已成为麦盖提县农民增收致富的摇钱树。

五湖四海的创业人纷纷来到北纬39°，与麦盖提人民一道开启生态文明建设的新航程。

深圳中环油公司董事长李铁前往麦盖提，目睹了麦盖提人民进军沙漠波澜壮阔的固沙造林场面，他极其耐心地说服了董事会，将资金投向麦盖提，助力固沙造林工程，播撒出气壮山河的绿色诗行。

武汉·中国光谷首席科学家、中国工程院院士李德仁携夫人朱宜萱教授来到麦盖提，参加"自然、和谐、发展"主题论坛后深入沙漠义务植树，他们对气壮山河的场景颇受震动，从此，李院士夫妇一直心系麦盖提县固沙造林。70岁高龄的朱宜萱教授每年春秋两季，都会组织国内外学子、华人华侨从世界各地前来参加麦盖提义务植树，她说：能为祖国增绿是件很光彩的事情，但愿麦盖提县各族群众生活越来越美好！

全国脱贫攻坚表彰大会在北京举行不到两个月，山东港口集团援助麦盖提县防风固沙生态林建设暨“山港书屋”揭牌仪式隆重举行。当一张153万元的捐款支票，由山东港口集团党委副书记刘中国递交到麦盖提县委副书记、县长阿迪力·哈斯木手中时，揭牌仪式现场掌声雷动。

“山港书屋”揭牌了，同时揭出一个感人至深的故事。

几代麦盖提县人民不向沙漠低头，欲与天公试比高的精神深深感动着山东港口的每一位职工。但他们知道与沙漠斗争路还很长，麦盖提的环境还需要进一步改善，20多万人民群众的幸福指数尚需要提升，一股激情如渤海湾的大潮涌动着，汇集成一个援捐生态林活动的浪潮。共青团员、共产党员、劳动模范、技术能手，6万名职工的深情厚谊，在短短时间内定格为这张153万元的捐款支票。刘中国告诉阿迪力·哈斯木：是大漠深处的麦盖提人“誓将沙漠变绿洲”的奋斗精神和感人故事打动了齐鲁儿女的心。

山东港口职工心甘情愿为防风固沙生态工程贡献一片“山港绿”，并捐赠图书2000余册，后续还将建设“山港书屋”，为当地中小学生的茁壮成长贡献一份“山港情”。

在党旗团旗迎风招展的生态林建设基地植树现场，28名来自山东港口集团的优秀代表在技术人员的示范指导下，挥锹刨坑、植树……这天，麦盖提人民耳闻目睹了山港人的担当与情怀。他们清楚，山东是革命老区。当年，山东人民推着小车助力淮海战役大获全胜。在沂蒙山区，红嫂的故事感染教育了几代人。有山东人民的支持和帮助，有麦盖提县各族群众的共同努力，事业没有理由不大踏步向前推进。在植树者的行列里，刘中国与28名山港人挥汗如雨地干着，阿迪力·哈斯木挥汗如雨的同时，思绪翻飞，想了很多也想了很远。

七个月后，山东省援疆指挥部召开文化润疆工作现场推进会，与会人员实地观摩了恰木古鲁克村、新疆五征绿色农业发展有限公司、麦盖提第四中学、麦盖提县文化交流中心、麦盖提县城南社区、麦盖提县人民医院中医康复科、麦盖提县新时代文明实践中心等7个文化润疆示范点，听取四市指挥部文化润疆工作开展情况和下一步工作打算。文化惠民上先行、在挖掘提炼上先行，全面深化“文化润疆·齐鲁先行”援疆品牌内涵，打造文化润疆山东样板，成为又一个需要殚精竭虑才能实现的目标。

当很多地市县都在思索“文化润疆拿什么润”的时候，山东省援疆指挥部已迈出了可喜的一步。20集多民族角色互动大型动画片《五色奇玉记——灵云代码》正式播出，累计播放量突破1亿次，点赞量过万，成为山东首部播放量过亿的动画片，在国内也是首屈一指。还有大型史诗歌舞剧《爱在达瓦昆》《多彩岳普湖》等登台亮相，还有舞蹈、美术、摄影……

如果说片片绿树带来的不仅是视觉上的盛宴，更重要的是它有着生命的意义。对口援疆的深刻含义远不止于此，它是一项前所未有的千古之策，更是新时代激励新疆各族人民砥砺前行的强大动力。“日照刀郎一条心，同心共筑中国梦”不过是全国19省市对口援疆工作的一个缩影，但她折射出的却是排山倒海的气势和坚如磐石的信念。

援疆是爱的奉献，更是国家战略在中国西部最真切的体现。

援疆，援出了“三年援疆路，一生新疆情”；

援疆，援出了“一方有难八方支援”的全国一盘棋；

援疆，援出了五十六个民族同唱一首歌的空前团结；

援疆，援出了遥远的新疆与全国人民心连心，万众一心向前进的同频共振。

刀郎文化不仅属于麦盖提，更属于新疆乃至世界人民。

刀郎文化是刀郎人用辛勤劳动和智慧所创造的富于民族地域特色、绚丽多彩的精神财富，是刀郎人的灵魂、精神坐标和价值体系，重要的非物质文化遗产，也是中华民族文化的重要组成部分。

在麦盖提，孩子们从出生到成年，都会受到民族音乐舞蹈方面的影响。

这种音乐艺术文化，早已渗透到麦盖提人的日常生活中，成为不可或缺的精神寄托。县里决定，做好“民间自觉传承”和“政府有力推动”两篇大文章，坚持在保护中传承、在传承中弘扬、在弘扬中提升，促进刀郎文化大发展大繁荣。县文化体育广播电视和旅游局局长米热姑丽·木合塔尔是这个决策坚定不移的执行者之一。

麦盖提县大规模向沙漠进军那一年，米热姑丽·木合塔尔原本是从北京飞回来办手续的。她在中央民族学院进修舞蹈期间，优异的学习成绩和日渐精湛的舞艺博得了业内人士的充分认可。她的理想就是赋予刀郎麦西热甫更深刻的思想内涵，以更加超前的艺术形式将其打造成麦盖提乃至新疆的一张文化名片，走向更广阔的国内国际舞台。这是地地道道的非物质文化遗产，没有理由不为中华民族伟大复兴推波助澜。为了这个理想，她必须走出塔克拉玛干大沙漠，到更广阔的舞台施展自己的才华。

米热姑丽·木合塔尔有这样的认识高度是令人欣慰的，跨入更高平台也是无可厚非的。只是当她拎着箱子走进村里，却发现家里没人并且家家户户都是如此。循着劳动的歌声，她来到人声鼎沸的植树工地。一个场面让她泪如泉涌，那是县里的干部们，一锹一锹挥土、一棵一棵植树，干得正欢。随着排排树坑挖成，树苗齐整地栽下。放眼望去，茫茫戈壁滩上，早已成为一幅劳动竞赛的壮景。米热姑丽·木合塔尔张开嘴呼吸，明显感到少了许多的沙砾。面对眼前的盛景，她联想到文学欣赏课上那首词“抬望眼，仰天长啸，壮怀激烈。”

天，那样的蓝、那样的纯净。就在她进修的这段日子里，爷爷和乡亲们已经再一次勇敢地挑战大自然，麦盖提正发生着历史性的改变。最显著的变化就是花花草草扮靓了县城的大街小巷。一片绿色从北沙坡蔓延开来，将昔日被黄沙包围的县城团团簇拥着，形成了塔克拉玛干腹地一道独特的奇观。北沙坡这个曾经沙尘肆虐的地方，如今绿树成行、鸟语花香。米热姑丽·木合塔尔的脑海里顿时升起一个想法，她要编一个舞蹈《阳光下的麦盖提》。若干年后，新疆艺术学院的老师们将这个舞蹈升华为一部火了京城的舞剧。

置身于火热的造林工地，米热姑丽·木合塔尔情不自禁地干了起来。当她栽下第一株树苗后，她做出一个关乎她前途和命运的决定，不走了！第二天，她带着县歌舞团的姐妹们来到工地上，把沙漠变绿洲的精神引领变成了看得见、摸得着的歌伴舞，搞得工地上欢声雷动，父老乡亲干劲倍增。许多人的眼前闪出八路军120师的战斗剧社，当年在那么残酷战争环境下，文艺战士们积极开展戏剧活动，进行戏剧演出和戏剧创作，对团结人民、鼓舞士气产生了积极的作用。今天，麦盖提的“战斗剧社”正发挥着精神引领所不可替代的作用。米热姑丽·木合塔尔在翩翩起舞，许多人在想，眼前的这个年轻人有思想、有能力、有闯劲，定然前途无量。

果然，米热姑丽·木合塔尔从普通舞蹈演员做起，后来任歌舞团团长、县委宣传部副部长，到如今的县文体广电和旅游局局长。这一切，皆源于麦盖提地平线上的那抹绿色。绿色给人以希望，造福于人类，也改变了米热姑丽·木合塔尔的人生。在她的积极组织下，麦盖提县聘请疆内知名文艺界人员，精心编排创作了一台音乐舞台剧《永恒的刀郎》；组织百幅刀郎农民画进京汇报展出，推动刀郎文化走出新疆、走向全国、走向世界；将刀郎农民画与苏绣技艺融合创新，精心打造了独具文化特色和艺术价值的自主品牌“刀郎文化绣”；创新开发了烙铁画、葫芦画等文化产品，大幅提升了刀郎文化的商品价值和艺术价值。

这些年，麦盖提县把“旅游活县”作为县域经济发展总体战略之一，依托刀郎文化和大漠、胡杨、湿地等人文和自然旅游资源，打出“刀郎之乡、红枣之都、旅游之城”三张名片，大力发展刀郎文化旅游业，建成了一批独具特色的旅游景区。“刀郎画乡”成功创建为国家4A级旅游景区；“刀郎乡里”、刀郎文化广场、刀郎文化园创建为3A级旅游景区；“刀镶巴扎”、N39°沙漠探险基地正申报创建4A级旅游景区。

仅2019年，麦盖提县接待旅游人数就达52万人次，旅游收入2.6亿元。坚定不移贯彻落实自治区“旅游兴疆”战略，大力发展沙漠探险特种游和美景民俗风情游，加快推进全域旅游，努力构建刀郎文化国际大舞台，使麦盖提成为新疆文化旅游靓丽风景线。

这是一片流光溢彩的土地，绿色正延伸着麦盖提人民的幸福指数。

2020年夏季，因为一部扶贫短剧我来到麦盖提县。不止一人告诉我，麦盖提县有一位一心一意为老百姓办实事的县委书记。

在麦盖提县政府简陋的宾馆，我与未曾谋面的县委书记握手了，他高大魁梧，国字脸上透出干练稳健，没有客套也没有寒暄。整个早餐桌上，他说了麦盖提的治沙造林，也多次赞美麦盖提人民的伟大，唯独没有他这个决策者片言只语。

我在想，焦裕禄离开兰考去郑州住院那天，老百姓提着鸡蛋篮子排了几里路依依不舍地相送。半个世纪后的今天，麦盖提的父老乡亲也在感激这样一位与老百姓同心同德、同甘共苦、肝胆相照的父母官，不然怎么会有如此强烈的情感大潮汐？一首歌是这么唱的：*老百姓是地/老百姓是天/老百姓是共产党永远的挂念/老百姓是山/老百姓是海/老百姓是共产党生命的源泉*。一个把老百姓的事放在心上数年如一日的县委书记，怎么会不被老百姓挂念？这天，热情奔放的县长嘱咐县委宣传部的同志带我们多转转多看看，不要忽略了麦盖提县的文化特色。他还喜不自禁地告诉我们，刀郎文化园即将开张，届时必是一片欢乐的海洋。

当夜幕降临的时候，已步入不惑之年的米热姑丽·木合塔尔，跳起舞来不减当年风姿。陶万林一曲《小白杨》不失军人的底气和建设者的豪壮。而熊红久这位自治区文联驻麦盖提县恰木古鲁克村扶贫工作队队长，也向朋友们播放了自己精彩的葫芦丝独奏曲。展示才艺后的话题只有一个，文化品位。

熊红久一进恰木古鲁克村就敏锐地意识到了一个问题，村里很多人居然不知道中国传统节日春节，这是怎么回事儿？熊红久彻夜难眠，我们做宣传思想文化工作的，来村里干什么？如果仅仅是带领村民们在物质上脱贫，那是指日可待的事。关键是怎样让文化走进村民的生活并永驻心田，引领着他们的精神之舟抵达“五个认同”的理想彼岸。一句话，小康之后村民们干什么？熊红久的选择是以文化村、以文化民。在同心共筑中国梦的时代，文化，比什么时候都弥足珍贵又恰逢其时。村里有人写过诗，也曾经有绘画的风气。熊红久就从农民诗、农民画入手，开始了大胆务实的探索。

今天，麦盖提县已建起十大旅游景点——刀郎画乡景区、刀郎文化广场、刀郎乡里景区、沙漠大观园、新疆麦盖提唐王湖国家湿地公园、刀郎千岛湖、麦盖提县世界和平公园、千年胡杨森林公园、刀郎文化园、叶尔羌河大桥。

在麦盖提唐王湖国家湿地公园，我感慨万千。

唐王湖修建于公元629年，是唐太宗李世民组织人工修建的一条引水渠，起源于叶城县昆仑山脉，流至巴楚县唐王城，全长近400公里，途经叶城、泽普、莎车、麦盖提、巴楚五个县，将昆仑山雪水引至唐王城，常年流水不断。经河水上千年的浸润渗透，形成麦盖提唐王湖以及沙漠生态湿地，湿地面积3万多亩，环境优美，植被茂盛，生长有甘草、罗布麻、肉苁蓉等植被，野生动物繁多，有黄羊、刺猬、蛇、壁虎等，还有多种鸟类在此栖息，真是游人休闲娱乐的好去处。

陶万林告诉我，实施沙海林场“百万亩防风固沙生态林”工程，山东日照、深圳中环油公司等单位的大力支持同样功不可没。八年来，他们无不心系我们麦盖提。100万亩那是多么浩大的数字？麦盖提人民向沙漠进军的艰难曲折故事，就是一部感天动地的大电影。我告诉他，这部大电影从远古走来，早已荡气回肠并载入世界治沙史册。

黄昏渐渐到来，微风拂煦，一只色彩斑斓的雉鸡突然从树丛中探出头，又倏的一下躲去了身形。野兔，正如程守谦和陶万林预言的那样，果然重返麦盖提，与人类再次成为朋友。不远处，劳作一天的护林员们聚在一起说笑着。伴着悠扬的乐声，那古朴而苍凉的吟唱又一次飘荡在塔克拉玛干大漠之畔。

次日，在一位文质彬彬的县委副书记陪同下，我们沿着木甬道拾级登上一道大沙梁。放眼四望，闻名遐迩的麦盖提N39°沙漠探险基地尽收眼底。

八年前那个夜晚，陶万林来到县城北面沙坡上扯着嗓子啸吼的就是这道沙梁。如今，陶万林的嘶吼声仿佛犹在，麦盖提已经天翻地覆。

县委副书记非常年轻，他来自河西走廊的定西。与转业军人陶万林不同的是，他是当代大学生。他指着N39°沙漠探险基地的硕大架构不无自豪地告诉我，这就是当年瑞典探险家斯文·赫定踏入塔克拉玛干的起点，如果不是我们麦盖提县的向导引领，他是完不成“死亡之海”穿越的。不过，N39°沙漠探险基地却源自塔克拉玛干沙漠。1895年12月，斯文·赫定率先发起横穿新疆塔克拉玛干沙漠最长轴腹地活动，尽管最终没有成功，却使塔克拉玛干沙漠名声远扬。沿着北纬39°线横穿塔克拉玛干沙漠最长轴的腹地，它代表着艰难险阻、代表着不可征服……在麦盖提人面前，斯文·赫定的遗憾已被一辆辆风驰电掣般越野车碾得无影无踪。

北纬39°是穿越塔克拉玛干沙漠的起点，终点是若羌县。塔克拉玛干沙漠是中国最大的流动沙漠，吸引着全世界探险家的眼球。如今麦盖提北纬39°旅游开发公司的后勤保障能够保障探险者安全返回，四个春秋过去了，这个大漠深处的旅游开发公司从未出现过人员伤亡事件，最多时日接待游客达1000名。

旅游致富不忘众乡亲，公司录用来自附近村子的员工20名，以助力脱贫攻坚战役。塔尔·艾尔肯和爸爸刚来景区时只会牵骆驼，仅仅一年时间，父子俩就学会了开卡丁车，最多的一天载客达100人。在家门口就能赚钱，且一月3000多元，这样的差事打着灯笼也难找。随着麦盖提县各项事业的发展，塔尔·艾尔肯父子这样的新时代农民越来越多，幸福生活正在向他们频频招手。

是啊，昔日的“死亡之海”早已被人类踩在脚下，一个叫“探索之美”的时髦词汇开始焕发出不可阻挡的感召力。当全世界的朋友纷纷来到北纬39°体验沙漠之美时，也顺理成章地找到了生命的意义。所以给英雄睿智的麦盖提人民怎样点赞，都不足以表达旅游探险者们的敬意。

当国际环塔汽车拉力赛从N39°沙漠探险基地驶入塔克拉玛干沙漠，世界第二大流动沙漠塔克拉玛干越发显现出无穷的魅力。在这里，成功穿越被公认为是一种英雄壮举，无数探险家和越野者只有施展全部技能和心智，才有可能圆一个浪漫主义的梦幻。

2019年，世界海拔最高、距离最长、最具挑战性的平民汽车竞技赛事——第三届终极越野拉力赛吸引了全球探险者的目光。选手们风餐露宿，鏖战数天，举世瞩目的赛事最终在N39°沙漠探险基地完美收官，这不能不说是另外一个意义上的穿越。

背靠N39°沙漠探险基地的硕大架构，底气和豪气骤然高万丈。我对副书记说："这里是一个神奇的地方，恐怖的沙漠上，有景色极美的胡杨林和千古奇观沙海绿岛。开着卡丁车在沙漠上狂奔，速度与激情会如影相随。如果骑上骆驼再浪漫那么一回，沙漠探险的神奇就被你全收入囊中啦。"夜晚，踩着麦西热甫的欢快节奏，渐入葡萄美酒夜光杯的佳境，你会乐不思蜀……

这天中午，副书记带我们去吃午餐。县城街道两旁的树和花以五颜六色的身姿扑入车窗内，绿的葱茏和花的艳丽很容易让人产生联想。如果不是耳闻目睹，又有谁会相信这里是塔克拉玛干大漠深处，一个完全镶嵌在沙漠里的县城？

车在一个绿树婆娑的城乡接合部停了下来，午餐的人络绎不绝，纷纷进入一株浓荫如伞的大桑树下。这是家网红的农家乐，几张桌子错落有致地排列于大桑树的浓荫下。还未落座，诱人的烤肉烤鱼馥郁的香味就开始撩拨着人的味蕾。伴着欢快的吆喝声，格瓦斯、酿好子等饮品变戏法似的就上了桌子。陶万林指着一位忙前忙后的年轻人说，他是这个村的书记。书记来自石河子，地地道道的兵团第三代，公务员考试改变了自己的命运，已在麦盖提县扎下了根。车宏斌与陶万林一样，在新疆戍边时深深爱上了这里的山山水水。

这顿午饭极有价值，有一句话这样说的，我们来自五湖四海。纵观这个被沙漠和绿色双重包围的县城，又何尝不是如此？

在全世界唯一一个被沙漠包围的行政县，麦盖提人民不仅突破了沙漠重围，还重塑了“刀郎之乡”的新形象。

山东“丝路风情·喀什好风光”踩线采风团走进麦盖提；

“文化日照润疆行”非遗联展实现文旅互鉴共荣；

恰木古鲁克村农民诗集《心中的爱》出版发行；

男子群舞《阳光下的麦盖提》获第十三届中国舞蹈“荷花奖”；

两个乡分别获“中国特色群众文化之乡”和“现代民间绘画之乡”光荣称号；

刀郎木卡姆和刀郎麦西热甫双双入选首批国家级非物质文化遗产名录……

在收获生态文明建设成果之时，麦盖提人民的生活藤蔓上，正结满精神文明的累累硕果。但久居沙漠的麦盖提人没有忘记，我国荒漠化和沙化土地约占国土面积的1/3。长期以来，在依法防治和科学防治的旗帜下，大力实施三北防护林、京津风沙源治理等重点工程，成功遏制了荒漠化扩展态势。全国沙化土地面积由20世纪末年均扩展3436平方公里，到年均缩减1980平方公里。荒漠化面积由20世纪末年均扩展1.04万平方公里，转变为年均缩减2424平方公里，为世界荒漠化防治事业贡献了“中国方案”。河北塞罕坝、内蒙古库布其、山西右玉、新疆柯柯牙等一批治沙样板，成为全球生态文明建设的生动范例。

在第八届库布其国际沙漠论坛上，塞罕坝机械林场荣获联合国防治荒漠化领域最高荣誉——“土地生命奖”。对新疆麦盖提县而言，这无疑是一个前进的坐标和奋斗的方向。

麦盖提人民是彻底摆脱贫困走上了小康，但同心共圆中国梦的路还很漫长。在“生态立县、产业强县、旅游活县”战略下，打造新疆红枣基地、全国“安格斯”肉牛基地和南疆蔬菜基地，成为新的攻坚克难目标。“一届接着一届干、一张蓝图绘到底”。新一届麦盖提县委把持续推进塔克拉玛干沙漠固沙造林、提升麦盖提县各族群众幸福感、获得感庄严地写进了工作报告。这年秋天，麦盖提县又造林2万亩。至此“百万亩防风固沙生态林”建设已完成47万亩。我们有一万个理由坚信：未来的麦盖提，必定天蓝水清、乡村振兴、产业兴旺、人民富裕、民族团结、社会稳定。

2022年春节，一场艺术的饕餮盛宴在麦盖提县徐徐排开。刀郎美食广场上悬灯结彩、彩旗高挂，而麦盖提县2022年春节联欢晚会更是精彩纷呈，歌曲、舞蹈、相声等节目将各族群众的情绪一次又一次推向高潮。

一个让麦盖提走向全国的舞蹈上场了。伴随着铿锵有力的鼓点、高亢激昂的歌声，舞蹈演员们用饱满的热情、极富张力的肢体语言，演绎出了新时代新疆各族人民的和谐幸福生活，给人无限遐想，引发各族群众对幸福生活点点滴滴的无穷回味，进一步增强了群众石榴籽般团结一心建设麦盖提的坚定决心。无疑，《阳光下的麦盖提》是抢眼的，不仅仅因为它是第十三届中国舞蹈“荷花奖”民族民间舞第一名得主，还因为“日照刀郎一条心，同心共筑中国梦”的深刻含义，让越来越多的人感同身受。

《阳光下的麦盖提》的成功不是偶然。近年来，在新时代党的治疆方略指引下，新疆社会大局稳定、人民安居乐业，政治经济、文化等各项事业全面进步，各族群众的获得感、幸福感、安全感不断增强。火热的时代值得讴歌，人民的心声需要抒发，广大文艺工作者扎根泥土、立足生活，创作了一大批优秀的文艺作品。这些作品以饱满的热情讴歌了党带领新疆各族人民迈进新时代、奋进新征程的巨大成就，展现了各族儿女沐浴在党的阳光下的和谐美好生活，以人民群众喜闻乐见的形式弘扬主旋律、传播正能量，用心用情讲好了新疆故事，引导广大群众心向党，奋力迈进新时代。这是一部现实主义题材群舞作品，将刀郎歌舞与山东鼓子秧歌巧妙融合起来。既有以人民为中心的理念，也有风清气正的内涵，更有援疆干部的喜悦和万众一心奔小康的豪迈，麦盖提再次走进全国人民心中。

在麦盖提，走进全国人民心中的远不止一个《阳光下的麦盖提》。此时，千年古渡上那座长达一公里的南疆第一、新疆第二的叶尔羌河麦盖提大桥，雕栏玉砌、凌空飞架，如巨龙饮涧、长虹卧波，它曾经是喀什地区独占鳌头的旅游景点。如今大漠如海，绿树是船，一个千帆竞发、百舸争流的美好时刻呼啸而来了。

在北纬39°，时代的画卷将展示出更加绚丽夺目的中国色彩。

04

第四章

西合休乡的翅膀

喀喇昆仑山北麓
一个紧邻我国战略要地阿克赛钦的乡镇
随着国家西部经济的大发展
这里愈益引人注目
偏远挡不住他们对祖国的无限忠诚
世世代代守卫边境线气壮山河

喀喇昆仑山北麓，一个紧邻我国战略要地阿克赛钦的乡镇——西合休乡。随着国家西部经济的大发展，这个边境乡愈益引人注目。

西合休乡辖区面积1.39万平方公里，可边境线长达102.4公里，平均海拔3500米。这里地质结构复杂、自然环境恶劣、灾害事故多发，是新疆最偏远的乡镇之一。但偏远挡不住这片土地上的各族人民对祖国的无限忠诚，他们世世代代以守卫边境线为己任，谱写出曲曲气壮山河的凯歌。

西合休乡有路，路是一段苦涩的历史。

20世纪90年代前，从叶城县城到西合休乡174公里，没有公路，曲曲折折的羊肠小道只有牦牛可以通行。牦牛是西合休乡联系外界的唯一交通工具。后来国家拿出600多万元修通了县城至西合休乡的简易公路。可这条简易公路是条单行道，有崎岖险峻，蜿蜒起伏的山巅常年被冰雪所覆盖，途中要翻越两个昆仑山达坂，有世界上海拔最高、路况最差的冰山公路之称。

即便是一路颠簸到了西合休乡，也很难进入乡内9个几乎与世隔绝的村庄。最远的一个村距乡政府达220公里，最近的也有30公里。路，阻断了探险者们的奇思妙想，却平添了帕米尔高原的神秘莫测。都知道，西合休乡人烟稀少，居住在这里的牧民淳朴善良。人们还知道，帕米尔高原素有“万山之祖和龙的血脉”之称。无限风光在险峰，想来这里探究大山奥秘碰碰运气的大有人在。

一位勇敢的探险者在县城待了足足三天，终于搭上了一辆去西合休乡的便车。在乡政府，乡长给他列举了大量牧民和牲畜坠落山梁的血淋淋例子，说到底，就是善意地劝他打道回府。探险者很不理解，不以为然，就与乡长的好心较上劲了，村民们能在这大山深处传宗接代，我为什么就不能走进他们聚集的村落？乡长没有说服倔强的探险者，看小伙子志在必得，只好派了两辆摩托车和一位维吾尔语翻译送探险者去六村。

乡长没有夸大其词，去六村的路果然在云山雾海中，远比县城到乡里的路况艰难。六村遥不可及，两位摩托车手早已大汗淋漓，还要翻两座达坂、19座吊桥，走100多公里才能到达。此时的六村杳无音信，没有通信联络设备，网络只是个抽象的概念。脚下的道犹如羊肠子，曲曲弯弯不说，狭窄的也只有羊和驴勉强过得去。翻译不无戏谑地告诉探险者，曾经有位年轻人，起初也是雄心勃勃的。好不容易翻过了两座达坂，当听说还有19座吊桥在前面虎视眈眈时，吓得当即哭了。这并没有吓倒探险者，他微微一笑说，我不是吓大的！弯下腰扣紧了登山靴鞋带，紧了紧腰间的皮带，还将头盔再次整饰了一回。两位摩托车手和翻译见探险者意志坚定，肃然起敬。后面的路赶得又快又稳，速度提高了许多倍。第一个达坂、第二个达坂……坐在摩托车后座上的探险者，此时想到的是大山深处的孩子们，寒冬腊月里，他们在做什么？

蜿蜒曲折的山道，一步一滑地考验着四个人的意志。摩托车紧挨着悬崖，在狭窄而又多冰雪的路面上行走，轮子打滑是家常便饭，稍有不慎就会粉身碎骨。最险要处，得推着摩托车徒步前进。第一座吊桥到了，上了摇摇晃晃的吊桥，他们仿佛在腾云驾雾。桥板大多已松散，桥板间缝隙非常大。年久失修，加之风吹日晒、冰霜雨雪的侵蚀，桥板无不呈黑褐色。冰冷刺骨的激流在脚下咆哮，发出毛骨悚然的声响。不时，有浪头穿过桥板间蹿上来……四个人没有停止前进的脚步，直到将19座吊桥一座一座踩在脚下。

六村小学低矮、昏暗的教室内，三个年级十四个学生在维吾尔族教师古丽巴哈尔引领下正诵读课文。课文描写的是山清水秀、鸟语花香的南方，有位孩子很不服气，举手提问。他的问题是：大山深处的春天也山花烂漫、鸟语花香，为什么就上不了小学课本？古丽巴哈尔被孩子的率真和勇敢所感动，她信心满满地回答这位品学兼优的学生："会有这一天的。到那时，我们六村会有更多的人知道的。"她认为，美丽的风光、原生态动植物，还有岁月久远的村落，是极其宝贵的旅游资源，更是帕米尔高原上一抹亮色，迟早会脱颖而出的。可在六村父老乡亲们眼里，古丽巴哈尔老师才是他们最大的财富。没有她，六村的孩子们就是睁眼瞎、灯下黑。此时，乡长正将一位素不相识的热血青年送来，他是冲六村来的，更是冲大山深处的孩子们来的。六村小学建成以来，从未有过这样的殊荣。不要说六村小学，就是整个六村这个时节也见不到外界的影子。摩托车雪亮的光柱穿透夜幕，探险者一行在马不停蹄地赶路，进六村时，夜已经很深了。

次日清晨，叽叽喳喳的小鸟将探险者从睡梦中叫醒。天已经放亮，袅袅炊烟在低矮的房屋上升起。推开门，探险者眼睛一亮。好一幅冰雪中的田园风光，冬日在山巅之上散射出迷人的光晕。探险者无心观光，匆匆忙忙扒了几口饭，就跌跌撞撞来到六村小学。

寒冷的教室里，一个孩子在点炉子，一根、两根……划了十多根火柴才将炉子点着。火苗子透过炉口映红了他通红的脸蛋，孩子往手心里呵了口热气，双手握死，使劲搓了起来。渐渐地，温暖在教室里蔓延开来，煤炉缝里也冒出了黑烟，孩子们咳嗽声不断。泪水打湿了古丽巴哈尔老师的衣衫，但她没有停止教学。窗户外面的探险者全看在了眼里，他在心里暗暗发誓，一定要尽快改变六村小学这种现状。孩子是祖国的未来，只有健康才能茁壮成长。他用照相机拍下了专心致志读书的孩子们，还有声情并茂讲课文的古丽巴哈尔老师。

这位满腔热忱的探险者下山后，将照片和所见所闻写成了文章发表。引起了越来越多的人对帕米尔高原上名不见经传的西合休乡的关注。

社会各界对西合休乡的关注度在扩大。可关注归关注，西合休乡的路况问题一时半会解决不了。

解决不了并不代表工作可以有丝毫懈怠。走访入户是民警们雷打不动的功课，重如泰山。不深入基层，户口管理和基层治安就是一句空话。从某种意义上讲，西合休乡派出所不仅是政府的化身，还是党组织联系大山深处村民最直接的纽带。带着这样的认识高度，艾斯卡尔·毛拉尼亚孜就任了西合休乡派出所所长。

上任之前，他对西合休乡做了扎实功课。辖区内共有9个行政村，散居着维吾尔族、柯尔克孜族、塔吉克族等村民。大山深处的村与村之间平均距离在50公里。平时村民很少联系，将9个行政村走访一遍，起码要10个工作日。可是，不去走访，你怎么熟悉情况？又如何抓好治安、管好户籍？

西合休乡的糟糕路况给艾斯卡尔·毛拉尼亚孜的见面礼是一起民事纠纷。

九村的两户牧民因为一件小事发生了口角，口角升级为拉拉扯扯、推推搡搡，最终发展到动手斗殴。一位受伤的牧民气愤难平，跳上马背向派出所报案。他在路上走了整整五天，推开派出所的门就见到了刚刚上任的艾斯卡尔·毛拉尼亚孜。依旧是气愤难平，等他将事情的前前后后讲完，艾斯卡尔·毛拉尼亚孜拍拍这位牧民的肩膀，并递上了一杯热茶。案报了，牧民身上的伤已经好了，毕竟事情过去五天了。处理了这件事后，艾斯卡尔·毛拉尼亚孜陷入深深的自责之中，如果西合休乡的法治教育和人民调解工作跟上，牧民们的法律意识再强一点，怎么可能会发生这样的事呢？

艾斯卡尔·毛拉尼亚孜骑着马上路了。民警们告诉所长，每次进出大山深处的村庄都是一次生死考验，但西合休乡的民警们从没有退缩过半步。几十年来，他们用青春、热血，甚至生命守护着帕米尔高原上这片人烟稀少的土地。保一方平安是他们义不容辞的责任，用脚步丈量每一寸土地、严守祖国的疆土是他们的无上荣光。

乡政府是9个行政村的旗舰，为大山深处的村落领航并履行行政管理职责。在各族村民们心中，乡政府还是一棵参天大树，是他们的靠山和依赖。派出所是乡政府的一部分，自然也是父老乡亲们的靠山和依赖。只有切实替老百姓办实事，才能以心换心，赢得老百姓的爱戴。

骑在马背上的艾斯卡尔·毛拉尼亚孜看见，远处的山巅白雪皑皑，在太阳的映照下熠熠生辉。地面岩石裸露，植被稀少，这是地理环境和恶劣的气候所致。县城至西合休乡174公里，6个多小时才能到达。如果走新藏公路，翻越库地达坂行至127公里处，大约需要两个半小时。可剩余的47公里路虽然短，却非常危险。那不叫路，充其量就是牧道。道路不到两米宽，全是简陋的石子路，一面是山另一面是深渊。大都修建在半山腰上，车在上面行驶危机四伏。路，就这样年复一年地影响着西合休乡的人民。难怪散落在深山中的村子之间来往极少，村与村之间都是羊肠小道。在这样的路上，最好的交通工具莫过于马、毛驴和骆驼。派出所的民警一年四季，脚力大都是依靠马等牲畜，“马背派出所”由此而来。

县城至西合休乡的路尚且如此，乡里至村里的路就更糟糕了。阴雨天，在四五十厘米宽的泥泞道上行走，非常容易摔倒。每年有很多牲畜不幸摔落山崖，给生活困难的牧民造成很大的经济损失。下村子时，民警们一般都会带把铁锹，这是以防不测，为随时修路准备的。

一次入户走访途中，突然下起了瓢泼大雨。走在前头的艾斯卡尔·毛拉尼亚孜不慎落马，又从四米多高的牧道摔了下去，左肩肌肉撕裂。若不是他及时打了个滚，还不知会造成什么后果。尽管如此，艾斯卡尔·毛拉尼亚孜的伤口还是落下了后遗症，一到雨天就隐隐作痛。

20世纪90年代末，西合休乡没有一条硬质路面。不仅没有硬质路面，无路、无通信设施、无水、无电问题还十分突出。9个行政村基本上过着与世隔绝的生活，生活物资全靠牲畜从乡里驮上去。生活物资可以用牲畜驮上去，居民身份证必须本人到场才能办理。没有电，更不可能有网络，身份证上贴的照片只有照了，才能加盖钢印生效。艾斯卡尔·毛拉尼亚孜思来想去，如果让9个行政村的群众到派出所来照相，无疑是一次兴师动众的运动战。经过集思广益，一个想法诞生了——上门服务。这就意味着要带照相机，照相需要灯光，灯光离不了电，太阳能发电机也得带上。艾斯卡尔·毛拉尼亚孜想尽一切办法，借来了照相机和太阳能发电机。出发那天他给所里的民警交代，此去少则一个半月，多则三个月，所里的事就拜托大家了。

将太阳能发电机绑在马背上，艾斯卡尔·毛拉尼亚孜出发了。艾斯卡尔·毛拉尼亚孜挨村走访，当一户又一户的村民在灯光下非常庄重地完成了人生的又一件大事，派出所长的故事开始在大山里传颂。一个月、两个月、整整三个月时间，艾斯卡尔·毛拉尼亚孜兑现了自己的诺言，为9个村的群众完成了身份证拍照工作。三个月里，落后的基础设施，崎岖艰险的路途，以及闭塞的通信环境考验着艾斯卡尔·毛拉尼亚孜的意志和信心。

派出所的民警们对满载而归的所长报以经久不息的掌声。看着又黑又瘦的艾斯卡尔·毛拉尼亚孜，民警们扪心自问，如果换了自己，能坚持下来吗？走访入户不算什么，就怕不能活着走完，走到一半吓回县城的大有人在。更何况，这一回是挨村走访。艾斯卡尔·毛拉尼亚孜顾不上鞍马劳顿，派人将照片迅速送往174公里外的县公安局。身份证很快办了下来，一一送到牧民手中的任务由年轻的民警承担了。

在不通电、没有网络的情况下，居民身份证办得漂亮，真难为艾斯卡尔·毛拉尼亚孜了。这个大动作让9个行政村的群众省下了近40万元的开销。艾斯卡尔·毛拉尼亚孜说："这笔账划算，如果让几千群众拖家带口来派出所照相，我们是省事了，给他们造成多大的麻烦呐。"

很多村民握着崭新的身份证，心里很不是个滋味。要是路况好，怎么能让艾斯卡尔·毛拉尼亚孜所长遭那么大的罪。归根结底，还是交通闭塞惹得祸。

沉沉夜幕下的苦鲁勒村。

凌晨，一户村民家传出低沉的哭泣声。24小时了，婴儿的胎盘还滞留在产妇巴尔古丽腹中。流血过多、精力消耗太大，巴尔古丽脸色惨白，气若游丝，连说话都困难了。全家人急得团团转，不知所措。时间在一分一秒地走着，巴尔古丽生命危在旦夕……

一位家人闷闷地说了一句：“给派出所打电话试试?”他的话提醒了全家人。可此时已凌晨三点，难道人家民警不睡觉？父亲努尔阿吉闷闷地说：“试试看吧！”

求救电话穿透夜幕，飞向同样被夜色裹着的叶城县库地公安派出所。这个派出所驻扎在新藏公路219国道附近，距新藏公路上偏僻的小山村苦鲁勒村130公里。苦鲁勒村到县城290公里，即便是库地公安派出所的同志来到村里，离县城还有四个多小时的路途。真可谓山高路远、征程漫漫。缺医少药的苦鲁勒村，最让人头痛的就是生病，更别说是生孩子这样人命关天的大事了。几十年来，生活在苦鲁勒村的各族群众与大自然顽强抗争，还得与疾病抗衡。空气稀薄，有时小小的头疼脑热稍微大意点，很可能就会酿成大祸。

值班民警阿不来提·卡德尔放下电话，苦鲁勒村顿时在眼前闪出。那里的乡亲们勤劳善良，把派出所的民警们当亲人。阿不来提·卡德尔望一眼窗外，窗外漆黑一片，这个点是人困马乏的时间，可有什么能比老百姓的命重要？他毫不犹豫地叫醒所长，一个奔赴苦鲁勒村救产妇的方案迅速形成。仅仅10分钟，救助站就组织起了一支紧急救援小组，担架、急救箱和常用医疗用品也备齐了。担心产妇受凉，民警们还特意找来了棉被、大衣等御寒物品。记不清这是第几次救助行动了，自打救助站2004年8月成立以来，民警们已经习惯了这样的夜间行动，不然，成立救助站干吗？219国道开通后，往来新疆和西藏经营贸易的车辆频繁。但由于海拔高、地势险峻，常常发生因高原反应造成的车毁人亡事故。在副所长张洪顺的倡导下，库地公安派出所迅速建起了拥有高原急救药箱、便携式吸氧机、饮水机等设施的救助站，还成立了一支抢险救助小分队。从此，雪域高原时常上演感人肺腑的故事。

车，在崎岖不平的路上飞奔，民警们的心早已飞到苦鲁勒村。想想危在旦夕的产妇，卫生员冯亮恨不得插上双翅。时针一秒一秒敲击着家人的心，巴尔古丽20多个小时滴水未进了，能撑住吗？即便是能撑住，还有多大的胜算？低沉的哭泣声传出屋外，在夜幕下传得很远。仅仅两个小时，救助站的车就开进了苦鲁勒村，巴尔古丽的家人像迎接救星般将冯亮拥进屋子。冯亮非常镇定，用听诊器查看巴尔古丽生命体征后，赶紧冲了袋奶粉让巴尔古丽喝下补充能量。冯亮低声告诉大家，这些都无济于事，当务之急是立即将虚脱的巴尔古丽送到县城医院救治，一分钟也不敢耽误。被子将迷迷糊糊的巴尔古丽裹了起来，大家七手八脚将她抬上车。第二次急行军开始了，在去县城的路上，巴尔古丽的家人心里轻松了许多，因为穿白大褂的冯亮就守在巴尔古丽身边，一个吊瓶高高举在他的手里。那不是吊瓶，简直就是一颗太阳，照亮了家人的心，温暖着巴尔古丽与死神抗争的路。

一路疾奔，巴尔古丽与冯亮配合得非常好。经过8个多小时的颠簸，车开进了县城，径直来到县人民医院产科。从打出求救电话起，坚强无比的巴尔古丽已咬紧牙关坚持了十几个小时。手术室的灯亮了，一场生命争夺战开始了。一小时、两小时……经过四个小时的战斗，一声啼哭划破沉闷的空气，巴尔古丽顺利产下了一名女婴。守候在手术室外的冯亮等救援组成员一块石头落地，长长松了口气。这应当是个奇迹，随车前来的巴尔古丽家人紧紧握着冯亮的手说："太感谢了！你们简直就是生命救助站。"这是苦鲁勒村民的心声，更是对人民公安的最高褒奖。冯亮的脸红了，他指着走出手术室的大夫说："他们才是生命保护神！"

巴尔古丽化险为夷的消息传回苦鲁勒村，努尔阿吉热泪长流："他们救了我的女儿，不愧是人民警察！"守候在电话机旁的所长接到冯亮电话，连说了几个好字。

这一天是2005年9月28日，被牢牢刻在苦鲁勒村群众的心中。其实，从组建之日起，库地派出所救助站已先后救助了340名遇险受困人员，处置27起车祸，挽回直接经济损失400余万元，还为被救助人员赠送了价值2万余元的药品。当地群众和过往司机亲切地称救助站为"大山深处的生命救助站"。

巴尔古丽痊愈后，抱着来之不易的宝宝回到苦鲁勒村。面对着库地派出所救助站方向，巴尔古丽告诉孩子："是那里的人民警察叔叔救了我们母子的命。”她准备等孩子大些的时候，去库地派出所救助站感谢救命恩人。还要去趟县城，给县医院的大夫们送上红鸡蛋。

因为路，在山里居住了几十年，七村村民麦提热木·阿克居然不知道县城的模样。在全乡30岁到60岁村民中，有8名村民没逛过巴扎。除了身体缺陷或家庭困难原因，路况阻碍了他们的脚步。2011年7月27日，麦提热木·阿克一家3口人来到叶城县城。乡里启动“巴扎”圆梦计划，帮助余下的村民实现了梦想。

因为路，叶城交警来到三村，结合山区交通事故案例对农户面对面进行交通安全宣教。219国道叶城段道路急弯、陡坡较多，交警在排除交通安全隐患的同时，悬挂交通安全标语，提醒广大骑乘爱好者远离交通事故。

路的问题，一直牵动着各级党委和人民政府。

2013年11月，从西合休乡政府门口起，一条柏油公路向国道219线延伸，结束了西合休乡无公路的历史。自治区“畅通富民”工程使乡村的崎岖山路变成了平坦公路，169.8公里的总里程让西合休乡与外界、与各个村子的联系更加紧密了。公路通车之日，牧民们高兴地奔走相告，纷纷从家里出来踏上新路走上一截。

西合休乡几代人谈路色变的噩梦一去不返。路况的改善，大大提升了西合休人民的幸福指数，也彻底缓解了库地派出所救助站的压力。曾经因为路途危险阻止过探险者的老乡长，如今巴不得更多的人光临西合休乡。艾斯卡尔·毛拉尼亚孜所长和民警们告别了在马背上办公的时代。在六村小学，古丽巴哈尔老师站在窗明几净的教室里传道授业解惑，再也不为寒冷的冬季发愁了。在苦鲁勒村，巴尔古丽的孩子已经8岁了。她坚信，命悬一线的事永远不会发生了。

2017年开始，国家投资3亿元，为西合休乡盖起1433套房子。投入2亿接通了自来水。投入1个亿，让音讯全无的9个行政村网络通了信号。更为重要的是，坚定了这片土地上的父老乡亲奔小康的信心。

路，把这个边境乡拽出苦不堪言的泥潭。

电，依旧卡着大山深处父老乡亲的“脖子”。

村里不是没有电，乡里给村里免费安装了太阳能，但一到冬季，太阳能微弱的光亮根本无法满足人们的需求。

2014年，西合休乡通了光伏电，基本照明问题得到解决。可光伏电力有限，灯泡忽明忽暗，手电筒成了唯一可以增强照明的工具。因为教室内光线暗，古丽巴哈尔老师依旧为她学生们的眼睛担忧。

不仅是六村小学，即便是乡中心小学和其他8个村小学，孩子们写作业时贴着书本很近，久而久之，视力就会成大问题。在宿舍，男男女女只能借着手电筒发出的光亮洗漱。夜间，昏暗的路灯下，总有学生看不清路而摔倒。古丽巴哈尔老师希望有那么一天，充足的电能通到六村，她的学生们不再为视力担惊受怕。他们是帕米尔高原的未来，他们的未来不能没有光明。

对大山深处的西合休乡来说，光伏电犹如靠天吃饭，每到阴天雨雪，一些耗电量大的设备，尤其是冰箱、冰柜、洗衣机等家用电器根本没法使用。关于光伏电的尴尬，西合休乡人至今记忆犹新。

由于光伏发电稳定性差，遇到雨雪天气，乡里经常停电，导致学校的一些多媒体教学设备不能正常使用。给乡中心小学配备的冰柜，四年了，一直闲置在那里。冰箱来了，整整两年用不成。给住校生配备的洗衣机成了摆设，衣服脏了，他们只能到河里打水洗，一些孩子的小手都被冰水冻烂了。在凉水里洗衣服，已是西合休乡人民的生活常态。

冬天日照时间短，村民们经常要抱着太阳能光伏板和电瓶，顺着山坡去找太阳，就为了晚上能多亮会儿灯。说起光伏发电，西合休乡人感触良多：

“用电得看天，那电实在没劲儿，啥家电也用不成，让人很头疼。”

“动不动，家电就趴窝了。”

“电压低，家家户户用的都是老式灯泡，光线昏暗……”

村民阿克孜·帕孜艾买提至今还记得那顿伤心饭。那天，他兴致勃勃买回了一个电饭锅，想赶个时髦。他仔仔细细淘好米，添了水，小心翼翼按下了电饭锅煮饭开关。哪知道，饭老是煮不熟。大半天了，米还是米，水还是水。肚子已饿得咕咕叫了，无奈之下，阿克孜·帕孜艾买提只好重新点燃煤炉做饭。从此，崭新的电饭锅被他打入了“冷宫”。电饭锅的事在村里传开了，乡亲们笑不出来。他们只有一个愿望，早日告别“用电看天”的局面。

这一天，伴着中华人民共和国即将迈进70华诞的雄壮步履翩然而至。

国家和自治区以大电网延伸的方式，全面解决光伏行政村缺电问题。西合休乡的农牧民成为新疆最后一批从光伏电升级到大电网的幸运者。自治区重点工程——投资约5.92亿元、惠及1535户农牧民的11个光伏行政村通大网电工程启动，西合休乡光伏行政村通大网电工程正在其中。

西合休乡沸腾了。

一位精干的男子大步流星走进西合休乡，与乡党委书记李云紧紧握手。他叫杨丹，新疆送变电有限公司喀什阿卡孜110千伏输变电工程项目总工程师。他告诉李云，工程总投资约2.9亿元，要新建线路130公里、110千伏变电站1座、35千伏变电站1座。新增配电变压器8台。建成后惠及乡政府所在村西合休村的423户1897名农牧民。那一刻，李云的眼眶里噙满泪水。这工程无疑是雪中送炭，对西合休乡脱贫攻坚战起到了不可替代的推波助澜作用。之前，通电到乡政府国家投入3亿，8个村拉光伏电又是1亿。光是电，全乡人均投入超过了6万块钱。国家为西合休乡投入这么大的资金，我们没有任何理由不守好这片国土！

然而，把大电网接入喀喇昆仑山深处绝非易事。工程的艰巨程度异乎寻常，超出了人们的想象。

阿卡孜达坂像只“拦路虎”，张牙舞爪地横在数百名电力工人面前。这只“虎”还非常难对付，它是新藏线上海拔最低的一个达坂，海拔3150米。输电线路要越过阿卡孜达坂，必须立铁塔架线。可达坂上高山绝壁比比皆是，气压反差巨大，不要说施工，就是走过去都会引起耳膜鼓胀。更为艰难的是，受地质条件所限，这段路面无法浇筑水泥。通往阿卡孜达坂的盘山公路蜿蜒曲折，竟然都是土石搓板路。附近山体土质疏松，时常发生山体滑坡，巨石滚落盘山公路是家常便饭。

半山腰上的施工现场开辟出来，站在施工现场放眼四望，杨丹的心情变得格外沉重。在全长78公里的输电线路架设过程中，有18公里海拔超过3000米。所要架设的64基铁塔，最高的施工作业面距离山脚的垂直距离超过了300米，而每个作业面的施工面积非常狭小。杨丹和他的团队曾参与过新疆多条特高压输变电线路的架设施工，这是有史以来现场施工条件最艰难的工程。

李云也来到半山腰上的施工现场。他对杨丹和他的团队早有耳闻，这是一支能征善战、特别能吃苦、特别能战斗的电力工程队伍。西合休乡光伏行政村通大网电工程由他们来干，父老乡亲们满心欢喜，一百个放心。在接受这个艰巨任务时，杨丹心中涌起的是"责任"二字。李云握着杨丹的手，刹那间就感觉到了信心和力量。他向杨丹表示，西合休乡就是施工队伍的坚强后盾。

杨丹告诉李云首先要解决的问题，就是如何把建设每基铁塔所需要的几十吨物料，一点一点运上山。山太高路太远了，在山区段，没有别的办法，只有靠人力。他请李云放心，工程一定保质保量如期完工，给西合休乡人民交上一份合格的答卷。

工程开工前，前方和后方进行握手。握出一种攻坚克难的力量，握成一股所向披靡的雄风。后来事实证明，敲掉阿卡孜达坂这只"拦路虎"，让银线飞跨帕米尔高原并非不可为之，关键是谁来为之。在英雄的团队面前，这就不是个事。

施工拉开了帷幕，修建简易公路的第一场战斗干脆利落，简易公路很快通到山脚下。可山上地形太险，没法修路，只能架设索道。索道固基少不了水泥、砂石。从山脚下到山顶，最大的坡度达30多度，将水泥、砂石运上山不能硬攻只能巧取。

这时，一支特殊队伍从4000公里外的四川大凉山匆匆赶来，他们是近年来活跃在全国各水电工地上的“马帮”。“马帮”曾是中国西南地区特殊的交通运输方式，利用骡马帮人运输物品。随着时代的发展，马帮人的身影渐行渐远。如今，一日千里的建设速度，让他们找到了一条新的生存发展之道。他们来，协助电力工人把水泥、砂石运到山顶。

11匹骡马每匹驮着300千克水泥开始爬山，可行进不到百米，骡马就停了下来。这里海拔太高，空气稀薄，人走一段都受不了，更何况负重前进的骡马？经过集思广益，最终决定由施工队员引领，“马帮”走一段休息一下。这个法子非常管用，水泥、砂石被运到了指定位置。万事俱备，只欠东风，这个东风就是庞大的水泥搅拌机。

水泥搅拌机是个铁疙瘩，重达350多公斤，无法固定，即便是把所有骡马集中起来也无济于事。有人想到了当年解放军修筑中巴公路时，那么大的解放牌卡车都可以化整为零、穿山越涧，一只小小的水泥搅拌机算什么？士气被鼓得满满，水泥搅拌机很快被拆分成两部分，由8名身强力壮的工人肩扛上山。气壮山河的行动开始了，随着一声“起！”被分拆为两部分的水泥搅拌机稳稳地离开了地面，继而向着山坡移动、移动……在一处接近40度的陡坡，队伍被迫停了下来。浮土太深了，脚踩着就往下滑。往上走一步，往回滑半步，抬着实在太费劲了。有人献策，为了步调一致，可以喊起劳动号子来统一脚步、聚合力量。大家的眼前立马出现许许多多影片里打夯的画面，8名汗流浃背的工人也来了精气神。声调高亢、气息强烈的劳动号子响了起来，山上山下吼声震天。水泥搅拌机在劳动号子声中被顺利搬上了陡坡，这个庞然大物硬是被智慧的工人兄弟征服了。

高超的本领是架塔架线的底气，没有坚强意志休想将工期推进半步。

一场时间争夺战在进行着，在雪域高原施工不比平原。每天在路上被耽搁的时间令人痛心，从山脚下爬到山顶上大概要两个钟头，干活的时间只有十个小时了。为了抢回这两个小时，施工人员天不亮就得起床，先沿着简易公路坐车到山脚下，再徒步爬山至施工现场。这一坐一爬，耗费体力不说，关键是争分夺秒的时间耽搁不起。施工现场前所未有，地势险要、垂直落差大，最要命的是空气稀薄，严重缺氧，在上面施工危机四伏，一旦双脚踩空，就是一场灭顶之灾。即便是这样，也没有阻挡住工程的进度。从徒步登上施工现场起，工人们通常要干到天黑才肯下山。简易公路修好后，已架设了54条索道、近18千米，覆盖了高山段所有地势险峻的区段。可是每建起一座铁塔、延伸一米电线，工程造价都在成倍地增长，这里的施工难度至少是平原的三倍。如果不与时间赛跑，损失的可就不仅仅是经济效益了。

有了索道是快捷了许多，运材料没问题，可铁塔组立、放线都要靠人工。气候多变的达坂上，天气就是张娃娃脸，说翻脸就翻脸。风霜雪雨和冰雹来时，根本没有预兆，来去匆匆，把人折腾得恨不得咬它两口才解气。在平原，一天就能组立10基铁塔。这里，高寒缺氧、现代化运输工具不能使用，十几个人要干三四天才能立1基铁塔。为节省坐车和徒步上山的时间，施工人员在电网基塔上一待就是12小时。

225号铁塔，是全线施工最艰难的部分，位于阿卡孜达坂山巅。在悬崖峭壁边挖开冻土层还行，掏去50厘米虚土麻烦就来了，下面全是岩石，坚硬无比。十字镐和钢钎很快就被磨秃了，只好把空压机调来，用风镐、电镐一寸一寸往下钻，一个月才能挖成一级基础。就这样，一寸一寸钻、一级一级挖，经过无数个日夜奋战，终于将铁塔组立起来。那天，银线从塔顶倾斜而下穿越大部分达坂，垂直落差达到800多米。在这座连猴子都爬不上去的雪山上，一条光明之路架通了。

149号铁塔，是全线施工最困难的地方，位于马尔洋达坂背阴面。这里山势陡峭，危险系数大，大型吊装机械无法进入作业。在平原地带，塔材就地组装，25吨的吊车直接吊起进塔座，地脚螺栓上好就完成！149号铁塔，只能采用传统滑轮组进行铁塔搭建。要命的是，马尔洋达坂背阴面5级左右的强风，每天要刮20个小时左右。200千克重的铁塔支架在空中晃动，随时都会出意外。施工队长袁凌决定，在铁塔另一侧加固定锚点，以阻止晃动的铁塔。在达坂上加固定锚点谈何容易？得先把几十厘米的冻土掏掉，才能把60厘米长的铁锚扎进冻土层。晃动的铁塔是被绳索牢牢牵住了，可这个固定锚点整整耗去了几个小时。在平原上，袁凌和他的团队一天就能立起一座35千伏铁电塔。这里是帕米尔高原，3天才能完成同样的工作量。又降温了，还有50座铁塔在高原上等着他们。

没有退路，狭路相逢勇者胜!

这天，一位维吾尔族汉子牵着只羊，兴致勃勃来到施工现场。

汉子叫塞皮丁，西合休村村民。施工队伍架设线路时的甘苦，全村人都看在眼里，都想表达一点感激之意。塞皮丁思来想去，这高原山区没什么比羊更能表达感情了，羊象征着美好和吉祥。塞皮丁的这个想法得到了村干部认可，他便牵着羊来到工地。让他失望的是，劳累了一天的施工队伍下班了。第二天，塞皮丁牵着羊早早来到工地，刘洪成和范井效两位师傅在。山里人朴实，语言表达不了心里的谢意，赛皮丁索性就将羊送上。村干部告诉两位师傅：羊，昨天他就要牵过来，可惜你们下山了，今天无论如何把羊送过来了。赛皮丁将羊交到两位师傅手里说：辛苦，你们太辛苦了。谢谢你们！赛皮丁的真诚和朴实感动着两位师傅，他们连连说："应该的，这是我们的本职工作。再辛苦，也值!"

这感人肺腑的一幕迅速传开，工地上掀起劳动竞赛热潮。奇迹在年施工期仅有7个月的西合休乡发生了。难度如此大的工程，一年的施工时间被压缩为半年。当施工队伍冲向胜利的红飘带时，端午节翩然来临。

2020年6月25日，喀喇昆仑山深处的"长明灯"亮了。

这一天，西合休村迎来了可载入史册的那一刻。绵绵细雨挡不住村民们的激情四射，西合休村成了欢乐的海洋。大网电当即接通，村里的所有电器第一次扬眉吐气。再也不用担心负荷问题，洗衣机、电冰箱等大家伙尽管开，不会发生跳闸的。

在通电仪式现场，阿克孜·帕孜艾买提一边翩翩起舞，一边热情邀请左邻右舍中午来家里。那个被他打入冷宫的电饭锅已经可以使用了，他要用这个曾经使他尴尬的锅做一顿香喷喷的米饭。

69岁的马木提·麦孜牙，祖辈是1895年迁来的“边民帮户”，在麻扎达拉、阿卡孜一带兴边护边。他耳闻目睹了西合休村一路走来的艰辛，有了稳定的电，就有了幸福安康的生活。他第一次接触网络，一个最深切的感悟便是老百姓最重要。他不知道，这种感悟折射出的正是中国共产党人以人民为中心的理念。西合休乡一年一个样的变化，让护边员马木提·麦孜牙很是感动。

载歌载舞的村民们觉得，该对建铁塔、拉电线的施工队伍表达点什么才对。他们将自己的想法告诉了乡里。不久，一封签有村民代表名字的感谢信，从喀喇昆仑山深处寄到国家电网公司。西合休村的423户1894名农牧民，用真挚朴实的话语，感谢党中央对边疆群众的牵挂和关怀，感谢国家电网员工不畏艰险、翻山越岭建设“电力天路”，让他们彻底告别了“看天用电”的苦日子，享受到脱贫攻坚政策红利，迎来了产业致富的新希望……这封情深意长的感谢信，在国家电网公司顿时掀起了情感的大潮。

这一天，乡中心小学真正步入现代化时代。孩子们早早赶到，擦桌子、拖地板，将教室布置得跟过节一般。还没到上课时间，琅琅的读书声已在各个班级里响起，声调比以前高得多。

“班班通”多媒体教学系统今天正式启用，老师们借助现代化的教学手段给孩子们上了第一课。“感恩之心”主题班会开始了，大屏幕上正在播放着“电力天路”穿越茫茫昆仑的视频。学校终于用上了“长明电”，这是全校师生盼望已久的事。

12岁的阿丽亚·吾买尔是寄宿生，她家离学校骑摩托车有六七个小时的路程，一学期只能回一次家。这天，学校闲置很久的冰箱、冰柜、洗衣机全都转了起来。对阿丽亚·吾买尔而言，别的她不太在意，那个洗衣机太重要了。她尝过冬天去河边洗衣服的滋味，那个冷啊，手被冻得通红，回到宿舍，立马痒得难受。以后只需要将脏衣服放进洗衣机，打开开关就可以了。“长明电”让阿丽亚·吾买尔和同学们找到了现代化的感觉。阿丽亚·吾买尔说：“我们大家好好学习，就是最好的感恩！”

这天，变化在校园内悄无声息地进行着。

教室里安装上了电采暖设施，这个冬天不会再冷。

宿舍和过道的灯换上了大瓦数的，夜里不会再摔跤了。

一台台教学电脑前，孩子们熟练地滑动着鼠标，不时发出会心的笑声。

阿布都·热扎克同学说："太有感觉了，我憧憬着与北京朋友面对面视频那一刻。"

这一天，乡卫生院破天荒不看电的"脸色"行事。

24小时急诊治疗"绿色通道"启动了。

全自动生化仪、X光机工作灯频闪，开始为患者服务。

手术室内，无影灯射出久违的光柱。

"长明电"给卫生院领导带来智慧和力量，他们计划引进CT等诊疗仪器，以全面提升全乡医疗卫生条件。

这一天，许多梦想开始在日光灯下孕育。

不仅是教育求知梦、医疗卫生事业发展梦，招商引资梦也在蠢蠢欲动之中。

李云在台灯下奋笔疾书。西合休乡的牛羊吃的是中草药，喝的是矿泉水。没通电之前，乡里的畜牧加工厂计划迟迟无法落地。现在有了电，可以快马加鞭推进计划实施，使畜牧产品的利润更多，让村民们钱袋子鼓得满满。下一步，引进加工厂，将牛羊精心分割、加工和包装后进行销售，利润可以比卖活畜翻番……

一家企业当天就联系了李云，准备在村里开办一家集屠宰、精深加工为一体的肉类加工企业。毫无疑问，这将提高西合休乡的养殖业水平，带动农牧民增收。

2村村民艾力·巴依斯是这样想的：电来了，过去不能用的电动设备都正常运转起来，可村里没有修车的。这个月就去县城学手艺，回来在村里开个修理店！

这一天，全疆有10个光伏行政村通电。在10个光伏行政村中，西合休村是海拔最高的行政村，也是地理位置最特殊的边境村。在喀喇昆仑山深处，“长明灯”点亮了西合休村的夜晚，那盏盏灯火像亮晶晶的星星，镶嵌在帕米尔高原强健的肌体上。这个壮景，无可辩驳地向世界庄严宣告，世界屋脊上的边境村彻底告别了用电难。不久，总投资42亿元的新疆深度贫困地区电网建设项目全部完成，覆盖南疆四地州33个贫困县2481个深度贫困村，惠及农村居民264万户、891万人。

这样的壮举，只有在中国特色社会主义制度下才能够实现。

这样的奇迹，只有中国共产党及她领导下的人民能够创造。

一位石油系统的维吾尔族干部，耳闻目睹了这样的壮举，率领全村各族群众在帕米尔高原上创造了另外一个奇迹。

他叫纳赛尔·热依木，来自2000多公里外的独山子石化公司炼油厂加氢联合车间，是公司技术能手。走进库鲁星克村是三年前的事，那时他作为两个孩子的父亲和家里的老大，是有些犹豫。但查阅资料后，纳赛尔·热依木的血立马沸腾起来。帕米尔高原上的西合休乡非同一般，独特的地理位置、恶劣环境，这里的乡亲们正眼巴巴地盼着工作队的到来。纳赛尔·热依木来到西合休乡，到邻近塔什库尔干大沙漠的库鲁星克村担任村干部。

库鲁星克村第一个夜晚，迎接纳赛尔·热依木的是没电、没水，屋子里漆黑一团，寒冷刺骨。来之前他对可能出现的困难都想过，但怎么也没想到会是如此严重。八尺高的汉子，得自己去拉煤烧炉子取暖，否则一个多月才能洗一次热水澡。对过惯了城镇生活的纳赛尔·热依木来说，怎么受得了？意想不到的现状非但没有吓到他，相反，他觉得自己来对了，不然，要我们这些共产党员干什么？

全村71户人家，275名少数民族村民，其中108名属贫困户。库鲁星克村的贫穷落后向纳赛尔·热依木发出挑战。乡亲们太苦了，纳赛尔·热依木做出的第一个决定就是与他们同甘共苦，先在感情上融入这个群体。

久居塔什库尔干大沙漠边缘，水是头等大事。村里没有生活用水，6公里外的峡谷有，乡亲们拉着骆驼去峡谷拉水已习以为常。多少年来，库鲁星克村的日子就是这么过来的。纳赛尔·热依木来到峡谷下到100米深的谷底，用桶接满雪水再提上谷顶，在骆驼背上绑牢。长期与石油为伍的纳赛尔·热依木，切身体会到了滴水贵如油。一头骆驼拉3桶水，3头骆驼往返12公里只能拉回9桶水，这就是村民半个月的生活用水。泪水溢出纳赛尔·热依木的眼眶，乡亲们受苦了。以后的几天，纳赛尔·热依木一户一户走访，越走与村民的心贴得越近。

起风了，转眼间沙尘遮天蔽日，整个村子已被刺鼻的空气笼罩。这怎么得了？没有绿色植被何以阻挡沙尘暴的肆虐？种树，刻不容缓！纳赛尔·热依木来到40公里外的塔什库克尔村，向村两委借了210棵柳树苗。塔什库克尔村的乡亲们告诉纳赛尔·热依木，光有树苗还不行，库鲁星克村的土质不行，树栽不活的。整整一个星期，纳赛尔·热依木率领库鲁星克村村民，用骆驼把黄土和柳树苗拉回了村里。第二天，全村男女老少纷纷拿起铁锹，将210棵柳树苗栽种下去。春去秋来，树活了。一棵棵柳树在风沙弥漫的库鲁星克村扎下了根，希望和信心也伴着哗哗作响的绿叶在村民们心中升起。

库鲁星克村的村民开始对这位石油系统的干部刮目相看，对纳赛尔·热依木的信赖，犹如一棵棵深扎戈壁的柳树般坚定不移。他们相信，为库鲁星克村办实事的干部来了。

生态环境得到了部分改善，可并不代表库鲁星克村群众摆脱了贫困。纳赛尔·热依木在与村民们一起背柴火的路上、共同修公路的间隙，在帮年迈的老人做饭、给村民们理发、教孩子学国家通用语言的同时，苦苦思索着一个让乡亲们彻底脱贫致富的对策。

夜幕又降临了，一个大胆的想法如同一道闪电划过他的心间。275名村民，就有108名贫困户，这在喀什地区绝无仅有。在短时间内让库鲁星克村整体告别贫困，只有靠政策。这个政策就是让村民们成为塔什库尔干边境的护边员。纳赛尔·热依木信心满满又惴惴不安地打起了报告。报告按组织程序很快到了叶城县委，这不是一件小事，涉及有关政策条文。在等待的煎熬中，纳赛尔·热依木终于盼来了县委的批复。县委对纳赛尔·热依木想百姓所想，急百姓所急，扎扎实实为村民们办实事的务实作风给予了充分肯定，决定50名村民转为护边员，每月工资2600元。这样一来，既帮助村民就业，还能让边境防线更加牢固。得知这一喜讯的库鲁星克村民热泪盈眶，飞快地拥向纳赛尔·热依木，一位上了年纪的村民紧紧地握着纳赛尔·热依木的手说："我活了大半辈子，头一次见到你这样的干部。你，亚克西！"

亚克西的纳赛尔·热依木，不知不觉送走了一段又一段与乡亲们朝夕相处的时光。

一排排柳树茁壮生长，库鲁星克村的生态环境得到了有效改善，肆虐的沙尘暴收敛了许多。电早已通到家家户户。电视机为库鲁星克村的夜晚平添了无数乐趣。用句时髦话说，这里的夜晚不再可怕，电视伴你走天涯。水，也通过弯弯曲曲的管道进了村。拉着骆驼去6公里外的峡谷拉水的历史一去不复返了。这个离沙漠最近的行政村村民，开始过上了幸福安康的好日子。

其实，自踏进库鲁星克村那一刻，纳赛尔·热依木就发了誓言，不改变村里的面貌、让乡亲们过上好日子，他绝不返回独山子。他是被村里的状况烙的心里隐隐作痛，这里的生存环境和生活条件这么艰苦，一丝敬畏油然而生，这里是祖国的西部边陲，如果没有库鲁星克村等各族村民世世代代的坚守，和护边员们长年累月的恪守职责，何来西合休乡这个边境乡的安定祥和。塔什库尔干大沙漠，风来遮天蔽日。帕米尔高原，海拔高、紫外线强，几乎见不到绿色。正是库鲁星克村的村民胸怀祖国，着眼全局，才有了102.4公里边境线巡边护边工作的有条不紊。他们是卫士，守卫共和国疆土的忠诚卫士。改善生态环境，让他们享受精准扶贫政策的阳光雨露。以最快的速度摆脱贫困，让他们奔向小康，是我这个村干部义不容辞的责任和义务。在纳赛尔·热依木的内心深处，就活跃着这样的思想。这个感悟，来自党对纳赛尔·热依木这位优秀维吾尔族干部多年的教育培养，更得益于塔什库尔干大沙漠边缘这个行政村的触景生情。

2020年底，纳赛尔·热依木结束了他任村干部的工作，恋恋不舍地告别了朝夕相处的乡亲们。但他留下的良好口碑，成为库鲁星克村民们永远的慰藉。

在苦鲁勒村、塔什库克尔村、西合休村等9个行政村，都有纳赛尔·热依木这样的村干部。正是在这些领头羊的率领下，各族群众以高原人特有的战天斗地精神，一步一个脚印，最终将贫困赶出帕米尔高原，迎来了那一抹属于边境乡的人间春色。

2021年2月25日，全国脱贫攻坚表彰大会在北京隆重举行。

伽师县水利局副书记、局长刘虎获全国脱贫攻坚楷模光荣称号。西合休乡各族群众为喀什地区出了这样的典型无不欢欣鼓舞。他们不知，一个具有划时代意义的大会即将在乌鲁木齐隆重举行。

5月21日，在自治区脱贫攻坚总结表彰大会上，叶城县西合休乡人民政府荣获自治区脱贫攻坚先进集体称号。消息飞向帕米尔高原，西合休乡的各族群众落泪了。如果说路和电是西合休乡的两只翅膀，党的脱贫攻坚好政策就是那强劲的东风。没有这股东风，纵然有天大的翅膀也飞不动。关于这一点，乡党委书记李云深感触颇深。

西合休乡9个行政村均在平均海拔3500米以上的山坳里，自然环境恶劣、基础设施薄弱，全乡1004户都曾是贫困户。怎么办？从畜牧业入手，将其作为村民增收的主要产业。很快，9家农民养殖专业合作社成立，500户村民将自己的牛羊托管给合作社，100余名富余劳动力有了就业岗位。到2020年底，全乡牲畜存栏达到了8.1万头（只）、家禽2万余只，全乡农牧民人均纯收入实现了15560元。贫困家庭一户一人稳定就业，还确保了边境山区群众安心守边护边。如今，全乡2881名劳动力全部实现了就业。

西合休乡的路就是这样走出来的，自治区脱贫攻坚先进集体牌匾印证了这样一个事实：西合休乡贫困人口能够全部脱贫，得益于西合休乡党委和政府始终把脱贫攻坚作为重大政治任务和首要民生工程来抓，确保脱贫攻坚各项措施有力推进，各项政策落地见效。

牌匾后面有太多的故事，有太多的付出，有太多的心酸。

路，曾让西合休乡历经沧桑。探险者脚下的六村之路，过达坂越吊桥，惊心动魄。派出所所长艾斯卡尔·毛拉尼亚孜的走访入户之路，跌落山道肌肉拉伤，难以忘怀。库地公安派出所救助站去苦鲁勒村救孕妇之路，漫长、焦急而惊险，刻骨铭心。

电，也让西合休乡留下太多的印记。变化无常的天气，让本是现代化的光伏电束手无策，上演了一幕“望天看电”的悲喜剧。时髦的电饭锅，本是村民阿克孜·帕孜艾提买提享受现代生活的开始，却因为电，兜头盖脑给了他一瓢凉水。还有中心小学的孩子们，眼巴巴地看着多媒体教学设备用不上，洗衣机躺在角落里睡大觉，他们却要去河边与冰水较量……

精准扶贫的东风涤荡着一切污泥浊水，路和电乘势而上，西合休乡的梦想实现于祖国强大、人民至上的时代背景下。在西合休乡，随便走进哪个村，昔日的寒酸荡然无存，卫生室、学校、幼儿园、集贸市场等公共配套设施一应俱全。一排排安居房、一条条硬化道路展示着实力，幸福和喜悦已经写在村民脸上。

站在牛羊撒欢的圈舍前，西合休村村民马木提·买孜牙乐得合不拢嘴。2014年，马木提·买孜牙家牛和羊加起来不到10头（只）。短短几年间，就发展到200多头（只），收入一年比一年高。他兴致勃勃地告诉我：“过去想都不敢想的事，现在都实现了。住上了安居房、喝上了自来水、走上了柏油路，这些年，生活一天一个样，党的好政策让我这老头子享大福啦！”在西合休乡，马木提·买孜牙这样的富裕户不在少数。这说明一个问题，大山深处贫困村的面貌被彻底改变了。

是啊，脱贫攻坚的阳光不仅照到了帕米尔高原，也照耀到了天山南北每一个角落。新疆农村贫困人口全部脱贫、所有贫困县全部摘帽，贫困村全部退出，贫困人口全部实现“两不愁三保障”，南疆四地州区域性整体贫困彻底消除，新疆绝对贫困问题得到历史性解决。自治区党委和政府兑现了向全区各族人民作出的庄严承诺。

清晨，一辆医疗救护车行驶在崇山峻岭中的盘山公路上。

这很容易让人联想到16年前苦鲁勒村的那一幕。当时的苦鲁勒村缺医少药，婴儿的胎盘滞留在产妇腹中达24小时之久。如果不是人民警察的星夜兼程救助，一场悲剧在所难免。往事不堪回首。今天，手握方向盘的西合休乡卫生院司机，再也不必为糟糕的路况担惊受怕了。从乡政府出发，即便是连续翻越三座雪山达坂，路是平坦的，通讯是畅通的，只需要克服高海拔、复杂地形等困难，就能到达亚尔阿格孜村及其周边的3个村子。

医疗救护车的到来，让山坳里的亚尔阿格孜村忙碌起来。

迎着医疗救护车清脆的笛声，村民们高高兴兴来到村卫生室。登记建档、血常规、心电图、B超、放射检查……乡卫生院的医护人员有条不紊地为村民逐项体检。除此之外，他们还向村民们一丝不苟地讲解医疗惠民政策，宣传新的健康生活方式，引导他们养成科学的饮食习惯。

第一年，“空腹体检”对村民们来说云里雾里，既不习惯也不理解。随着一年一度的约定俗成，现在，家人相互叮咛、左邻右舍相互提醒，与医护人员配合得非常默契。这是文明的升华，更是健康的保障。

28岁的西合休乡卫生院体检科主任艾则孜告诉我：“全民健康体检医疗惠民政策重如泰山，没有一个好的身体，幸福生活你拿什么去奋斗？9个行政村坐落于不同山谷之间，极为分散，远近不等。我们根据实际情况组队进村，已经连续五年为偏远村庄的农牧民提供上门服务。”

一个多月了，艾则孜率队连续奔波在崇山峻岭之中。翻越雪山达坂时，颠簸的路况使X光机损坏，刚刚赶到亚尔阿格孜村卫生室，买提托合提·依明医生就忙活起来，他要在大批村民们涌来之前，修好设备。

卫生室内井然有序。一名村民手持社保卡等候登记体检信息，姑再丽努尔·赛麦提医生在为村民登记体检信息。一名年长的村民在测血压。古丽娜尔·毛明医生在为村民做B超检查。艾则孜在为村民检查视力，另外一名医生在为村民采集血样，阿布都艾则孜·阿迪力则在查看村民接受放射检查的信息。卫生室外，体检完的村民在排队问询体检反馈信息。一些村民与乡卫生院的医生很熟了，愉快地交流着什么。

就在乡卫生院的医护人员在亚尔阿格孜村忙的时候，一架无人机升上天空。新华社记者胡虎虎用航拍的镜头展示了山村巨变。

由8村通往7村的乡间道路上，正在进行拓宽硬化改造。曾经因为行路难，西合休乡村与村之间联系困难。随着脱贫攻坚的深入实施，政府加大了对偏远山村基础设施建设的投入，使老百姓出行条件得以大幅改善，9个行政村均已实现通路。蜿蜒在崇山峻岭间的这条乡间道路，经过平整、拓宽等改造后，通行能力得以大大提升。

7村附近新建的钢结构大桥气势如虹，一辆汽车平稳地驶过钢结构大桥。与钢结构大桥形成鲜明对照的是五村那座简易吊桥，当年它是村民们出行的主要通道，如今已经“退役”，正安享被人参观的幸福晚年，或许还能跻身帕米尔高原稀有景点行列。

五月的阳光照射到实施易地扶贫搬迁后的7村，整齐划一的民居，花红柳绿的环境，屋顶上闪着银光的太阳能热水器，还有走在村里水泥路上的小朋友，构成了一幅恬静的社会主义新农村和谐图画。我便想到20世纪90年代那个满腔热忱的探险者，他走了道，是蜿蜒曲折的羊肠小道，稍有不慎就会粉身碎骨。也过了桥，是桥板松散、年久失修，激流在脚下咆哮的吊桥，半点分心将葬身河谷。他还到了6村进了学校，低矮昏暗的教室，冒着煤烟子的炉子，还有那双划火柴点燃炉子的小手令人心酸。那个品学兼优的孩子不是企望山外更多的人知道六村吗？古丽巴哈尔老师没有食言，对孩子们的承诺早已变为现实。西合休乡登陆多家媒体，还上了《人民日报》和中央电视台，应该说家喻户晓、声名远播了。孩子是祖国的未来，只有健康才能茁壮成长。是的，西合休乡的孩子们既健康还茁壮成长。

2021年6月25日，我来到西合休乡中心小学。

一年前的这个时候，欢乐的鼓点敲醉了山谷。穿着节日盛装的西合休村各族群众，载歌载舞，圆了一个几代人曾经可望而不可及的梦幻。从光伏电跨上了电网，彻底结束了用电难的历史。

六年级的阿丽亚·吾买尔正盯着电脑屏幕。电脑真是个好东西，给人类带来的便捷可不是一点点。想查资料，就进入搜索引擎；想玩游戏，找到小游戏点入就行了；想看书，打入电子图书馆就是。当然电脑还可以放照片、看录下来的东西，功能多着呢。最关键的是，孤单的时候也不寂寞，失落的时候也不彷徨。阿丽亚·吾买尔的家在阿亚格却普村，那里山高林密，遮住了她的视野，也挡住了她看世界的脚步。进入中心小学后，知识为她增添了本领，电脑帮她打开了一个精彩世界。光伏发电时期，天气好的时候能多看几分钟，她总觉得不过瘾。现在不愁了，什么时候来电都不是问题。打开电脑，就可以与世界接轨。这是祖祖辈辈都难以想象的事。

鼠标在阿丽亚·吾买尔的小手里摩挲一会儿了，有点热。放下鼠标，阿丽亚·吾买尔手心里的冻疮疤痕清晰可辨。没有长明电，她和同学们到河里打水洗衣服。河水很凉，衣服搓几下手就木了。回到宿舍，手又麻又热，冻疮一破就流水，直到结痂。一年前的今天，有家公司向学校捐赠了10台洗衣机和4台电热水器。从那时起，阿丽亚·吾买尔和同学们的好日子来了。眨巴着黑亮的眼睛，阿丽亚·吾买尔希望这样的好日子能够持续下去，一直延续到她的师弟师妹们，以及师弟师妹们的师弟师妹们。阿丽亚有所不知，一支队伍正向西合休乡小学赶来。

他们是上海援疆叶城分指援疆教师团队，听了西合休乡的故事，西合休乡的孩子让他们牵挂。他们带来了一批学习用品和生活用品，想对老师和孩子们表达点心意和一份感情。在欢迎仪式上，援疆教师为孩子们颁发了学习用品。

一堂生物课在进行，阿丽亚·吾买尔领略了上海老师徐金的风采。

一堂英语课也在进行，六年级的同学们见识了另外一位上海老师黄锋的教学风格。

因为教学条件的原因，这是孩子们第一次上生物课和英语课，课堂里时而鸦雀无声，时而欢声笑语。图片闻所未闻，游戏非常新鲜，教学内容的直观性让这些山里的孩子们如痴如醉，对知识的渴望和对学科的兴趣瞬间就被激发出来。上海老师卢兴宇的书法作品遒劲有力，向扎根乡村教育、无私奉献的同行们表示崇高的敬意!

这次活动后，孩子们的身影牢牢扎进上海老师们的心里。两堂堪称范例的微课和兴趣课一石激起千层浪，一股发愤读书、比学赶超的氛围迅速形成。从西合休乡中心小学，援疆教师们看到了昆仑山深处教育事业的希望。这些孩子们远离父母的陪伴，却能自强自立，正是城市学生们的楷模和榜样。援疆教师们纷纷表示，继续关注西合休乡中心小学的发展，在力所能及的范围内助力这里的老师和同学们，让教育的星火在帕米尔高原燎原。

2017年至今，国家把15亿投在了西合休这个边境乡，投给了这里的6540名各族群众。于是，有了长明电、柏油路，以及芝麻开花节节高般的幸福生活。

路和电，是西合休乡腾飞的两只翅膀，也是大山腰际的飘带和穿山过涧的飞虹。当新时代的东风浩荡，路和电的翅膀托起昆仑深处这只大鹏鸟一飞冲天，向着云蒸霞蔚的天宇展翅翱翔。

05

第五章

阿克塔什传奇

有一个美丽的传说
精美的石头会唱歌
一个中华人民共和国最年轻的乡镇
迎着帕米尔高原第一缕晨曦
走出昆仑奔向全国
正把世界的目光折服

秋雨，猛烈地抽打着帕米尔高原。

天空电闪雷鸣，泥沙似蠕动的蟒蛇从四面八方游来，又以汹涌之势扑向沟谷深壑。山坡上、山坳里、沿河傍山而建的房屋被秋雨抽打得噼噼啪啪作响。洪水和泥石流灾害又暴发了，瞬间房屋被损毁，农田被冲毁，牛羊哀鸣着四散奔跑……

这阵势，高原人领教过无数次了。纵然泥石流再肆虐再猖獗，也休想让这片土地上的人们退却半步。千百年来，帕米尔高原上的人民就是这样坚韧不拔地与大自然顽强抗争着。

高原上有好几个乡，数棋盘乡规模最大、名气最响。不是没有故事，相传八仙之一的吕洞宾与洞庭龙君两位神仙羡慕此地秀美风光，相约来此对弈三盘，故名“棋盘”。棋盘乡也不是不壮阔，地处叶城县西部，东邻萨依巴格乡、柯克亚乡，南邻西合休乡，西南与塔什库尔干塔吉克自治县、莎车县毗邻，北邻依力克其乡，距叶城县城72千米。一个不折不扣的高原大乡。

只是这里的生存环境太恶劣了，已到无法容忍的地步，而且还有愈演愈烈之势。人、牲畜、庄稼需要一个生态平衡的环境，只有这样幸福指数才有保证。可泥石流不给高原人一点喘息的机会，被它侵害过的地面上一片狼藉。房屋倒塌了，牲畜陷入泥潭，河流里满是呲牙咧嘴的泥石，绿油油的庄稼已经不可能生还，草场上牛羊撒欢的生机荡然无存。除了乡政府上空那面迎风招展的五星红旗给人以希望和勇气，悲哀、叹息在扩散和蔓延。

高原就是高原。环境艰苦、信息闭塞、就业岗位奇缺已让高原人伤透脑筋，泥石流又来凑热闹，而造成的罪孽苦难而深重。

同属喀什地区叶城县下辖的柯克亚乡、乌夏巴什镇更是雪上加霜。从乡里到村里，再从村里到村民们的庭院，黄褐色主宰着一切。

遍地污泥浊水是黄褐色，夹杂着草根的泥浆呈黄褐色，家家户户的院子里是黄褐色，原本绿色的草场也被泥石流抹成黄褐色，就连村民们挽起的裤腿和手里的铁锹、坎土镘什么的，也被染成了黄褐色。

高原上曾经绿草如茵、牛羊撒欢，哪里容得它黄褐色撒野？黄褐色土俗称黄泥土，暖温带地区在以常绿阔叶林为主的植被条件下才能发育而成。拜泥石流所赐，不知什么时候，黄褐色土就降临到与它风马牛不相及的高原上来了。来了，就给高原人添堵，添了一个如影相随、挥之不去的大堵。有这个家伙一天存在，高原人的日子就不好过。

阿不都哈力克·麦麦提尼亚孜挥舞着手里的竹扫把，向着院子里的泥浆一次又一次地发泄着愤懑。在这昆仑山深处的棋盘乡，吃水靠挑、生活靠天，一家人的收入只能靠放牧和打零工维持。住的是土坯房子，下雨的时候漏水，冬天冷得受不了。日子够清苦的了，老天爷还要来这么一下子。他坚信，只要乡政府门前的那面五星红旗迎风飘扬，泥石流的路就走到尽头了，牛羊欢歌是迟早的事儿。

哈尼克孜·阿布达领着弟弟清扫泥浆，越扫越觉得窝火。她是聪慧的美丽的，更是勤劳善良的。一大家子人，她这个老大早早就将父母肩上的担子接过来一半。哈尼克孜·阿布达心里清楚，这黄褐色的泥浆是扫不完的，今天扫了，泥石流还会来的。自她出生以来，让这个小山村的乡亲们最头疼的莫过于泥石流。乡里的干部给村里普及过泥石流知识，它是由暴雨、暴雪等其他自然灾害引发的山体滑坡，并携带有大量泥沙以及石块的特殊洪流。袭来的时候，短的不过几分钟，长的也不过几个钟头，可破坏力超强。冲毁公路、铁路交通设施，甚至村镇是常有的事。

哈尼克孜·阿布达看着弟弟，心里好沉重，像压上了一块磨盘。突然间，哈尼克孜·阿布达一阵晕眩。恍恍惚惚就生出一个大胆想法，有那么一天，自己生出一对翅膀飞向湛蓝色的天空，再飞回来驮上弟弟一起离开这个地方。总有那么一天，她和弟弟会彻底挣脱这种无奈，去大山外呼吸真正属于自己的新鲜空气。

一对年轻夫妇也在清扫泥浆，女主人叫布艾吉尔·艾木都拉，一个精明强干的维吾尔族女子。

前几年，夫妇俩起早贪黑地干，只够家里四口人的口粮，套种的10来棵杏树倒是能卖点钱，一年下来最多赚个两三千元，想逛个巴扎都难。她和丈夫在村里算是很能干的了，从未懈怠过。夫妇俩有五亩地，分别种着玉米和麦子，玉米他们求的是产量高，麦子要的是质量好。机遇终于来了，爱学习的布艾吉尔·艾木都拉获悉，玉米蛋白质、维生素、纤维素等含量丰富，具有很高的种植价值。布艾吉尔·艾木都拉和丈夫便小心翼翼地照料着玉米。

这时，有关小麦的消息传到布艾吉尔·艾木都拉这里，用于面条加工的优质小麦粮源较为紧张，油脂小麦成为抢手货。一吨小麦竟然可卖到2900元。小麦价格的上涨，大大激发了布艾吉尔·艾木都拉夫妇的种植积极性，甚至在心中勾画着蓝图。可就在他们收获了玉米和麦子，后期小麦走势依旧强劲之时，泥石流不期而至。

布艾吉尔·艾木都拉夫妇这样的家庭不在少数，若是没有泥石流的侵扰，日子过得还算舒心。无数个夜晚，布艾吉尔·艾木都拉不止一次地想过，如果走出这沉沉大山，彻底摆脱泥石流的折磨，她这只勤劳的鸽子肯定会飞得更高更远的。

在柯克亚乡二村，麦麦提·多来提已经将自己家的院子清扫干净，他就不明白了，偌大一个乡，为什么种菜蔬。这个词，是他从城里人的口中听到的，又到村干部那里搞清楚后，开始正式使用的。

菜蔬，这个城里人天天挂在嘴巴上的东西，其实就是乡亲们拉条子碗里的白菜、土豆、恰玛古老三样。难道我们天生就会吃老三样吗？不是的，绝对不是。谁不想让生活更出彩些？拉条子拌营养更加丰富、品种更加多样、色泽更加诱人的菜蔬，不是味道更好嘛。倒腾蔬菜是他的营生，一年下来仅有的收入，连养活一家六口人都很困难。可他喜欢干这个，与其说喜欢干这个，不如说喜欢蔬菜的颜色和味道。多少年来，他看腻了白菜、土豆、恰玛古的非灰即白的单调，也对老三样的味道大倒胃口。这个善于动脑子的年轻人，开始思考着一个后来被证明是正确的想法。这就是种蔬菜，用水灵灵的黄瓜、西红柿、辣椒，还有芹菜等新鲜蔬菜，彻底取代白菜、土豆、恰玛古等老三样。确切地说，来一次蔬菜革命，用绿色占领灰白色。

在高原上，谁都知道，绿色不仅养眼还养胃，最终还会变为极有价值的养分。在泥石流暴发的时候，"菜贩子"麦麦提·多来提居然想的是这些事，连他自己都没料到。陡然间，麦麦提·多来提的精神为之一振，平添了无穷力量。

草场肯定是被毁了，往后牛羊吃什么？图文荪莎站在被泥石流滚过的草场，犹如站在一块秃了毛发的牛皮上，满目疮痍，惨不忍睹。此时他欲哭无泪。原本很热的日子，就这样被泥石流兜头盖脑一顿冲刷，无影无踪了。

他不服气，他是远近闻名的养殖高手，他养的牛膘肥体壮，他养的羊咩咩欢唱。俗话说干啥吆喝啥，图文荪莎比任何人都清楚，牛羊肉营养价值丰富。村干部上课时讲，随着我国城乡居民生活水平的不断提高、生活方式和饮食方式的不断转变，羊肉消费市场快速发展，消费需求稳步增加。

每一次听课，图文荪莎都觉得村干部是在给他们养殖户提气。他牢牢记住了关键几句话："中国是牛羊生产消费大国，羊肉产量稳居世界第一，牛羊生产持续稳定增长。"他常常被自己勤劳的双手和智慧创造出的草原奇观所陶醉。那时，从高处俯视草场，撒欢的牛羊如白色的珍珠，错落有致地镶嵌在一望无际的绿色之中。劳动是快乐的，尤其是当你的劳动成果得到广泛认可时，那份好心情没有理由不高兴。就在这样的大好形势下，泥石流不可阻挡地来了，一夜之间，一道褐色泥浆子流过，一切都面目全非了。草场就是牛羊的家园呀，没有了草场，品种再好的牛羊也无法生存。就某种程度讲，草场还是图文荪莎一家老小的“跑道”，沿着这个绿色跑道，才能奔小康。现在，“跑道”被泥石流毁了，图文荪莎一家老小还怎么起飞？

阿依吐尔逊一边清扫泥浆，一边骂着。她是个极其爱整洁的姑娘，院子里里外外被泥石流糟蹋得哭笑不得，这是她最难以忍受的。

久居大山深处，但爱美之心一直都有。不是所有的日子都是这样一塌糊涂，风和日丽的时候，阿依吐尔逊会把家里收拾得利利索索，不光是利利索索，还有点浪漫。所以阿依吐尔逊的家，在全村乃至全乡都是令人羡慕的。就在黄褐色侵吞了所有颜色之时，阿依吐尔逊心中那个由来已久的梦想居然强烈地冒了出来，那就是日子好过了就去摆弄花，她相信自己的审美观和运作能力，一定会有不俗的收获。

阿不都哈力克·麦麦提尼亚孜愁眉苦脸地望着阴沉沉的天空，泥石流有可能就断了几兄弟的生路。在村里，活蹦乱跳的阿不都哈力克·麦麦提尼亚孜三兄弟让许多家庭羡慕。一身好力气的兄弟除了把地种好之外，还可以揽到一些粗活。随着时光的流逝，一些人走出大山，去寻找自己的世界。偶有消息传来，他们有了技术，干得越来越好。多少次，几兄弟商量着，是否也去山外闯荡一番？这个话题一直没有结局。当泥石流滚滚而来，几兄弟彻底清醒了，大山深处，除了生存条件有限外，最缺失的是就业门路，兄弟几个一把子好力气，就是没有施展拳脚的平台。

秋雨淅淅沥沥下个不停，打湿了山山水水，也冷了兄弟几个的心。这苦日子何时是个头？他们拿起工具去清扫门前的淤泥，却在心里期盼着有那么一天，走出大山，找到一个适合自己发挥才能的岗位。

这个时候，被泥石流祸害过的乡镇，家家户户都在扫泥浆。老老少少对泥石流恨之入骨，但并不惧怕它。他们清楚，有政府在，什么也不怕。每次泥石流过后，各级救援队都会如期而至，与乡亲们一道打响灾后重建家园的战斗。年复一年、日复一日，日子就是这样过的。老老少少一边扫泥浆，一边就有这样或那样的期盼，何时才能彻底击退泥石流？

帕米尔高原上，泥石流早已是灾难的代名词。不仅是帕米尔高原，在世界各地，凡具有特殊地形、地貌状况的地区，无不遭受这样的自然灾害。它是土、水、气的混合流，大多伴随山区洪水而发生，洪流中含有足够数量的泥沙石等固体碎屑物，其体积含量最高可达80%，比洪水的破坏力不知要大多少倍。

面对这样一只凶狠无比的“拦路虎”，高原人怎样奔小康？他们有所不知，这可能是泥石流最后一次向高原示威了。

泥石流频频触及人类生存底线，引发了帕米尔高原上一场革命，打响生态平衡保卫战已刻不容缓。

显然，这方水土已难以养育柯克亚乡、棋盘乡、乌夏巴什镇的父老乡亲，更何况这三个乡镇的3063户贫困人口被恶劣的生存环境压迫得早已不堪重负。不仅仅是柯克亚乡、棋盘乡、乌夏巴什镇，整个叶城县都是我国“三区三州”深度贫困地区。

其实，在国家脱贫攻坚的大棋盘上，易地扶贫这个由中国创造的“黑马”早已纵横驰骋。是黑马，更是奇迹和丰碑，将生活在缺乏生存条件地区的贫困人口搬迁安置到其他地区，并通过改善安置区的生产生活条件、调整经济结构和拓展增收渠道，帮助搬迁人口逐步脱贫致富。“十五”期间，国家发展和改革委员会组织实施的易地扶贫搬迁试点工程取得了显著成效。

习近平总书记说：“易地搬迁是解决一方水土养不好一方人、实现贫困群众跨越式发展的根本途径，也是打赢脱贫攻坚战的重要途径。”

习近平总书记的话掷地有声，温暖着人们的心，更坚定着脱贫攻坚的路。“脱贫路上，不让一个人掉队”的豪迈誓言让无数人欢欣鼓舞。但易地扶贫搬迁绝不是个简单的字眼，中国的易地扶贫搬迁之路曲折艰辛，易地扶贫搬迁可上溯到20世纪80年代初期。

1983年，甘肃的定西、河西和宁夏的西海固地区严重缺水，贫困状况非常严重。当地探索“吊庄移民”，开启了扶贫搬迁的先河。之后，扶贫搬迁成为中国开发式扶贫的一个重要措施。

2001年，国家发改委安排了专项资金，从国家层面有计划、有组织地开展了易地扶贫搬迁工程。由异地扶贫搬迁转换为易地扶贫搬迁，一个字的改变，道出其中的酸甜苦辣和政治意义。从1983年到2015年32年间，国家发改委共安排投资363亿元，累计搬迁人口680万人。

踏平坎坷成大道，易地扶贫搬迁工作走出了一条中国特色的道路。

2015年11月，中央扶贫开发工作会议上，易地扶贫搬迁成为“五个一批”精准扶贫的重要组成部分，被摆在更加突出的重要位置。这年年底，国务院召开全国易地扶贫搬迁电视电话会议，动员部署了“十三五”易地扶贫搬迁工作，揭开了新时期易地扶贫搬迁工作的序幕。随后，国家发展和改革委员会等5部门联合印发了《“十三五”时期易地扶贫搬迁工作方案》。

新疆维吾尔自治区有计划、分步骤地推进16余万贫困群众的搬迁安置工作。

易地扶贫搬迁，事关十几万贫困群众的安危冷暖和生存环境的彻底改变。

易地扶贫搬迁，事关新疆能否决胜脱贫攻坚、全面建成小康社会能否如期实现。

一场在新疆脱贫史上注定要留下厚重一笔的易地扶贫搬迁工程，由此拉开大幕。它不仅仅意味着贫困群众地理意义上的迁移，更是对千百年来根深蒂固贫困的根本性拔除，让被困在贫困低洼里的群众从此实现跨越式的转变。《全国“十三五”易地扶贫搬迁规划》明确规定，要瞄准“一方水土养不好一方人”地区中口的脱贫问题。帕米尔高原上三个乡镇贫困户们的命运，就是在这样的时代大背景下开始发生了逆转。

春天，总是有故事会发生。

2017年3月，十二届全国人大五次会议在北京举行。习近平总书记来到新疆代表团参加审议工作，他指出，要全面落实精准扶贫、精准脱贫，把南疆贫困地区作为脱贫攻坚主战场。这一年，国家向新疆拨付易地扶贫专项资金85亿多元，万众瞩目的易地扶贫搬迁区建设正式启动。

来自全国“两会”的春天气息，翻山越岭迅速来到帕米尔高原上的叶城县。此时，中共叶城县委常委们的心头，正春潮涌动。一个叫阿克塔什的地方齐刷刷出现在常委们的眼前，既尊重三个乡镇建档贫困户的意愿，也完全符合科学选址建设安置点的要求。

历史的巨手注定要彻底改变阿克塔什的命运，从历史的烟雨中走来的阿克塔什，要来一次举世瞩目的凤凰涅槃了。

就在高原上的村民们诅咒千刀万剐的泥石流时，一支建筑施工队伍浩浩荡荡开进了荒夷加苍凉的阿克塔什。随着第一镐挖下，戈壁滩上响起了十字镐、铁锹和坎土曼铿锵有力的声响。这声响宣判了荒夷和苍凉的死刑，也掀开了阿克塔什的新篇章。

率队第一个踏上阿克塔什的，是一位留着小平头、戴着眼镜、中等身材的安徽人。他和他的团队经过激烈角逐中标一期工程，在当天晚上公司例会上，他说：为了让1万余建档贫困户拔出穷根奔小康，也为了提升帕米尔高原人民的幸福指数，拼了！呼应他的是上百条嗓音洪亮的喉咙。这支转战南北的建筑施工队伍是有底气的，他们有一个口碑：特别能吃苦、特别能战斗！可这次非同小可，一个崭新的乡镇，将在他们和兄弟团队的手中诞生。那时，共和国的版图上就会有阿克塔什镇一席之地。

工程难度异乎寻常。一镐砸下，灰不溜秋的石头上也就一个白点。虎口被震出了鲜血，没人吱声；手掌上满是血泡，默默忍着。夜里，挤在四面漏风的帐篷里照样倒头便睡，小伙子们太累了。这一切，被工程负责人看在眼里，疼在心里。跟着他风餐露宿一路走来，这些兄弟们个个都是“儿子娃娃”，工程拿不下来，他们是不会言苦喊累的。此时，他能够做的就是为兄弟们掖好被子保好暖。他相信，一宿的养精蓄锐，明天个个生龙活虎。

路，被工程负责人和他的团队开掘出来。

大型机械设备轰隆隆开上来那天，整个工地上一片欢腾。

仅仅几个月工夫，阿克塔什镇的轮廓就崛起于块块白石之上。工程速度和质量频频创造着奇迹，一期工程竣工那天，消息早已传到山里。怎么可能？上千名村民似信非信。可事实是共和国乡镇行列的生力军中，快速出现了阿克塔什镇这张充满青春活力的面孔。

负责人对他的团队说，建设阿克塔什镇是一个民心工程，民心工程就得投入百分之二百的心和力。二期、三期工程中，负责人和他的团队成了工程建设的标杆。他说，能干民心工程是我们的荣耀，哪能张扬？他和他的团队就成了无名英雄，但高高的脚手架早已将他们辛劳的身影映照进蓝天白云间。

2019年1月6日，叶城县阿克塔什片区党工委、管委会成立。

12月17日，自治区人民政府批准：设立阿克塔什镇，隶属叶城县管辖，镇人民政府驻阿瓦提巴格村。

次年1月23日，阿克塔什镇揭牌成立仪式隆重举行。

这样的建设速度，唯有在脱贫攻坚浩荡东风助力下可以创造。

这样的高原壮举，只有中国共产党人能够实现，因为他们将人民对美好生活的向往当做自己的奋斗目标。

太阳作证，在这个共和国最年轻的乡镇的建设过程中，困难就是号角，艰苦方显担当！

先于阿克塔什镇揭牌成立仪式前的两次搬迁中，坚持搬迁对象精准“界线”、住房面积“标线”、搬迁不举债“底线”、资金项目管理“红线”，成为雷打不动的铁律。

当分布在2万平方公里的山区、平均海拔在2000米以上的贫困群众被确定为搬迁对象时，一个周全完备的科学搬迁方案应运而生，同时应运而生的还有前所未有的困难和问题。于是，建设还在进行之中，建档立卡贫困群众就被定期请到未来的新家阿克塔什镇参观，最关键的一条就是坚持自愿原则。

棋盘乡，一群乡亲们眺望着融入夕阳余晖中的昆仑山，热泪溢出眼眶。

故土难离，浓浓的情结在越来越多的村民们心中滋长和蔓延。中华儿女的家园意识相当浓烈、执着，俗语“穷家难舍，熟地难离”便朴素地反映了这种家园意识。

图文苏莎有些犹豫。去过阿克塔什镇后发现那里的条件与这大山深处比，如同一个天上一个地下。可状若宾馆的小楼、一尘不染的街道、茁壮成长的小树，还有那一拧就哗哗淌的自来水，更坚定了他不搬的决心。不为别的，就是不让他的羊呀牛的没地方住。明摆着嘛，人去了肯定是住小楼。牛羊住哪里？没有见到牛羊圈舍的影子，百分之百地可以断定，他的这些伙计们没有去处！

乡长跟在村委会主任后面进来了，没有一丝埋怨，更看不出什么不悦。倒是一个闻所未闻的新名词牧畜合作社把图文苏莎给搞糊涂了。乡长和村委会主任一边给图文苏莎的心肝宝贝喂草料，一边将合作社的来龙去脉一五一十讲给他听。将牧畜流转给牧畜合作社，搬出大山后每年拿分红。乡长还举了山东枣庄税郭镇的例子，他们立足资源优势，瞄准市场需求，积极培育畜牧专业合作社，对饲养的牛、羊、鸡、鸭、驴等畜禽，实行规范化、标准化、现代化饲养管理经营模式，大大促进了农民增收，助力乡村振兴。乡长和村委会主任走后，图文苏莎琢磨了大半晚上。最后，他披上衣服再一次来到圈舍前，吃饱喝足的牛羊们睡得正香。图文苏莎望着这些昔日为他增光添彩的牛羊们感慨万千，老汉走了，往后你们会跟着牧畜合作社吃香的喝辣的，就偷着乐吧！

这个夜晚，有许许多多图文苏莎一样的村民们难以入睡。当天边渐渐出现鱼肚白，一个特殊的时刻不知不觉地到来了。

2018年6月的一天，一个昆仑山不会忘记的日子。

在乡里的统一组织下，第一批搬迁队伍开始恋恋不舍启程，向着100多公里外的阿克塔什镇——他们的新家前进。

走在最前面的是图文苏莎这位远近闻名的养殖高手，他仿佛听见他的牛羊在一遍遍地叫他。记得很清楚，的确说过草场是他们一家老小的“跑道”，沿着这个绿色跑道，才能奔小康。从今往后，畜牧合作社就是他们的“跑道”。即便是“跑道”被泥石流毁了，相信他们也有办法起飞。阿克塔什镇的崛起就是例证。

阿依吐尔逊也在行进的队伍中。她心情极好，不是所有的日子都是一塌糊涂，这不，风和日丽的日子来了。等着吧，到了新家，不仅将家收拾得利利索索，那个由来已久的梦想也该有结果了。摆弄花，让自己的审美观和运作能力在阿克塔什镇开花结果！

阿不都哈力克·麦麦提尼亚孜也在行进的队伍中，告别吃水靠挑、生活靠天、放牧和打零工的生活。告别下雨漏水的土坯房子，一个湛蓝的天真的出现了。他说过，只要乡政府门前的那面五星红旗迎风飘扬，泥石流的路就走到尽头了。这不，到了阿克塔什镇，与泥石流将永远拜拜啦！

哈尼克孜·阿布达也在队伍中。是的，黄褐色的泥浆是扫不完的，泥石流还会来祸害，可有了人民政府，泥石流就得退却。走出大山，搬进阿克塔什镇，一切都将是新的。弟弟还小，自己肩上的担子还很沉重，但是迈出了这关键性的一步，就会有收获。她不是还有个大胆想法吗？此时，前进的车轮就是那对翅膀，飞向湛蓝色的天空，再飞回来驮上弟弟一起离开的愿望正在实现。此时，她和弟弟已经挣脱了无奈的枷锁，去大山外呼吸真正属于自己的新鲜空气了。

次年7月，又一个值得镌刻在大地上的月份。

布艾吉尔·艾木都拉满心欢喜地走在第二批搬迁队伍中。起早贪黑地干只够家里4个人的口粮，一年下来两三千元，逛个巴扎都难的日子一去不复返了。玉米和麦子，他们两口子虽然种的产量高、质量好，但挡不住泥石流的祸害。种地嘛，在哪里不是个种？只要能赚钱，去天涯海角她都干！她不知道，走出这沉沉大山，彻底摆脱了泥石流的折磨，她这只勤劳的鸽子会飞得更高更远。她是个公认的给点阳光就灿烂的人，到了阿克塔什镇后，生活会怎么样？

麦麦提·多来提也走在第二批搬迁队伍中。他把今天的行动，给自己定位在告别白菜、土豆、恰玛古上。关于“菜蔬”一词，他有了更加明晰的认识。他得感谢自己这些年的倒腾蔬菜营生，不是这个营生，他无论如何也不可能在心灵深处来一场蔬菜革命的。别了！非灰即白的白菜、土豆、恰玛古。他将迎来自己人生的一片春色，就是由水灵灵的黄瓜、西红柿、辣椒，还有芹菜等构成的新鲜菜蔬。从此，他这个高原人的饮食观念将发生历史性改变。向阿克塔什镇前进！

阿不都哈力克·麦麦提尼亚孜三兄弟也在第二批搬迁队伍中。终于告别地少活寡的大山了，兄弟们相信，有把子好力气，山外远远比山里好赚钱。他们不止一次地听村干部讲，如今人工是怎样怎样值钱，走出大山，到了阿克塔什镇，不妨试着做一做去国外的梦。让那些先于他们兄弟几个走出大山有了技术的同乡们看看，谁是当下的英雄好汉。多少次，几兄弟商量着是否也去山外闯荡一番，这个愿望自今日起有了新的内涵。

车轮滚滚，一道彩色的人流辗转在蜿蜒曲折的山道上。那是帕米尔高原上最壮观的色彩。

至此，帕米尔高原有史以来一项伟大的工程在阿克塔什镇拉开了序幕。

三年前还是寸草不生的荒漠，如今大街小巷错落有致，一座欣欣向荣的城镇崛起于“白石头”之上，吸引了国内外多少人的目光。

成排的树木吐着翠绿，人行道两旁的万寿菊竞相绽放，崭新的黄墙红顶房屋整齐划一，阿克塔什镇这方水土养一方人——他们来自昆仑山脉中的贫瘠山坳，饱受泥石流等自然灾害的蹂躏。

小学、幼儿园、卫生院、托儿所、养老院、幸福大院、文化活动中心等配套公共服务设施一应俱全。为帮助搬迁群众早日适应新生活环境，镇上成立了便民服务中心，向搬迁群众开展“生活技能培训”，提供便捷的“一站式”服务，以彻底告别贫穷落后，过上现代化的新生活。村工作队为35户困难家庭购买电视机、冰箱、洗衣机等现代化家用电器，还组建党员先锋队、文明家庭创建服务队等，带领搬迁村民开展助老爱幼、帮难解困、文化宣传等服务活动，让初来乍到的父老乡亲有了满满的归属感和幸福感。

但是，易地扶贫搬迁成功，只是现代化新生活的第一步。

搬迁，不仅仅是生活地点的迁徙，更是生活习性和生产方式的转变以及社会关系的重塑，在打赢脱贫攻坚战中至关重要，免不了面临更多更大的挑战。

对群众来说，阿克塔什镇是一个新概念、一个新地域。如果大山深处的家园是遮风挡雨的港湾，阿克塔什镇就是他们新的港湾。港湾的最大功能莫过于集聚能量，让一艘艘渔船再次跃上滔天巨浪，捕捞鲜活的生活。同属昆仑山脉，相距也不过百十公里，搬出昔日的被泥石流摧残得难以维计生息的港湾，来到阳光普照，温暖如春的阿克塔什镇，环境不同了、地理气候不同了，尤其是生产方式的改变，必然导致思想观念的碰撞和行为方向的选择，从大山深处走来的父老乡亲们，经得住前所未有的时代挑战吗？

阿克塔什镇一班人清楚，此次易地扶贫搬迁是通过“挪穷窝”“换穷业”最终实现“拔穷根”之目的。他们想方设法发展产业、调整经济结构、拓展增收渠道，搭起了一个个堪称八仙过海、各显神通的舞台——机声隆隆的工业园区、阳光充沛的塑料大棚、机械化主导的畜牧养殖园区、硕果累累的林果示范基地、叫卖声不绝于耳的沿街商铺。

只要肯动脑子、下力气，就能够在家门口就业。

正午时分，从青灰色的长方形车间内涌出一群女工，如同一道彩色人流，浩浩荡荡游动在厂区洁净的大道上。她们的神情是愉悦的，幸福的笑靥几乎挂满每个人的脸颊。她们的步履是轻盈的，如同一只只翩翩飞舞的彩蝶。她们的服装是统一的，蓝灰色组成的方队绵长而柔软。没有了面朝黄土背朝天的山村妹子，也看不见围着锅台转的家庭主妇，更找不到挥舞着鞭子满山跑的牧羊女。此时，她们有一个自豪得想面对大山吼几嗓子的响亮称谓——产业工人。

阿克塔什镇产业园一座制鞋厂房里，布艾吉尔·艾木都拉身着黑色西装来回巡查，时不时停下给工人们做着示范动作。

突然间，5亩薄地消失了，曾经那么亲切诱人的小麦和玉米也离布艾吉尔·艾木都拉远去，像远去的牧歌，余音袅袅，却在记忆深处了。转眼间，城里人的餐桌上，玉米与南瓜、红薯、枣一道被并称为“大丰收”拼盘。不是被泥石流逼到这个份上，布艾吉尔·艾木都拉对小麦那份感情是断然不会割断的。纵然你把玉米和小麦种出花来，再压上套种的十来棵杏树，一年下来不过赚个两三千元，想逛个巴扎都难。这样的生活是布艾吉尔·艾木都拉这样的能人想要的吗？从大山深处到一马平川的阿克塔什镇，不过百余公里，环境逼着布艾吉尔·艾木都拉转换观念。想不到，转换观念后的人生竟然海阔天空了。

拿锄头把子的手玩起了针线头，针线头连着一双双过去连听都没听说过的名牌鞋子。鞋子制成后漂洋过海去为国家赚取外汇，这是什么？这是大买卖也叫大事业，大到祖祖辈辈都没有涉足过的制鞋行当。布艾吉尔·艾木都拉成为生产骨干后才知道，她与姐妹们所从事的这个行当叫制鞋产业。在全国已形成广东、浙江、福建三个重要的鞋类主产区，3省合计年产量占全国总量的70%以上。这些主产区产业链完整，品牌优势突出，优秀人才聚集，信息传播快速，抗风险能力强，成为中国制鞋产业的中流砥柱。镇上将浙江的优秀制鞋企业引入产业园区，为布艾吉尔·艾木都拉这样的妇女铺出了一条摆脱贫困、走向小康的阳光大道。

可阳光大道不是那么容易就踏上去的，更何况布艾吉尔·艾木都拉毕竟是山区农民。当她粗糙的手指与缝纫机接触时，难免有些磕磕绊绊。好在吃苦耐劳和不耻下问的优良品质，布艾吉尔·艾木都拉从来没有缺失过。沮丧过、烦恼过，也在丈夫面前抹过眼泪。第二天，面对缝纫机，布艾吉尔·艾木都拉毫不犹豫地向困难发起进攻。

车间负责人发现这个工人很特别，她从不叫苦叫累。向技术员问这问那后，对着缝纫机就开始细细琢磨，直到一道工序得到技术员的认可。她的次品率越来越少，直到她这道工序零次品。技术就是从零次品开始起步的，娴熟中带着自信，就像当年面对丰收的玉米和小麦。她每周都会打车去22公里外的县城逛一次巴扎，不是购物，是为了开阔一下视野。久居大山深处，太有必要开这个眼界了。随着布艾吉尔·艾木都拉技术的稳定、娴熟和过硬，厂里决定将她升职为小组长，管理20多名员工。在姐妹们的热烈掌声中，布艾吉尔·艾木都拉算了一笔账，在这里，她一个人的月收入就顶过去一年夫妇俩起早贪黑忙碌。没有别的，只有好好干才是。从农民到产业工人，身份的转变，带给布艾吉尔·艾木都拉和家庭的何止是收入？不错，走出沉沉大山，彻底摆脱泥石流折磨，布艾吉尔·艾木都拉这只勤劳的鸽子还会飞得更高更远的。

热孜曼古丽·吾斯曼和丈夫从棋盘乡伊力米什村迁入阿克塔什镇时，有诸多忧虑。不管怎么样，大山深处有地有房子，虽说房子旧一点、地少一些，祖祖辈辈就是这么过来的。若不是那难以忍受的泥石流，一家人无论如何都愿意厮守在那片土地上。

与布艾吉尔·艾木都拉不同的是，热孜曼古丽·吾斯曼心比较宽。她想，既然政府组织搬迁，搬迁后就一定会有出路的。这一点她深信不疑，在山里是如此，走进阳光明媚的阿克塔什镇还会有什么悬念吗？她和丈夫第一个报名参加了缝纫培训班。正如她所料，培训结束后她和丈夫被手套厂招进车间，成为有工作的幸福夫妇。更感慨万分的是，培训也好进车间也罢，都在家门口啊。这样的好事，这个年头恐怕打着灯笼都难找。她对丈夫说，我们赶上好时代了，连就业这么大的事儿，也不过像是一觉醒来太阳升起来了那么简单那么顺理成章，而又霞光万丈。因为经过了规范培训，做手套这个活的第一个台阶比较扎实，进到车间后，热孜曼古丽·吾斯曼干起来游刃有余。每月有2000多元工资，这让她见了谁都可以把胸脯挺得高高的。不久，她的职位进一步攀升，她从车间被调进了办公室做管理员，还熟练地操作起电脑。

这时，热孜曼古丽·吾斯曼有了一个更加大胆的想法。那天午休时间，姐妹们围在一起叽叽喳喳说着笑话。热孜曼古丽·吾斯曼刚刚说出自己的想法，就吓了姐妹们一大跳，喧闹的车间里顿时鸦雀无声。还是热孜曼古丽·吾斯曼稳得住劲，继续喝她的茶水。热孜曼古丽·吾斯曼的想法并非过分，她想考成人大学。晚上，她在饭桌上对丈夫一字一句地说道：“有了固定收入，生活有了保障，我可以勇敢去追梦了……”丈夫不善言谈，但对热孜曼古丽·吾斯曼的想法积极支持，具体表现为从未洗过碗筷的他，收拾好碗筷默默进了厨房。

热孜曼古丽·吾斯曼自信满满。她初中毕业后，因家里贫穷被迫放弃了学业。如今，她来到了人生的阳光大道，不去搏一搏，岂不是辜负了党和政府?

在手套厂，热孜曼古丽·吾斯曼是姐妹们的一面旗帜，旗帜在那里迎风招展，依古丽·沙吾尔心里还有什么不踏实的?

起初可不是这样的，“搬后怎么办”的问题曾在一个时期困扰着依古丽·沙吾尔。她不像热孜曼古丽·吾斯曼那么心宽，人家心宽是因为有一个幸福的家庭和优异的学习成绩。到阿克塔什镇后，依古丽·沙吾尔最紧迫的事儿便是就业。搬入新家后，日子过得有点像腾云驾雾，一切来得太快了、太舒适了。她想尽快为自己打造一副翅膀，那样，即便是遇上暴风雨也能应对。这副翅膀就是手艺。参加缝纫培训班，继而进入阿克塔什镇工业园一家手套厂上班，有了一份较为稳定的收入，这种腾云驾雾的担心才渐渐离她远去。出家门进工厂，挣钱持家两不误。没有易地扶贫搬迁，哪有现在的生活？依古丽·沙吾尔对搬迁后的生活感到踏实起来。

走进新国豪制衣有限责任公司生产车间，最显眼的是一堆堆衣物面料。偌大的车间内，300多台缝纫机排列有序，缝纫机前是一位位戴着安全帽和口罩的女职工。她们个个神情专注，随着“嗒嗒嗒”的机器欢鸣，一块块布料在针板上飞舞。不仅是缝纫机前，忙碌的身影遍布各个角落，正在赶制发往上海的外套订单。

尼格尔·肉苏力熟练地踩着缝纫机踏板，一年半前她进了新国豪制衣有限责任公司生产车间。先干杂活儿，干活期间激起了尼格尔·肉苏力的好胜心。她起早贪黑，在务工的同时暗暗学技巧，不时还向技术好的姐妹们讨教。一年半过去，尼格尔·肉苏力的能力得到厂方认可，她告别了勤杂工岗位，坐到了缝纫机前，像模像样地踩响了缝纫机，也踩响了她新的人生。也不知道是怎么了，这个时代格外催人奋进。尼格尔·肉苏力把自己的进步，归功于氛围。她说，车间里你追我赶，个个都在争分夺秒，你不想进步都不行。她便想到了大山，大山无语却给了她从容不迫和坚定不移的感受。山里的妹子，你的意志不像山或不如山坚韧，还是个高原人吗？这是一位村干部在课堂上讲的。当时，尼格尔·肉苏力似懂非懂，到了服装厂她才明白，任何时候，人，都是应该有这种精神的。尼格尔·肉苏力一振作精神，就从最初的岗位到了缝纫机前，还成了技术骨干。她说：学会了技术，赚到了钱，还想更加努力过更好的生活。

更好的生活不会从天而降，可只要奋斗就会有希望。

在新奥塔鞋业有限公司生产车间，依巴代提·木拉一丝不苟地干着活。这活曾经不属于她，她是一名家庭妇女。左邻右舍的女同胞们早早出门，中午又踩着点回来做饭，真的是赚钱持家两不误。她有点眼红，夜里自然就难以入睡。

家庭妇女过早地定位于她了，她有所不甘。不就是做鞋子嘛，哪一个家庭妇女不会？布料、鞋底、剪刀、针和线缺一不可。想到这里，做鞋子的工序就在依巴代提·木拉的脑子里飞快地过着，过着过着，依巴代提·木拉的自信心就来了。当她把自己的想法告诉鞋厂里的姐妹们时，她们笑得前仰后合。当她们将现代制鞋技术粗粗给她讲了一遍，依巴代提·木拉羞愧极了，同时也被自己的自尊心激怒了，她发誓要进厂子。技术培训时，依巴代提·木拉非常认真。任何事情就怕“认真”二字，当她顺利通过了技术培训，并如愿被新奥塔鞋业有限公司录用时，姐妹们开始对这位家庭妇女刮目相看了。现代制鞋技术非常科学，鞋底是鞋底，那是科学配方的组合。鞋帮是鞋帮，既有样又耐穿。码得山一般高的鞋帮煞是好看，像一座造型独特的小山。第一次进车间，依巴代提·木拉就是这样的看法。在最后一道工序，鞋底和鞋帮在“嗒嗒嗒”的缝纫机欢唱中，完成了严丝合缝的仪式。鞋被依巴代提·木拉拿在手里，这鞋她在大商场里见过，价格高得吓人。现在，鞋让她惊喜不已。厂里的技术负责人还告诉她，这鞋是要出口到国外挣。依巴代提·木拉非常激动，她这双刷锅做饭打馕的手，也要为国家做贡献了。心中有了大目标，日子过得就有意义，依巴代提·木拉尽心尽责终于越过了生疏期，通过拼搏成为公司骨干。

坎力比努尔在镇上的妇女技能培训班时就想，结业了能找份工作吗？看来，她对阿克塔什镇的干部们还缺乏足够的认识。也难怪，久居深山，面朝黄土背朝天的，不要说镇上的干部，就是村干部也接触得不多。她有所不知，这样的技能培训班就是为妇女们就业插上翅膀的。只要你在培训期间舍得动脑筋下功夫，机遇就会来敲门。让坎力比努尔没有想到的是，她刚刚结业，就在家门口的一家服装加工厂找到了工作。她逢人便说，现在的干部一口唾沫一个钉，说话太准了。这句赞美之词，她是在电视剧里学的，用在阿克塔什镇的干部们身上恰到好处。坎力比努尔在这家服装加工厂干得顺风顺水，收入很不错。在她的影响下，不少姐妹通过技能培训，如愿以偿地走进这家服装加工厂，与坎力比努尔成了同事。

阿斯木姑丽·艾百都拉是2018年从乌夏巴什镇尤克日买里村搬来的。在管委会的帮助下，她到手套厂上班，现在每月收入2000多元，丈夫在附近农贸市场做生意，一个月收入3000多元，3个孩子分别在县城的学校和阿克塔什片区小学就读，一家人过上了衣食无忧的生活。

生产方式的改变，让大批依巴代提·木拉和坎力比努尔似的妇女树立了从未有过的自信心。她们不知道，在自己身上有如此大的潜在力量。围着锅台转的历史竟然可以改写。当帕米尔高原上的又一轮红日高高升起时，依巴代提·木拉和坎力比努尔的漂亮披肩上镀上了一层金辉。如果不搬出大山，如果还在自己的误区里纠结或小富即安，无论如何，她们也赶不上冲在前面那些姐妹们的匆匆步履。

是啊，既要巩固拓展脱贫攻坚成果，还要同乡村振兴有效衔接，最有效的措施就是拓展就业面。应该说，将有缝纫经验的妇女安排到园区就业，学技术、增收入是一招好棋。

在这样的指导思想下，新国豪制衣有限责任公司于2020年1月进驻落户阿克塔什镇产业园区，以专业生产销售休闲服装为主。目前已拥有四栋厂房，占地面积8000多平方米，稳定用工300多人，工资待遇实行多劳多得。在阿克塔什产业园区内，像新国豪这样的企业还有7家，这些企业的落地，不仅给这里的搬迁群众提供了学技术的有利条件，还给群众提供了更多在家门口增收致富的机会。

一股情感大潮在阿克塔什镇数千户居民心中涌动，浪尖上迸出的是发自肺腑的涛声：搬出大山天地宽。

阳光下，一座座塑料大棚在阿克塔什镇的地平线上亮出道道风景线。

帕米尔高原上从来不缺阳光，日复一日、年复一年，太阳在这里从来都是迟落的。从一望无际的土地，进入阳光依然不缺失的塑料大棚里，在方寸之间创造属于自己的幸福、属于社会的财富，大山深处走来的高原人开始挑战自己的人生。

还记得走在第一批搬迁队伍中的那位极其爱花爱洁净的姑娘阿依吐尔逊吧，她成了阿克塔什镇的新闻人物了。

2021年1月11日，中央电视台《新闻联播》以4分23秒的时长报道了阿克塔什镇百姓的幸福新生活。

央视总台记者来到叶城县，走进阿克塔什镇，引导观众朋友们一起看到了当地百姓的新生活。

央视播音员这样解说："眼前这位女孩叫阿依吐尔逊，在阿克塔什，她家经营着一座温室花卉大棚。阿依吐尔逊一家过去一直住在昆仑山深处，那里海拔高，土地贫瘠，自然环境恶劣。现在，阿克塔什镇正积极打造设施农业、特色养殖、纺织服装等产业。一方面，帮助搬迁群众实现就业，同时，还带动周边乡镇的富余劳动力前来打工。"

大屏幕上，阿依吐尔逊被五颜六色鲜花簇拥着、包围着，幸福从她的明眸皓齿里溢出。在搬迁至阿克塔什镇的路途中，她就计划着，到了新家，不仅将家收拾得利利索索，那个由来已久的梦想也该有结果了。那个梦就是摆弄花，现在这个梦不仅实现了，还上了中央电视台《新闻联播》，自己的审美观和运作能力全国人民都知道了。

阿依吐尔逊·阿布都热西提看了《新闻联播》，她与阿依吐尔逊一样爱花。阿依吐尔逊的成功让她看到了帕米尔高原女人的魅力，同时也给了她一个前所未有的启示。在山里的时候，也有花开时节，那个时候压根就没有想到花可以美化环境，更可以赚钱。走出大山，眼前的一层雾水荡然无存，有的是自信，有的是美感，有的是奇思妙想。当然，这些奇思妙想对山里人叫点子，用在镇里的干部们身上就叫韬略了。喜欢看《新闻联播》的阿依吐尔逊·阿布都热西提显然思维定式高于同辈姐妹们许多。她从阿依吐尔逊的大棚里回来，就开始研究一个词汇，这就是花卉。她在手机上查到，花卉是具有观赏价值的草本植物，是用来描绘可欣赏的植物的统称，喜阳且耐寒，具有繁殖功能的短枝，有许多种类。她不是很明白，又去找技术员请教，技术员告诉她，典型的花，在一个有限生长的短轴上，生着花萼、花瓣和产生生殖细胞的雄蕊与雌蕊。花由花冠、花萼、花托、花蕊组成，有各种各样的颜色，长得也各种各样，有香味或无香味等。阿依吐尔逊·阿布都热西提进入花的思维空间，不能纸上谈兵，她要实干。

温室大棚里，阿依吐尔逊·阿布都热西亲手培植的三角梅、长春花、百合花争奇斗艳，花被她送到县城的巴扎上卖，好的时候，一个月就能卖4000多元。一个季节下来，成功写满阿依吐尔逊·阿布都热西透着青春气息的脸庞。她成了远近闻名的种花能手，有不少乡亲来到她的大棚里取经求教。阿依吐尔逊·阿布都热西也不含糊，在传授花卉种植技术的同时，也把自己的深刻感受告诉乡亲们。这就是，我们农家妇女赶上好时光了，没有搬迁，大棚里哪来鲜花盛开？

种花，让阿依吐尔逊·阿布都热西知道了女人与花的联系，每当《女人花》在大棚里响起，一种做女人的欢欣和自豪就油然而生。阳光透过塑料棚照射在三角梅、长春花、百合花上，光斑五颜六色，像插上了翅膀，在大棚里翻飞。阿依吐尔逊·阿布都热西也想飞，她报考了驾校，等拿到驾照就买辆车。她要驾驶着她的小轿车穿梭在家和大棚之间。当然，还会在县城里开间花店，形成产供销一条龙。还要去报考大专班、本科班，学到更多的知识。易地搬迁，给了阿依吐尔逊·阿布都热西追梦的力量，将这个19岁姑娘身上的内驱动力全部激发出来。

阿依吐尔逊·阿布都热西提的花卉大棚，扮靓了阿克塔什镇居民的生活，“大棚革命”开始席卷阿克塔什大地。

40岁的麦麦提·多来提开启了自己的新生活，与阿依吐尔逊和阿依吐尔逊·阿布都热西提不同，她们在大棚里忙碌，是为了让城市更加靓丽、人们的生活品位更加上档次。他的大棚里，辣椒、西红柿等多种蔬菜要改变人们饮食质量，换句话说，他要用一场蔬菜革命将拉条子的品味和营养价值提到一个新高度。祖祖辈辈吃的拉条子，正在被越来越多的人喜爱。给拉条子配上什么样的菜肴非常重要，当然白菜、土豆、恰玛古还是要的，让辣子、黄瓜、西红柿来改良一下，传统的拉条子就会更加老少皆宜、雅俗共享了。搬迁使麦麦提·多来提有了思想深度和广度。

大清早，麦麦提·多来提来到自己的温室大棚，操作电机设备，他打开覆盖在顶棚的黑色保暖棉层，检查西红柿长势。光线透亮的大棚内，一排排葱绿的西红柿施展着枝叶，充足的阳光使西红柿生长得很快。每当这个时候，麦麦提·多来提就有点陶醉。在这个日新月异的时代，一切都来得太快，快到有点让人猝不及防。一年四季吃白菜、土豆、恰玛古时没想到自己会由贩卖蔬菜，走上种植蔬菜，而且是特别新潮的大棚蔬菜。辣椒、黄瓜、西红柿从电视上走下来，进入高原人的视野。又从城里人的餐桌上走进大棚，成为麦麦提·多来提驾轻就熟的买卖。过程如此短暂，正应了那句话，搬出来，才有了跳出贫困的希望。镇里改造3000多亩沙化土地，建成了28

座现代化温室大棚、1300多个普通的拱棚，向贫困户、困难户免费发放，以发展蔬菜种植。这样的好政策，到哪里去找？

麦麦提·多来提又一口气承包了10个拱棚，种了辣椒、西红柿等多种蔬菜。还以每年5000元价格承包了一个温室大棚，种上反季节蔬菜。种菜加上其他收入，麦麦提·多来提一年进账超过了6万元。

阿不都哈力克·麦麦提尼亚孜与大棚是有缘分的，用他的话说，在塑料布造的“房子”里种菜，是上辈子修来的福气。他曾经预言，只要乡政府门前的那面五星红旗迎风飘扬，泥石流的路就走到尽头了。现在，泥石流滚得远远的了，剩下的事就是甩开膀子干事了。

他想干事的时候，喀拉硝尔村就有了温室大棚和拱棚，尤其是那个温室大棚，设施都是自动化的。打零工和放牧出身的阿不都哈力克·麦麦提尼亚孜不怕吃苦，灵活的脑瓜子更不缺点子。他跟着技术员学习大棚技术，还向附近的大棚种植户虚心求教，感到有把握了，阿不都哈力克·麦麦提尼亚孜便独立承包了一座大棚。

在实践的过程中，他才知道，伺候西红柿不比伺候牛、羊省心。大棚里密不透风，雾气腾腾，根本比不上大山里的新鲜空气。那时候，他挥动着鞭子赶羊，兴致来的时候放开喉咙就是一嗓子，声音传得很远很远，在山谷里此起彼伏，特别浪漫。尽管如此，他还是坚信，大棚蔬菜是一条通往致富大门的路，只有走好这条路才对得起村干部和阿克塔什镇的领导们。为了让他们这些搬迁过来的村民们就业，干部们是操碎了心。绿色的西红柿秧子沿着细细的支架正一点一点攀援上来，当绿色满支架形成一道秧子的“墙”，就可以为即将出世的西红柿遮风挡雨了。阿不都哈力克·麦麦提尼亚孜想，生活不也是这样嘛，好日子都是靠奋斗才能攀援上来的。在西红柿生长过程中，阿不都哈力克·麦麦提尼亚孜的技术也一点一点地掌握和积累起来。等到第一季西红柿采摘时，一行幸福的泪水溢出阿不都哈力克·麦麦提尼亚孜的眼眶。西红柿种植成功了，一个山里的放羊娃在塑料大棚里居然折腾成了！应该说他的适应能力超强，放羊，他不含糊；打零工，他是把好手；种植西红柿，他依旧是赢家。

在大山深处，在绿草如茵的草场上，在走家串户打零工的日子里，他是乐观的，乐观到干哪一行都有不错的口碑。他还是浪漫的，浪漫到没有他不敢想的事，没有他不会唱的歌。在他眼里，阳光下的大山深处和塑料大棚一样独具挑战性，在大山深处他战胜了泥石流，在塑料大棚内涉猎了农家汉子从未涉足过的蔬菜种植领域。这是一种价值观的挑战，当第一个鲜嫩的西红柿向他露出笑脸，他就意识到胜利已经来敲门了。

第一年承包大棚就有了理想收入，照理说应该举杯畅饮。可阿不都哈力克·麦麦提尼亚孜恰恰不是这样的人，他的眼前是搬迁前的一些事。他深有感触地说："村干部带着我们从山里搬下来，生活越来越好，我们现在敢尝试新东西，都是他们的功劳。"

阿克塔什镇镇长吾布里哈斯木·卡吾里说："那时候人均不到一亩地，自然灾害频发多发，道路出行这个方面也是非常艰苦的，各方面的发展比较落后。因为落后，就必须想方设法带领乡亲们走出泥潭，向小康迈进。"

那时候是指2019年之前，阿不都哈力克·麦麦提尼亚孜住在昆仑山深处的棋盘乡，吃水靠挑、生活靠天，一家人的收入只能靠放牧和打零工维持。住的是土坯房子，下雨的时候漏水，冬天很冷，交通问题、上学问题，还有医疗问题，全都是大问题。如今，阿不都哈力克·麦麦提尼亚孜的生活就像大棚里的西红柿、黄瓜和西瓜，一年四季阳光明媚。晚上，坐在饭桌上喝一杯小酒，他就想唱一嗓子。生活这个东西很奇怪，在最难过的时候一点想法都没有。衣食住行都好起来的时候，想法一大把子。阿不都哈力克·麦麦提尼亚孜盘算着，明年多承包一座大棚，让生活像架上的黄瓜、西红柿秧子节节高。

31岁的牧民吐逊马木提·依明敢想敢干，一下子承包了7座大棚，其中4座种植西红柿，3座种植西瓜、甜瓜和反季蔬菜。

搬出大山前，他还是牧民。牧民面对的自然是牲畜和草场，草场是静止的绿毯，牛羊是运动的财富，吐逊马木提·依明就是绿毯和财富之间的"二传手”。没有他的劳作，牛羊找不到草场的路。少了他的奔波，草场仅仅是草场，草除了疯长，根本没有牛羊的经济价值。

蔬菜和牧草都是植物，却有着天壤之别。牧草野性得很，撒下草籽任它疯长，之后是牛羊在他们身上撒欢。蔬菜可是金贵，尤其是那个味道怪怪的西红柿，还有个洋名字叫“番茄”。明明是柿子，却要叫茄子，怪怪的。随着蔬菜种植技术的提高，尤其是第一茬水灵灵的西红柿上市后，吐逊马木提·依明完全改变了对西红柿的看法。西红柿与鸡蛋炒在一起下酒，红黄分明，味道好极了。一年下来，这个昔日的牧民吃惊了，收入5万块！这简直就是个天文数字。西红柿、西瓜、甜瓜和反季蔬菜的威力，他算是领教了。其实，是当今的富民政策好。不是奋斗目标明确，他的生活怎么会一下子跃上了马背，不扬鞭跃马都不可能了。吐逊马木提·依明决定再承包3个大棚。他说，搬迁后，村里定期举办各种培训，只要努力就肯定能致富。

依干拜尔地·依比布拉是位大棚蔬菜发烧友，只要看见地里种着蔬菜，总要过去研究一番，做梦都想拥有一座蔬菜大棚。去年，镇里免费提供大棚场地，他第一年种土豆将土地育肥，第二年签下甜玉米收购合同，在地里种下3.5万棵甜玉米，赚到了钱。依干拜尔地·依比布拉心生感激之情：感谢党的好政策，让我们过上了好日子。

机遇留给有准备的人，这份礼物不是任何人能够得到的。

温室大棚让高原的男人们抓住了机遇并找到自己的价值，于是一个个矫健的身影，不分昼夜在那方透明的世界里乐此不疲。在这个百舸争流的时代，巾帼不让须眉的。她们很清楚，把握住了机遇就能实现自己的理想。可机遇对任何人都是平等的，能不能抓住它，主动权在每个人手里。

在阿克塔什镇设施农业基地，阿依努尔·库尔班正在为温室大棚里的西红柿苗进行覆土、追肥，动作娴熟优美，举手投足间透着女性的细腻。

她是第二批搬到阿克塔什镇的。没有想到，来到一马平川的新家园，还能施展身手，创造自己的辉煌。离开了土生土长的热土，尽管那里自然灾害频发，但毕竟是自己的故乡。搬迁的时候，村干部们苦口婆心做了许多工作，真的到了离开的时候，没有人眼眶里不噙满泪水。阿依努尔·库尔班也不例外，在距离并不算遥远的路途上，阿依努尔·库尔班想了许多，最多的莫过于迁过去靠什么维持生计。都在说，新居叫白石头，既然是白石头就会寸草不生。祖祖辈辈靠在土里刨食的乡亲们，在石头里怎么刨食。抵触和为难情绪所致，乡亲们对村干部们的动员就没有听个囫囵，带着对阿克塔什镇的一知半解上路的乡亲们自然有许许多多的疑惑和担忧。

阿克塔什镇都隐隐约约出现在视野里了，阿依努尔·库尔班也没有想出什么更好的法子，倒是把脑袋瓜子想得生疼。让她始料未及的是，阳光下一排排庄重大方的拱形棚正向阿克塔什镇的最后一批村民们招手。一向精明强干的阿依努尔·库尔班如梦初醒，在自己有点麻的大腿上猛击一掌。对呀，戈壁荒滩上，最不缺的就是阳光呀。白石头以荒凉著称，就少不了阳光的照射。这拱形棚就是塑料大棚呀，村干部们讲农业科技时没少普及，广播里、电视上早就有，压根就不是个多么新鲜的事了。它俗称冷棚，是一种简易实用的保护地栽培设施，由于建造容易、使用方便、投资较少，随着塑料工业的发展，被世界各国普遍采用。利用竹木、钢材等材料，并覆盖塑料薄膜搭成拱形棚，供栽培蔬菜。这冷棚可不能小瞧，在提高单位面积产量、防御自然灾害方面很厉害，特别是在早春和晚秋淡季能供应鲜嫩蔬菜。阿依努尔·库尔班的心里腾地一下，燃起一股子兴奋的火焰。

在村干部的帮助下，她承包了两座高标准日光温室大棚。在附近种植大户的指导下，阿依努尔·库尔班很快学会了大棚蔬菜种植技术。她的两座大棚，一座种了西红柿，一座种了黄瓜。从种子下到土里起，阿依努尔·库尔班就埋头大棚精心侍弄起这些宝贝来。在山里，西红柿和黄瓜不是没有种过，也不是没有收获。可眼下是在日光温室大棚里种植，技术成了第一要务。适宜的番茄品种技术人员已经帮她搞定，接下来是肥水量化管理、高效低毒农药化防为辅的病虫害综合防治等，而适宜的密度、合理灌溉、追肥可使番茄生长期达12个月，连续采收期达9个月。懂得了这些，阿依努尔·库尔班注定赢了一把。仅仅是黄瓜，就卖了两茬，最后一茬卖完，一个大棚纯收入达到了2万元。番茄就更理想了，这一年，日光温室大棚几乎占据了阿依努尔·库尔班的全部生活。第二年，她打算再承包几个大棚，赚更多的钱。

阿依努尔·库尔班的成功，激发了更多村民的积极性。阿娜古力·吐尔孙是在村工作队的支持和帮助下，来到阿克塔什镇设施农业基地的。看到大棚里姐妹们忙忙碌碌的身影，陡然间就给了她一份震撼和激动。男人们能办到的事，我们女人一样能办到。她开始学习种植技术，当技术转化为跃跃欲试的动力时，阿娜古力·吐尔孙承包了一座温室大棚。

温室大棚设施农业可有效提高土地产出率、资源利用率和劳动生产率。过去，在山里闻所未闻，现在阿娜古力·吐尔孙就在为提高土地产出率、资源利用率和劳动生产率努力着。理论和实践其实就是隔着一张纸，不去实践，理论和实践永远隔着一道墙。做了，就一指头捅破了这层纸。就是在阿娜古力·吐尔孙的手上，黄瓜苗成为温室大棚里的第一位贵客。覆土、追肥，阿娜古力·吐尔孙小心翼翼地侍弄这嫩绿的黄瓜苗。在她的熟练技术加女性的细心周到下，黄瓜苗铆足了劲在阳光下"噌噌噌"蹿着，阿娜古力·吐尔孙用目光巡视着一片绿色，心里像灌了蜜汁一般，久久不愿离去。

从种子入土到拱出小脑袋，再到枝叶繁茂，最后开花结果，成为一枚枚色泽鲜嫩、饱满圆润的柿子状的果实。这些果实将去镇里或县城的市场上，为人们的生活增添一道红艳艳的风景线。大棚西红柿激活了阿娜古力·吐尔孙的生活，一个月2000余元的收入更是让她有了满满的成就感，日子越过越有盼头。

吐比姑丽·玉苏因来到大棚，她的丈夫是基地的种植员，冬闲时间，在丈夫的带动下，她就来大棚里打工增收，将一家人的冬闲生活变成冬忙。她孩子小，在外工作不方便，但在温室大棚就不一样了，大棚离家近，工作轻松，每天还能挣60元工资。

吐逊·马木提也来到大棚，走了几家大棚后她就有点晕眩。做梦都没有想到，这小小的塑料房子可以干这么大的事儿。回到家里，她开始酝酿着说服家人支持她去创业。不需要再说什么，全家人以热烈的掌声送吐逊·马木提出征。吐逊·马木提承包了两个大棚，种了西红柿，一年下来，竟然有3万块钱的纯收入。她计划继续承包大棚，扩大种植规模，增加自己的经济收入。这个想法为吐逊·马木提家的晚餐注入了一支兴奋剂，这天晚上，餐桌上有酒，还是红红的葡萄酒。那一刻，不知是酒精的作用，还是自我陶醉，吐逊·马木提的脸上容光焕发，像韶山的红杜鹃。

春天到来的时候，在阿克塔什镇设施农业基地的温室大棚里，高原女性们正给黄瓜、辣子、西红柿苗进行覆土、追肥，一派忙碌的景象。此时，1262座高标准日光温室大棚、1800座拱棚的设施农业基地已崛起在阿克塔什镇的土地上，1200名搬迁群众就近就地就业问题迎刃而解。

镇里打算乘胜追击，再申报700座日光温室大棚项目，争取解决500人的就业问题。做大做强蔬菜基地的两端产业链，从种子的选育、蔬菜苗的培育，到后期的蔬菜分拣、包装、销售等，让更多的群众从中受益，为乡村振兴奠定坚实的基础。

从大山深处走来，许多搬迁群众与牛羊难舍难分。

阿布来提·依西木走进现代化的肉羊良种繁育中心，第一个反应就是找到了感觉。这是阿克塔什镇引进的大型企业，有一批有养殖经验和责任感的能人都可以在这里施展拳脚，延续对牛羊的感情。养了一辈子羊的阿布来提·依西木，毫无悬念地被肉羊良种繁育中心录用了。

每天，在宽敞明亮的厂房大棚里，伴着饲料拌料机的轰鸣声，阿布来提·依西木精神抖擞地忙碌着。与山里不同的是，虽然都是伺候牛羊，这里需要穿工作服、戴口罩。阿布来提·依西木懂科学、卫生、安全，这位养殖牛羊的好把式，工作兢兢业业，尤其是对牛羊的那份细心和感情让大家都看在眼里。很快，让阿布来提·依西木感到吃惊的事情发生了，肉羊良种繁育中心主管宣布了一项任命，任命58岁的他为拌料组组长。虽然这不是什么官，却是一份对养殖经验的尊重，尤其是对阿布来提·依西木上岗以来工作态度和能力的认可。

此后，这位拌料组组长一边铲着青贮饲料，一边指挥工友向机器喂入干草、精料等。在山里，养羊就是割草喂、山里放，多少辈都没变过。而且昆仑山坡陡怪石多，经常有人在放羊时掉下山崖摔伤。至于风餐露宿、爬冰卧雪是常有的事儿。那时，阿布来提·依西木家有十来只羊，每年生七八羔，吃一半卖一半，不过4000多元的收入，仅能维持生计，想发展其他产业是不可能的事。作为经验丰富的养殖能手，无论阿布来提·依西木多么努力，都没有换来好日子。曾经，阿布来提·依西木对着沉沉大山哭过、吼过，也怒骂过，但都无济于事。多少年来，以阿布来提·依西木为代表的穷苦牧民们，与恶劣的环境和挥之不去的贫穷做着顽强的斗争。直到阳光普照帕米尔高原，挪穷窝的战斗在大山深处打响。

牛羊，依旧在演绎着这片土地上的畜牧业史。让阿布来提·依西木和60多位老羊倌始料不及的是经过考核，他们成了阿克塔什镇的“新牧民”。现代化的肉羊良种繁育中心需要他们，他们同样渴望现代化的畜牧业发展平台。这一切，都得归功于搬迁。

不仅是老羊倌们，年轻的大学生也对牛羊情有独钟。

玉苏普艾力·色买提大学毕业后，毅然回到生他养他的帕米尔高原。只是他的家已从海拔2000多米的山上搬到了阿克塔什镇。玉苏普艾力·色买提把目光瞄向了一个牛业田园综合体项目。这个项目2020年落户叶城县，其累计投资50亿元，肉牛养殖规模达到10万头，是叶城农业产业化发展史上投资开发规模大、带动效益广、发展前景好的利民惠民项目。

玉苏普艾力·色买提如愿以偿地走进这个现代化的畜牧企业时，工作人员正开着撒料车，从牛舍中间穿过，饲料徐徐落入两旁的食槽，体格健硕的4000余头西门塔尔牛忙着进食。现代化的气息无处不在，这让玉苏普艾力·色买提感到欣慰。他从清理饲料干起，干得非常满足、非常幸福。4000元以上的月收入，不仅减轻了家庭负担，还能学到技术。在实践的课堂里，玉苏普艾力·色买提的事业刚刚开始。一开始就找到了理想的岗位，一开始就把握了人生方向。

牛羊对高原人的诱惑力是难以抗拒的，老老少少都是如此。

努尔麦麦提·努尔搬迁到阿克塔什镇后，被聘为护林员，每月有固定工资，一家三口温饱不成问题。晚上一躺到床上就睡不着，眼前总有牛羊撒欢的幸福时光。在山里，他既种地，也养牛。离开了土地和牛，他的生活仿佛缺失了什么。看他一夜夜睡不踏实，问题就摆在了饭桌上。应该说，护林员他干得很出色，可还有大段大段的时间难以打发。一位勤劳惯了的人，一下子太清闲，这让努尔麦麦提·努尔还真不习惯。最关键的是这个家庭还有许多梦没有实现，实现这些梦想需要一定的经济实力。钱从哪里来？可以考虑用养殖手艺置换。努尔麦麦提·努尔发现附近农场有奶牛，也打听到农场正缺人手。他决定去搏一把，事情就这样定了下来。第二天，努尔麦麦提·努尔来到了农场，敲开了农场领导办公室的门。以后的事变得顺风顺水，他为农场养了5头奶牛，仅卖牛奶的收入一天就有80元，这让一家人的生活一下变了样。护林、养牛两不误，努尔麦麦提·努尔的性格变得越来越开朗。

下班回到家，努尔麦麦提·努尔会骑上电动车，带着妻子去浪漫一下。日子好了，精神需求不能不考虑。用努尔麦麦提·努尔的话就是，好日子就要有好日子的过法。努尔麦麦提·努尔带着妻子高高兴兴串门，还大大方方进到卡拉OK厅高歌一曲。搬迁，让山里人的价值观发生了天翻地覆的改变。

从大山深处走来，除牛羊之外，还有一个习俗是永远不会改变的。它就是“宁可三日无肉，不可一日无馕”。

馕，是维吾尔、哈萨克、柯尔克孜、塔吉克、乌兹别克、塔塔尔等民族的传统主食。它外皮为金黄色，以面粉为主要原料，多为发酵的面，但不放碱而放少许盐。馕在新疆有着美誉：大如车轮是库车馕，托喀西小二郎，状如茶杯口味强。最爱的是那格尔德馕，大伙都叫它窝窝馕……

2020年，阿克塔什镇馕产业一条街建成并投入运营。

图尔地玉素普·麦提图尔地在这里大展身手，把打馕店开得红红火火，前来买馕的人熙熙攘攘，好不热闹。一天下来，竟然可以卖出400～500个馕。吃过他家馕的人评价，品种多、口感好。图尔地玉素普·麦提图尔地的打馕店开了仅一年多，月收入达到6000～7000元。成为馕产业一条街上的网红点，图尔地玉素普·麦提图尔地的聪明才智被口口相传。

馕产业一条街上还有一个能人叫阿不力米提·依提，他来自乌夏巴什镇。

搬迁前，他家的日子过得非常清苦，根本没有经济实力开打馕店。到了阿克塔什镇后，生活发生了翻天覆地的变化。每当在宽敞明亮，有电暖的楼房里喝着茶水吃着香喷喷的馕，阿不力米提·依提就觉得闷得慌。他是个勤劳利索的人，在山里忙活惯了，突然间闲了下来，烦闷是必然的事。这还不仅仅是想干点什么事，而是就业问题。

可开打馕店是要投入的。就在他一筹莫展时，镇里的馕产业一条街建成投入运营了。阿不力米提·依提喜出望外，自己的打馕手艺有了用武之地。短时间风，他的打馕店就名声大噪，来买馕的回头客也越来越多。一年下来，收入达到了5000～6000元。阿不力米提·依提一边打馕，一边哼着歌曲《新疆馕》，憧憬着未来的生活：

新疆的圆馕是我圆圆的梦想/月亮一样的馕/馕一样的月亮/百十来个身上藏/策马中华好儿郎/新疆馕啊美名扬/脆酥焦黄香味长……

馕儿香香，不能不与另外一种食物连在一起，那就是烤肉。

但是，从山里搬出前，麦麦提·依力是不敢想的。那时候的棋盘乡人均只有0.8亩地，日子过得很清苦。一家四口，不要说肉，就是很正常的饭能吃饱就不错了。让他没有想到的是一到阿克塔什镇，100平方米的房子，暖气、自来水一应俱全。他父亲当上了护边员，每个月2600元工资。母亲在镇上的工厂上班，月收入也有1500元。麦麦提·依力就在想，日子好过了，传统美食会慢慢火起来的。

这个日子很快就被麦麦提·依力盼来了，馕产业一条街让馕产业兴旺发达起来。可吃馕的时候似乎还少点什么，许多人认识到这个生活细节，但没有想好怎么去做。麦麦提·依力在馕产业一条街细细走了几家打馕点，都是这个缺憾。回到家里，他开始细化自己的方案。没有烤肉店的馕产业一条街不可能火爆，他打算开一家烤肉店。全家人对他的计划都投了赞成票，这就预示着他们这个四口之家，将有三人完成了就业，而且都是不薄的收入。

次日，馕产业一条街上竖起了麦麦提·依力烤肉店的牌子。

他的烤肉店就这样开始。每天中午或下午，麦麦提·依力一边忙着翻转滋滋冒油的烤肉，一边热情地招呼客人。麦麦提·依力就是将肉块用烤的方法烹饪，达到肉色红润、外焦香、里软嫩、咸鲜微辣的效果。他烤的肉老少皆夸赞，尤其是来自他乡的客人更是百吃不厌。

麦麦提·依力的烤肉店独树一帜，渐渐照亮周边乡村。越来越多的人搬迁后自觉向着脱贫这个终极目标迈进。随着各村产业扶持资金到户到人，初步形成了多元增收渠道。可并不是所有渠道都被人看好，总得有人下到渠里蹚路子。

阿克塔什的夜晚开始有内涵。理念的棋盘上，居民们细细考量着，将探索的棋子落向新的方阵。

米热姑丽·麦麦提尼牙孜是“第一个吃螃蟹”的人。

一个从未与服装打过交道的妇女，一下子就跳出了原有的思维定式。她勇敢地走进经营者行列，开起了自己的服装店，专卖童装和女性休闲服装。她想，当下孩子是宝贝，在穿戴上大人是不会亏待自己的孩子的。女性大都是家里的一把手，加上爱美之心，对自己下手“狠”一点理所应当。米热姑丽·麦麦提尼牙孜的市场预测完全正确，开店一年半，每个月的收入都在2500元左右。生意好，米热姑丽·麦麦提尼牙孜的脸上乐开了花。

学了3年厨师手艺，却无用武之地的吐鲁甫·托合提，一到阿克塔什镇就找到了自己的价值。他和媳妇阿依夏木古丽在镇上开了一家餐厅，经营新疆特色的菜肴。两口子怎么也没有想到，一个月下来，经营收入达到了2万元。这在昔日的大山深处，就是天文数字了。餐厅的火爆，让吐鲁甫·托合提有了想法，他想尽快把驾驶执照考下来，再攒钱买辆车，既方便了餐厅进货闲暇的时候还可以拉上一家人出去旅游。父母吃了大半辈子苦，该享享儿子的福了。每天父母想吃什么饭，阿依夏木古丽就在饭馆做好送过去。让吐鲁甫·托合提两口子更舒心的是两个女儿在家门口上学，不用为她们的出行和吃喝担心。想他们的时候随时都能见到。吐鲁甫·托合提拎着炒锅翻动时，红红的灶火让他想到了一家老小的惬意生活。

一连几天，阿不都哈力克·麦麦提尼亚孜在琢磨一件事，这鸡蛋若是在十里八村的流动起来，也是一个就业门路。

阿不都哈力克·麦麦提尼亚孜的家庭情况非常好，哥哥是大棚维修员，一个月工资1800元，弟弟在镇上餐厅上班，一个月3000元左右。妈妈当护林员，一个月工资1000元。越是日子好，越要找事做。他找到喀拉硝尔村党支部书记依拉木·达吾提，将自己想用货车运鸡蛋的想法和盘托出。依拉木·达吾提没有出声，给阿不都哈力克·麦麦提尼亚孜倒了杯热茶。阿不都哈力克·麦麦提尼亚孜的心就扑腾起来，依拉木·达吾提思索片刻开口了，不仅大力支持，还给阿不都哈力克·麦麦提尼亚孜支了几招。不久，依拉木·达吾提帮阿不都哈力克·麦麦提尼亚孜贷上了款，一辆崭新的小货车开进了村。接着又帮阿不都哈力克·麦麦提尼亚孜办理好营业执照，阿不都哈力克·麦麦提尼亚孜的鸡蛋事业就这样干起来了。

每天，阿不都哈力克·麦麦提尼亚孜从县城进鸡蛋，再拉到周边乡镇叫卖。没有想到生活好了，乡亲们饭桌上鸡蛋的需求量大增。一个月下来，阿不都哈力克·麦麦提尼亚孜能挣4000元。载着新鲜鸡蛋的小货车走家串户，他的积极性越来越高。这天晚上，阿不都哈力克·麦麦提尼亚孜又有了一个大胆想法：承包大棚。第二天，他便报名参加了培训班。培训班结束后，阿不都哈力克·麦麦提尼亚孜承包了一个大棚，雇了两个人一起干。鸡蛋和大棚两不误，人人有事做、个个能挣钱，阿不都哈力克·麦麦提尼亚孜家的故事被广泛传颂。

吐尔地买提·达吾提的情况不同，搬迁前就处于“养老”状态。到了镇上，他被街上热气腾腾的景象所感染，再也坐不住了。他才50岁出头，木匠手艺不能“睡大觉”，吐尔地买提·达吾提也要创业。他来到附近的施工队亮出了自己的木匠家伙，施工队录用了他。凭借木工手艺，吐尔地买提·达吾提每天能挣120元。

依力亚斯·麦麦提的电动车修理店一开张就引来了整条街上的目光。

毕竟，与街上的传统店铺相比，依力亚斯·麦麦提的店是比较前卫的。当一辆辆五颜六色的电动车开进依力亚斯·麦麦提的电动车修理店，生意就来了。开业才两个多月，每天就能赚200来元，日子久了，还怕生意做不大？修车技术是依力亚斯刚刚学的，现学现卖倒也能为街上的电动车解决实际问题。他才33岁，年轻的很。电动车，这个曾经在电视里的交通工具，短短几年间就开始时髦起来。跨上电动车的人，大都是年轻人。这个世界是年轻人的，他们引领着时代的潮流。依力亚斯·麦麦提和他的电动车修理店，何愁没有美好的未来？

“要我发展”向“我要发展”的观念转变，彻底打破了高原人收入渠道只有传统农业的单一格局。漫步阿克塔什镇，沿街的服装店、水果店、五金店、烤肉店、打馕铺无不充满勃勃生机和鲜活气息。

又有谁能想到，三年前，这里还是一片戈壁荒滩，遍地布满白色的石头。

时代的节奏太快了，对安居乐业的阿克塔什镇居民而言，搬迁有种“幸福从天降”的感觉。

阿依夏木古丽·吐尔逊就是这么想的。她的新居颇具代表性，院内的小菜地里红绿相间，红的是西红柿，绿的是黄瓜，几株南瓜秧苗爬上了栅栏。门口铁桶里是两棵无花果树颇受老老少少青睐。屋内的陈设很简单，最引人注目的莫过于墙上的精心布置，享受的扶贫政策条款被置于正中央，大小不一的照片贴满墙面，有彩色的也有黑白的。阳光充沛的窗前，自然是红色的吊篮塑料花和窗帘。窗台上摆着花盆，各种花卉竞相开着温馨的花朵。客厅里，电视、沙发、茶几一应俱全。

阿依夏木古丽·吐尔逊夫妻俩来自棋盘河河道岸边，在那里受够了恶劣环境之苦。不仅是恶劣环境之苦，人多地薄就业无门、收入渠道单一，牢牢困住了山里人的手脚。如今，清澈的自来水，方便的天然气，漂亮的安居房，便捷的公交车，学校医院就在附近，生活的舒适就像天上掉了馅饼，让阿依夏木古丽·吐尔逊夫妻感到像是在做梦。

买合木提·依提入住好久了还没有完全适应，独立的小院、完善的配套设施，还有电采暖、上下水、燃气等居民家标配，怎么幸福一下子就来了？在昆仑山深处的棋盘乡恰热克来村，冬天特别难熬，取暖靠烧煤。为了省钱白天烧柴，晚上才能烧点煤取取暖。即便如此，煤钱依旧是家里的一大笔开支，占到全家年收入的三分之一。那个苦日子，买合木提·依提想起来就不寒而栗。现在，日子一下子亮堂了许多，几大件电器样样不差，竟然也过上了城里人的生活。在山里的时候天天看电视听广播，外面的世界还是多少知道一些。几个村民凑在一起晒太阳时聊过，都认为那是几辈子人的梦想，不可能一下子实现的。买合木提·依提比他们乐观，他清楚，冬天过去了，春天会带来无限生机。大山里的春天尚且如此，更何况外面的春天呢？谁也没有预料到，阿克塔什镇是这样一个春天。

阿孜古丽·吐尔逊至今清楚地记得棋盘乡欧让村那条河。河不算宽，却是全村人的希望。每到寒冬腊月，一步一滑去挑水的情景历历在目。一个村的人要吃饭，一瓢一瓢将水舀进桶里。水桶在铁钩子上晃荡，水的重量全扣在肩上的肉里。无论你怎么平衡，崎岖不平的小道难免磕磕碰碰。一担水微微颤颤总算被挑回村，可进到院子时一半都没了。那个日子过得真让人寒心。

做饭取暖主要靠烧柴，可柴火要去很远的山里捡拾。顶着刺骨的寒风，一路走一路有人抱怨。回来的时候，打柴人背着成捆的柴火、挑着干枯的枝枝杈杈，从山上到村口稀稀拉拉排了二里长。阿孜古丽·吐尔逊一家五口从山上搬迁下来时，第一个揪心的就是柴火和水。结果，一拧龙头，水哗哗流。一打开燃气灶，蓝色的火苗噌噌往外冒。独立小院100平方米的屋子宽敞明亮，水、电、气、暖、网一应俱全。最让阿孜古丽·吐尔逊一家没想到的是，幼儿园、学校、医院、文化公园就在家门口，这样的生活做梦都想不到。

75岁的托合提·木沙尤甫搬到阿克塔什镇后，过去的日子常常在眼前浮现。发洪水时无论你住在半山坡还是住在山坳、河边，牛羊被冲走，房子和耕地被冲毁都不可避免，还要时常防止泥石流的突然袭击。喝的是河里的水，烟熏火燎的日子里，最难挨的是漫漫冬夜。天气寒冷，哪里有富余的钱买价格昂贵的煤，可不管怎么说，大山深处是祖祖辈辈生活的地方，村干部们来动员时，托合提·木沙尤甫直言不讳地说，离开了故土就是金窝银窝又能怎么样呢？他的大儿子是第一批搬迁户，在儿子情真意切的说服动员下，托合提·木沙尤甫下山了。

走进托合提·木沙尤甫老人家，最大的感觉是温馨。院内可以种菜，对古稀之年的托合提·木沙尤甫老人来说这简直就是享受了。菜的颜色他最喜欢，对眼睛好。他便坐在小板凳上，眯缝着眼睛一边晒着太阳一边细细品味着菜的颜色，心里说不出有多舒坦。他家墙上与阿依夏木古丽·吐尔逊家一样，贴着扶贫政策的新旧照片，时刻提醒全家人不忘党的恩情。客厅的陈设也与阿依夏木古丽·吐尔逊家相差无几。一家人在阿克塔什镇团聚后，迅速融入了新的生活。他老伴有病，行走极不方便，靠拄拐才能出门。好在镇卫生院就在家门口，经过一段时间的治疗，她就扔掉了拐杖，身体也越来越好。托合提·木沙尤甫老人有时也和老伴一起串串门，走走亲戚。

努尔艾拉·艾麦提亚孜对教育非常在意。原先乡里的小学是土坯房，又临近山脚，一下雨就闹水患。一年下来有近一半时间停课，说出来很心酸，居然怕洪水把孩子冲走。开学了，孩子们书包里自带水和馕，为了求学，山里的孩子们吃尽了苦头。

村干部动员搬迁时努尔艾拉·艾麦提亚孜根本就没有考虑自己，首先想的就是孩子的上学大事。村干部告诉她，去阿克塔什镇走一趟就什么都清楚了。她下山看了学校。回来后，努尔艾拉·艾麦提亚孜的态度发生了180°度的转变。她们家是拎包入住，两室一厅，入住时已通了水电气和网络。客厅里摆着一张转角沙发、一张茶几、一台电视，墙上挂着三片仿画框的暖气片。离开漏雨透风的土房子，她们一举告别了提心吊胆的日子。孩子背着书包高高兴兴上学去了，果然是走不了几步路就到了。这让上有老、下有小的努尔艾拉·艾麦提亚孜既高兴又放心。离她家仅5分钟路程便是县医院阿克塔什分院。努尔艾拉·艾麦提亚孜看见，老人们的脸上布满幸福的笑容，他们再也不用担心没地方治病，若真遇上大病，一个电话救护车就到了，半小时可以赶到县医院。

努尔艾拉·艾麦提亚孜还搞清楚了镇小学2019年就建成了，全镇1900多名儿童全部免费入学。学校建的非常气派，五星红旗高高飘扬在校园里。那一刻，喇叭里放着广播体操曲子，几百名服装统一的孩子们在做操。再也不用在书包里带水带馕了。中午放学，孩子们回家吃热的。孩子是家长最大的牵挂，孩子的问题解决了，努尔艾拉·艾麦提亚孜心无旁骛地创业去了。

阿克塔什镇很美，像一座幸福的港湾。但港湾外的人依旧有这样或那样的顾虑，这种顾虑还带有一定的普遍性。

针对搬迁中部分村民的顾虑，村里逐户走访，把担忧和困难记下来，并带着大家到安置区实地进行了参观。阿不都哈力克·麦麦提尼亚孜承认，新家条件好、基础设施齐备，他有些心动了。当晚，他来到朋友库尔班江·托合提图尔荪家进一步了解情况。库尔班江·托合提图尔荪告诉他："你尽管放心，羊和地全交给合作社，你到这个大棚里面上班，一个月有2000元收入。"

第二天，库尔班江·托合提图尔荪带着阿不都哈力克·麦麦提尼亚孜来到合作社，事实果然像库尔班江·托合提图尔荪所说。他再到服装厂和鞋厂转了转，在缝纫机前忙碌的女工正是昔日的村民。阿不都哈力克·麦麦提尼亚孜彻底打消了顾虑，回到村里就行动起来，最终带着一家人高高兴兴搬出了大山，开始了新的生活。

新的生活像一道霞光，金光四射之处就是一片新天地。

从碧波荡漾的东海之滨到大漠孤烟的天山之巅，从崇山峻岭的云贵川，到戈壁荒滩的大西部，从须发皆白的长者，到咿咿学语的幼儿，大江南北都在传唱着精准扶贫的壮歌。

2020年12月3日，我国“十三五”易地扶贫搬迁任务已全面完成，960多万群众全部乔迁新居。实施如此规模、如此艰巨的伟大工程，在中国扶贫史上规模空前，在世界历史上更是前所未有。

从2017年起，栉风沐雨的帕米尔高原大搬迁已走过了四个春秋。在这坚实有力的步履中，爱在升腾，力在凝聚，高原人民像石榴籽般团结一致。一个万众瞩目的新型乡镇崛起在戈壁荒滩上，1.4万人彻底摆脱泥石流和贫穷落后的羁绊，走出沉沉大山，步入勤劳致富的阳光地带。从此，结束了一段饱含辛酸的历史，开启了一个幸福满满的新征程。

在阿克塔什镇，有一座易地扶贫搬迁纪念馆，那个大大的“家”字格外引人注目。

纪念馆里，三个乡镇搬迁前的生产生活实物一一陈列，一张张新旧照片、一段段生动影像，清晰展现着易地扶贫搬迁工程带来的奇迹般的变化。如今，这里不仅承载着搬迁群众的集体生活记忆，更是一个触动人心的教育基地。在一个显著的位置上，陈列着一条超大的红色绶带，上面是这样几个金黄色的大字：易地搬迁工作成效明显县。这是国家发改委授予叶城县的光荣称号。还有一块镌刻着国徽的大奖牌和一本获奖证书，分别写着：“全国脱贫攻坚先进集体”。这是由中共中央、国务院授予叶城县扶贫开发领导小组办公室的最高褒奖。

波澜壮阔的易地扶贫搬迁，既是一场崭新的社会形态重塑，更是一场巨大的社会变革，注定要在脱贫攻坚史上留下浓墨重彩的一笔。把如此规模的贫困人口整体搬迁出来并赋予全新的生活，需要的勇气和力量不言而喻。在更深的意义上，搬迁群众摆脱贫困、安居乐业，新疆社会稳定和长治久安就有了更加深厚的群众基础。

当2022年的钟声在帕米尔高原上敲响，阿克塔什镇的新蓝图引人注目：投资1.7亿元打造加工园区，建设蔬菜批发市场和果蔬加工厂；打造水上乐园、建设民宿、餐饮、娱乐为一体的旅游服务设施，带动更多的村民就业……

这时，一首歌从远处飘过来，仿佛天籁之音：

有一个美丽的传说/精美的石头会唱歌/它能给懦弱者以坚强/也能给善良者以欢乐/只要你把它埋在心中啊/天长那个地久不会失落……

阿克塔什镇，一个在白石头上崛起的中华人民共和国最年轻的乡镇。

迎着帕米尔高原第一缕晨曦，阿克塔什传奇走出昆仑奔向全国，正折服全世界的目光。

06

第六章

雄鹰永翔蓝天

帕米尔高原上
一只雄鹰正展翅飞翔
时代呼唤英雄
英雄光耀时代
拉齐尼·巴依卡如同雄鹰挟起的雷电
永远闪耀在万里云端

“哗……哗……”掌声已多次响彻剧场。

台上，舞者拧腰躬身，双臂后举，恍若雄鹰凌空翱翔……舞蹈《鹰》让人热血沸腾、泪沾衣襟。

观众席上，一位塔吉克族老人嘴角颤抖、老泪纵横。他叫巴依卡·凯力迪别克，是塔什库尔干塔吉克自治县的老护边员。此时，老人的眼前两个身影频频闪现，一个是给予自己生命的父亲凯力迪别克·迪力达尔，另一个是儿子拉齐尼·巴依卡。两个身影一会儿重叠为舞台上的雄鹰，一会儿幻化为活生生的人。

一起观看舞蹈《鹰》的还有老人的儿媳妇阿米娜·阿力甫夏，14岁的孙女都尔汗·拉齐尼和12岁的孙子拉迪尔·拉齐尼。

巴依卡·凯力迪别克一家不止一次看过舞蹈《鹰》，数这回痛彻心扉。

一年前的1月4日13时56分许。

在喀什大学培训的拉齐尼·巴依卡，与室友木沙江·努尔墩正往饭厅走，突然，一个刺耳的声音传来：来人啊！救救孩子！

呼救声重锤般击打着拉齐尼·巴依卡的心，凭借退伍军人的灵敏嗅觉，拉齐尼·巴依卡第一个念头就是：救人！他撩开长腿，沿着呼救声跑去。湖边一幕惨不忍睹，一位母亲扑倒在冰冷的湖边，撕心裂肺地喊着孩子的名字。

拉齐尼·巴依卡放眼望去，结冰的湖面上一个冰窟窿正张开狰狞的大口。孩子，正在这张大口里扑腾。情况万分危急，拉齐尼·巴依卡二话没说，便踏上冰面救孩子。他奋力扑打着水面，瞪大眼睛喊道："先救孩子！"

身边没有任何能用来救援的器材，这时，木沙江·努尔墩也跑了过来，在冰水中的拉齐尼·巴依卡一边将孩子奋力向上托举，一边朝着木沙江·努尔墩喊道："冰太薄，你不要过来，救孩子，快救孩子！"

突然，木沙江·努尔墩看见孩子母亲脖子上有条围巾。很快，木沙江·努尔墩将两米多长的围巾卷起来，抛给了拉齐尼·巴依卡。然而，一条围巾根本没法将两人都拖上来，冰水中的拉齐尼托举着孩子的双腿，再一次冲木沙江·努尔墩大喊："先救孩子！"

危险再次出现了，一大块冰层突然崩塌。木沙江·努尔墩和孩子的母亲也掉进了冰水里。这时，岸上的人们已经闻声赶来，合力营救。

天空纷纷扬扬飘起了雪花。气温已低至-7℃，这是入冬以来喀什地区最寒冷的一天。拉齐尼·巴依卡已在刺骨的冰水里坚持了十几分钟，由于长时间的托举，他在水中浮浮沉沉，但始终保持孩子的头部露出水面以防呛水。

消防救援人员赶到了，孩子、孩子母亲和木沙江·努尔墩相继被救上水面。他们冲着救援人员大喊着："还有一个人！水里还有一个人！"然而，冰水中早已看不到拉齐尼·巴依卡的身影……

两个小时之后，救援人员终于在湖底找到了拉齐尼·巴依卡。他浑身冰凉，再也不会醒来……

舞台上，舞者轻舞双臂，移步回首，如同机警的山鹰巡游在山间谷地……

都尔汗·拉齐尼特别想知道，父亲沉入湖底前，忘记他们父女之间的约定了吗？父亲长年累月奔波在边境线上，懂事的都尔汗·拉齐尼给父亲提出的唯一要求就是想要一台电脑。父亲爽快地答应了，说培训结束后，从喀什给她带回来。

爸爸爽约了，但沉入湖底前那一刻，他的心是暖的。

当孩子被他用最后的一点力气托举出水面，他知道，那条连着生的希望的围巾足以将孩子拽出去。他相信，沙江·努尔墩和施救群众能做到，一定能做到……

沙江·努尔墩和施救群众的确做到了，一条花骨朵般的生命因为他“生命的托举”得以生还。可水面上，再也没有见到他那魁梧的力量十足的身影。木沙江·努尔墩把嗓子喊哑了，再也没有听到室友熟悉的声音。

冷啊……

拉齐尼·巴依卡感到刺骨的冰水，正从四面八方向自己碾压过来，有点透不过气了。

记得8岁那年，也是这般冷。

那是个夏天，一名边防部队的新兵在巡逻时不慎走失，父亲巴依卡·凯力迪别克急得上火，跳上马背就要去寻找。拉齐尼·巴依卡举着一支火把拦在了父亲马前，就冲儿子这份热心，父亲就动心了。拉齐尼·巴依卡举着火把骑在马背上，依托着父亲坚实的胸口。

山里的夏夜异常寒冷，冷到骨髓里。父亲将拉齐尼·巴依卡已经裹得很紧，可他的牙齿还在打颤。父亲送给他两个字：坚持！拉齐尼·巴依卡明白，老师不止一次告诉他们，坚持就是胜利！

一个山口、两个山口……天，渐渐亮了。就在大家快要丧失信心时，拉齐尼·巴依卡一声尖叫：“在那里！”

果然，是那名走失的新兵。这一幕深深刻在拉齐尼·巴依卡幼小的心灵上，人，是需要救助的。一首歌里不是唱过：“只要人人都献出一份爱，世界将变成美好的人间。”这件事后，父亲对儿子的品德和毅力有了更为清晰的认知。一句话，巴依卡·凯力迪别克的儿子不会错！

突然，拉齐尼·巴依卡眼前一片血红……

那是一面鲜红的党旗。

2004年8月20日，护边员拉齐尼·巴依卡面对党旗举起了右手。当他自豪地喊出："宣誓人拉齐尼·巴依卡"时，两年边防武警生活情不自禁地在眼前闪现。

到部队的第一天，老兵们就告诉拉齐尼·巴依卡部队是座大熔炉，进来一身铁，出去满身钢。

起初，拉齐尼·巴依卡对老兵的这句话并没有什么体会。随着时光的推移，特别是两年部队生活即将结束，要脱下心爱的橄榄绿军装时，一个问号在他心里油然而生：在这座大熔炉里，学到了什么本领呢？

躺在高低床上，拉齐尼·巴依卡细细梳理起来：过硬的军事素质，令行禁止的意识，强健的体魄，吃苦耐劳的精神，独自生活的能力，责任心和宽容心，特别是对军人的优良传统有了全新的认识，那就是紧紧地和人民站在一起，全心全意地为人民服务。"吃亏我一人，幸福千万家"，正是一代革命军人人生观的具体表现。

两年军旅生活，拉齐尼·巴依卡还有一样硬的收获：军事训练成绩全支队第一。父亲笑了，笑得格外舒心。

正因为拉齐尼·巴依卡在部队表现突出，经部队推荐、塔什库尔干塔吉克自治县组织部门考察，他才能光荣的在党旗下宣誓，成为帕米尔高原上又一名塔吉克族共产党员。

舞台上，舞者双脚跺步，点头颔首比拟山鹰快活地嬉戏……

拉迪尔·拉齐尼特别想知道，父亲沉入湖底前，想到过他最疼爱的小儿子了吗？凭良心讲，父亲是个顶天立地的男子汉，就是太忙了。不然，一定会带着他最疼爱的小儿子游遍帕米尔高原的。父亲曾经说："是共产党让我们过上了好日子，我自己也是一名党员，守边护边是我应该做的事。等我干不动了，就把这项工作交给我的儿子。我们要在护边路上世世代代走下去。"

父亲答应过自己，长大了，就送他去参军。

父亲爽约了，却把一个比自己小很多的男孩托举出水面，留给这个世界一个永恒的造型，这个造型气壮山河。

冷啊……

拉齐尼・巴依卡感到冰水突破了自己的血管，呼吸变得非常困难了。

2011年11月，暴风雪突降。拉齐尼・巴依卡和边防战士们迈不开巡逻的步。风，迎面刮来，仿佛瞬间就撕去了脸上的皮，火辣辣，刀割般疼；雪粒子，肆无忌惮地往脖子里灌，冷飕飕，粘在了皮肤上。

"扑通"一声，战士皮涛不慎从牦牛背上摔了下来。还没有等战友们回过神来，皮涛已经掉进了一个雪洞里。更为危险的是，雪洞周围的冰雪迅速垮塌，转眼间，皮涛已经被冰雪给埋掉了。战友的生命岂能被冰雪夺走？战友们跃跃欲试就要上前施救。但见拉齐尼・巴依卡大喊一声："都不要动！听我的。"

拉齐尼・巴依卡手脚并用迅速爬到了雪洞旁边。奄奄一息的皮涛看到拉齐尼・巴依卡在洞口出现，惊喜万分。拉齐尼・巴依卡示意皮涛别动，自己脱下皮大衣，又用衣服结成了一条绳子。

倚靠在雪洞壁上的皮涛清楚，此时只要有任何碰撞，哪怕是脚步声，或是拉齐尼・巴依卡稍有失误，雪崩便不可避免。拉齐尼・巴依卡动作麻利地结好绳子，一点一点往下放。那个小心谨慎劲，唯有经历过暴风雪的人方能做到。皮涛的眼睛潮湿了，多好的战友啊！知道拉齐尼・巴依卡在部队军事训练成绩全支队第一，没想到，处理突发事件也照样拿手！皮涛暗暗发誓，获救后要拜拉齐尼・巴依卡为师。可以双手从雪洞里拉出一个人并非易事。十分钟、二十分钟……皮涛渐渐有些昏迷。当拉齐尼・巴依卡鼓足力气，最后一次将绳子垂入雪洞，已经两个小时过去了。冻得不省人事的皮涛，终于被拉齐尼・巴依卡救了上来。在县医院，急救了3个小时，皮涛才苏醒过来。

那是2013年9月的一个秋天。拉齐尼・巴依卡率领的巡边队来到乱石滩断崖处，险情发生了。

山体滑坡，巡逻时留下的标记荡然无存，路已经无影无踪了。前进，面临的悬崖峭壁。突过去，方能完成此次巡边任务。后撤，沿着原路回去报告也情有可原。

前进，还是后撤？拉齐尼·巴依卡的态度是坚决的。塔吉克族人是不会面对困难退缩的！

峭壁上探路，无异于登蜀道，难于上青天。拉齐尼·巴依卡一马当先，充当了开路先锋。一米、十米……大功即将告成之际，一块石头从天而降，狠狠地砸在了拉齐尼·巴依卡的腿上。顿时，鲜血直流。战友们惊呆了，大呼："赶紧救人！"说罢，就为他包扎血肉模糊的伤口。半天后，拉齐尼·巴依卡才从疼痛中苏醒过来。等他缓过劲来，战友们关切地问道："不行，就送你回去吧？"

拉齐尼·巴依卡坚决地摇摇头："那怎么行？绝不能因为我的一点小伤耽误了巡逻。"

战友们知道他的脾气，不再劝说他。在朝夕相处的日子里，大家发现，每条山路的路况，连队每个点位的情况，甚至每个战友的性格，拉齐尼·巴依卡都了如指掌。久而久之，他早已成为巡逻队的"定海神针"，只要有拉齐尼·巴依卡在，再险峻的路大家也不怕。

巡逻在继续，走在拉齐尼·巴依卡用生命丈量过的羊肠小道上，一些战友暗暗流下了感激的泪水。平时，拉齐尼常常对大家说："巡逻是国家的事，也是牧民的事。没有国家的界碑，哪有我们的牛羊？"

巡边是危险而艰苦的，非常人所及。

新中国成立后不久，中国人民解放军红其拉甫边防连也随之成立。在塔吉克语中，"红其拉甫"意为"血染的通道"。这里的平均海拔超过5000米，空气含氧量不足平原地区的一半，最低气温可达-40℃，自然环境十分恶劣。

即便是这样，每次巡逻，拉齐尼·巴依卡总是走在最前面探路，经常化险为夷。"帕米尔雄鹰"就是这样来的，是牧民和护边员们发自肺腑的称谓。

有巡逻记录为证：拉齐尼·巴依卡每年巡边12次，行程1500多公里。16年累计下来，他巡逻走过的路已达24000公里。

舞台上，舞者昂首挺胸，收臂按掌，同时踏步后转，酷似山鹰纵身飞向蓝天……

巴依卡·凯力迪别克清楚，他的拉齐尼·巴依卡再也不能像雄鹰一样翱翔在帕米尔高原上了。是帕米尔高原给了拉齐尼·巴依卡腾飞的翅膀。当年，父亲凯力迪别克·迪力达尔怎样历练自己，自己就怎样历练了拉齐尼·巴依卡。不然，他怎么会像雄鹰一样飞那么高呢?

那是1973年春天。

凯力迪别克·迪力达尔对巴依卡·凯力迪别克说："孩子，我老了，走不动了，今后你就替爸爸给解放军带路吧!"

在帕米尔高原上，凯力迪别克·迪力达尔的名字与吾甫浪沟紧紧连在一起。红其拉甫边防连巡逻中的一条重要通道，就是号称"死亡之谷"的吾甫浪沟。这里地势险峻，是全军唯一一条只能骑牦牛巡逻的边境线，往返一次要花3个月。巡逻途中，要翻越8座海拔5000米的达坂，蹚过80多趟刺骨的冰河，雪崩、滑坡、泥石流等自然灾害不计其数。

如果没有过硬的向导，巡逻队寸步难行，根本无法完成任务。正当红其拉甫边防连一筹莫展时，经验丰富的老护边员凯力迪别克·迪力达尔来到连部主动请缨，这让连领导喜出望外。他告诉连长，祖祖辈辈生活在帕米尔高原，与牦牛为伴，常年奔波于冰河雪峰之间，对帕米尔高原上的一草一木相当熟悉。

连长又何尝不知道帕米尔高原"活地图"凯力迪别克·迪力达尔大爷，他是新中国成立后第一代护边员，更是一位听党话、跟党走、忠于祖国的模范护边员。有他给巡逻队当向导，那是打着灯笼都难找啊。现在，凯力迪别克·迪力达尔大爷主动请缨，岂不是天助我也?

凯力迪别克·迪力达尔成为当地第一位义务向导的消息不胫而走。很多牧民对凯力迪别克·迪力达尔之举大加赞赏。也有一些亲戚朋友，为凯力迪别克·迪力达尔暗暗捏着把汗，毕竟吾甫浪沟是条"死亡之谷"。

凯力迪别克・迪力达尔没有时间想太多，他只知道，义务为边防连当向导责无旁贷，与战士们一起巡逻无上光荣。他接受的第一个任务，就是把界碑立在吾甫浪沟点位上。连长告诉他，界碑是国家与国家之间的边界标记物，有着重要的意义。它不仅仅是在宣告领土主权，也是国家强盛的标志。连长还给凯力迪别克・迪力达尔讲了“东起鸭绿江口，西至北部湾畔”、总长达2万余公里的中国陆地边界，那里的每一块界碑都代表着新中国的尊严。

凯力迪别克・迪力达尔开始为祖国干一件极其有意义的事。

这件事就是将界碑驮到“死亡之谷”的吾甫浪沟。界碑非常重，凯力迪别克・迪力达尔和边防连官兵一起，用军马驮着界碑启程。路途异常艰险，但一路上，凯力迪别克・迪力达尔的脑海里，总是出现鸭绿江边的界碑，由此想到那场举世瞩目的保家卫国之战。想着想着，觉得自己浑身都是力量。

一天、两天……走了五天五夜，界碑完好无损地运抵吾甫浪沟。随后，在官兵们的齐心协力下，界碑被威严地竖了起来。

连长给凯力迪别克・迪力达尔下了死命令：不能让界碑移动，哪怕1毫米！短短一句话，凯力迪别克・迪力达尔记了一辈子。

凯力迪别克・迪力达尔交班时，也给巴依卡・凯力迪别克下达了同样的死命令。对21岁的巴依卡・凯力迪别克来说，并不感到突然。盼这一天，已经盼了很久了。从这一天起，巴依卡・凯力迪别克正式成为一名护边员。从父亲手里接过马鞭子，巴依卡・凯力迪别克想到帕米尔高原上的英雄玛纳斯。

玛纳斯是柯尔克孜族的传奇英雄，史诗《玛纳斯》以他的名字命名，讲述他和七代子孙带领柯尔克孜族人民对抗外来侵略、追求幸福生活的故事。高原上，孩童们几乎是伴着《玛纳斯》的歌声长大的，正是一代又一代“玛纳斯奇”的唱诵，使这部传奇史诗得以冲破历史尘烟，传承至今。

很小的时候，巴依卡・凯力迪别克就领略了英雄玛纳斯的魅力。头戴白色毡帽、身着民族服饰的“玛纳斯奇”盘腿坐在中间演唱，毡房内外全是人。“玛纳斯奇”的歌声时而铿锵、时而婉转，配合着挥动的手臂，或模仿玛纳斯驰骋疆场时的雄姿，或抒发对英雄由衷的赞美。

这是史诗《玛纳斯》给巴依卡·凯力迪别克最初的印象，也是他喜欢艺术，如鹰舞的原因之一。

巴依卡·凯力迪别克由此发誓，在英雄玛纳斯精神激励下，守好自己的家园，巡逻好祖国的边境线。37年间，他的足迹遍布帕米尔高原边防线，累计巡逻700多次，走过的巡边路达3万多公里。

有一年开拉阿甫河的河水突然暴涨。骑牦牛巡逻的巴依卡·凯力迪别克带领5名边防战士正好赶上。谁也没有见过这样的阵势，洪水滔天，大浪一个接一个而来。突然，大浪连人带牦牛将巴依卡·凯力迪别克冲到一块石头上。顿时，一阵锥心刺骨的疼游遍全身。巴依卡·凯力迪别克低头一看，坏了！腿部骨折了。

这时，边防战士王君正在水中挣扎，眼看着就要被洪水卷走。千钧一发之际，巴依卡·凯力迪别克不知道哪里来的力气，跳进水中，将摇摇晃晃的王君一把抓住。王君吃惊道："您的腿？"巴依卡·凯力迪别克将他拖到安全地带："就别管我的腿了，你没事就好！"

有一次，巴依卡·凯力迪别克带着几名新兵巡逻。巡逻途中突降大雪，一时间，天地间一片混沌。道路受阻，他们被死死困在了一个山坳里。前不着村后不着店，通讯联络不畅，只能靠等。

巴依卡·凯力迪别克让大家清点食物。一清点吓一跳，仅有10块压缩干粮和5个馕了。雪，还在没完没了地下个不停。巴依卡·凯力迪别克心里在滴血，冰天雪地的，粮食是最关键的活命之物。这点可怜的食物，能撑多久呢？不管能撑多久，军心不能乱！

在巴依卡·凯力迪别克的指挥下，大家抱团取暖，靠那点食物维持着。一天、两天……当暴风雪散去，太阳从云层里露出头，大伙力量倍增，将巴依卡·凯力迪别克扔了起来。

他们居然撑了3天3夜……那一时刻，几名新兵对巴依卡·凯力迪别克的崇拜感油然而生。这位平时非常低调的塔吉克族老护边员，身上竟然蕴含着这么大的能量。巡逻任务还没有完成，一行人踏着没膝深的积雪，又继续前进了。

暴风雪历险记让巴依卡·凯力迪别克名声大噪。当他两次跻身2005年和2009年“全国民族团结进步模范个人”行列时，没有人感到意外。拉齐尼·巴依卡退役后，巴依卡·凯力迪别克将自己手绘的“巡逻图”交给他，图中详细标注了吾甫浪沟的险段、坡度、冰河温度、宿营点以及防卫野狼的方法。

那天深夜，拉齐尼·巴依卡的遗体被送回家中。巴依卡·凯力迪别克以超乎寻常人的定力接受这难以接受的残酷现实。

他说：“拉齐尼·巴依卡从小就心地善良，见不得别人有困难。其实，他救人我并不意外，只是觉得无比痛心，我的儿子就这样离开了……”

是啊，16年，5840天，拉齐尼·巴依卡一直守护着帕米尔高原，直到生命的最后一秒。

阿米娜·阿力甫夏专注地望着舞台，舞台上那只“鹰”正与暴风雨进行着顽强的搏斗。天幕上雷电交加，音响效果非常逼真。

于阿米娜·阿力甫夏而言，还有什么比失去青梅竹马的伴侣更痛苦呢？一套藏蓝色西服和一顶黑色塔吉克族毡帽，原本是为丈夫参加全国两会准备的，却成了永远的怀念。

白牦牛，拉齐尼·巴依卡生前最心爱的坐骑。陪伴他5年，堪称出生入死的“亲密战友”。牦牛耐力好、性格温驯坚毅，素有“高原之舟”之称。拉齐尼·巴依卡胯下的这头白牦牛就更是牦牛中的翘楚了。

2014年9月，拉齐尼·巴依卡骑上他的白牦牛像往常一样巡边。一路上，跋山涉水都过来了，最后一条河却出幺蛾子了。

白牦牛驮着自己的主人，稳健地过河。水流湍急，白牦牛连速度都没有减下来，依然一步一步地走着。到河中心了，过了这条河，今天的巡逻任务就过半了。拉齐尼·巴依卡满心欢喜，一阵轻松。不料，就在这时，白牦牛身子一斜，庞大的躯体歪到一边。拉齐尼·巴依卡十分惊诧，跳下牛背一看，大惊失色。白牦牛被石头卡住，倒在河里不能动弹了。拉齐尼·巴依卡仔细检查后才发现，劳苦功高的白牦牛腰断了。这让爱牛如命的拉齐尼·巴依卡怎么受得了？巡边队还要继续前进，白牦牛却无论如何也走不动了。怎么办？

拉齐尼·巴依卡抱着白牦牛失声痛哭。白牦牛极通人性，尽管疼痛无比，依旧没有哀嚎。这让拉齐尼·巴依卡愈加不忍。

天色渐晚，巡逻任务在即，只能靠白牦牛在原地慢慢恢复，等腰好了自己回家了。临走前，拉齐尼·巴依卡在白耗牛边放了很多青草，边哭边回头张望着不忍离去。谁能想到，一年后，当拉齐尼·巴依卡再次见到他的白牦牛时，它已变成一具尸骨。

"亲密战友"白牦牛的离去，对拉齐尼·巴依卡精神打击非常大，好长时间难以从悲伤中自拔。以至于6年后，新疆维吾尔自治区成立65周年大庆活动时，面对记者采访，他依然耿耿于怀：刚到乌鲁木齐的那天晚上，我又梦见我的白牦牛，6年了，我经常梦见它……

其实，不仅是拉齐尼·巴依卡，爷爷凯力迪别克·迪力达尔和父亲巴依卡·凯力迪别克，对牦牛的感情都是一样的深厚。从爷爷开始，拉齐尼·巴依卡家先后有10头牦牛累死在巡逻路上，9头牦牛因摔伤丧失劳动能力，但他们从未向组织提过任何要求。他们觉得，牦牛是他们的"亲密战友"，如果那样，就是对它们的亵渎。

让阿米娜·阿力甫夏最为遗憾的事情是至今他们都没有一张全家福照片。但让她聊以自慰的是拉齐尼·巴依卡给了这个家无上荣光。

2017年，拉齐尼·巴依卡当选首届"感动喀什十大人物"。消息传回塔什库尔干塔吉克自治县，掀起了很大的波澜。乡亲们说，巴依卡·凯力迪别克教子有方；乡亲们还说，军功章上，有阿米娜·阿力甫夏一半。拉齐尼·巴依卡却躲在卧室里写起了诗——

南湖红色的光照亮帕米尔高原/在晨曦中/我的祖父凯力迪别克露出笑颜/他视巡边为自己义不容辞的职责和担当/祖父这种精神是我家的一盏明灯……

这是拉齐尼·巴依卡为爷爷凯力迪别克·迪力达尔创作的诗歌《南湖》，也是他朋友圈里最后一条动态。

想到这，阿米娜·阿力甫夏潸然泪下。

2018年，拉齐尼·巴依卡当选第十三届全国人大代表。

十三届全国人大一次会议开幕当天，新华社刊发了拉齐尼·巴依卡在北京人民大会堂出席会议的照片。阿米娜·阿力甫夏心里比谁都自豪，她知道，从现在起，她的丈夫已从帕米尔高原走向更加广阔的天地，如同一只展翅飞翔的雄鹰，成了名副其实的新闻人物。

阿米娜·阿力甫夏又非常担心，她一个基层党员、护边员，能担起国家赋予的这么大的重任？

拉齐尼·巴依卡用一份沉甸甸的《提高护边员待遇，改善其工作条件》提案回应了国家和人民群众的信任。关于护边员，他思索过许多问题。塔什库尔干塔吉克自治县虽然不大，但边境线很长，点多面广，防控任务繁重。这就需要一定数量的护边员队伍，如果不从这个根本性的问题入手，护边员队伍的稳定是难以保证的。他请教了一些专家，他们告诉拉齐尼·巴依卡，留住护边员不难，就六个字：政策、待遇、感情。拉齐尼·巴依卡围绕这六个字再次深入调查，最终提议：适当提高护边员待遇、扩大护边员队伍、加强边境管控。

他的议案很快得到国家有关部门的重视。边境线上出现了可喜局面——建起了执勤房，配备了专业的巡逻车、对讲机、望远镜和卫星电话。“巡边靠走、通信靠吼”的巡边方式一去不复返了。

自然，诸如“人民的代表”之类的赞誉声此起彼伏。尽管如此，阿米娜·阿力甫夏还是为丈夫捏把汗。因为，护边员们的社保和医疗问题依旧是个难题。拉齐尼·巴依卡开始大声疾呼，获得了比较理想的效果。护边补贴从150元/月逐年增加到2600元/月。拉齐尼·巴依卡算了一笔账，按照这个标准，一户牧民家中若有两名护边员，即可保证稳定收入甚至脱贫。让阿米娜·阿力甫夏最欣慰的是，在拉齐尼·巴依卡这个人大代表的影响下，全县的护边员都已享受国家惠民补贴、草场补贴、社保等，物质生活得到极大改善。

2020年6月，拉齐尼·巴依卡正式担任提孜那甫村村委会委员。乡亲们没有看错人，在拉齐尼·巴依卡委员的积极努力下，提孜那甫村发生了可喜的变化。根据县委要求，当地矿场已全部停产，采矿区种上了牧草，生态环境得到有效改善。

连续三年，拉齐尼·巴依卡共提交议案和建议12份。他还建言，塔吉克族牧民熟悉当地地理环境，适应高海拔生活，是千里边防线上十分重要的后备力量！

2020年10月，拉齐尼·巴依卡获得“全国爱国拥军模范”荣誉称号。颁奖仪式上他坦言：我是代表每一个在边境线上巡逻的护边员来领取这一份荣誉……

11月，他获得“全国劳动模范”荣誉称号。他表示：我生活在一个好时代，国家政策好，我们的生活好。我一定会守好边境线，一代一代守下去，让伟大祖国永远平安！

“哗……哗……”

舞蹈《鹰》亮出了最后一个遒劲的造型。

全场观众起立，向巴依卡·凯力迪别克及家人致以崇高的敬意。

饰演“鹰”的演员来到巴依卡·凯力迪别克面前，弯下腰身，向英雄的父亲虔诚地一躬。

他是县歌舞团舞蹈演员，从小就崇拜鹰。鹰的那种坚韧不拔的意志和一往无前的精神，是塔吉克民族特殊的审美追求。他表示，要让拉齐尼·巴依卡的精神永远翱翔在蓝天上！他已经接到南航乌鲁木齐分公司通知，被录取为空乘人员，是塔什库尔干塔吉克自治县第一个飞上蓝天的塔吉克族青年。就要去报到了，他衷心祝愿巴依卡·凯力迪别克爷爷永远安康！

阿米娜·阿力甫夏对舞蹈演员说，拉齐尼·巴依卡还有一个愿望没实现，那就是捐献自己的器官。他曾说：我特别敬佩那些捐献遗体的人，我也想和他们一样，走了以后，把器官捐献给需要的人，去挽救另一个生命，哪怕是用作医学研究，也算是死得其所……人死了以后，与其埋进黄土被虫子吃掉，不如去救活一个生命，以另外一种方式继续活着。

两年前，拉齐尼·巴依卡去北京时，曾瞒着家人签订了器官捐献协议。遗憾的是，丈夫走得太突然，遗体经过冰冻后，已不能满足捐献条件，无法实现他生前的愿望了。

泪水涌出了舞蹈演员的眼眶，围上来的观众无不为之动容。

2021年1月19日，拉齐尼·巴依卡牺牲后第15天，中共新疆维吾尔自治区委员会决定追授他“自治区优秀共产党员”称号。

从这年2月到7月，荣誉的光环一次又一次照亮提孜那甫乡提孜那甫村，拉齐尼·巴依卡让乡亲们无上荣光。

他被授予“第六批全国岗位学雷锋标兵”；

中共中央宣传部追授他为“时代楷模”称号；

中共中央组织部授予他“全国优秀共产党员”荣誉称号；

入选全国见义勇为模范候选人名单……

这年11月，一行人踏上塔什库尔干塔吉克自治县的土地。

他们是自治区人大常委会专项活动督导组。此行，只有一个目的，检验“时代楷模”、已故全国人大代表拉齐尼·巴依卡生前心愿达成情况。

机场新连线——

那是拉齐尼·巴依卡联合其他人大代表，共同促成的一件大事——修建塔什库尔干红其拉甫机场。机场竣工后，极大地方便了同喀什市和外界的联系。用拉齐尼·巴依卡的话说，真正为塔吉克族人民插上了鹰一样的翅膀。

翅膀是插上了，连接机场的老路路况差、绕路多、耗时长，成了拉齐尼·巴依卡的一块心病。要解决这个问题，关键还是资金。他便以人大代表的身份逐级向上反映，为这件事操碎了心。如今，有关部门拨出专款，长1.6公里的机场新连线已经建成，极大方便了各族群众出行。通车那天，机场新连线被命名为“拉齐尼路”。

修建一座水库——

海拔4000米的塔什库尔干塔吉克自治县，冬春季节冰雪未融无法饮用，夏季山洪暴发泥沙俱下且流速极快也不利于灌溉。水的问题一直卡着塔县的脖子，也不是没有办法，只要修一座旱涝保收的水库就能一劳永逸。拉齐尼·巴依卡就想啊，要是把这个问题呼吁到全国人代会上去，该是怎样一种效果？他就不遗余力地努力着……

这个心愿，在他走后不久有了实质性的进展。塔县的几座水库建设被定为自治区“十四五”首批重点建设项目，已完成了测绘、地质勘探、科学试验等前期论证工作，即将进入修建阶段。届时，将改变塔什库尔干镇、塔什库尔干乡和提孜拉普乡的缺水局面，防洪泄洪功能、保护生态功能皆能得以发挥。

牦牛养殖基地建设——

牦牛是塔吉克族群众须臾不可少的交通工具和生活资源。几百年来，祖祖辈辈生活在帕米尔高原上的塔吉克族群众对牦牛情有独钟。不仅如此，在巡逻护边中，牦牛发挥着不可替代的作用。然而，牦牛饲养问题一直是个短板。夏天，赶着牦牛去山里放牧；冬季，大雪封山，严重制约着牦牛的繁衍。如果不将牦牛养殖基地建设提到战略高度，无论如何是解决不了根本问题的。拉齐尼·巴依卡深入调研后，写出了一份厚重的议案。这个议案，耗费了拉齐尼·巴依卡不少心血。他甚至将牦牛养殖基地建设上升到解决护边员安居和畜牧业配套问题的高度。

现在，专项活动督导组给巴依卡·凯力迪别克带来了特大喜讯：“十四五”期间，政府每户补贴8万元，除了新建一批安居房，每户还将拥有150

平方米暖圈和100平方米草料库。这个惠及县里6个乡镇的850户牧民的项目一旦完成，守边员生活条件、牦牛标准化养殖等难题将迎刃而解。

拉齐尼·巴依卡生前的三个心愿正在逐一实现，这让与他并肩战斗过的护边员们异常难过。好日子来了，好兄弟拉齐尼·巴依卡却享受不到了。

人大代表多来提曼·开米克是拉齐尼·巴依卡的继任者，他向专项活动督导组表示：拉齐尼·巴依卡虽然走了，但他的精神永远陪伴我们守好帕米尔高原的每一寸疆土。

伟大的时代呼唤伟大的精神，伟大的精神推动伟大的事业。

拉齐尼·巴依卡的故事感动着无数人，广大文艺工作者纷纷深入到帕米尔高原，一批有温度、有厚度、接地气的文艺作品脱颖而出。

2021年6月，新疆广播电视台精心打造的三集广播剧《永远的帕米尔雄鹰》录制完成，很快播出。

拉齐尼·巴依卡牺牲后的第二个月，广播剧主创人员便奔赴帕米尔高原进行实地采访，追寻英雄的足迹。近半个月的采访中，创作人员走进拉齐尼·巴依卡家中，听巴依卡·凯力迪别克老人讲述一家三代忠诚护边的往事；听阿米娜·阿力甫夏，都尔汗·拉齐尼和拉迪尔·拉齐尼讲述他们眼中的丈夫和父亲；克服高山缺氧反应，冒着风雪严寒前往海拔4000多米的拉齐尼·巴依卡护边员执勤点、红其拉甫边防连、前哨执勤点等处采访。随着采访的深入，一个爽朗、热心、勇敢、幽默、热爱生活的拉齐尼·巴依卡鲜活地立在大家面前。

《永远的帕米尔雄鹰》播出后，好评如潮，产生了强烈的反响。

2021年10月12日，在全国第八届“好记者讲好故事”大赛中，新疆广播电视台乌孜别克族女记者迪丽莎·塔伊尔获得大赛一等奖，她讲述的正是拉齐尼·巴依卡的故事《花儿为什么这样红》。

迪丽莎·塔伊尔顶着高原的太阳走进巴依卡·凯力迪别克大叔家，握着巴依卡·凯力迪别克大叔的手，崇敬感油然而生。

在拉齐尼·巴依卡墓碑前，巴依卡·凯力迪别克老人的情绪有点失控。毕竟，拉齐尼·巴依卡离开这个世界才半年多。还有什么事，比得过白发人送黑发人痛苦？抚摸着墓碑，老人含泪对迪丽莎·塔伊尔说：“作为父亲，我失去儿子很痛苦，但我的儿子做得对，他做了一个共产党员应该做的事情。我们现在坐在这里，如果你掉下去了，我会不救你吗？如果我掉下去了，你会不救我吗？不救的话还算是个人吗？”这句话让迪丽莎·塔伊尔眼泪夺眶而出。

老人拉着迪丽莎·塔伊尔看家里荣誉室内每一件物品，讲述着荣誉背后的故事。荣誉室虽小，却浓缩了这一家三代人忠诚、无私、卫国戍边的历史。夜里，迪丽莎·塔伊尔扪心自问，人的一生怎样才算不枉此生？那一张张证书、一个个奖杯，就是拉齐尼·巴依卡一家三代人最响亮的回答。

为了让演讲稿更加接地气，巴依卡·凯力迪别克老人陪迪丽莎·塔伊尔走访了许多人家。人们对拉齐尼·巴依卡有一个共同的评价是：爽朗、热心、勇敢、幽默、热爱生活；孝敬父母，对朋友仗义，对妻子爱护，对孩子慈爱……当然，他更是一名共产党员。当乡亲们遇到危难时，他会毫不犹豫地挺身而出；即便是需要他奉献出自己生命时，也不会有片刻迟疑。

迪丽莎·塔伊尔的采访本上记得密密麻麻。最后一天，迪丽莎·塔伊尔拜访了拉齐尼·巴依卡的妻子阿米娜·阿力甫夏，她和丈夫是同年同月同日生的娃娃亲，两人青梅竹马一起长大，感情非常好。她告诉迪丽莎·塔伊尔：“拉齐尼·巴依卡生前多次带儿子拉迪尔·拉齐尼到护边一线。儿子说长大了也像爸爸一样，不怕苦不怕累，做一名巡边员！”

几个月后，当他们在乌鲁木齐见面时，巴依卡·凯力迪别克老人刚刚参加完中国共产党成立100周年庆祝大会。那晚，老人给迪丽莎·塔伊尔分享了他在北京的所见所闻，描述了近距离聆听习近平总书记“七一”重要讲话时的盛大场面和激动心情。他说他替儿子走过了最辉煌的一段路，以后也会替儿子做更多的事情。不久，郑州突降暴雨，遭受特大洪灾。巴依卡·凯力迪别克大叔二话没说，以拉齐尼·巴依卡的名义捐款20万元。钱汇到郑州后，让许多人泪如雨下。巴依卡·凯力迪别克却说："如果拉齐尼·巴依卡活着，他也一定会这么做！"

迪丽莎·塔伊尔的演讲稿《花儿为什么这样红》一气呵成，她激情澎湃地写道：拉齐尼·巴依卡是高原上众多护边员的代表，这些塔吉克族牧民以"家家是哨所，人人是哨兵"的光荣传统和爱国爱疆的热忱，守卫着共和国的边境。他们热爱、执着、坚守、奉献，甚至献出了宝贵的生命！作为一名新闻工作者，我有责任为更多人讲述英雄的故事，让更多人记住英雄的名字。在这个过程中，我的心灵被感动，灵魂被激荡，思想被净化，更感到责任重大，无上光荣！

一位资深编辑这样评价《花儿为什么这样红》：拉齐尼·巴依卡舍身救落水孩子的壮举惊心动魄，他一家三代接力守护边境的故事全国传扬。一位年轻的女记者登上帕米尔高原，深入到烈士的故乡深入采访，把英烈的故事讲给新闻同行们听。演讲稿标题发人深省：英雄虽逝去，精神将永存！

是的，拉齐尼·巴依卡的英勇来自良好的家风，没有爷爷和父亲的熏陶和传承，就没有拉齐尼·巴依卡舍身救人之举。

2021年12月，《西部》增刊《时代楷模　帕米尔雄鹰——拉齐尼·巴依卡专刊》与广大读者见面。

拉齐尼·巴依卡被追授"自治区优秀共产党员"称号后，自治区文联迅速组织三位优秀报告文学作家赶赴帕米尔高原。在夜以继日的采访中，作家们被深深感动，他们含泪记录下了每一个细节。

在短短的时间里，三位作家埋头著述，感人肺腑的故事、栩栩如生的形象、真挚激越的情感便跃然纸上。《鹰隼之歌》《群山之上》《魂归高原》三章，讲述了"时代楷模"拉齐尼·巴依卡一家三代巡边护边，不畏困难、不惧牺牲，心系祖国、无私奉献的动人故事。在生死考验面前，拉齐尼·巴依卡把生的希望留给他人，把死的危险留给自己，用生命向党和人民递交了一份优秀答卷，谱写了一曲英雄赞歌，树立起一座不朽的精神丰碑。

2022年2月，拉齐尼·巴依卡荣获"2021年度法治人物提名奖"；3月，拉齐尼·巴依卡被中央政法委公示为第十四届全国见义勇为英雄模范……

10月30日，引人注目的第十六届精神文明建设“五个一工程”奖评选揭晓。电影《花儿为什么这样红》荣获优秀作品奖。

2022年12月，全国第六届“期刊主题宣传好文章”推荐活动结果在京揭晓，91篇（组）文章入选，《西部》增刊《时代楷模　帕米尔雄鹰——拉齐尼·巴依卡专刊》榜上有名。

为了拍好这部电影，天山电影制片厂组织了160余人的拍摄团队。他们每天跋涉在帕米尔高原之上，牵着牦牛穿过茫茫雪域，忍受刀割般的狂风和刺骨的严寒，力图用光影还原拉齐尼·巴依卡一家三代人在帕米尔高原与边防战士共同守边的故事。他们成功了，《花儿为什么这样红》在叙事的广度、情感的厚度、人物的深度、艺术的创造力和感染力等诸多方面，都达到了一定的高度。

某种程度上说，《花儿为什么这样红》是《冰山上的来客》的“续集”，在时间和内容上都是对“花儿为什么这样红”这一设问在新时代环境里的重新谱写。

2023年4月，北京保利剧院。

伴着《花儿为什么这样红》的音乐旋律，红色花瓣如雪花般飘落，英雄远去，雄鹰展翅飞起，观众席中不时响起轻轻的啜泣声……新时代舞台艺术优秀剧目《拉齐尼·巴依卡》连演四场，让首都观众领略到了感天动地的英雄传奇故事。这部音乐剧大胆触及现实主义题材，生动还原了拉齐尼·巴依卡的感人事迹，讲述了一家三代人坚守信念、接力巡边、保家卫国的英雄故事。

谢幕时，巴依卡·凯力迪别克和拉齐尼·巴依卡的一双年幼儿女被邀请走向舞台中央。顿时，全场掌声雷动，经久不息。

“爷爷，巡逻的那3个月里你们都吃什么呀？”

“爷爷，这么危险，你害怕吗？”

“爷爷，拉齐尼·巴依卡叔叔小时候，您希望他成为什么样的人？”

这是2023年7月13日，来自广东的13位少年在提孜那甫乡提孜那甫村，与巴依卡·凯力迪别克老人的一段对话。

巴依卡·凯力迪别克这样回答孩子们——

“我们每天吃自己带的馕，喝山里的水。”

“我每次去巡边，都会害怕，夏天有洪水、泥石流，冬天有大雪。但这是我要做的事。”

“拉齐尼·巴依卡小时候像你们一样，调皮活泼，长大后，我送他去当了兵，后来成为护边员，成为一个优秀的人。”

13位少年与巴依卡·凯力迪别克老人的对话在延续着，随行的9位家长早已唏嘘不已。

此次万里追“星”，他们是支持孩子们的。因为这颗“星”是家喻户晓的英雄拉齐尼·巴依卡。能让这些在南方大都市长大的孩子们，心甘情愿地来到这万里之外的高原上近距离聆听一位英雄的故事，足以证明当今时代，英雄在孩子们心中的分量。

一个有希望的民族不能没有英雄，一个有前途的国家不能没有先锋。但英雄不仅是一个价值符号，更是一个个有血有肉的人。学习先烈，践行英雄主义重要；以英雄之光独照前行更是刻不容缓。置生死于不顾，勇救落水孩子而献出自己宝贵的生命，这样的英雄自然光芒四射。

起初，家长们是没有底气的。新疆、广东相隔万里之遥，再加上帕米尔高原环境恶劣，孩子们身体能吃得消吗？当他们风尘仆仆来到海拔3000米的塔什库尔干塔吉克自治县提孜那甫守边护边爱国教育馆时才知道，这种担心是多余的。

一进到教育馆，孩子们精神大振。仅仅看了拉齐尼·巴依卡风雪巡边路上的照片和视频，他们就留下了深刻印象：帅！

随着讲解员的讲解，湍急的河流、冰冷刺骨的河水鲜活起来。就是这条河，将膀大腰圆的牦牛团团困住。拉齐尼·巴依卡跳入河中，与激流顽强地抗争着，直到将牦牛这庞然大物安全救出。当孩子们尚未从惊心动魄的救牛故事里走出来，两年前发生在喀什大学校园里那个冰窟救人的故事，在他们眼前复原了：6岁的孩子在冰窟窿里挣扎……跳入冰水里的拉齐尼·巴依卡却为没有救援工具急得大喊：“救孩子……一条围巾撑不起两个人的分量……”孩子被他托举着达十几分钟……终于，孩子被围巾拽了上去……

讲解员哽咽道：“两个小时之后，救援人员终于在湖底找到了拉齐尼·巴依卡。他浑身冰凉，再也不会醒来，再也无法向家人兑现在天安门前拍一张全家福的承诺了。”

13位广东少年和9位家长凝望着英雄的照片，潸然泪下。

在拉齐尼小学，十多个塔吉克族少年身着节日盛装，在校门口迎接远道而来的客人。这所以拉齐尼·巴依卡名字命名的小学，表达了高原人民对英雄的崇敬和永久怀念。

小学有小小“雏鹰宣讲员”，他们都是拉齐尼·巴依卡的崇拜者，对英雄的故事早已倒背如流。不仅倒背如流，还能根据不同的听众调整内容。来自珠江三角洲的孩子们与他们年纪相仿，一下子就拉近了孩子们之间的距离。宣讲员们通过自己的独特视角，一段又一段讲述着拉齐尼·巴依卡大叔的故事.

掌声一次又一次在教室里响起，宣讲员们闪着泪花。

唱着《花儿为什么这样红》，广东少年跟塔吉克族小伙伴们学起了鹰舞。

五颜六色的礼物，传递着广东、新疆两地孩子们的情谊。

家长们不失时机地举起手机，拍下了一张张欢乐而庄重的画面。

离别的时候到了。孩子们牢牢记住了英雄拉齐尼·巴依卡和巴依卡·凯力迪别克爷爷，也将守边护边爱国教育馆和拉齐尼小学拍成照片发到朋友圈。

13位广东少年仿佛一下子成熟了许多。来自佛山的单天末感触颇深：“我从来没想到世界上有这么难走的路，他们是真正的英雄。”家长们感慨万分：“当下，孩子们的物质生活日益富足，但更需要来自精神上的力量。拉齐尼·巴依卡这样真实的英雄，给孩子们带来了很多触动和感悟，这才是真正的爱国教育。”

这是一次真正意义上的文化研学之旅、寻访英雄之旅。孩子们回广东了，却把提孜那甫乡提孜那甫村印象带回了羊城。提孜那甫村是英雄拉齐尼·巴依卡的故乡，更是孕育“时代楷模”的摇篮。不久，全国各地的孩子从四面八方涌来……

帕米尔高原上，一只雄鹰正展翅飞翔。

时代呼唤英雄，英雄光耀时代。“时代楷模”拉齐尼·巴依卡正是这样的英雄，他乐于奉献、勇于献身的精神，如同雄鹰挟起的雷电，永远闪耀在万里云端。

07

第七章

冬古拉玛脚步

在祖国的最西端
千姿百态地隆起一座高原
独特的地理环境
造就了道道壁立千仞的奇观
当最后一缕阳光从边境线上消失
布茹玛汗·毛勒朵将迎来新一轮日出

在祖国的最西端，千姿百态地隆起了一座高原。

这座高原有一个异常浪漫的名字——帕米尔。帕米尔高原古称葱岭，横跨中国、塔吉克斯坦和阿富汗三国。

独特的地理环境，造就了道道壁立千仞的高原奇观。当最后一缕阳光从庄严肃穆的边境线上收回，落入海拔3066米的乌恰县吉根乡时，帕米尔高原将迎来新一轮日出。

这里是海拔1760米至6146米之间的冬古拉玛山口。

山高谷深，地广人稀，山顶积雪常年不化，山间气候复杂多变。泥石流、山体滑坡和暴风雪时有发生。

1986年7月的一天。

扬鞭策马的柯尔克孜族女护边员布茹玛汗·毛勒朵在一个界碑前勒住了缰绳。凭着多年的巡逻经验，她感觉界碑有问题。她赶紧跳下马来到界碑前，一种不祥之兆浮了上来。粗粗地一测，天哪，界碑居然偏移了25厘米左右。

“这是谁干的?”

毫无疑问，这是一起严重的边境事故！顿时，十年前的一幕在眼前浮现——

那天，她一边赶着羊，一边巡边。在冬古拉玛山口休息时，突然看到了一个陌生人。为了避免打草惊蛇，布茹玛汗·毛勒朵边说边比画，表示要给陌生人一些干粮和水，并愿意带他出山。陌生人信以为真，渐渐放松了警惕。布茹玛汗·毛勒朵赶紧下山联系民警。最终，在布茹玛汗·毛勒朵的帮助下，边防派出所的民警们抓获了这名非法入境的外来者。

这件事，一直让布茹玛汗·毛勒朵警钟长鸣。现在，界碑偏移达25厘米。会不会酿成边境事件？

她是帕米尔高原上第一个柯尔克孜族女护边员。19岁那年刚结婚，便随新婚丈夫在冬古拉玛山口安下了家。在恶劣环境里，她认真履行自己的职责，每天早出晚归，将边境线上的牛羊赶回来，查看有无陌生人进出边境。31年来，从未发生过如此重大的事故。

这时，一阵山风吹来，让布茹玛汗·毛勒朵清醒了许多。一个声音在提醒着她：赶紧下山报案！像慈祥的父亲，又似严厉的边防派出所所长。

她迅速将现场保护好，拉来自己的马来，麻利地跳上马背，向着山下疾驰而去。

“驾……驾……”焦急的吆喝声在山谷里时断时续地回荡着。

60多公里的山路，悬崖深涧、怪石嶙峋，危险地段有17处之多。布茹玛汗·毛勒朵顾不上这些了。

山风，掀起头巾，吹乱了她的头发，她不知道；

马蹄，踏碎冰块，溅落在她的肩头，她没感觉。

此时，只有一个念头：查清原因，避免边境事件发生！

一小时、两小时……带着复杂的心情，布茹玛汗·毛勒朵冲出了最后一道山谷。牵着大汗淋漓的马，她踉踉跄跄走进午后的吉根乡边防派出所。

“什么？界碑偏移了25厘米……”

所长被惊得一下子就跳了起来，脸上堆满疑云。

听完布茹玛汗·毛勒朵的报告，他二话没说，一把抓起马鞭子，嘴唇上碰出几个字："走，去界碑！"

布茹玛汗·毛勒朵带着民警们马不停蹄，又是一路急奔！

还好，偏移了25厘米的界碑完好无损地保留着现场。经过民警排查，边境没有异常情况。所长和大家这才松了口气。可布茹玛汗·毛勒朵依旧心情沉重，向所长请求处分。

所长大手一挥："咱先把界碑复位。"

在民警们的齐心协力下，界碑渐渐回到了原位。

所长擦去脸上的汗水，望着精疲力竭的布茹玛汗·毛勒朵说："布茹玛汗·毛勒朵同志，辛苦你了！"

布茹玛汗·毛勒朵一脸茫然："辛苦？"

所长笑了："是啊，不是你警惕性高，处理问题果断，界碑能这么快恢复原位嘛。是不是啊？"

民警们异口同声地说："是！"

所长继续说道："边境无小事，我们什么时候都必须保持高度的警惕性。大家不妨都开动脑筋，看看有没有更好的办法？边境线这么长，将这种现象控制在萌芽状态最好。"

布茹玛汗·毛勒朵有点明白了："萌芽状态？牲畜是人放的，时常给乡亲们提个醒，不就能控制在萌芽状态了吗？"

所长笑了，满意地对布茹玛汗·毛勒朵说道："还是我们的布茹玛汗·毛勒朵同志脑子好使，朝这个方向努力吧。"

所长和民警们下山了，布茹玛汗·毛勒朵却陷入了沉思。

已经很晚了，可天边依旧亮堂堂的。

布茹玛汗·毛勒朵突然醒悟，脚下这片地带，是天山与昆仑山交界处，被誉为中国西极，也是最晚迎来日出、最晚送走落日的地方。千百年来，幸运的柯尔克孜族人民，饱享高原阳光。就连他们放牧的牛羊，也惬意地享受着高原的日光浴。

还有一会儿，最后一缕阳光就要落下。布茹玛汗·毛勒朵把脑袋都想疼了，也没想出个好法子。她站起身，朝连绵逶迤的高原望去，蓦地，一个英雄的名字在眼前闪出——玛纳斯！

是他率领柯尔克孜族人民与外来侵略者顽强斗争，争取自由。他的七代子孙前赴后继，为故乡的和平和安宁不畏艰险，创造美好生活的故事。英雄玛纳斯的故事口口相传，被浓缩为英雄史诗《玛纳斯》，成为我国三大英雄史诗之一。还被称为“柯尔克孜族古代生活的百科全书”。千百年来，这部诗歌长卷在帕米尔高原上经久流传、生生不息，它诠释着柯尔克孜人的民族精神，又展现着柯尔克孜人的民族风情，被人们颂扬着，成为一种精神的象征。

布茹玛汗·毛勒朵还听说，《玛纳斯》一直在中国柯尔克孜族和吉尔吉斯斯坦吉尔吉斯族民众间广泛流传，用共同的语言、共同的音乐曲调演唱英雄玛纳斯及其后代英勇斗争的故事。

顿时，布茹玛汗·毛勒朵眼前一亮：有国才有家。

向老英雄玛纳斯学习，守好祖国的边境线。界碑是国家主权的象征，决不允许有丝毫偏差。一定要尽快想出办法来，一定……

冬古拉玛，柯尔克孜语为“山高坡陡、石头滚落”之意。

上冬古拉玛时，布茹玛汗·毛勒朵新婚不久。温馨的毡房、体贴的新郎、温顺的牛羊、甜蜜的油盐酱醋，崭新的生活刚刚在这个19岁的柯尔克孜族姑娘面前展开，命运就发生了不可更改的逆转。很多年后，当她在鲜红的党旗下举起右手宣誓才知道，对一名共产党员来说，这不是命运，是使命。去冬古拉玛巡逻，不是人人都愿意去。边防派出所想到了这个性格开朗、意志坚定的女护边员。不是没有考虑到她新婚燕尔的特殊情况，可边境线上，一刻也少不得护边巡逻。

当所长说出问题的严峻性时，布茹玛汗·毛勒朵几乎是不假思索就应承下来了。所长不无担忧地问：“托依齐别克·阿马提库力那里通得过吗？”

布茹玛汗·毛勒朵自信地一笑：“他呀，听我的！谁让他是我男人呢……”

所长仍心有余悸：“那你老父亲那里？”

布茹玛汗·毛勒朵更加自信地说："放心吧，所长，爸爸会支持的！"

果然，布茹玛汗·毛勒朵的自信得到了验证，爸爸和丈夫，这两个她生命里最重要的男人都支持她上冬古拉玛山。

刚开始巡边时，年轻的布茹玛汗·毛勒朵就发现冬古拉玛山口虽有边界线，但没有界碑。

一路上，悬崖、乱石滩、沟壑密布，道路蜿蜒曲折、荆棘丛生，她骑的马经常被尖利的岩石划出道道血口；滚石、暗冰、塌方不断，她很多次因此受困于暴风雪中，危机四伏；巡边归来，夕阳西下，人与马的身影投射在茫茫天地间，是那么渺小而又孤独。

尽管如此，哪块大石头被挪动，她一看便知。现在有了界碑，可用什么样的方式确保界碑安全？

一个繁星闪闪的夜晚。

夜风中弥漫着熟悉的气息，布茹玛汗·毛勒朵与往常一样，将马拴好喂上草料，便开始眺望星空。这是小时候爸爸给她讲星星故事时养成的习惯。每一次，讲完星星，就讲解放军叔叔帽子上那个"星"，爸爸说，那是咱牧民们的福星。现在，眺望帕米尔高原上璀璨的星空，布茹玛汗·毛勒朵有了新的体验。

她低头顺手捡起一块石头，心中突然冒出一个想法：如果在这上面刻上"中国"二字，像界碑一样，放到国境线上给乡亲们提个醒，不就能避免人畜越界了吗？

但布茹玛汗·毛勒朵不识字，便向别人请教。先是学柯尔克孜文"中国"二字的写法，这很容易，布茹玛汗·毛勒朵很快就能写出像模像样的"中国"二字。可学"中国"二字的汉字写法，对年过半百的布茹玛汗·毛勒朵就是一种考验了。简单的笔画，在她看来，比攀登冬古拉玛山口那些悬崖峭壁还难。往往一个字写下来，布茹玛汗·毛勒朵便出了一头汗。字写得歪歪斜斜的，极不好看。

晚上躺在床上，只要闭上眼睛，布茹玛汗·毛勒朵的眼前便是"中国"

二字。她便用手指在被子上温习老师教过的笔画。一竖、一横……写着写着，困意全无，直到丈夫提醒她明天还要巡逻，她才作罢。

骑在马背上，占据大脑"主阵地"的依然是那两个寓意深厚的"中国"二字。马背上长大的布茹玛汗·毛勒朵，就有这股子韧劲。渐渐的"中国"两个字写得顺手了，看上去挺有气势的。布茹玛汗·毛勒朵的脸上绽开了笑容，为她捏着把汗的托依齐别克·阿马提库力，心上的一块石头放下了。他高高兴兴去切肉，他要为媳妇做顿香喷喷的抓饭，好好犒劳一下。

按照布茹玛汗·毛勒朵的计划，她开始在石头上刻"中国"二字。在纸上写，笔画写错了，擦掉重来就是。可石头不是纸张，一笔落下，就很难更改。布茹玛汗·毛勒朵往往是先将"中国"二字的笔画打好腹稿，然后才往石头上刻。那天，当她在青石上工工整整刻下"中国"二字时，一种前所未有的暖意在心窝子里升起。她很激动，一把将刻上了"中国"的石头紧紧抱在怀里，不知说啥好。

这天夜里，抱着石头的布茹玛汗·毛勒朵怎么也睡不着。

天亮了，她匆匆起来，抱着石头奔向冬古拉玛山口。那一刻，灿烂的朝霞将界碑映照的格外美丽。刻有"中国"二字的石头，被安放在国境线上。极像一位卫士，昂首挺胸地接受着布茹玛汗·毛勒朵的检验。

第一块刻上"中国"二字的石头立在了边境线上，既醒目又庄严大方。消息不胫而走，许多牧民都骑着马来看新鲜。布茹玛汗·毛勒朵指着石头趁热打铁宣传道："见到这样的石头，乡亲们就要注意了。它就相当于界碑，人和牲畜都不可以越过……"

乡亲们都明白了，这样的石头就是警示牌，决不可以越位。一传十、十传百，从那以后，方圆几百里，再也没有出现人畜越界现象。

夜里，布茹玛汗·毛勒朵依旧难以入睡。她怕石头被风吹走，便爬起来穿好衣服，跳上马背去查看一番。夜幕下，石头稳稳当当立在那里。可万一起风呢？做事极其认真的布茹玛汗·毛勒朵找来一些小石子，将刻有"中国"二字的石头牢牢固定住。背着手转了一圈，感到万无一失了，这才放心地回到床上睡了。尾随其后的托依齐别克·阿马提库力，看着她的举动，为妻子的执着和赤诚所感动。

新的问题来了，没有工具，只能用尖石头在青石头上刻字，速度非常慢。布茹玛汗·毛勒朵眺望着漫漫边境线，心里不免焦灼。什么时候，才能将刻有“中国”二字的石头布满帕米尔高原？那个时候，界碑才算安全，边境线才能叫固若金汤。这些从广播里学来的词汇，被布茹玛汗·毛勒朵一一搬来了。后来有了铁锤和钉子，速度就上去了。

春夏秋时节，一天刻一块石头是可以完成的。

冬季，或是遇上风雨交加时，刻字的速度就非常慢。仅仅是气温问题还好克服。手被冻僵了，茹玛汗·毛勒朵把手放进怀里焐一焐，继续刻就是。要命的是，高原上的天，说变就变，一点也没有规律性。有时候，茹玛汗·毛勒朵好不容易选好了石头，坐下来刚取出工具准备刻字，大雨倾盆而至，搞得人跟落汤鸡似的。再看那选好的石头，湿漉漉的，仿佛刚刚哭过鼻子。茹玛汗·毛勒朵非常沮丧，在高原上，干件事咋就这么难呢？

“叮当……叮当……”

次日，茹玛汗·毛勒朵又在石头上专心致志地刻起了“中国”二字，每一锤都又准又稳。

每当一块石头刻成，她都会仔仔细细检查一遍，如同在验收一项工程那般严谨。经过她验收好的石头，才能被马驮上摆放在边境线上……

久而久之，乡亲们将她刻有“中国”二字的石头亲昵地称为“中国石”，她欣然接受。

光阴荏苒，席地而坐刻“中国石”，成了茹玛汗·毛勒朵巡边时必做的功课。

一大批刻着“中国”的石头静静卧在国境线上，宛若一尊尊“石头卫士”，忠实地守护着祖国领土，也诉说着布茹玛汗·毛勒朵的一腔忠诚。人畜越境的事被彻底杜绝了，醒目的“中国石”起了路牌和警示作用。这是茹玛汗·毛勒朵和边防派出所所长的初衷。

“高高的雪山，无怨的脚步，冬古拉玛山口流淌着长长的冰河，我骑着马儿守卫着这块土地……”

漫漫守边路上，布茹玛汗·毛勒朵一步一个脚印。从一头青丝到两鬓斑白，再到古稀之年。

走出了8万多公里的人生辉煌，也走出了中国护边员“绕赤道两圈”的奇迹。如今，帕米尔高原的10万块“中国石”，早已成为彰显爱国情怀的象征。一块精致的“中国石”进了国家博物馆，受到数以万计观众的瞻仰。

布茹玛汗·毛勒朵是2007年7月1日在党旗下宣誓的，那年她已经65岁。

宣完誓，党员们都纷纷伸出热情的双手向她祝贺。当听到“布茹玛汗·毛勒朵同志”的称呼时，她的心激荡了一下。无数回从银幕上看到入党的镜头，当自己也迎来了这一幸福时刻时，感觉超好。

这一声“同志”，把她从一个帕米尔高原上的护边员，变成党的人啦。

她想到了含辛茹苦的父亲。父亲是个孤儿，自幼和5个兄妹靠为巴依（地主）家放牧谋生。新中国成立后才过上了好日子。平时，他说得最多的一句话就是“共产党好！”

记得小时候，在昆仑山中修路的解放军不止一次给家里送来粮食。父亲也曾带领他们兄妹几个帮解放军砸石铺路。山崖上的雪莲最知道太阳的温暖。当吉根乡边防派出所招录第一批护边员时，父亲根本就没有考虑布茹玛汗·毛勒朵是个女孩，就给女儿报了名。

第一次走上巡边路时，她既兴奋又自豪。回到家里，当她将这份兴奋和自豪向全家人和盘托出时，父亲默默走进里屋坐了很长时间。是他，为女儿选择了护边的路。现在女儿启程了，他坚信，女儿今生今世都不会退缩。之后，布茹玛汗·毛勒朵一直走在父辈们赞许的目光里。

她又想到了托依齐别克·阿马提库力。从结婚到现在，他没有大男子主义，自始至终支持着她的护边员工作。可以说，婚后的大部分时间她都在巡逻路上。托依齐别克·阿马提库力做得最多的事，就是搭建青石板小屋。最不忍心的是，当他们沿河而建的青石板小屋刚刚住热乎，一个命令下来就转到了别的地段巡逻。布茹玛汗·毛勒朵和托依齐别克·阿马提库力就得忍痛告别温暖如春的青石板小屋。一路走来，她和托依齐别克·阿马提库力在沟沟壑壑留下了许多青石板小屋，那是他们曾经的家呀。托依齐别克·阿马提库力对她呵护有加，才使她心无旁骛地守好边境线……

几个孩子是高原上最懂事的。托依齐别克·阿马提库力想方设法给他们弄吃的，到头来，孩子们想的还是布茹玛汗·毛勒朵的手艺。布茹玛汗·毛勒朵又何尝不知孩子们想妈妈了。有时候，为了等她亲手做的一顿揪片子，孩子们望眼欲穿。尽管如此，在护边巡逻这个原则性问题上，他们丁是丁、卯是卯，四个字：坚决支持！

高原上的孩子成熟早，在布茹玛汗·毛勒朵的熏陶潜移默化，让孩子们对护边巡逻有了清晰的认识。在二儿子麦尔干·托依齐拜克童年记忆里，母亲总是一大早就出发，直到天黑才回家。每次到家时，她都是嘴唇干裂、精疲力尽。那时，麦尔干·托依齐拜克总是不理解，妈妈为什么把幼小的孩子们留在家里，自己却跑去巡边、护边？除了管好自家的牛羊，妈妈为什么还要阻止邻居家的牲畜去山那边吃草？

长大了，麦尔干·托依齐拜克一切都明白了。他和大哥、妹妹都出生在母亲护边的毡房里。他出生时，村里一位99岁老人为他起名麦尔干，柯尔克孜语意为“猎手”，希望他成为一个像母亲一样勇敢无畏的人。后来，麦尔干·托依齐拜克果然没有辜负这个名字。

父亲临终时，将布茹玛汗·毛勒朵姊妹几个叫到床前叮嘱道：是共产党让我们有了今天的幸福日子，是解放军解放了我们贫苦的家乡。只要我们家里有饭吃，就一定不能让解放军饿肚子；只要我们家里有房子住，就不能让解放军没有睡觉的地方。

“共产党”“解放军”这些温暖的字眼，暖热了父亲这一辈人的心，又通过父辈们的言传身教，刻进了布茹玛汗·毛勒朵心里。《没有共产党就没有新中国》这首歌，布茹玛汗·毛勒朵比任何人都理解得深刻。所以，唱起来就特别深情。

吉根乡是一个山区小乡，全乡只有2000多人，却有104公里长的边境线。而整个乌恰县境内，有480多公里的边境线和近百个通外山口。事实就摆在面前，只有在共产党领导下，边境线才能如同钢铁长城一般牢不可破。

每次上山，麦尔干・托依齐拜克都能看见妈妈在石头上刻“中国”。在他眼里，妈妈刻的“中国”，与界碑上鲜红的“中国”一样有劲。看得多了，爱祖国、爱家乡的意识也渐渐在他们的脑海里生长起来。这也许就是文化程度不高的布茹玛汗・毛勒朵教育孩子的过人之处。

每次去冬古拉玛山口巡边，来回至少20公里。

20公里，在城里坐地铁，是好几站；竖起来，比三座珠穆朗玛峰还高一些。

在这个人生的刻度上，布茹玛汗・毛勒朵从19岁、两口人，走到了花甲之年、儿孙满堂，走出了一个护边排的威武阵容。她不止一次地说：我熟悉冬古拉玛山口的石头，就像熟悉自家抽屉里放置的东西一样。我们没有任何理由，让边境线有一丝不安全！

这种主人翁精神，让她的护边生涯始终充满挑战和责任感。她巡逻过的地段，就是一道“铜墙铁壁”。

所以，在鲜红的党旗下举起右手宣誓，布茹玛汗・毛勒朵心里是踏实的。

海拔4290米的冬古拉玛山口，地形崎岖险峻，天气变化无常，即使是在夏天，夜晚的气温有时也会降到零摄氏度以下。

这样的环境下，巡逻是件非常艰辛甚至危险的事儿。

风，让人望而却步的穿堂风，把鸡蛋大的石头吹得满地乱跑。没有什么预兆，想来就来，来的速度极快。来无踪，去的时候冬古拉玛山口满目疮痍。春夏秋冬，居然可以一场接着一场刮。关于冬古拉玛山口的风，边防连官兵和护边员们无不谈“风”色变。不为别的，有时候你在山梁上巡逻，风来了，撕扯着你的衣衫，让你猝不及防。那时候，就得手脚并用，稍有闪失，风能把人掀下山去……

吉根乡是边防连官兵巡逻的最后一站，布茹玛汗·毛勒朵知道，这个时候往往人困马乏，身体最容易出问题。她和托依齐别克·阿马提库力合计了一下，提前备好干粮和奶茶，让官兵们一到就有口喝的，再饱饱地吃上一顿，体力可以得到恢复。在她眼里，边防连的官兵们都是在为帕米尔高原巡逻站岗。为帕米尔高原巡逻站岗，就是在为祖国巡逻站岗。他们不能有半点闪失，万一有，那是她这个做大妈的失职了。

她对托依齐别克·阿马提库力说："他们的妈妈都在很远的地方，不能照顾他们。在冬古拉玛，我布茹玛汗·毛勒朵就是他们的妈妈！"

边防连的官兵从"布茹玛汗·毛勒朵大妈"喊到"布茹玛汗·毛勒朵奶奶"。人换了一茬又一茬，布茹玛汗·毛勒朵一直在兑现自己说过的话。

可以想象一下，巡逻队疲惫不堪地走进大妈的毡房或青石板小屋，别的不说，一张慈祥的笑脸，就让官兵们瞬间感到温暖如春。那一刻，喝着香喷喷的奶茶，会想妈妈；吃着刚出锅的白面饼子，会想家乡的味道。

麦尔干·托依齐拜克16岁那年，一个傍晚。

奶茶都烧滚了好几回了，白面饼子也热了两次了，还不见熟悉的马蹄声。布茹玛汗·毛勒朵左等右等，不见连长胡红利带领的巡逻队到来。

天，渐渐黑了。冰冷的秋雨却悄然而至，"噼里啪啦"打在布茹玛汗·毛勒朵家的屋顶上。布茹玛汗·毛勒朵的心开始揪紧。她让麦尔干·托依齐拜克再去看看，儿子非常麻利地去了。

布茹玛汗·毛勒朵心里想：不应该呀？照理说该到了，难道他们被困住了半路上？

胡红利率领的8人巡逻队的确遇上了极端天气。这种天气十分讨厌，狂风大作，夹杂着冷雨兜头盖脑而来，让人猝不及防。胡红利命令巡逻队就近寻找避雨的地方，保存实力。电闪雷鸣中，一个黑黢黢的建筑物映入眼帘。胡红利命令大家迅速向那里靠拢，走到跟前一看，原来是一处废弃的羊圈。羊圈挡住了风，却遮挡不住雨。狂风在嘶吼，暴雨冲刷着山体，雨水将地面浸泡得泥泞不堪。胡红利让大家倚着马背相互取暖，馕早已冻得硬邦邦。接上雨水泡软了，到嘴里一样香。

胡红利抬起手腕看看表，心里一种愧疚。布茹玛汗·毛勒朵大妈知道巡逻队今天到，一定又为战士们担心了。他在心里念叨着，放心吧，亲爱的大妈，我们不会有事的。

他哪里知道，当麦尔干·托依齐拜克回来报告说，不见巡逻队的影子。布茹玛汗·毛勒朵一下子就急了！她焦急万分，对麦尔干·托依齐拜克说："胡连长他们一定是被困在半路上了！他们带的干粮有数，峡谷里都是乱石头，没有什么能遮挡的。不行！麦尔干·托依齐拜克，走，我们去找他们！"

麦尔干·托依齐拜克抹去额头上的汗水，犹豫道："现在？要不等雨小一点再去……"

布茹玛汗·毛勒朵打断麦尔干·托依齐拜克的话说："晚了，胡连长他们会出事的！"

馕和装满奶茶的羊皮袋被布茹玛汗·毛勒朵和麦尔干·托依齐拜克一一揣进怀里，披上块塑料布，母子俩就冲进暴风雨中。一地泥泞，走上去像是踩在钢丝绳上，极其危险，稍有不慎，就会栽个大跟头。布茹玛汗·毛勒朵一边走，一边回头提醒着麦尔干·托依齐拜克小心。他们来到一座山坡，娘俩手牵着手勉勉强强爬了上去。突然，麦尔干·托依齐拜克脚下一滑，身体失去重心，布茹玛汗·毛勒朵眼疾手快，将手里的棍子递了过去，这才让他转危为安。站稳身子的麦尔干·托依齐拜克倒吸一口冷气，下面黑洞洞的，掉下去准没命。若不是母亲长年累月走这条道，有经验，今夜恐怕凶多吉少。娘俩继续走着，布茹玛汗·毛勒朵更担心了，这样的天气，胡连长他们一定又冷又饿。

当他们跌跌撞撞，翻过这道山坡，麦尔干·托依齐拜克惊喜地喊道："前面有灯光！"

布茹玛汗·毛勒朵想：但愿是胡连长他们！

这时，胡红利和被困的战士们已经"弹尽粮绝"。把一点馕给大家分了，但肚子依然“咕咕”叫。战士们正是长身体的年龄，又走了那么远的路，这点粮食进到肚子里，无疑是杯水车薪。暴雨没有停的意思，寒意早已游遍全身，眼看着就撑不下去时，布茹玛汗·毛勒朵和麦尔干·托依齐拜克出现了。

胡红利大喜过望：“啊？是布茹玛汗·毛勒朵大妈！”

战士们顿时来了力气，迎上前去，与布茹玛汗·毛勒朵和麦尔干·托依齐拜克紧紧拥抱在一起。布茹玛汗·毛勒朵和麦尔干·托依齐拜克从怀中掏出馕和奶茶递给大家，胡红利喊道：“等等！”他发现布茹玛汗·毛勒朵大妈已经冻得嘴唇发紫，站都站不稳了。

战士们热泪盈眶，哽咽道：“布茹玛汗·毛勒朵大妈！麦尔干·托依齐拜克兄弟！让你们受累了……”

已是凌晨时分，战士们喝着奶茶吃着馕，觉得饥寒交迫已离他们而去。

秋天来到冬古拉玛山口。

“嗒嗒嗒……”一队巡逻的战士们来到雪水河边的乱石滩上。

忽然，一匹战马嘶鸣起来。粗壮的马腿一不留神，踩空了。马蹄不偏不倚，踏进了旱獭洞。战马负痛，将背上的战士给掀了下来。这可不得了，战士连人带枪被摔落在乱石上。顿时，鲜血直流，一阵钻心的痛，痛彻骨髓。战士脸色煞白，豆大的汗珠子滚落下来。

布茹玛汗·毛勒朵发现，他腿骨折了。没有包扎伤口的纱布，鲜血正从这名战士的伤口处往外冒。布茹玛汗·毛勒朵心疼得要命，二话没说，“刺啦”一声，将自己的粗布裙子撕了。冒血的伤口包扎好了，她指挥大家将这名战士小心翼翼地扶上马背，向最近的乡卫生院走去……

有年冬天，在雪地巡逻时，战马突然受惊，毫无思想准备的罗齐辉被马掀下鞍子，头撞在了一棵树上。顿时，他失去了知觉。等他醒过来时，已被战友们送到了布茹玛汗·毛勒朵的青石板小屋。

由于天寒地冻，在路途中，罗齐辉的双脚被冻得青紫，情况万分危急。布茹玛汗·毛勒朵一看，大惊失色。她蹲下身子，解开棉衣扣子，把罗齐辉的双脚揣进怀里暖了起来。泪水在罗齐辉和战友们眼里滴落，一分钟、十分钟……罗齐辉的脸上有了血色。

布茹玛汗·毛勒朵扣上棉衣扣子，对一名懂柯尔克孜语的战士招招手。多年高寒山区生活经验告诉她，若不及时将罗齐辉冻伤的双脚放进热羊血中浸泡，脚很有可能会保不住。

走出屋子，她对战士说："必须用热羊血浸泡热敷，才能保住你战友的脚。"

战士愣了：热羊血？

布茹玛汗·毛勒朵坚定地点着头说："必须这样做，不然……"

战士为难地说："可到哪里找热羊血呢……"

布茹玛汗·毛勒朵："这个，你不用管。"

说罢，对着山坡上放牛的麦尔干·托依齐拜克喊了起来。

麦尔干·托依齐拜克气喘吁吁赶来，刚刚跳下马背，布茹玛汗·毛勒朵就说："去，把咱家的小山羊给杀了！"

麦尔干·托依齐拜克看一眼母亲焦急的眼神，什么都明白了。二话不说，跳上马背，疾驰而去。

布茹玛汗·毛勒朵回到热炕前，温和地安慰着罗齐辉："没事，孩子，我有办法的……"

也就一刻钟工夫，"嗒嗒嗒"，马蹄声在屋外停了下来。

布茹玛汗·毛勒朵长舒了一口气：麦尔干·托依齐拜克回来了。

麦尔干·托依齐拜克端着一个小铁盆进来了。盆子里热气腾腾，是羊血和一副羊肚子。

布茹玛汗·毛勒朵把罗齐辉的双脚放进羊血里轻轻揉搓，之后，又放入羊肚里热敷。渐渐地，罗齐辉告诉布茹玛汗·毛勒朵："大妈，我的脚有知觉了……"

布茹玛汗·毛勒朵擦去额头上的汗水，脸上这才露出了笑容。她望着罗齐辉亲切地说："我的'兵儿子'，你没事了……"

在帕米尔高原上，"兵儿子"的故事口口相传，暖着一茬茬官兵们的心，激发着他们为国守边的极大热情。不知道多少冻伤、摔伤、被困暴风雪的

“兵儿子”，获得布茹玛汗·毛勒朵的救治。“冬古拉玛大妈”的称呼不胫而走，成为布茹玛汗·毛勒朵的代名词。

随着时代的变迁，政策好了，护边条件得到了有效改善。

布茹玛汗·毛勒朵家的日子也过得很富足了，有人劝她离开冬古拉玛，去山下村子里与乡亲们一起安度幸福生活。可她坚定地说：我有一群‘兵儿子’在这里，哪儿也不去，要一直陪着他们守边防。

布茹玛汗·毛勒朵说到做到，一守，又是很多年。

直到走不动了，膝关节做了手术，才搬下山。可人下山了，心，依旧在冬古拉玛。她说，那是她的阵地，是布茹玛汗·毛勒朵一家人终身坚守的阵地。

冬古拉玛，柯尔克孜语，意为“雷声轰鸣的地方”。

在这里，一座毡房就是一个流动哨所，一个牧民就是一块活动界碑。而在各族群众中，布茹玛汗·毛勒朵就是一块活动“界碑”，她的家就是一个流动“哨所”。

更重要的是，她朴实无华的言行，折射出强大的人格魅力。

修建吉根乡大桥时，工棚里发出一位孕妇的痛苦呻吟。孕妇是一位民工的妻子，来自他乡一个小山村。此时，她的丈夫出外去买建筑材料了，一两天回不来。已经半夜，孕妇出现了生产预兆。工地上都是大老爷们，怎么懂得这是生产预兆？突然，布茹玛汗·毛勒朵的名字在一位年轻民工的嘴里脱口而出。他在报上看过布茹玛汗·毛勒朵的事迹，他告诉大家，布茹玛汗·毛勒朵曾接生过100多个孩子。民工们喜出望外，都主张赶紧去村里找她。年轻的民工让大家冷静一下，他分析说：“布茹玛汗·毛勒朵接生过100多个孩子不假，可人家给不给咱民工的孩子接生？再说了，谁认识？去了，吃闭门羹怎么办？”

一时间，工棚外鸦雀无声。孕妇的痛苦呻吟凄惨地响起，大家你望望我，我望望你，不知所措。还是那位年轻民工，急中生智道：“去请！布茹玛汗·毛勒朵是共产党员，远近闻名，她不会见死不救的。”

民工们被年轻民工点醒了，齐声道：“对，去找布茹玛汗·毛勒朵大妈！”

大家七手八脚，民工们将这名孕妇送到村里。村民们马上搀扶着孕妇，敲开了布茹玛汗·毛勒朵的家门。

情况危急！孕妇羊水已破，生命随时有危险。怎么办？布茹玛汗·毛勒朵感到棘手。这是位汉族孕妇，语言不通，她说什么自己不清楚，自己说话，孕妇也不懂。她丈夫不在，万一有个闪失怎么给人家交代？

看布茹玛汗·毛勒朵为难，村民建议马上送往乡卫生院。布茹玛汗·毛勒朵坚决地摇摇头，羊水已经破了，送卫生院路上会有危险。一咬牙，布茹玛汗·毛勒朵答应下来。

一分钟、十分钟……两个多小时后，“哇哇哇”一声啼哭划破夜幕，一个健康女婴诞生了。满头大汗的布茹玛汗·毛勒朵一屁股坐下，浑身上下都湿透了。

孩子是祖国的花朵，素来喜欢孩子的布茹玛汗·毛勒朵，将产妇和女婴当自家人一样悉心照料着。产妇的丈夫赶回来了，看到母女平安，“扑通”一声跪倒在布茹玛汗·毛勒朵大妈面前，激动地说：“布茹玛汗·毛勒朵大妈，谢谢您救了我老婆和孩子。从今往后，您就是我的亲娘！”

旁边的人翻译给布茹玛汗·毛勒朵听，她微微一笑说：“别这样说，我们本来就是一家人嘛。”

2010年，还是武警边防战士的田菲菲，在第一次巡防任务中就荣幸地认识了布茹玛汗·毛勒朵。

这天，她上上下下打量着这位“冬古拉玛大妈”。

关于布茹玛汗·毛勒朵的故事，班长和老兵们在巡逻的路上已经讲了很多很多。但当面对真人时，田菲菲还是不免有点紧张。这天，她们骑马上山，四五个小时的颠簸后到达边境线。

在不长的一天里，田菲菲从这位前辈护边员身上发现了许多闪光点。最大的收获是“她对山上情况非常了解”。有了这样的“活界碑”，巡逻的路何愁不顺畅？

换防后，田菲菲经常想起布茹玛汗·毛勒朵。9年后，田菲菲回来了，走马上任吉根边境派出所教导员。

再次驻扎在吉根乡，第一时间，田菲菲就赶到布茹玛汗·毛勒朵家。布茹玛汗·毛勒朵激动万分，与田菲菲紧紧拥抱在一起。

这年年底，吉根边境派出所民警徐辉将新婚妻子杨丽带来了。一名军人的妻子，从碧波荡漾的东海之滨，一下子来到空气稀薄的帕米尔高原，难免不适应。徐辉马上想到了待人热情的布茹玛汗·毛勒朵大妈，于是，布茹玛汗·毛勒朵大妈成为杨丽在吉根乡认识的第一位当地人。短短时间，杨丽就被布茹玛汗·毛勒朵的故事所感动，巡边护边精神在她眼前变得高大起来。英雄模范就在身边，杨丽对丈夫说：好感动，也好幸福！

2020年，杨丽不再想碧波荡漾的东海之滨，成了吉根边境派出所一名光荣的辅警。徐辉心里明白：榜样的力量是无穷的！

果然是这样。

古力司坦·库尔曼白克从吉根乡考入武汉大学时，青春年少。毕业后，他毫不犹豫地回到了吉根乡，成为一名义务护边员。家人不理解，好不容易“飞”出去了，怎么又回来了？他对家人说：看看布茹玛汗·毛勒朵大妈，一切都会明白的！

如今28岁的他，处处以布茹玛汗·毛勒朵大妈为榜样。

在一个山口，古力司坦·库尔曼白克和同伴们学着布茹玛汗·毛勒朵大妈的样子，也刻了一块“中国”石，还用油漆描了红。不仅如此，还在这里种下了几棵树。山上，滴水贵如油，不到雨季，是非常干燥的。古力司坦·库尔曼白克和同伴们，就将省下来的洗脸水，一点一点浇树。没想到，第二年小树发出了嫩芽……

树，让执勤房门口有绿色。绿色代表青春和浪漫，大学生古力司坦·库尔曼白克很清楚。

“中国石”、绿色，无不是新一代护边员们追求的意境。

以古力司坦·库尔曼白克为代表的护边员是幸运的，也是令人敬佩的。

他说：“天气好的时候，我们能看见漫山遍野的牧草和成群结队的牛羊，心里有一种成就感。这里是我们的家园，更是祖国的边防！”

买买提居马·努尔麦麦提，48岁。

在吉根乡，除了布茹玛汗·毛勒朵，他是护边时间最长的村民，巡边、护边已达21年。他说：布茹玛汗·毛勒朵是榜样，她怎样做，我们就怎样跟，没有错的。

在乌恰县城里住的戈丹·塔西马麦提，女儿出嫁后，很是寂寞。

县城发展的不差，有商场有学校有电影院，热热闹闹的地方很多。呆了一段时间，戈丹·塔西马麦提心里就是空荡荡的。她就想到了布茹玛汗·毛勒朵，人家那么大岁数了，照样上山。她给女儿打了个招呼，回到村里申请上山护边。在吉根乡，护边已经成为一种光荣的事。因为布茹玛汗·毛勒朵和她孩子们已经走在了前面。

艾尼瓦尔是布茹玛汗·毛勒朵家的邻居，52岁。

很小的时候，他就听布茹玛汗·毛勒朵大妈讲巡边故事。8年前，当他看见这个普普通通的邻居成为远近闻名的模范时，心里很自豪。毕竟，他与布茹玛汗·毛勒朵大妈是邻居。邻居出名了，他脸上有光。可夜里躺在床上，他总是睡不着。他也是吉根乡一员，常听干部们说，吉根乡的边境线有多长多长。正是因为有他的这个好邻居带了好头，才出现了家家户户踊跃报名当护边员的热潮。经过慎重考虑，他加入了义务护边队伍……

阿卜杜赛依提·吾如孜马麦提，一位护边近20年的汉子。

6年前，他在鲜红的党旗下举起了右手。在他的影响下，一批村民加入了护边员队伍。说起布茹玛汗·毛勒朵大妈，他指着胸口说：她在我们护边员心里，就是一座山！

入党后，阿卜杜赛依提·吾如孜马麦提胸前的党徽熠熠生辉，他感到非常自豪和光荣。在他的言传身教下，妻子也加入了义务护边队伍。他对妻子说：向布茹玛汗·毛勒朵大妈看齐，从头做起！

36年前，特尼白克·拖哈拖荪的父亲，与布茹玛汗·毛勒朵大妈一样，都是护边员。

36年后，特尼白克·拖哈拖荪和妻子骑在马背上巡逻。他清楚地记得，父亲那个时代，条件艰苦，巡逻护边最好的交通工具就是毛驴了。如今，巡边条件大大改善。摩托车上不去的山路，有马；路况好一点的地方，有皮卡车。

大家只有一个目标，守好边境线。不然，对不起国家……

家国情怀，在几十年的巡边护边中，已经潜移默化地注入一代又一代护边员的心灵深处。

2008年，布茹玛汗·毛勒朵的大儿子伊拉提·托依齐拜克56岁。

随着最小的儿子阿曼图尔·托依齐拜克——第7名护边员的加入，护边员世家续写着新的传奇。

传奇包括布茹玛汗·毛勒朵的家成了学校专属“国防教育基地”。家里的一个房间被改造成“护边历史教育馆”。馆内200多张图片、12件实物，生动真实地记录了布茹玛汗·毛勒朵半个多世纪的护边经历，以及护边员生活发生的翻天覆地的变化。

2019年9月29日，中华人民共和国国家勋章和国家荣誉称号颁授仪式在北京人民大会堂金色大厅隆重举行。

雄壮激昂的《向祖国致敬》乐曲声中，习近平总书记为国家荣誉称号获得者布茹玛汗·毛勒朵颁授奖章，并同她亲切握手、表示祝贺，全场响起一阵阵热烈的掌声。

那天，布茹玛汗·毛勒朵抚摸着胸前的奖章，激动地说：“我没读过书，没做过什么惊天动地的事，但祖国在我心中。今后，我将继续传承好守边护边精神，教育好子孙后代，守好护好边防线。”跟随她一道去北京领奖的孙女为记者们翻译了奶奶的话。她是喀什大学一年级学生，为有这样的奶奶满心欢喜。之前，布茹玛汗·毛勒朵已荣获全国爱国拥军模范、全国三八红旗手、全国民族团结进步模范个人等称号。

2020年4月，我驱车上冬古拉玛边防线。

当时，布茹玛汗·毛勒朵一听到上山二字，犹如战士听到了冲锋号，顿然从椅子上站立起来，手里的拐杖变成一股力量的源泉。

山高路险，空气稀薄，即便是年轻人都捏着一把汗，更何况刚刚做了膝关节手术的古稀老人？然而，大妈说什么要上山，仅仅一句话就将我彻底征服。她说："那里是她的阵地！"

车在行驶，手握方向盘的苏力唐告诉我们，大妈是帕米尔高原的英雄。说时，他的眸子里透出一种崇拜和自豪。苏力唐是全国人大代表，此次上山乡里专门安排他当司机兼翻译。

突然，大妈指着雪水河边一处石板屋喊道："我家！"

石块砌成的羊圈呈半包围状，拱卫着人去室空的石板屋。几只色泽金黄的旱獭卧在屋前懒洋洋地晒着太阳。沿着冬古拉玛边防线，这样的家大妈有好几处。建起来，是为了守边的需要。撤走，同样是服从服务于大局。

苏力唐说："每一个石板屋都有故事。"

石板屋越来越远，直到完全在我们视野里消失。前方的一道冰河，让苏力唐的车速降了下来。车未停稳，布茹玛汗·毛勒朵就拉开了车门。冰河并不宽，从上游冲下来的冰块卡在河中央，这道水中桥被迫中断。麦尔干·托依齐拜克从后一辆车跑来，布茹玛汗大妈向儿子匆匆交代几句，麦尔干·托依齐拜克便麻利地取出十字镐向冰河走去。

对面的柯尔克孜族护边员恍然大悟，也取下了摩托车上的十字镐。寒风刺骨，冰水迅速淹没至麦尔干·托依齐拜克膝盖处，他没有理会。十字镐被他抡出一道弧线，冰块飞溅，再坠落河面，绽开一朵朵浪花。汗水顺着麦尔干·托依齐拜克和那位护边员的鬓角流淌，布茹玛汗·毛勒朵大妈拄着拐杖密切注视着冰河，坚毅的目光在他们身上慈爱地逡巡着……

冰障被排除，冰河畅通了，水中桥恢复了常态。

越过冰河不久，车在一处悬崖峭壁下缓缓停了下来，窄窄的路面已布满白花花的冰凌。

麦尔干·托依齐拜克和苏力唐不约而同地取出防滑链，两个柯尔克孜族汉子紧张而熟练地忙碌起来。布茹玛汗·毛勒朵大妈的神情激动起来，拄着拐杖一步一滑地往前走着，我们紧随其后，直到她止步于一处陡峭的山崖下。她凝视四周，对我们说了句什么，我们没听懂。片刻，她陷入沉思之中……

装上防滑链的越野车，一前一后行驶在冰凌路面上。在防滑链的碾压下，冰凌路面发出咯吱咯吱的脆响。苏力唐全神贯注地驾驶着越野车，布茹玛汗·毛勒朵不时提醒着他。一路上，她念叨最多的是冬古拉玛，一个字也不肯谈自己。

苏力唐告诉我："布茹玛汗·毛勒朵大妈最爱讲这样一句话，马驹子不摔打长不大，好猎手不经风雨永远没出息。"

冬古拉玛山口离家有60公里山路，她没有时间回家，更不要说照顾父亲和家人了。一个女性，面对的是巡边路上的悬崖、乱石滩和密布的沟壑，还有时有发生的暴风雪和山洪，危险在她的词典里就是一个常用词。

越野车经过一个护边站时，已是午饭时分。

远远的，几位着迷彩服的汉子迎上前来。苏力唐告诉我："是柯尔克孜族护边员，他们是冲布茹玛汗·毛勒朵大妈来的。"

果然，他们看见了端坐车内的布茹玛汗·毛勒朵，便有人对着护边站高喊着什么。瞬间，从护边站涌来惊喜万分的男男女女，几乎是将布茹玛汗·毛勒朵抬下车的。

刹那间，一幅动人心魄的画面展现在帕米尔高原护边站。护边员们虔诚地簇拥着布茹玛汗·毛勒朵嘘寒问暖，大妈掏着包里的糕点和水果递给左右（那是我带给她的礼物），护边员们将酸奶子盆和白面饼子不断地塞到布茹玛汗·毛勒朵和我们手里。是啊，"人民楷模"是属于人民的。

告别恋恋不舍的护边员们，越野车喘着粗气向着山巅前进。

终于到达冬古拉玛隘口了。但见一条闪着银光的铁丝网长龙，蜿蜒曲折随山势延伸，呈现着国家尊严和领土神圣。回眸一看，兀立半空的悬崖峭壁、蜿蜒曲折的盘山小道、泛起粼粼波光的雪水河早已变得模模糊糊。唯有迎风招展的五星红旗在头顶猎猎生辉，布茹玛汗·毛勒朵向五星红旗庄重地行着注目礼，一名优秀护边员的剪影与连绵的山峦融为一体。眺望眼前蜿蜒曲折随山势延伸的边境线，无不为疆土的神圣而礼赞。

在新疆5600多公里的陆地边境线上，边防部队和护边员们共同守护着祖国西部的安宁。此时，布茹玛汗·毛勒朵像战士般挺直腰板，丝毫看不出一位78岁老人的迟暮，有的只是精神的矍铄和信仰的坚如磐石。麦尔干·托依齐拜克和苏力唐一左一右，俨然布茹玛汗·毛勒朵的两位忠诚卫士。

如果说守卫边境线是一种信仰，布茹玛汗·毛勒朵早已用青春、热血，甚至生命努力践行之。在祖国最西端的边境线上，这位崇拜人民解放军、坚定不移跟党走的柯尔克孜族护边员，跋山涉水、夜宿雪岭、攀爬峭壁，不断战胜前进道路上的孤独、危险和寒冷。在帕米尔高原上，她极致的忠诚热爱、坚定执着，不仅感动了中国，也赢得了数亿人的敬佩。

布茹玛汗·毛勒朵得了严重的风湿性关节炎，腿脚行动不方便，不能再为祖国守边关，但她的三个儿子、两个女儿都是护边员。12岁就跟着妈妈巡边护边的麦尔干·托依齐拜克，已是护边员小组组长。他清楚地记得，小时候他和弟弟妹妹们最大的奢望，就是母亲能给他们做顿热揪片子。成为护边员后，才明白边境线的真正意义，也对自己的母亲的崇拜和敬意油然而生。麦尔干·托依齐拜克对母亲的万般崇敬和孝顺，足以说明一切。

夕阳的余晖将布茹玛汗·毛勒朵大妈镀成一尊苍茫的雕塑。布茹玛汗·毛勒朵脸上绽开笑靥，目光投向帕米尔高原深处。

在那片土地上，山是柯尔克孜族的父亲，水是柯尔克孜族的母亲。20世纪60年代，当300多名柯尔克孜族边民成为边防线上不可或缺的护边员后，守边便成为一种神圣使命，直到一代又一代被磨砺成永不移动的“中国石”。是啊，精神有了归属，生命就有意义。家国情怀是一股永不衰竭的精神涌流，有了它的丰润，才能描绘出大写的人生、成就不凡的意义。

远处，边防官兵矫健的身影随着马蹄声起伏跳跃着，精神抖擞的柯尔克孜族护边员紧随其后。他们将浓烈的家国情怀淋漓尽致地展示在漫漫边境线上。

08

第八章

阵地寸土不丢

恶劣的气候
崎岖的山道
湍急的河流
都能设置一道道障碍
一群敢于担当的人挺身而出
牢牢守护着教育阵地寸土未丢

帕米尔高原上，曾经教育是个苦涩的话题。

受地理环境等条件限制，求学之路相对而言比较艰难。恶劣的气候、崎岖的山道、湍急的河流都是一道道障碍。一段时间，贫穷如同沉沉雾霾遮住知识的倩影，愚昧与日俱增。

党的政策如阳光普照，将一道金光洒进各族人民的心坎上，重塑起磐石般坚强的信念。孩子是帕米尔高原的希望，一群敢于担当的人挺身而出，牢牢守护着教育这块阵地，让这里寸土未丢！

小镇：一面国旗高扬自信

那时，依麻木镇没有学校，更不可能竖起一根旗杆，让鲜艳的五星红旗在孩子们面前迎风飘扬。

那时，大学生库尔班·尼亚孜生意做得风生水起时却选择华丽转身，大步流星地走向人生的另外一个战场。

如今，站在托什干河西岸遥望璀璨灯火，库尔班·尼亚孜校长感慨万千，千言万语化作一句话："无怨无悔教育路。"

那天，库尔班·尼亚孜正在自己开的药店里忙碌着。

一个声音响起："店里有人吗？"

库尔班·尼亚孜抬起头，站在眼前的是一位拄着拐杖的维吾尔族老奶奶，她的身后是一个婷婷玉立的小姑娘。库尔班·尼亚孜赶紧迎上去向老人问好。

老奶奶的眼神里带着疑虑："你就是老板？"

库尔班·尼亚孜心里"咯噔"一下，老奶奶对自己一无所知，便热情地问道："老奶奶，请问您要买药吗？"

老奶奶指着小姑娘说："这是我的宝贝孙女，给她买药。"

库尔班·尼亚孜冲小姑娘礼貌地点点头，心里已经有谱了，小姑娘得的是水痘。她不厌其烦地告诉老奶奶，水痘用什么药最好，如何治疗。

哪知道，老奶奶生气了："水痘，怎么可能？我这么漂亮的孙女怎么可能得这种病！"

库尔班·尼亚孜对老奶奶说："真的是水痘，很好治的……"

没有听完库尔班·尼亚孜的话，老奶奶就翻脸了："什么水痘水痘的，我听不懂。我只知道，我的孙女长得太漂亮了，被人嫉妒，遭了诅咒才变成这样的！"

说罢，狠狠瞪了库尔班·尼亚孜一眼，拉起孙女，气冲冲地走了。

库尔班·尼亚孜目瞪口呆，好半天才醒过神来。他不能指责老奶奶无知，因为她是长辈。但他为那个无辜的小女孩鸣不平，偏见加上治疗不及时，小女孩的脸上会留下疤痕。他四处打听，没有一点小女孩的消息。他仍不死心，朋友们劝他，算了吧，人家未必会领情的！

这件事深深地刺伤了库尔班·尼亚孜这位走南闯北的知识分子的自尊心。在水流潺潺的托什干河边，父子俩的一段对话清晰地在耳边重现——

爸爸告诉他："库尔班，我的孩子。这托什干河呀，是咱祖祖辈辈赖以生存的母亲河。"

库尔班·尼亚孜点着小脑袋，好奇地问道："爸爸，为什么要带我来这里？"

爸爸说："库尔班·尼亚孜，爸爸先问你一个问题。在你眼里，这是不是最大的河？"

库尔班·尼亚孜认真地答："对呀。"

爸爸继续问儿子："那么，镇上的大巴扎就是天底下最热闹的地方了？"

库尔班·尼亚孜很天真地答道："是呀。"

爸爸很动情地对儿子说："孩子，长大了你就会明白，其实世界大得很呀。只有走出去，才会天高地阔。"

库尔班·尼亚孜似懂非懂："天高地阔？"

爸爸很坚定地说："对！记住了孩子，好好读书，只有文化可以让你飞得更高！"

库尔班·尼亚孜想了片刻，还是不太明白："文化？"

爸爸非常自信地说："对喽，就是文化！不仅要记住，还要去做！"

库尔班·尼亚孜懵懵懂懂地回答："知道了，爸爸。"

这次河边对话，在库尔班·尼亚孜幼小的心灵里，荡起许多涟漪，就如同水流潺潺的托什干河河面，正泛起银白色的细浪花一样。

第二天傍晚，爱动脑子的库尔班·尼亚孜独自来到托什干河边，他想搞明白的是父亲为什么要带他来这里。此时，对面兵团团场的灯火时隐时现，不时有悠扬的笛子声传来。库尔班·尼亚孜的心热了起来。是的，兵团让他知道了黄浦江、小提琴和自行车，还有拖拉机、康拜因（联合收割机）、上班的钟声和朗朗的读书声。后来，他还和爸爸一起去对面的连队，学会了种蔬菜和普通话。正是从这里，库尔班·尼亚孜看到了文化的魅力。库尔班·尼亚孜恍然大悟，爸爸要他从文化开始，打牢根底，有一天展翅高飞。

他不负众望，以优异的成绩考入新疆最高学府——新疆大学。在知识的殿堂里磨砺了翅膀后，他毫不犹豫飞向了改革开放的前沿阵地——广州。凭借着自己的文化知识和聪明才智，特别是吃苦耐劳的精神，他掘到第一桶金。

回到家乡乌什县依麻木镇，他做生意、开饭馆、开药店，就一个目的：回报乡亲们。

现在，老奶奶因为没有文化知识，愚昧把她们害苦了。不仅是老奶奶，那个无知的小姑娘更让库尔班·尼亚孜痛心疾首。不是老奶奶的错，是我们的文化阵地有待巩固，教育方式还值得商榷。总有一天，要让孩子们欢天喜地来学习。

自己飞到了天空，甚至到过天安门广场，可小镇上的孩子呢？库尔班·尼亚孜决心已定，回到熟悉的教育岗位上去，打一场文化阵地争夺战！

他来到乌什县中学，成为一名传道授业解惑的人民教师。

每天，他往返于依麻木镇与县城之间，倒也其乐融融。在市场经济的大潮里，风雨无阻地打拼惯了。一下子要在窗明几净的教室里静下心来教书育人，的确需要一种毅力。适应能力很强的库尔班·尼亚孜做到了，成为一名深受学生爱戴的优秀教师。

一次，他刚刚上了公交车，就被镇上的一群孩子围住。

孩子们齐声喊道："库尔班老师好！"

库尔班·尼亚孜连连应道："好！你们这是要去哪里？"

孩子们回答："我们去县里学国家通用语言呢。"

库尔班·尼亚孜很是诧异："县上？那你们每天得跑很远的路吗？"

孩子们说："是的。库尔班老师，镇上没学校，上哪里学呀。"

库尔班·尼亚孜若有所思道："原来是这样。"

在县城的一个站口，孩子们要下车了，仍不忘很有礼貌地向库尔班·尼亚孜若告别：库尔班老师再见，我们到了。

库尔班·尼亚孜挥挥手告别。

这天晚上，库尔班·尼亚孜辗转反侧，难以入睡，公交车上的情景一次次重现。这么多年过去了，依麻木镇连所学校都没有，让孩子们每天跑这么远去学国家通用语言，合适吗？不学会国家通用语言，连依麻木镇都走不出去，更别说将来了。如果不是普通话助自己一臂之力，我库尔班·尼亚孜能赚那么多钞票嘛。孩子们在公交车上几句不经意间的话，让他想到了药店的一幕，想到学校的住校生穿着拖鞋进被窝……愚昧，都是愚昧惹的祸！

一个声音在他的脑海中响起：库尔班，你这是怎么啦？变得那么矫情。没有学校，咱就建它一所嘛！

决心一下，库尔班·尼亚孜感到天蓝地阔。拿出全部积蓄创办依麻木镇国语小学，带孩子们彻底摆脱愚昧，走进中国传统文化的天地。

次日，带着这样的想法，库尔班·尼亚孜敲开了校长办公室。

校长听完库尔班·尼亚孜的话，眼睛瞪得有铜铃大：“什么？停薪留职，库尔班·尼亚孜老师，我没听错吧？”

库尔班·尼亚孜连忙说：“没错，校长。我想停薪留职，回依麻木镇办学校。”

校长的语气缓和了许多：“你这股子闯劲嘛，我倒是很欣赏的。当年，你库尔班·尼亚孜扔下人人羡慕的教师工作，去创业，我支持了你。年轻人嘛，去见见世面没什么坏处。可这才回来几天呀，你以为这县中学是我家开的？”

库尔班·尼亚孜忙解释：“不是不是，校长，您先听我说。”

校长急了：“有什么好说的？办学校，不是儿戏，有那么简单？”

库尔班·尼亚孜将水杯子递给校长：“校长，您先喝口水，听我说几句可以吗？”

校长喝了一口水，对库尔班·尼亚孜说：“你说吧，我洗耳恭听。”

校长听过他的想法之后，最终，他像当年一样再次支持了库尔班·尼亚孜。

在依麻木镇党委办公室，校址问题也迎刃而解了。库尔班·尼亚孜拿出这些年赚的60万元开始细细筹划。爸爸是名老党员，很崇拜库尔班·吐鲁木，所以给儿子取名库尔班·尼亚孜。

爸爸说：“库尔班·尼亚孜，建学校在咱依麻木镇是破天荒的事，不能急，得慢慢来……”

爸爸在镇上很有威信，他这样讲，库尔班·尼亚孜心里敞亮了许多。

办学校，库尔班·尼亚孜首先将着眼点放在了教师上。

他将目光再一次投向托什干河对面的团场学校，他要去挖一个人。这个人就是团场中学的优秀班主任李永红老师。

听完库尔班·尼亚孜的诉求，李永红哭笑不得：“什么？去镇上教书？

不可能。我李永红堂堂的团场中学老师，怎么可能去你一个民办小学？”

库尔班·尼亚孜很耐心地说：“李老师，先别着急嘛。”

李永红很担心：“再说了，你们依麻木镇都是少数民族，他们能听的懂普通话吗？”

库尔班·尼亚孜心里一喜：“李老师，英雄所见略同，这就是问题的症结所在了。”

李永红一愣，症结所在？

库尔班·尼亚孜很动情地说：“对啊。现在，我们依麻木镇的孩子每天要跑很远很远的路去县里，为的就是学习国家通用语言。李老师，您不知道啊，当年，如果不是你们团场的孩子教我学会了普通话，我库尔班·尼亚孜哪有今天？”

李永红渐渐被感动，原来是这样啊。

库尔班·尼亚孜趁热打铁：“兵团的这个恩情，我库尔班·尼亚孜一直记着呢。”

李永红有些不明白：“库尔班·尼亚孜老师，你是这方圆几十里的名人，依麻木镇的第一位大学生，还是闯荡商海的弄潮儿。现在你要办学校，还要拉上我，究竟是咋想的？”

库尔班·尼亚孜一字一句说：“我想让依麻木镇的孩子们跟上时代的步伐，否则他们的未来很不乐观。”

李永红的表情严肃起来：“有这么严重？”

库尔班·尼亚孜说：“比这严重得多。李老师，您看，咱能不能这样，先帮我把学校办起来，等有点眉目了，您再作决定？”

李永红沉思片刻，对库尔班·尼亚孜说：“那好吧，让我先考虑考虑。”

库尔班·尼亚孜一下子从椅子上站起：“别考虑啦，李老师！我知道您母亲就是老师，您大学毕业后回来是为了报效团场。李老师，我库尔班·尼亚孜求您了！”

李永红被库尔班·尼亚孜彻底说服了，她干干脆脆地说：“别说了……

我答应你!"

那时的依麻木镇思想文化还比较封闭，家长和孩子对以国家通用语言为主的教学方式一开始并不接受。库尔班·尼亚孜就挨家挨户动员，用自己的亲身经历和体会，给他们讲学习国家通用语言文字的重要性。慢慢地，有家长抱着试一试的心态把孩子送到了学校。

2003年5月8日，依麻木镇第一所国家通用语言小学举行开学典礼。

在雷鸣般的掌声和学生们的欢呼声中，库尔班·尼亚孜第一次以校长身份讲话："咱们这所小学，距边境线不到100公里。我希望同学们认真听老师讲课，尽快地学会国家通用语言，尤其是学好中华文化。将来长大了，能充分发挥自己的聪明才智，做一个对国家有用之才！现在，请李永红老师为大家上第一堂课!"

第一堂课，在崭新的教室里进行。

李永红声情并茂地说："同学们好，我们的第一堂课的内容是：五十六个民族五十六朵花，大家知道……"

意想不到的情况发生了，学生们不知道她在说什么。前来观摩的家长们开始七嘴八舌，课堂上乱哄哄的。

一个男学生嚷嚷道："啊，怎么会是汉族老师?"

一个女学生抱怨道："她讲的什么呀？我一句也听不懂……"

李永红的脸上开始挂不住，不停地维持着课堂秩序："同学们，请安静安静!"

药店老板哈斯木不干了："哎哎哎，乡亲们，我们把孩子们送到这里来，他们就派这样的老师?"

一位女村民坐不住了，对哈斯木说："哈斯木老板，你见多识广，快说说，咱这学还上吗?"

哈斯木开始发表自己的观点："我哈斯木就是一个卖药的。要是这个什么国家通用语言是这个样子，我哈斯木没学过，不照样开药店吗?"

女村民没有主意了："这么说，这学？"

突然，那个女学生哭了起来："呜呜呜……听不懂听不懂……我要回家……"

女村民望着哈斯木说："看看，哈斯木老板，你说得对，这学呀咱还不上了！"

学生们纷纷离开座位。

李永红声音变了调："大家不要乱，听我说……"

库尔班·尼亚孜很无奈。

第一堂课失败了，家长们对国家通用语言并不理解。

有人说，库尔班·尼亚孜是个骗子，办学是假，等土地升值后再卖出去挣钱是真。那段时间，人多的地方库尔班·尼亚孜都不敢去，生怕面对那些乡亲们质疑的目光。最让他难受的，还是学生和老师的流失。

当天晚上，库尔班·尼亚孜敲开李永红的家门。

一见面，库尔班·尼亚孜就说："李老师，对不起，我也没想到会是这样。"

李永红还在抽泣："她也没有想到第一堂课会是这样。"

库尔班·尼亚孜长叹一声："都怪我这个校长太大意了，像哈斯木那样的，都是吵着叫着把孩子送来的。现在可好，捣乱的也是他们，什么人嘛。"

李永红停止抽泣道："校长，你是说他们吵着叫着把孩子送来的？"

库尔班·尼亚孜很委屈地说："要不，我怎么会选哈斯木他们做第一堂课的观摩代表？"

李永红开始反应过来："如果是这样，那这中间环节是不是有什么问题？"

库尔班·尼亚孜不以为然地说："问题？能出什么问题。这第一堂课，内容我们不是设计得很丰富嘛。"

李永红若有所悟，对库尔班·尼亚孜说："校长，想起来了。当时我讲课的时候注意到了，同学们的表情很复杂，好像……"

库尔班·尼亚孜迫不及待地问："什么，复杂？怎么个复杂。"

李永红伤心地说："也许我的话他们一句也没听懂，所以……"

库尔班・尼亚孜明白了。所以一些孩子急哭了，他们小小年纪，自尊心都很强呀，还要回家。

李永红一扫脸上的阴云：“现在看来，孩子们没有错呀。”

库尔班・尼亚孜心里亮了起来：“这么说，哈斯木他们也没有别的意思？”

李永红点点头：“应该没有。校长，说来说去，是我们欠考虑呀。第一天上课，他们本来就心里没底，我们还整那么些家长来观摩。人家心里能没有负担吗？换了我，也要回家的。”

库尔班・尼亚孜小心翼翼地问：“李老师，你不生气了？”

李永红一脸正色道：“哎呀，我李永红没那么小心眼。”

库尔班・尼亚孜兴奋起来：“太好了！你可是我库尔班・尼亚孜三顾茅庐挖来的骨干，你可不能有什么闪失啊。”

李永红笑了：“校长，一顾茅庐好吗？”

库尔班・尼亚孜回应道：“好好好，一顾茅庐！可你答应先来试试呀。”

李永红坚定不移地说：“放心吧，校长，这个书我教定了！”

库尔班・尼亚孜举起一只手掌：“君子一言？”

李永红将一只手击打过去：“驷马难追！”

但是，情况还是不容乐观，被领回家的孩子说啥也不愿意来学校。这也难怪，几十年来，镇上没有一所学校，更不用说有汉族老师讲课了。库尔班・尼亚孜向家长承诺学费一分钱都不用掏，两个星期如果教不好，我再额外退钱！

就这样，一部分孩子总算回到了校园。库尔班・尼亚孜和李永红商量，先从兴趣入手，让孩子们找到直观感觉。

快板声从教室里传了出来。

一位男老师在给学生们表演：打竹板，我们来上课，一起夸夸托什干河。托什干河，母亲河，哪位同学你没去过？去没去过不要紧，听我一一来说道……

学生们的笑声在课堂上此起彼伏，

操场上，李永红带着同学们做广播体操。

课余时间，体育老师在为孩子们开“小灶”：“同学们，这红黄蓝相间的彩色旋转滑梯呀，是库尔班·尼亚孜校长特意为你们购置的。好看吗?”

学生们异口同声：“好看!”

体育老师问：“敢上去吗?”

一个男同学发怵了：“这?”

一个女同学害怕道：“老师，那么高，摔下来怎么得了。”

体育老师开导他们：“不错，这彩色旋转滑梯有三米多高，可正是锻炼我们大家胆量的好器材。将来呀，我们许多同学还要去当兵。不把这个胆量练出来，能当兵吗?”

学生们再次异口同声：“不能!”

体育老师说：那好，我给大家先做个示范。

在学生们的喝彩声中，一个熟悉的身影出现在学生们身后，被库尔班·尼亚孜发现了。

库尔班·尼亚孜问他：“怎么样，哈斯木老板，不领孩子走了吧?”

哈斯木尴尬地说：“不领不领，库尔班·尼亚孜校长，不好意思，是我们误解你们了……”

库尔班·尼亚孜对哈斯木说：“没有什么，这孩子们呢要适应学校，也要适应老师。这个国家通用语言的学习呢，更要有个适应过程。放心吧，一切都会好起来的。”

哈斯木的嘴开始抹蜜：“我说什么来着？我们库尔班·尼亚孜校长就是个大能人嘛，在这依麻木镇呀……”

库尔班·尼亚孜：“好了好了，哈斯木老板，这马屁嘛就不要拍了。往后啊，多理解一下就什么都有了。”

哈斯木拍着胸脯说：“放心放心，包在我哈斯木身上!”

每个星期一，库尔班·尼亚孜都组织升旗仪式。

在雄壮的中华人民共和国国歌声中，一位男老师领着师生们宣誓：“现在，我们面对国旗宣誓。我宣誓，我是中华民族的一分子，作为中华儿女，我感到非常自豪……”

学生热烈响应着：“我爱伟大的祖国，我愿做民族团结的维护者！”

2010年6月28日，第一届毕业生成绩揭晓的日子。

李永红点击着鼠标：“校长，我的手一直在抖，快握不住鼠标了。”

库尔班·尼亚孜给她打气：“要不，咱先查哈力·木拉提吧，这个孩子平时特别调皮，我觉得他考上新疆区内初中班的希望不大。”

李永红点点头：“好吧。”

页面被鼠标点开，李永红屏住呼吸，嘴张得极大。

库尔班·尼亚孜忐忑不安地问：“怎么样？”

李永红跳起来：“哇！227分！”

库尔班·尼亚孜喜不自禁：“继续继续，咱从后往前查。”

李永红颤抖的声音报着孩子们的分数：“230分！247分！228分……”

库尔班·尼亚孜说：“孩子们太争气了，我们成功了！”

学校会议室里，师生们在等着一个庄严的时刻的到来。

库尔班·尼亚孜清清嗓子：“我宣布，除了6个没报名的孩子，第一批32个孩子全部考上新疆区内初中班。”

会议室里一片欢腾。

李永红激动万分地告诉大家：“满分300分的试卷，我们的穆萨·图尔贡同学居然考了290分，排名阿克苏地区第一，全疆第27名。”

会议室里再次一片欢腾。

库尔班·尼亚孜提议要好好奖励这些为学校争光的孩子们！

李永红完全赞同，是该好好奖励。咱们的32个孩子占了乌什县录取总人数的一半呀。

库尔班·尼亚孜动情地说：“可喜可贺。这之前呀，全县每年考入新疆区内初中班的学生才一两个。我库尔班·尼亚孜感谢你们……”

李永红热泪盈眶：“校长，淡定淡定。”

库尔班·尼亚孜眼睛也潮湿了："这么争气的孩子，如此好的成绩，我能淡定吗？"

李永红递给他一张湿巾："理解理解，来，擦擦……"

库尔班·尼亚孜接过，一擦说："苦和累我都不怕，看到这些学生，就像看到了年轻时的自己。我激动的想要唱歌！"

师生们呼应道："校长，我们都想唱歌！"

安塞腰鼓打了起来。

秧歌扭了起来。

古筝弹奏起来……

这时，一批学生家长被请进校园。

库尔班·尼亚孜主持说道："今天这个家长座谈会呀，我就讲一点，我们学习国家通用语言文字，不是单纯地学会一门语言，而是要和中华文化结合起来学习，要把增强'五个认同'和增进民族团结融入到学习之中……"

掌声非常热烈，看得出，家长们被学校的成果折服了。

一位家长感慨道："库尔班·尼亚孜校长说得太好了，听着都提气！"

一位家长在发布小道消息："听说现在呀，进这个学校难得很，要实力。"

李永红接上家长的话头："这位家长说得没错。这实力就是学生的成绩。作为主管教学的副校长，我李永红可以负责任地告诉你们，你们的孩子，学习兴趣在大幅度提高……"

一位家长点着头："眼见为实，刚才我们都看见了。"

一位家长发自肺腑地说："库尔班·尼亚孜校长，劳道（厉害）得很呀！"

库尔班·尼亚孜说："我库尔班浑身是铁，又能打几颗钉呀？这些年，我们的学生从比画模仿到单字发音，从词汇练习到儿歌绕口令，从朗诵课文到看电教片，教学效果是芝麻开花节节高。谁的功劳？老师们呀！"

2014年，国家通用语言小学被纳入民办公助教育，县里投入1800万元建起了标准化宿舍等设施。新校区建成后，打造了少年宫。学生们扭秧歌、唱戏曲、写春联、包粽子、吃月饼已成时尚。所有学生都学会了打安塞腰鼓，师范毕业生来这里锻炼实习的络绎不绝。

一天夜里，值班的李永红发现，教室里还有人。推开门，原来是穆萨·图尔贡。

李永红关切地问："穆萨·图尔贡，怎么还没休息？"

穆萨·图尔贡抬起头："李老师？"

李永红示意："嘘，该休息了！"

穆萨·图尔贡央求道："李老师，我把这几道题做完就睡。"

李永红很感动："还有一个月就要高考了，劳逸结合非常重要啊。"

穆萨·图尔贡说："谢谢李老师，我们要是考不上怎么对得起你们老师。"

李永红摆摆手："穆萨·图尔贡，别说了。"

穆萨·图尔贡很认真地说："这些年，我们生病了，您带我们去看病；衣服脏了，您为我们洗。好多同学私下里说，真想叫您一声妈妈。"

李永红早已泪流满面："谢谢你！穆萨·图尔贡，这是老师应该做的。再说了，哪个老师不希望自己的学生健健康康成长呀？"

穆萨·图尔贡哽咽道："李老师，我向您保证，这最后一个月，我一定会努力！"

李永红庄重地说："老师相信你一定能考上！就像当年的库尔班·尼亚孜校长一样。"

穆萨·图尔贡精神抖擞地说："放心吧，李老师！"

一个月后，穆萨·图尔贡果然兑现了自己的诺言。

2016年6月26日，穆萨·图尔贡高考成绩排名阿克苏地区理科第一，登上了当地的报纸。

当清华大学录取通知书送到玉斯屯克和田村时，穆萨·图尔贡正在麦田里劳作，村里顿时沸腾了。高考前，村民们就为穆萨·图尔贡家做了预测，料定老三穆萨·图尔贡一定能考上。说起来很让穆萨·图尔贡的父母风光。

2011年，大哥考上西北民族大学；2014年，二哥考上河南科技大学。现在，穆萨·图尔贡又以701分被清华大学临床医学专业录取，成为全村乃至全县第一位清华学子。

这晚，往事在穆萨·图尔贡眼前闪现。

他清楚地记得小时候母亲多病，每次给她看病的都是一位汉族大夫。看病过程简直就是一种煎熬，医患之间语言不通，全靠手势比画。不要说他们，就连在一旁照料的穆萨·图尔贡都着急。他就想什么时候自己能用普通话与那位大夫交流，让母亲早日痊愈。7岁那年，路过国家通用语言小学时，教室里传出琅琅读书声，他听不懂读的是什么，但那就是大夫说的普通话，千真万确！

回来的路上，他对父亲说，想去那里读书！父亲非常了解这个从小就乖的小儿子，聪明伶俐，特别爱看书。父亲没有犹豫，很快给儿子在库尔班·尼亚孜的学校报了名。

老师用普通话授课，刚开始，穆萨·图尔贡一句也听不懂，云里雾里的。自从与汉族同学坐同桌后，他的普通话水平提高得非常快。3年级时，他就能用普通话正常交流了。不仅如此，诵读《论语》、学京剧、练毛笔字，他样样不落后，学习成绩一路攀升。

种着10余亩地的父母很不容易。为了供他和两个哥哥读书，起早贪黑，省吃俭用，但学习上的花费从未亏待过孩子。穆萨·图尔贡就暗暗发誓，一定要考上大学，还要学医，将来为母亲和乡亲们看病。现在，他的心愿实现了。

库尔班·尼亚孜来了，拍着穆萨·图尔贡的肩膀说："你小子行！701分……清华大学，你这个阿克苏地区的理科状元，给我们国家通用语言小学长脸啦！"

李永红动情地说："穆萨·图尔贡，母校谢谢你！"

穆萨·图尔贡觉得搞反了，他真诚地说："该说谢谢的是我们呀。很小很小的时候，库尔班·尼亚孜校长就是我的偶像！"

库尔班·尼亚孜谦虚地说："别别别，你是堂堂清华，我也就是个新疆大学。"

穆萨·图尔贡佩服地说："可您是我们依麻木镇第一位大学生啊。当年，多少人为您骄傲……"

库尔班·尼亚孜挥挥手："扯远了扯远了啊。说吧，想要我怎样奖励你？"

穆萨·图尔贡想了想："我想要一本相册，从2003年到今年，我们学校13年走过的历史。"

库尔班·尼亚孜爽快地说："李副校长，你来办。"

李永红说："没有问题。"

库尔班·尼亚孜继续问道："还有呢？"

穆萨·图尔贡干脆地说："没有了，衷心祝愿我的母校越来越有活力，越来越有知名度！"

库尔班·尼亚孜拍拍穆萨·图尔贡的肩膀说："会的，一定会的！"

从2016年起，每年全地区抽考或统考，依麻木镇国家通用语言小学成绩都名列前茅。

2017年，乌什县所有公立学校都开始推广依麻木镇国家通用语言小学的教学模式。库尔班·尼亚孜没有被胜利冲昏头脑，率领师生再接再厉，把依麻木镇中华文化大院办了起来。

挂牌仪式那天，库尔班·尼亚孜说了很多肺腑之言。他说："这所中华文化大院由我们国家通用语言学校筹款170万元建成，主要是想为乡亲们开展器乐、戏曲、书法、绘画等活动提供场地。往后，大家就敞开来吧！"

在国画教室，学生们正在画国画。

在乐器教室，一些乡亲在学习琵琶和二胡。

不久，依麻木镇器乐晚会成功举办。

2019年12月23日，一部叫《奔腾的托什干河》的影片在阿克苏地区举行首映礼。这部影片的原型不是别人，正是库尔班·尼亚孜。此时，他已获得改革开放40周年"改革先锋""第七届全国道德模范"等多种荣誉称号。

首映礼上库尔班·尼亚孜说："有人问我，为什么每次说到孩子们，我的眼里有泪水。我想借着这个机会告诉大家，因为我爱这片土地，爱土地上的孩子们爱得深沉！”

已是乌什县前进镇国家通用语言小学党支部书记的李永红哽咽地说：“我们做的一切都是值得的。”

时任阿克苏地委副书记、宣传部部长邓选斌在致辞时说：“该片深刻阐述了新疆各族青少年学习国家通用语言文字的重要意义和巨大成效，在讲好当代新疆故事、做有温度的新疆教育题材电影方面实现了新突破。”

2021年11月5日，“德耀中华——第八届全国道德模范颁奖仪式”在北京举行。

前进镇国家通用语言小学的师生们欢声雷动。

李永红对同学们说：“为我们的库尔班·尼亚孜校长自豪吧！你们知道吗？为了教育事业，他至今还没有孩子。他说，你们就是他的孩子！”

同学们的眼里噙满了泪水。

李永红也饱含深情地说：“他告诉我，荣誉既是鼓励，更是鞭策，要给孩子们提供更好的文化平台，把他们培养成社会主义可靠的接班人。”

同事们齐声高呼：“库尔班·尼亚孜！我们的好校长……”

库尔班·尼亚孜从北京回到托什河畔不久，一个巨大的喜讯传来。前进镇国家通用语言小学转为公办，库尔班·尼亚孜要去县里的一所公办学校上任了。

他知道，前面的路还很长很长……

依麻木镇已更名为前进镇，但乡亲们和这片土地不会忘记，也不能忘记——

1190名少数民族学生在这里接受教育，由此改变命运，走向更加广阔的人生舞台；

十几年来，学校为近100名家庭困难的学生免除学费，为没钱治病的维吾尔族同胞送去“救急金”；

汶川、玉树地震发生后，库尔班·尼亚孜带头捐款，并动员全校师生募捐，在孩子们心里种下善良的种子……

“走出封闭的天地，走向外面的世界；用知识改变命运，为社会贡献力量。”这就是库尔班·尼亚孜，一名维吾尔族优秀教育工作者的初衷。

客厅：一块黑板重铸坐标

俄语翻译、打工、做生意、开餐厅……尝遍了生活的酸甜苦辣后，左邻右舍贪玩的孩子们触碰到她的“底线”。她被激怒了，一种强烈的责任感油然而生；

父亲是汉族，母亲是维吾尔族，在这个被她誉为“团结族”的特殊家庭长大，能说维吾尔语，也懂俄语、英语，还自学日语。这些，使她的眼光不同于常人。

她叫潘玉莲，是疏勒县疏勒镇新市区社区的一位居民。

1987年，她的父亲和丈夫相继去世。

一个失去男人的家庭，犹如折了大梁的房屋，摇摇欲坠。泪眼婆娑的潘玉莲，看着瘫痪在床的儿子和失去母亲的孙女，一股勇气骤然升起。

这勇气来自读过两年新疆大学、在政府部门当过俄语翻译的资历，还有从小到大外柔内刚的个性。

她把目光盯在了西藏普兰县。普兰县，隶属于西藏阿里地区，位于西藏自治区西南部、阿里地区南部、喜马拉雅山南侧的峡谷地带。面积不过1.3万多平方公里，常住人口不过一万多人，但南来北往的旅客络绎不绝。直觉告诉潘玉莲，那里有一定生存生活空间。

她毫不犹豫地去了，单枪匹马，只身一人。电影《天下无贼》里，傻根的那段生活与潘玉莲很相似。不同的是，傻根是生产队有组织地外出打工，还有乡里乡亲照顾。潘玉莲没有，全靠顽强的毅力和责任感打拼。一个文质彬彬的女人，从泥瓦工、小工干起，最后居然干到大工。那个阶段，她心里只有儿子和孙子，她所做的一切都是为了他们。母爱，在某种时候，就是一支黑夜里的火把，照亮前进的路，也温暖亲人们的心。

站稳脚跟后，一家小餐馆在普兰县城里开张了。开餐馆看似风光，实则是起早贪黑的营生。除了大师傅，潘玉莲集老板、采购、服务员于一身。天一亮就得去买菜，回来擦桌子、拖地忙得不亦乐乎。这里是高海拔地区，空气稀薄，拖完餐厅早已汗淋淋。顾客大都是藏族，语言至关重要。有语言基础的潘玉莲，摘菜的间隙都不忘向就餐的顾客虚心请教。渐渐地，她不仅能与当地藏族群众交流，还与许多回头客成了朋友。

脑子活泛的她，依托餐馆不断扩大经营范围，短短6年时间，就买了一辆大卡车。餐馆红红火火，卡车将工人源源不断地送到不同的工地。笑容，在她沧桑的脸颊频频绽放。

此时，瘫痪的儿子和一天天长大的孙女在向她呼唤。她关闭了餐馆，卖掉了心爱的卡车，与朝夕相处的左邻右舍一一告别。从空气稀薄的阿里回到了帕米尔高原。

这一年，是1992年。

与儿子和孙女团聚了，她像大鹏鸟般庇护着她的骨肉，责无旁贷地承担起这个家庭的责任。

那时候，还没有住进楼房。房子不大，一些老旧的家具把空间填得满满当当。潘玉莲心里是甜的，能与儿子和孙女一起生活，享受着她这个年龄段最珍贵的东西——天伦之乐。

如果不是因为一群孩子，也许这辈子就这么开开心心地老去。

那天，一群孩子在左邻右舍房前屋后疯跑，像一群叽叽喳喳的麻雀，“呼啦”一声飞走了，刚刚消停又“呼呼啦啦”回来了。这引起潘玉莲的不快。她来到孩子们面。孩子们汗流浃背，一脸天真快乐，浑身上下都湿透了。他们在玩捉迷藏，从小区“疯”到街上，又折回。透过表层，潘玉莲看到了问题的实质。孩子们没有压力，或是根本就不知道什么是压力。最珍贵的时光，在他们的叽叽喳喳中白白流逝。这样下去，怎么得了？

这天晚上，潘玉莲失眠了。

放学后孩子们无所事事，假期来临他们无事可做，总是在街上跑来跑去地疯玩，既不安全还浪费时间。就这样吗？突然，一个大胆的想法油然而生。这个想法就是，将孩子们组织起来做点什么，起码不能这样放任自流。

潘玉莲说干就干，几个孩子的家人听完这个想法，拍手叫好！这无疑给潘玉莲注入了兴奋剂。但一位家长没有吭声，满脸忧心忡忡。

她说："潘老师，这个想法太好啦。可你还有儿子和孙女需要照顾，他们同意吗？"

潘玉莲微微一笑："只要我两边兼顾好，他们就不会有意见。"

家长依然担心："你们家那么小，太委屈您了……"

在潘玉莲的词典里，委屈根本就算不了什么。

潘玉莲的"爱心小课堂"办起来了，可并不理想。撒野惯了的孩子们，突然间有了约束和压力，一下子适应不了。果然，没有几个孩子愿意来。即便是来，也是被家长逼着，抱着试试看的态度。

一年之计在于春，一日之计在于晨。

潘玉莲何尝不知其中的道理？第一课是见面礼，更是教学双方试探"火力"的角逐。为了这第一课，潘玉莲使出了浑身的解数，从内容、结构、语言，到心理和情绪等多方面，都进行了认真准备。结果一堂课下来，应该说很成功，但还有提升的空间。一连几天，只有几个孩子来听课。潘玉莲没有气馁，在教学双向找问题，毕竟，这些孩子被放任自流的时间太久了。一下子让他们收回玩野了的心是不现实的。潘玉莲在台灯下，不仅研究语文、英文、数学等课的内容，更多的是结合孩子们实际，在兴趣和爱好方面加以正确引导，一句话，先与他们交朋友，拉近心与心的距离。

一天、十天……孩子们的心被潘玉莲收住了。口口相传，孩子们来得越来越多。

"爱心小课堂"占据着潘玉莲家的客厅，这是最大的一间屋子。尽管如此，依然显得狭窄。在小小的空间里，这些平时撒野惯了的孩子们变了，变得有礼貌，守规矩。从一窝蜂进来抢座位，到学会谦让；从要老师督促，到各就各位打开书包静静地写作业。看在眼里，潘玉莲喜在心里。

冬天眨眼间到了。节假日和星期天，她要赶在孩子们到之前将炉子点着烧热，以免冻着孩子们。许多孩子踩着点推开“爱心小课堂”的门，那时候，潘老师脸上、手上都是煤灰，可炉子上的奶茶烧得滚滚的。那茶不仅香，还特别甜，潘老师在里面放了冰糖。久而久之，孩子们的心被深深打动。

潘玉莲免费教孩子的事被迅速传开。一些顾不上管孩子学习的双职工和早出晚归的个体户，抱着试探的心理来到了“爱心小课堂”。没想到，潘玉莲一样笑脸相迎。从此，每天放学后都有四五十个孩子自觉自愿来听潘玉莲的课。

孩子们回来告诉家长，他们得奖了。奖品不大，是铅笔、本子等学习用具，但荣誉性强，竞争激烈。一些家长的心就“咯噔”一下，潘玉莲还在拿着低保呀。是的，她就用每月为数不多的低保金，既维持生活必需，又挤出来奖励学生。

有时潘玉莲在大街上捡废品，毫不顾忌别人异样的眼神。潘玉莲却觉得，没有什么不好意思的，只要行得端做得正，将孩子们的学习成绩提高上去就行!

狭小的空间里，小红花、铅笔、文具盒、大量的教辅材料整整齐齐摆放在指定位置。在孩子们心里，那是一座荣誉的高地，要想取胜，必须认真听讲，刻苦学习，还要有团队意识、合作精神等。

玉不琢，不成器。来这里的孩子们的受教育水平良莠不齐，德育课比哪门功课都迫在眉睫。贪玩好动的，不可怕；有些小偷小摸行为就非常讨厌了。“爱心小课堂”第一次丢东西时，潘玉莲一夜未眠。这是品德问题，小小年纪就如此，长大了，能改得过来吗?

她暗下决心，一定督促这个孩子改掉不良习惯。她给所有孩子定下规矩，进门要问好!，出门道“再见!”，教他们懂礼貌。氛围渐渐形成，她感到火候到了。

一天，她掏口袋时，故意将一张100元人民币带出来，掉在地上。她的心在“怦怦”跳，这个“坎子”他们能迈过去吗？一步、两步……当她忐忑不安地迈出第三步时，传来一个清脆的声音：“报告潘老师，我捡到了100元钱！”

潘玉莲的心彻底放下了，孩子们是好样的，他们都经受住了道德的考验。在“爱心小课堂”，德育是一切教育的基础。

玉素甫和帕提曼兄妹的情况很特殊。父母因为交通事故离世了，兄妹两个跟着奶奶一起生活。奶奶年老多病，压根顾不上照看他们。到了上学年龄了，他们没有钱上学，天天在街上玩耍。潘玉莲闻讯，二话不说，给两个孩子买了新衣服、书包和一些学习用具，将兄妹俩送进学校。平时，还照看着两个孩子的饮食起居。春去秋来，两个维吾尔族孩子发自肺腑地喊出了：潘奶奶！在疏勒县城的街头巷尾产生很大反响。

这件事儿传开后，潘玉莲和她的“爱心小课堂”已经传得很远了。

责任感是涓涓细流，涌入孩子们纯洁的心田，长出健康的花朵——姹紫嫣红，格外美丽。

“爱心小课堂”开办六年间，潘玉莲的俄语水平和人品就被乌鲁木齐市一单位相中。对方开出了优厚的待遇，希望潘玉莲去教授俄语。说实话，孙女要上初中了，正是花钱的时候。靠她那点低保金，无论如何也扛不过去的。去，自然是件好事，既满足了人家单位所需，又解了家里的燃眉之急。可走了，“爱心小课堂”怎么办？乌鲁木齐那边又在催了，思量再三，潘玉莲决定去看看。

到了乌鲁木齐，教授俄语她熟门熟路，对方非常满意。夜深人静的时候，“爱心小课堂”就在眼前浮现，特别是一张张孩子们的笑脸，让潘玉莲想得厉害。孩子们又何尝不是如此呢？电话一个又一个地打到手机上。

“潘奶奶，您去了哪里？家里怎么没人呀……”

“潘奶奶，我们想您……”

“潘奶奶，我考了第一名……”

电话这头，潘玉莲早已泪流满面。

终于，她向单位领导说明了情况，请他们谅解。

在回喀什的火车上，她如释重负。从喀什火车站到疏勒，不过9.8公里，她却感到千里迢迢般遥远。远远地，孩子们的身影出现在车窗外。车还没有停稳，潘玉莲就迫不及待地拉开了车门。

她日夜牵挂的孩子们一拥而上，将她团团围住。

“潘奶奶，您不会走了吧？”

“潘奶奶，我们都想死您了……”

一些家长与潘玉莲紧紧拥抱，斩钉截铁地说：“家里有困难，应该告诉我们大家……总之，我们再也不会让您离开我们了！”

潘玉莲的心被深深打动，她答应大家，再也不走了！

从那天起她就再也没离开过孩子们。

回到家里，她发现枕头下面有一笔钱。经过反复打听，才搞清楚是居民阿依古丽悄悄放的，就是想帮帮潘玉莲。

潘玉莲非常感谢，但她告诉阿依古丽，“爱心小课堂”如果收钱，性质就变了，也有悖她的初心。阿依古丽被潘玉莲说服了，收回了这笔钱。

这件事后，潘玉莲与家长们的心贴得更紧了。她真诚地对家长们说：“‘爱心小课堂’里都是我自己的孩子，如果你们有闲钱，就给孩子买些学习用具奖励娃娃吧……”

不久，疏勒镇聘请她为新市区社区小组长，她欣然接受。

尽职尽责，是潘玉莲的天性。做俄语翻译是如此，远赴阿里地区打工、开餐馆是如此，办“爱心小课堂”更是如此。她像一个上足发条的闹钟，一旦启动，从不停下。从第一课开始，无论烈日炎炎，还是冰天雪地，除去乌鲁木齐那短暂的日子，潘玉莲从没有因为自己的原因停止过教学。

2013年的一天，潘玉莲正和邻居聊天时，一辆三轮车突如其来，将她撞倒。

邻居和三轮车主都慌了，赶紧将潘玉莲送到县医院。伤筋动骨，又是这把子年纪，主治医生要她必须打石膏住院治疗。

潘玉莲一听就急了：“不不不，我不能住院！”

医生问她为什么？她焦急万分地说：“我的孩子们在等我上课，一分钟都耽搁不起的……”

医生对她说：“都什么时候了？胳膊要紧，还是上课要紧？”

潘玉莲坚决地说：“上课要紧！”

就这样，她没有住院。每天，除了在家长们的帮助下去医院做治疗外，一直在病床上给孩子们讲课。医生被她感动得不知道说什么好，反过来，配合她治疗，一直到胳膊痊愈。

2015年冬天，潘玉莲下楼梯时不慎踩空，再次导致她膝关节骨折。膝关节骨折是老年人的大忌，治疗不及时，会酿成大祸的。孩子们害怕了，家长们闻讯赶来。这一回，大家说什么也要送她去医院治疗。

她住进了医院，病房成了温馨的港湾。孩子们趴在床边给她捏胳膊揉腿，家长们在一旁照料着。潘玉莲低声询问学习情况，孩子们极认真地回答着。

来查房的医生、护士被这个场面所感动，好奇地问道：“这是你们什么人呀？”

家长们不假思索地回答道：“这是我们的亲人！”

眼泪，从潘玉莲的眼眶里滚落，她喃喃道：“亲人……亲人……”

她不知道，家长们向单位请了假，在轮流照看着她那瘫痪在床的儿子。孙女将这个消息告诉了奶奶，潘玉莲在医院再也待不住了，坚决回到了家。

家长们有一个条件，好好静养。潘玉莲知道，这都是为她好。但孩子们的课是雷打不动的，不能有一节缺失。她如数家珍地给家长们讲孩子们的点滴进步，似乎骨折的是别人。在家长们的一再坚持下，她答应一定劳逸结合。

第二天，她将腿放在板凳上，继续给孩子们讲课。那一刻，“爱心小课堂”静悄悄的，就是掉根针都能听见。这堂课，是孩子们最难以忘怀的。他们做作业时，潘奶奶的嘴唇咬得紧紧的，豆大的汗珠滴落在她的衣襟上，湿了好大一片。

一年、五年、十年、二十年……

如今，潘玉莲和她的“爱心小课堂”已累计免费义务托管、辅导孩子2000多名，可谓桃李满天下。

人与人团结，社会更加和谐。

几十年来，潘玉莲是这样说的，更是这样做的。

她出生在一个特殊家庭，团结的含义，她比任何人都理解得透彻。小时候，她求团结；工作了，她依然求团结；在阿里高原上打拼，她求团结；在帕米尔高原的家乡疏勒，她更是求团结。

团结拉近了人们的心，结出了爱的果实。潘玉莲和她的“爱心小课堂”，像春风春雨，激活了社区的氛围，成为加深邻里感情、促进社区和谐的平台。

爱是相互给予的。潘玉莲爱她的孩子们，孩子们更加爱他们的潘奶奶。

一个秋天的下午。潘玉莲跟往常一样，在“爱心小课堂”等候着孩子们的到来。

熟悉的脚步声近了；银铃般的笑声近了；就连打打闹闹的身影都可以看见了……一群孩子，整整齐齐地向他们的潘奶奶走来。快到跟前的孩子们，突然变戏法似的从身后拿出一朵花来，每个孩子一朵。

他们异口同声喊道：“潘奶奶，母亲节快乐，祝您健康长寿！”

刹那间，潘玉莲愣住了，今天是母亲节呀。花朵汇聚到一起，就是一片花海。面对花海，潘玉莲感受到了人间最真挚的情意。她将孩子们送上的花朵抱在胸前，孩子们又紧紧地将她抱着……

这是她过的第一个母亲节。至今，那些鲜艳的花朵早已干枯，但永远不变的是那份情意。干枯的花朵，被潘玉莲珍藏在一个精致的盒子里，她要把情意牢牢留住。

2016年除夕。这是今年的最后一天了，过了这天，就是2017年。倚靠在玻璃窗前，潘玉莲感慨万千，一晃，多少个除夕过去了？想想从阿里回到疏勒县的那一年，若不是做出这个正确决策，会过得这么充实而有价值吗？

一茬茬孩子们从“爱心小课堂”抖抖翅膀飞了，像小鸟一样飞向祖国的四面八方。教师，这是天底下最美的职业……

瞧，孩子们来了！38个背着书包的孩子，蹦蹦跳跳地来了。

来了，他们带来对潘玉莲奶奶的祝福！彩带、气球、拉花，转眼间，就将“爱心小课堂”装饰一新，像联欢晚会场地。潘玉莲的小狗佳佳，也被几个调皮的孩子套上了花环。儿子的房门上，也被装饰得漂漂亮亮。一种节日氛围，顿时就散射出来。

这个除夕，孩子们又蹦又跳，潘玉莲不停地往桌子上摆放好吃的东西。欢声笑语中，她和孩子们共同度过了除夕夜。

一位孩子满怀深情地为潘玉莲献上了一首诗：

您的善举／像一束光／照亮人间／照亮我们的心灵……

那个除夕，潘玉莲家的灯光亮到很晚很晚。

艾克·白克江是潘玉莲的学生之一，从“爱心小课堂”走出来后，很有出息，最终考入上海一所大学。没有想到这位来自帕米尔高原的少数民族同学，居然写了一手漂亮的汉字。

艾克·白克江给同学们讲了潘玉莲奶奶，讲了“爱心小课堂”，还讲了那个情意绵绵的除夕夜。他说：“以前，我字写得不好，妈妈就不让我进家门。是潘奶奶手把手教我，把字写好的……”

在上海读书后，每个假期艾克·白克江都会专程来看潘玉莲奶奶。

从“爱心小课堂”走出去的学生，通过自己的努力，有的走上教师岗位，有的进了企事业单位。假期时他们都无一例外地回到“爱心小课堂”看潘玉莲奶奶，还给“师弟师妹们”辅导功课，交流心得，传递正能量。

2023年5月，因为创作电影剧本《班超》，我来到喀什地区。

喀什地区的文化底蕴很厚实，毕竟，这里曾经是汉代“定远侯”班超的大本营。他平定北匈奴的挑衅，被史学家们誉为一代军事奇才、一代外交天才。盘橐城内，他和三十六员悍将的塑像，至今为人们所瞻仰。

电影的事儿告一段落，我提出要拜访潘玉莲老师。她已被聘为喀什地区退休特岗教师，“全国道德模范提名奖”“中国好人榜”“自治区道德模范”“感动喀什十大人物”等各种荣誉称号等身。

当我们驱车来到疏勒镇新市区社区，社区书记遗憾地告诉我们潘玉莲奶奶外出了……

宣传部的同志说，随着年纪的增大，潘玉莲奶奶已经不再给孩子们上课了。但三件“宝贝”的故事，却让我大开眼界。

第一件“宝贝”不起眼，但很有价值，那是一沓用A4纸打印的学生信息。在这本厚厚的表格里，2000多个孩子的信息非常详细。

搬进这新市区社区前，潘玉莲住在陈旧的土坯房里，最大的一间不过20平方米。“爱心小课堂”就在这狭小的空间里诞生。14张旧课桌挤得满满当当，从这时候起，细心的潘玉莲就开始了信息采集，为的是掌握每一个学生的情况，便于因材施教。最红火的时候，屋子里根本就坐不下。她就把孩子们领到后院的桃树、杏树、石榴树下席地而坐，支起一块小黑板，就开始了她的传道授业解惑。她希望，这些孩子都能成才。

在这个特殊的岗位，她从50岁坚持到75岁，在土坯房前、楼房楼道里等候孩子，永远是她的人生享受。

第二件“宝贝”更不起眼，是一个破旧的鞋盒。打开盖子，里面整齐地码放着从一分到五块不等的零钱。

这是怎么回事？那时候，从阿里回到疏勒的潘玉莲，为了给儿子治病，赚的那点辛苦钱，很快就囊中羞涩了。可日子还要过，孙女要上学，儿子的病要继续治。每天她早早起床，为儿子和孙女准备好早餐，就出门了。

这是一件极其难堪的事儿，一般人是难以想象的。你想，白天提着编织袋捡破烂，傍晚就要为孩子们讲课。碰到熟人怎么办？碰到学生家长怎么说？或是碰到放学的孩子们怎么解释？

“也许是你们想多了。一个人，当为生活所困时，脑子只有一个想法，今天怎么过去?”这就是面对记者，潘玉莲的回答。

是啊，饮料瓶、废报纸、旧纸壳、破铜烂铁……在潘玉莲眼里，这就是度过今天的真金白银啊。她算过账。一个饮料瓶能卖一毛钱，如果一天捡上50个呢？那就是五块钱，很大的收获了。垃圾箱、沟渠、街巷的角角落落，只要有破铜烂铁，潘玉莲都会捡起来。转身，就能换来铅笔、字典和墙上的红花，何乐不为呢?

为孩子苦自己，是中华民族母亲们的美德，这点在潘玉莲身上格外突出。潘玉莲的原则是靠自己这双勤劳的双手去创造属于自己的福分。毒烈的太阳下，喝口凉开水，啃一口干馕，继续着一位母亲的“壮举”。

第三件“宝贝”便是那盛满干枯花朵的铁盒子了。那是潘玉莲过的第一个母亲节，也是作为母亲的她最快乐的时光之一。那一刻记忆犹新，记得当时抱起每一个孩子亲吻了一下。那吻，是名副其实的“妈妈的吻”，或是“奶奶的吻”。几十年来，艰难、曲折、困苦，一瞬间烟消云散，不知道逃到哪里去了!

母亲和孩子之间，情感的力量排山倒海般强大。被潘玉莲吻过的孩子们，个个都很出色。考入内地高中班、上大学、作医生、当警察……如果将他们召回到“爱心小课堂”来，准是一道亮丽的风景线。

一位记者写道：

> 老人从未富有，但这一本名录、一盒零钱、一捧干花，正是她乐享的财富；老人最为富有，坚守、信念与大爱凝结起它耀眼的光芒，让它拥有了世间最无尽的价值。

还有，在称呼上，潘玉莲可能是最幸福的一位人类灵魂工程师了。有的叫她“老师”，有的叫她“妈妈”，更多的是叫她“奶奶”……不管怎样叫，都是来自心灵深处的呼喊。

为什么我的眼里常含泪水？

因为我对这土地爱得深沉……

这是艾青在他的《我爱这土地》里的诗句。

潘玉莲的“土地”就是“爱心小课堂”，就是与她非亲非故的2000多个孩子。

新中国成立74周年的日子，许多学生情不自禁地想到潘玉莲。

课前，潘玉莲会拿起一面五星红旗，先让大家唱国歌，然后讲一段中国历史。从那个时候起，一粒拥有爱国爱党情怀的种子，就在孩子们心里播下……

年逾古稀的潘玉莲也想她的孩子们，无时无刻不在想。

起初支在土屋里，后来支在果园里，再后来支在楼房客厅里的那面小黑板，曾经引领着孩子们的人生。

他们，是这个世界的未来。

山村：一条“规矩”成就辉煌

盖孜力克镇，地处柯坪县县域西南部，西与克孜勒苏柯尔克孜自治州阿图什市相连，北与克孜勒苏柯尔克孜自治州阿合奇县为邻。

1949年新中国成立前，这里被称为信义乡。2014年10月21日，撤乡建镇，盖孜力克镇由此而来。

谁能想到，这样一个素有“信义之乡”历史渊源的镇，所辖的库木鲁克村，在1985年发生了一件大事。

那年夏天，库木鲁克村党支部书记尼扎克·吾斯曼怎么也没有想到，因为贫穷，库木鲁克村的孩子面临失学的可能。

库木鲁克，维吾尔语意为“沙漠”。得承认，自然条件恶劣，生活水平差，库木鲁克村是一个不折不扣被赭红色沙漠包围的小山村。可祖祖辈辈并没有退却，与大自然做着顽强抗争。最让村民们引以为荣的是，他们是“信义之乡”的人。几十年来，凡是与信义背道而驰的事儿，坚决不做！库木鲁克村的孩子们从小到大，被灌输的就是这样的正能量。

6年前，那首叫《妈妈的吻》的歌红遍大江南北，自然也传到大漠深处的库木鲁克村。颇有文艺细胞的尼扎克·吾斯曼心里就一热。小山村有人唱了。在他看来，天下的妈妈都是妈妈，只是小山村不同。在那一刻，库木鲁克村让尼扎克·吾斯曼自豪起来，胸脯比平日里挺得高些。

一群蹦蹦跳跳的孩子，唱着另外一首歌从村委会前走过，那首歌很励志，是鼓励孩子们好好学习的。歌词嘛，尼扎克·吾斯曼隐隐约约记得几句：

小呀么小儿郎/背着那书包上学堂/不怕太阳晒/也不怕那风雨狂/只怕先生骂我懒呀/没有学问无颜见爹娘……

是啊，没有学问无颜见爹娘。对于库木鲁克村而言，没有学问是没脸见全村父老乡亲的。

现在，一个村民气喘吁吁地跑来向支部书记报告：“孩子们不上学了，在村口撒野呢……”

尼扎克·吾斯曼大惊，随这个村民匆匆赶到村口。

果然，曾经活泼可爱的孩子们正在打土块仗、爬墙头，无所事事。

尼扎克·吾斯曼大怒，问道：“你们老师呢？”

孩子们齐刷刷地回答：“学校没人……”

尼扎克·吾斯曼赶紧来到村小学。教室里空空荡荡，黑板上土涂得乱七八糟，老师已经不知去向。村里的会计被喊来，他支支吾吾告诉尼扎克·吾斯曼，因为村民交不起学杂费，村小学停课了！

尼扎克·吾斯曼怒喝道："谁这么大的胆！敢停课……"

会计答道："都是代课老师，没有收入，人家不给教了……"

这天晚上，尼扎克·吾斯曼心情特别沉重。

几十年了，库木鲁克村的孩子们一直很努力，这与村里的风气不无关系。如果，他是说如果，库木鲁克村的孩子们不上学了，他这任村委会班子，尤其是他尼扎克·吾斯曼将是历史的罪人。

不行！只要红旗还在库木鲁克村飘扬，孩子们就不能失学！他们失学，就是村委会严重失职！

村党支部专题会议是在8月中旬的一个晚上召开的。

议题只有一个：孩子们不能失学！

那晚，26名党员从来没有见尼扎克·吾斯曼发这么大的火，可以说雷霆万钧。

他说："因为村民交不起学杂费，村小学停课，这是我们的无能！但如果孩子们不上学了，他这任村委会班子，尤其是他尼扎克·吾斯曼将是历史的罪人！"

刹那间，一道闪电仿佛在党员们心头划过，大家都意识到了问题的严重性。

尼扎克·吾斯曼继续说道："因为，教育是一个阵地——一个文化阵地。现在，交到了你我手里。失去这个阵地，就是投降。你们愿意做投降派吗？"

共产党员们的责任感被彻底激发出来：不愿意……不愿意……

尼扎克·吾斯曼斩钉截铁地说："孩子们不能失学，阵地，一寸也不能丢失！"我建议，从今晚起立个规矩，只要我们党员在，坚决不让一个库木鲁克村的孩子失学。不然怎么能体现共产党员的作用？

26名共产党员纷纷站立起来积极响应，共同制定了《勤工俭学实施方案》《贫困学生帮扶制度》，明确规定每名党员每年至少帮助2户贫困家庭，确保他们的孩子不失学。

村党支部公开承诺：拨20亩地给村小学做勤工俭学田；定期维修校舍，

并无偿供应取暖用柴；每星期派一名支部委员去学校，发现学生失学立即找回。

这个夏夜，中国共产党一个最基层的支部委员会像战争年代运筹帷幄的指挥部一样，决定了库木鲁克村一件关乎千秋万代的大事。

秋季开学后，失学的孩子全部返回校园，教室里坐得满满当当。

自此，每名党员的确走进了自己承诺的2户贫困家庭；

自此，20亩地的确被拨给了村小学，老师们脸上终于出现了久违的笑脸；

自此，校舍的确得到了维修，一些冬天取暖的柴火已经有了着落；

一个最大举措就是，每个星期果然有一名支部委员来到村小学蹲点……

诚信，在库木鲁克村正闪射出夺目的光芒。

尼扎克·吾斯曼说："谁让咱是共产党员呢？"

他的话尚有余温，问题就来了。有人在村里散布谣言：女孩子一识字就不生娃娃了！这个谣言一出，一些女孩子不上学了。任老师磨破嘴皮也无济于事，共产党员们上门做工作，效果微乎其微。问题异常严重，尼扎克·吾斯曼拍案而起："我尼扎克·吾斯曼就不信这个邪了！教育还能被谣言灭了不成？"

他立马去镇上汇报，还专程到县教育局请来了干部，为村民们宣讲。在鲜活的事实面前，"女孩子一识字就不生娃娃了"的谣言不攻自破。村民们将女儿亲自送到教室，并向老师们表示了歉意。

尼扎克·吾斯曼趁热打铁，在村里经济非常困难的情况下，买回一台电视机。在村委会，电视机里播放的是日新月异的祖国。

指着电视机画面，尼扎克·吾斯曼声情并茂地说："看看，如今的社会发展成了什么样？没有文化，没有丰富的知识，你寸步难行！"

村民们心里亮堂了，家家户户都坚决支持让孩子们读书。"小呀么小儿郎……"又开始在村里响起。

几天后，库木鲁克村村口的一面墙上，出现了这样一幅画：一群手捧书卷的青年，满怀憧憬地看着远方的高楼。

离彩绘不远，写着一排红色标语：有文化的飞上天，不识字的睡草毡。

顿时，引来了全村父老乡亲。

尼扎克·吾斯曼宣布："从今年起，我们村就刷这个标语，以后每年刷一遍！"

他的话，博得了村民们雷鸣般的掌声。

三年后的初春时节，一阵"叮叮当当"声在库木鲁克村小学响起。

砖，从很远的地方运来了。

水泥，开始搅拌起来。

一条笔直的石灰线，划出了村小学的院墙基础。

尼扎克·吾斯曼大手一挥：开始！

又是一番万马战犹酣的场景。

为了孩子，村党支部一声令下，村民们都来了。

短短时间，一道坚固、耐用、美观的院墙建成了。

校长和老师们被感动得一时间不知道说啥好。

时光荏苒，库木鲁克村党支部改选、村两委换届了，不管怎样换，对教育的重视从未改变过。

1996年夏。库木鲁克村党支部做出一个重大决定：建新办公室。

砖，一车车拉到村委会院子里。

水泥，一袋一袋运到位。

木料，一根一根整整齐齐地竖在了墙根下。

这时，村小学有一排教室的墙体开裂。

有人建议，凡事有个先来后到，盖办公室的决策在前，应该盖！

有人表示坚决反对。教育是千秋大业，孩子们的安全牵动众人心。应该先盖教室！

还是连夜召开村支委会，当即决定：新办公室不盖了，把砖拉到学校盖教室。

此举，赢得了一片民心。在党支部和村委会的带领下，库木鲁克村一年一个台阶，村民们的生活是芝麻开花，节节高！

春天再次来到库木鲁克村。

村民们反映，学校门口的土路扬尘太大，影响学生上课。

这不仅是个环境问题，还是对教育的态度问题。村党支部再次作出决定：修路！

拉着砂石料的车，“轰隆、轰隆”开了过来。

一车、两车……整整7车砂石料，倒在尘土飞扬的土路上。灰尘不见了，一条笔直的砂石路铺成了。

那天，乡亲们走在砂石路面上，前所未有的激动，这是全村第一条砂石路。

2019年底，一个巨大喜讯从北京传来。

柯坪县摘掉了“国家级贫困县”帽子。消息传到库木鲁克村，让全村男女老少激动了一番。此前，库木鲁克村534户2611人，贫困户就有142户。这个数字，让库木鲁克村背着沉重的思想负担。穷则思变，村党支部一班人一方面吃透上级文件精神，从实际出发，找出库木鲁克村摆脱贫困的路径；一方面集思广益，在群策群力上下足功夫，充分发挥从村里走出去的大学生的聪明才智。

众人拾柴火焰高。经过不懈的努力，特别是在党和国家的扶贫政策的大力支持下，库木鲁克村于2018年甩掉了深度贫困村的帽子。

摘帽后的库木鲁克村摆脱贫困的村民，家家户户在盖新房。一道亮丽的风景线让人欣慰。

村党支部书记哈力提江·玉素普说：“再盖，最漂亮的地方还是我们的幼儿园。教育是我们心中最重要的事，凡事都以教育为先。”

从尼扎克·吾斯曼书记到现在，库木鲁克村党支部一班人是这样说的，更让事实代表他们“发言”。

村幼儿园的确名副其实。高大宽敞的教室内外，都绘制着充满童趣的彩画；宽阔平整的运动场上，铺设着柔软舒适的人工草坪；窗明几净的活动室里，摆放着各种各样的教具。

而村委会的房屋就是另外一个天地了。

从新办公室不盖先盖村小学教室起，村委会的办公室一直让父老乡亲牵挂。现在条件允许了，可以盖了。但村党支部一班人不这样认为，他们觉得办公室能办公就行了。所以，多少年来，村委会的办公空间不但破旧，还严重不足。哈力提江·玉素普和三四个干部挤在一间狭小的房屋里办公。支部书记这样，其他人就什么也不说了。

艰苦朴素的好传统就是这样，在以身作则的默默无闻里，得到了发扬光大。

库木鲁克村的留守儿童驿站、国家通用语言文字学习班、学生假期辅导班等学习场所，宽敞明亮，干净整洁，颇有气势。

室内，孩子们安安静静地阅读着书籍；

室外，路过的大人蹑手蹑脚，屏声敛息。

一种浓郁的文化氛围在提升着村民的整体素质，而村党支部对学子的关爱，对文化设施的高度重视，深深地影响并感染着每一位村民。

在库木鲁克村，书桌、台灯和书籍是必不可少的“标配”。

托乎提·卡地尔家有3个孩子，论经济实力可能不如一些家庭。但给孩子们在教育上的投入那是一点不含糊。他的话掷地有声：“我宁可少买一件衣服，也要给孩子多买点书。”是这样说的，买书的时候更是这样做的。

他的孩子们说：这是世界上最好的爸爸！

托乎提·卡地尔说：“千万别这么讲。村里的大环境摆在那里，不这样做，对不起自己的良心！”

是的，良心。

教育是千秋大业，不重视教育，就是对良心的亵渎和丧失。村民们的话，话糙理不糙。每学期开学后，村小学就要热闹起来。村党支部决定，每家每户都要给学校募捐，共产党员带头。

共产党员上了，村民自然而然跟着上！

艾斯卡尔·麦麦提是个单身汉，喝着库木鲁克村的水长大。他知道，今天是单身汉，不代表永远没孩子。村里的孩子就是他的孩子，每次捐款，他从来没有落后过，一捐就是几百元。

2021年金秋时节，库木鲁克村再次热闹非凡。

古丽加玛丽·提来克前往安徽师范大学就学，她是村里走出的众多大学生之一。乡亲们纷纷赶到村口为这位争气的姑娘送行。提着崭新大皮箱的古丽加玛丽·提来克容光焕发，脸上洋溢着幸福的笑容。她哽咽着说："请乡亲们放心！有6000元的援疆助学金，还有大家捐助的2400元，到安徽不会有什么问题了。我一定努力学习，以优异的成绩回报社会，回报乡亲们！"

这个场面，被无数手机拍了下来，顿时引发了网友们的热议。

是啊，一个被赭红色沙漠包围的小山村，居然走出了如此强大的大学生阵容，消息可靠吗？

记者们纷纷前往这个村采访、核实。

面对镜头，村党支部书记哈力提江·玉素普侃侃而谈："据我们统计，算上2020年考上大学的15名学生，1985年以来，我们库木鲁克村已经走出了572名大学生，其中11名还读了博士，5名成为教授……"

中国科学院新疆理化技术研究所的研究员吐尔地·吾买尔，自然是最有说服力的。他是从库木鲁克村那个简陋而温馨的小学起步的，凭借着刻苦钻研精神，他一路高歌猛进，直到跻身科学家行列，主要从事水果综合保鲜研究。近年来，他的研究成果频出。他感慨万千地说道："没有党和国家的好政策，就不可能有我的今天，我要用更多的科研成果来回报……"

这个经济条件极差、教育资源匮乏的村庄，为何能走出572名大学生、11名博士？

村民们说："是当初村党支部定的规矩好！"

这时，阿克苏地区广播电视台参评的一条电视新闻稿上了当年新疆新闻奖评审会。

对一个村取得如此大的教育业绩，有人持怀疑态度："这是真的吗?"

也有人称："仅仅是规矩好吗？难道规矩好就可以出大学生，甚至博士吗?"

应该说，提出这样的疑问，是对库木鲁克村负责，更是对党的新闻事业的负责。

1985年，从库木鲁克村党支部订出那个"一张蓝图绘到底"的规矩起，一场真金白银的教育接力赛开始了。36年来，历届班子不忘初心，将孩子们的教育和村民的文化素质提升始终作为头等大事来抓。这样一来，就在十里八乡独树一帜，广泛赢得了民心，获得了老百姓的普遍赞誉。

金杯银杯，不如老百姓的口碑。有了如此好的口碑，村民的积极性空前高涨。而村里外出上大学的青年，最多的可得到村里的各类捐赠和奖励8500元，最少的5000元。仅这一点，就不是周围乡村能够做到的。

也正是这一点，让"有文化的飞上天，不识字的睡草毡"的标语落在了实处。得到村里支持的学子们，是懂得感恩的。无论在哪里，他们都把正确理念根植于自己心中，将100%的精力投放到事业之中。以为家乡争光为荣，创造着属于他们领域的辉煌。如此，形成了一加一大于二的良性循环。试想，谁置身于这样一个幸福美满的小乡村不踔厉奋发?

当然，出大学生和博士的原因不仅仅如此。

村党支部及时遏制了学生流失的问题，向濒临倒闭的村小学伸出援助之手，让一盏信念之灯在乡亲们心中重新点燃，功不可没。但他们只是营造人才茁壮成长环境的有力推手，真正将库木鲁克村的孩子们培养成才的是教育部门，具体地讲，村小学、县中学、各类大学和研究机构功不可没。

最终，阿克苏地区广播电视台参评的这条电视新闻，获得当年新疆新闻奖一等奖，还被推荐参评中国新闻奖。

"信义之乡"所辖的库木鲁克村，干出了一鸣惊人的事儿。

09

第九章

“党徽大叔”效应

我们都是一家人
家人遇到困难
我们伸出手拉一把
哪能提钱的事
阿布都加帕尔·猛德的境界
在人们的心头激荡起爱的涟漪

西子湖畔的杭州。

2023年9月23日晚。

以“潮起亚细亚”为主题，寓意着新时代的中国正与亚洲、世界交融激荡，像浪潮一样奔涌向前！国风之潮、自然之潮、科技之潮、运动之潮、数字之潮，在一一对“潮”字主题作着精彩的诠释……这是杭州第19届亚洲运动会开幕式的情景。

全国少数民族参观团的座席上，来自新疆的“党徽大叔”阿布都加帕尔·猛德格外引人注目。这位“网红大叔”自小就喜欢马术、足球、篮球等运动项目。今晚，他如愿以偿，从帕米尔高原来到了亚运会开幕式现场。

面对如此震撼人心的场景，他激动地说：“这是亚洲体育健儿的一次盛会，更是国家的一件大事儿。祝福亚运会圆满成功，祝愿亚运健儿取得好成绩！”

渐渐，泪水模糊了阿布都加帕尔·猛德的眼睛，两年来的一些事儿浮上脑际。

2021年7月2日，在阿克陶县木吉乡木吉村火山口景区，一辆越野车陷入泥泞中。湖北游客晋文华和伙伴们一脸焦灼，该试的办法都试过了，车轮依旧在泥水里打转转。

她们来自遥远的武汉，一路走来，自驾游让她们领略了风光旖旎的北疆。现在，她们来到了帕米尔高原上，进一步体味着大美新疆的无穷魅力。

此行的目的地是木吉村，晋文华查过资料，木吉村在柯尔克孜语里是“火山喷发的地方”的意思。哪知道，蒙蒙细雨将她们阻隔在离木吉村不远的这条泥泞路上，一阻就是几个小时。时间，对自驾游者来说是异常宝贵的。她们拍摄风光照、研究线路图，无不是行家里手，可面对泥泞路和纹丝不动的越野车，却束手无策。

一个伙伴建议道：“不行，咱报警求援吧？”

晋文华苦笑道：“手机没有信号，就是有，咱打给谁？”

伙伴叹口气，一脸无奈：“也是啊。这个天气，有谁会来相救？”

雨，淅淅沥沥下个不停。心情糟到不能再糟的地步，越野车陷在泥水里，除了打着火取取暖，寸步难行。晋文华举目四望，烟雨蒙蒙中，没有一个人影，更没有风吹草低见牛羊的浪漫。寒意早已袭来，浑身上下除了泥巴点子，就是疲惫不堪的倦容。

突然，一阵摩托车的轰鸣声传来，在空旷的原野上格外清晰。

晋文华大喜，拉开车门跳下，举目远眺，高喊道：“在那里！”

那里是木吉村方向，一辆摩托车如同一团蓝色火焰向这里滚滚涌来。

朋友们激动起来，搂抱在一起，泪水盈眶：“是摩托车，我们有救啦……”

转眼间，摩托车到了跟前。一位戴着白色宽檐帽的大叔跳下车。他个子不高，典型的高原红肤色，额上四道抬头纹，纹路很深，眼神朴实、憨厚且坚定。他上前与晋文华握手，晋文华感受到了满手的老茧。支好摩托车的另外一位柯尔克孜族小伙子走了过来，与大家热情握手。晋文华心头暖暖的，两个柯尔克孜族男人给她留下了深刻印象。

大叔和小伙子毫不犹豫地蹚进泥水，在车轮下垫上了石头。车轮扬起泥水，溅了大叔和小伙子一身，他们没有躲避。车依然陷在泥水中。大叔把手一挥，示意大家一起推车。说罢，弯下腰在泥水里将手清洗干净，才把手放到车把帮上推。这个细节让伙伴们特别感动，碰上好人了！

在大叔的指挥下，大家一起用力。车轮慢慢转动起来，渐渐地车轮碾在石头上吃上了劲。车身动了起来，“呼啦”一声脱离泥坑。

通过比划，晋文华获知，大叔叫阿布都加帕尔·猛德，是木吉村四组组长。今天，远远看到有车抛锚叫上朋友就赶来了。晋文华和伙伴们说啥都要感谢他，若不是他们及时赶来，还不知道要折腾到什么时候呢。

晋文华掏出几张人民币，要表达一番感激之情。阿布都加帕尔·猛德连连摆手拒绝，与阿布都加帕尔·猛德一起的小伙子也在摆着手。语言不通，“争执”不下，阿布都加帕尔·猛德一把掀开外套，露出胸前的党员徽章：“钱，不要，看这个！”

晋文华愣住了，瞬间，泪水模糊了她和伙伴们的眼睛。小小一枚党徽，亮的是身份，树的是形象。素不相识，在危难时刻施以援手；分文不取，只因自己是共产党员。短短几十秒，让人心生温暖，也令人肃然起敬。

阿布都加帕尔·猛德的意思非常明确，党员做好事不收钱！

的确，这不是“钱不钱”的事。

此时，晋文华和伙伴们最简单直接的酬谢方式莫过于钱。但她们有所不知，阿布都加帕尔·猛德并不缺钱。他养着20多头牦牛、10多匹马，还有一手给牲畜治病的绝活。此举对乐于助人的阿布都加帕尔·猛德而言，是再正常不过的事了。在他看来，都是一家人，家人遇到困难，伸出手拉一把，哪能提钱的事？

晋文华和伙伴们懂了阿布都加帕尔·猛德的意思，紧紧地与阿布都加帕尔·猛德拥抱。

越野车开始启动，站在摩托车旁的阿布都加帕尔·猛德和那位小伙子向晋文华她们一行挥手告别。

这件事，在几个月后竟然成为轰动全国的新闻。

那是12月31日，晋文华在网上发布了阿布都加帕尔·猛德亮出党员徽章谢绝酬谢的视频。顿时，好评如潮——

亮出党员徽章时，我看到了无上荣光。

大叔心中的光，是荣光；眼中的神，是使命。

刻在骨子里的信念，流淌在血液里的信仰，他以是党员而自豪，并且真切、赤诚地为人民服务……

仅仅三天，这条被网友们誉为“信仰的力量”的视频刷屏全网，播放量达到了7.9亿次。

面对众多网友的点赞，阿布都加帕尔·猛德说得最多的是“没想到！”

2022年新年伊始，阿布都加帕尔·猛德成为一名“网红”。1月9日，他上了中央广播电视总台《新闻联播》的报道。

3月，阿布都加帕尔·猛德被中共中央宣传部评为“全国岗位学雷锋标兵”。

5个月后，中央文明办发布2022年第二季度“中国好人榜”，新疆共有5人上榜，阿布都加帕尔·猛德榜上有名。

这天，素有“西陲第一哨”之称的新疆克孜勒苏军分区斯姆哈纳边防连迎来了一位特殊客人。客人是曾经的护边员，他就是阿布都加帕尔·猛德。

在雄壮的国歌声中，五星红旗在边防连的旗杆上冉冉升起。

阿布都加帕尔·猛德与官兵们一道昂首挺胸，举起右手向国旗敬礼！

升旗仪式结束后，阿布都加帕尔·猛德被边防连聘为“红心向党”荣誉指导员。接过红色聘书，入党时的情景历历在目。

时任木吉村村委会主任阿曼土尔·孜亚，一直在关注着阿布都加帕尔·猛德的成长和进步。那天清晨，迎着天边的朝霞，阿曼土尔·孜亚很严肃地对阿布都加帕尔·猛德说：你提交一份入党申请书吧，我相信，通过努力，你一定能成为一名共产党员！

1998年，29岁的阿布都加帕尔·猛德在鲜红的党旗下，举起了右手。

时任木吉村党支部书记伊力亚斯·玉苏甫对他说：“共产党员一定要对党忠诚，如果遇到什么困难，能自己解决的就自己解决，需要大家帮忙的就尽管提出来。一句话，共产党员要全心全意为人民服务。”

阿布都加帕尔·猛德不是太明白，便问道：“什么是全心全意为人民服务？”

伊力亚斯·玉苏甫告诉他：“为群众做好事就是为人民服务。”

从那天起，他给自己定了个目标：每月至少做一件好事。

雪山戈壁上的木吉村，就这么些人家，村子里干干净净，家家户户一尘不染，牛羊马匹膘肥体壮，有多少好事好做的？他把脑袋想疼了，突然一拍大腿，有了！

祖祖辈辈生活的这个地方，有新疆海拔最高的火山口，四周被高原湿地环抱，有冰川、冰蚀湖、冰洞等自然景观。来这里自驾游的游客络绎不绝，他们人生地不熟的，难免有需要帮助的地方。木吉村除了火山等自然景观，最多的就是遍地的石头了。阿布都加帕尔·猛德开始做两件事：搬石头、装石头。

每次狂风暴雨或沙尘暴后，通往景区的路上、路口，总出现大大小小的石头。阿布都加帕尔·猛德便默默地将这些石头搬走，让道路畅通。他清楚，石头是到处都有，但需要的时候常常找不到。去景区的时候，他就在马褡子里装上几块石头，万一碰上需要的，可以派上用场……

乡亲们说：“阿布都加帕尔·猛德像个共产党员！”

木吉乡优秀共产党员、阿克陶县优秀共产党员、克孜勒苏柯尔克孜自治州优秀共产党员称号，阿布都加帕尔·猛德一一获得。他的事迹在中央电视台《新闻联播》播出后，克孜勒苏柯尔克孜自治州下发通知，号召各级党组织和广大党员干部向他学习。

阿布都加帕尔·猛德的朴实，无处不在。

一天，阿布都加帕尔·猛德在乡政府对面的小餐馆吃面。这时，救助晋文华一行的事刚刚过去，没人知道阿布都加帕尔·猛德做了什么。

对面是一个陌生人，两人边吃面边聊天。聊着聊着，面就吃完了。阿布都加帕尔·猛德站起来就去付钱，被陌生人给拦住了。他对阿布都加帕尔·猛德说：“我刚从县里调到木吉乡，正在熟悉当地的情况。这面钱，怎么能让大叔您来付呢?”

阿布都加帕尔·猛德笑了:“正因为你刚来我们乡，作为主人，我来请!”

陌生人说什么也不干，拦下阿布都加帕尔·猛德。

陌生人没有想到，这位朴实、善良刻在骨子里的大叔，两个月后就火遍全国，有了一个响亮的称呼“党徽大叔”。

几天后，阿布都加帕尔·猛德才知道，陌生人叫艾合买提江·艾尼瓦尔，是刚刚上任的木吉乡党委委员、纪委书记……

此时，站在边防连荣誉室里，一面面鲜红的锦旗让阿布都加帕尔·猛德百感交集。有着12年护边员经历的他萌发了再走边境线的渴望。这一神情，被边防连领导捕捉到了。

沿着既熟悉又陌生的巡逻路线，阿布都加帕尔·猛德与边防连官兵肩并肩前进，骄傲和自豪回到了这位优秀共产党员身上。

木吉乡与吉尔吉斯斯坦和塔吉克斯坦接壤，有42个边境山口，其中有9个重要边境通外山口，人称“新疆边境第一乡”。自1962年边防连驻守以来，一茬茬官兵甘洒热血写春秋，与护边员们并肩战斗，在帕米尔高原的群山之间筑牢了铜墙铁壁，确保了祖国领土完整和万家灯火灿烂。

2009年4月，阿布都加帕尔·猛德主动申请成为一名光荣的护边员。此前，祖母、父亲、母亲已是木吉乡1200多名护边员的中坚力量。

出生在护边员世家，耳濡目染，让他对边境地形格外敏感。不仅如此，在父亲手把手的调教下，他小小年纪，骑术就非常了得，在马背上射击更是无人能比。还有一个特长，就是养马。

寒暑易节，春秋更替。

边境派出所的军马被阿布都加帕尔·猛德养得膘肥体壮，匹匹脚力惊人、善听号令。遇到紧急情况，这些军马疾如风、快如电，从未掉过链子。人养马，马也在寻找中意的主人。阿布都加帕尔·猛德和这些军马日久生情，有了默契的配合。很多次，气温突变，补给一时半会儿运不上来。阿布都加帕尔·猛德悄悄拉来自家的草料，细细喂着军马。只要阿布都加帕尔·

猛德一来，军马准尥着蹶子撒欢。

他这两把刷子，让许多民警赞叹不已。年轻民警一上山，准会跟阿布都加帕尔·猛德学习骑术。他也不玩虚的，将很多年轻人带成了骑马高手。

护边员是定期轮换上山驻勤的，阿布都加帕尔·猛德却主动要求与民警们一起常年驻守在边境上。每次巡逻，他都主动要求参加，以向导的身份走在队伍的最前面。在他的带领下，队伍少走了很多冤枉路，确保了巡逻任务的顺利完成。

2011年，阿布都加帕尔·猛德在马上巡护。

忽然传来阵阵嘶吼声。不好！是狼群在袭击羊群。在凶猛的饿狼面前，羊太柔弱了，柔弱到不堪一击。此时，偌大的山坡静悄悄的，只有阿布都加帕尔·猛德和胯下的马，还有正在遭受袭击的羊。怎么办？仅靠一己之力，是驱不散狼群的。狼群很狡猾，选择这个前不着村后不着店的山坡下手，足见其智商不低。有头狼领着，攻击性非常精准。这么多羊要是都被狼群咬死了，主人家还怎么生活？顿时，一股血性冲上阿布都加帕尔·猛德心头，顾不了那么多了！他大吼一声，如同猛虎下山般向着狼群冲去……狼群被突如其来的马和阿布都加帕尔·猛德镇住了，一下子全愣在那里。阿布都加帕尔·猛德挥舞着手里的马鞭子，“哦哦哦……”亮开喉咙吼叫着，活像一只怪兽。到了这时候，他感受到狭路相逢勇者胜的威力。狼群开始撤退，先是三两只，其他在观望。当头狼也撑不住时，便作鸟兽散，一窝蜂四散逃去。没想到，汗流浃背的阿布都加帕尔·猛德居然救下200多只羊。

2012年，一起境外人员非法越界事件发生了。

当时，阿布都加帕尔·猛德和很多护边员一起投入了战斗。这可是一场从未发生过的事故，凭借着熟悉的地形和精湛的骑术，阿布都加帕尔·猛德一马当先，冲在了最前面，丝毫没有考虑自己的安危。在边境派出所的统一组织下，参战人员第一时间将嫌疑人抓获，避免了一场外事纠纷的发生。

一个人的心在哪里，根就扎在哪里。

有一次，阿布都加帕尔·猛德在巡逻线上奔波，连续三天三夜没回家。

他不知家里全乱套了。即将生产的5头牦牛没人管，导致小牦牛胎死在腹中。让人痛惜的是，小牦牛死了无人知晓，直到民警入户走访才发现，但这已是几天后的事了。牦牛是牧民的命根子，要靠它生活。这个消息传到了阿布都加帕尔·猛德耳朵里，他心里很难过，但还是很快将精力投放到边境线上了。

对边防连、边境派出所和乡亲们来说，阿布都加帕尔·猛德不可或缺。就是这样一位健壮如牛的人，身体出了状况。到医院一检查，他得了心脏病和风湿性关节炎。这个消息不胫而走，来看他的官兵和乡亲们难过得直掉泪。

阿布都加帕尔·猛德微微一笑，反过来安慰起大家来：“没什么，我阿布都加帕尔·猛德算是好的。护边员里，有人血压高，有人适应不了气候，连呼吸都困难。还有些护边员战友献出了自己的生命。人的生命是有限的，都会一天天老去……”

在以后的巡逻中，阿布都加帕尔·猛德往往心有余而力不足，勉勉强强才能跟上队伍。夜里，他扪心自问：就这样下去吗？这样下去只能拖大家后腿！

2021年8月，阿布都加帕尔·猛德作出了一个意想不到的决定：申请退出护边员队伍。

理由非常简单，不能拖大家后腿，更不能只拿工资不干活。就这样，多次获评克孜勒苏柯尔克孜自治州边境管理支队优秀护边员的阿布都加帕尔·猛德，退出了护边员队伍。

离开那天，边防连官兵们恋恋不舍。

阿布都加帕尔·猛德也很难受，他对大家说：“把这里守好了，我们的生活才能更好。因为这是我们的国、我们的家。有你们在这里，就是木吉的钢铁长城！”

边防连领导握着阿布都加帕尔·猛德的手说：“放心养病吧，阿布都加帕尔·猛德大叔。木吉的钢铁长城，由我们大家来共同筑起！”

退出了护边员序列不代表就“马放南山”了。阿布都加帕尔·猛德下山担任了木吉村四组组长。平时负责传达乡里布置的工作，给村民下达通知、组织环境整治等，同时也会继续协助边境派出所维护边境安全。养病之余，似乎比以前更忙碌了。

四年前，20岁的木吉村村民阿布都苏力坦·沙地尔加入了护边员队伍。刷到阿布都加帕尔·猛德亮党徽的那个视频，他流泪了。他打算递交入党申请书，以大叔为榜样，也要成为一名合格的共产党员。

阿布都加帕尔·猛德的故事在帕米尔高原上被广泛传颂。阿克陶县人民法院第一党支部的党员们来木吉村与阿布都加帕尔·猛德过了一次别具一格的组织生活会。

几天前，他现身说法，为木吉乡边境派出所上了一堂生动的党课。

这天，党员们和入党积极分子牢牢记住了这样几个关键词：24年党龄……每天都坚持佩戴党员徽章……

阿布都加帕尔·猛德爱惜党员徽章，就像是爱惜祖国、爱惜党魂，正因为如此，关键之时，党徽在他心中才如同一轮红日，喷薄而出。

2022年7月23日，“万人说新疆”系列网络主题活动正式启动。

这是“党徽大叔”阿布都加帕尔·猛德走红后，首次在媒体前亮相。

他说：“我没想到我一下火了，其实就是办点小事儿，作为一名党员，这都是应该做的事情……”

阿布都加帕尔·猛德的坦诚和谦逊，进一步激发了媒体对他和他家乡的好奇心。

随着他的娓娓道来，平均海拔3700米的木吉乡开始栩栩如生起来。

木吉，柯尔克孜语意为火山喷出的泥沙石。在木吉乡，有个著名的昆盖山火山景区，新疆海拔最高的火山口就坐落在这里。看似水火不容，可木吉乡四周又被高原湿地环抱。大自然的神奇无处不在。有人这样比喻：木吉村像是个婴儿，躺在雪山的摇篮里。

阿布都加帕尔·猛德激动地说：“在党和政府的关怀下，现在柏油路从县城铺到了家门口，乡亲们都住上了抗震安居房，家家户户都通了水、电、网络，乡里新建了卫生院、学校，村里新建了小学和幼儿园。孩子从幼儿园到高中都不需要任何学费和书本费，在孩子的教育上，乡亲们没有任何压力，可以有更多的时间去提高生活水平……”

在木吉乡，民宿、美食、创业店比比皆是，来这里自驾游者络绎不绝。阿布都加帕尔·猛德从这些店前走过，就有一种春风扑面的感觉。

感觉，让这位爱好音乐的柯尔克孜族汉子情不自禁地哼唱起自己创作的歌曲《护边之歌》。可以这样说，音乐和马是阿布都加帕尔·猛德的挚爱，犹如他生活之余的两只翅膀。

阿布都加帕尔·猛德的音乐包含两层意思，一是弹奏库姆孜，一是创作歌曲并演唱。库姆孜，柯尔克孜族人都会弹奏，那仅仅是浪漫的浅层次；创作歌曲并演唱就不同了，是需要一定悟性和才华的。阿布都加帕尔·猛德对创作歌曲有独特的见解：人生会遇到各种各样的事，也不可能是一帆风顺的。在我的人生中，只有我自己知道吃了多少苦，但我相信我们做的每一件事都有回报，之前我还以为我这辈子就这样过了，我想我什么也做不了，因此我也流过泪……

阿布都加帕尔·猛德有三个姐姐，家里只有他一个男孩，从小备受父母宠爱。18岁时，他随父亲开始学习弹奏库姆孜。父母相继离开后，他婚姻不顺。在无数个孤独的夜晚，他和儿子相依为命，几乎是靠音乐度过的。那段时间，他常常把自己关在家中，弹奏，或自言自语，或朗诵自己写的歌词。

2012年至今，他创作了20多首原创歌曲，60%是关于爱情的，30%是关于爱国和护边的，10%是思念父母的。他说，2012年至2015年，是库姆孜给他疗的伤。

再累，每晚临睡前，阿布都加帕尔·猛德都会取下柜子上的库姆孜弹奏一番。那一刻，是他最惬意的时候，他在炕上弹唱，儿子加尼甫拉提·阿布都加帕尔在炕边听，一天的疲惫和烦恼，随着库姆孜的节奏烟消云散。直到他的歌声走进十里八村的婚礼现场，点燃柯尔克孜族的欢乐和激情。

如果说每晚临睡前的功课是弹唱，那么清晨起来第一件事，一定是喂马。

马，被柯尔克孜族人视为高贵的动物。一般只供乘骑，而绝不把它当作役畜拉车、干粗活。他们对待自己心爱的马，就像对待家里的人一样，把它当作家庭的一分子。除定时定点喂草饮水之外，还着意精心打扮它们。马鞍、马镫，要选最好的材料，请上等工匠打制。一副马鞍，有时比一匹马的价钱还要昂贵。除鞍具外，柯尔克孜族人还要给马制作精美漂亮的马衣，一件马衣，有时比一家人的衣服还昂贵。家庭是否富裕、家庭主妇是否聪明手巧，都能从马衣是否华丽分辨出来。

马，是柯尔克孜族人最亲密的伴侣。小伙子娶妻要用最好的马作为聘礼；姑娘出嫁，也要带着在娘家从小骑的骏马作为陪嫁。朋友之间更要互送马匹结为金兰之好、生死之交，表示朋友像亲密的伙伴一样，常在身边，永不分离。

马，是草原民族的翅膀。牧民的孩子学会走路以后，第一个要学会的技能就是骑马。柯尔克孜族人也不例外，孩子长到七八岁时，就要让他们与马为伴，学会骑马、驯马，掌握马背上的各种技能。

阿布都加帕尔·猛德就是在这样的氛围里长大的，对于他来说，马和生命一样重要。

他有两匹马，一匹蓝色，一匹红色。

那年，阿布都加帕尔·猛德相中了一匹红色马。那马通体红的像一团燃烧的火焰。阿布都加帕尔·猛德立马就与木吉的火山联想到一起，这是火山孕育的精灵呀。他觉得与这匹马有缘分，于是花了3000元将这匹红色的马小心翼翼地牵回了家。3000元，在那个年代，是一个天文数字。四年后，有人出价6万元买这匹马。阿布都加帕尔·猛德想都没想就回绝了。足见他对这匹马的重视程度。

蓝色，极易让阿布都加帕尔·猛德想到蓝天白云，雄鹰在蓝天上翱翔。当他遇上名叫加力尼库克的蓝色马时，3万元，他连眉头都没有皱一下，就拿定主意了，距牵回红马不过六年。从此，茫茫雪山、戈壁草甸中，跳动着一道蓝色的闪电。

有了一红一蓝两匹坐骑，阿布都加帕尔·猛德另外一个爱好——叼羊上就如虎添翼了。每每参加叼羊赛事，他都早早起床洗漱，用精饲料将马喂得精神抖擞。回来的时候，人未到歌已至，是《护边之歌》。不用问，又拔了头筹。

冬天的早上，他会从炕边的柜子里取出一件黄色的骆驼毛大衣。衣服所用的骆驼毛，是母亲生前为他收集的。8年过去了，骆驼毛大衣已经磨损了很多，阿布都加帕尔·猛德不离不弃，因为那上面有母亲的爱。母亲已于2010年去世，穿着它，就是一种寄托。

距家约4公里的地方是阿布都加帕尔·猛德的牧场，20多头牦牛、10多匹马是他的家产。每天下午，他会骑着摩托车去牧场巡查一番。因为中专学的是畜牧兽医专业，牦牛和马匹防治未雨绸缪，家庭养殖业红红火火。

阿布都加帕尔·猛德的生活，折射出党的富民政策的光辉；

阿布都加帕尔·猛德的爱好，是柯尔克孜族人民精神层面的缩影。

这一切恰恰契合“万人说新疆”系列网络主题活动宗旨：用草根声音、民间语言、网络形式，生动讲述新疆故事，告诉世界一个真实的新疆。

这次活动，先后发布短视频120余万部，浏览量超140亿次。《大巴扎》《东北小伙在新疆》《喀什古城开逛》等一大批内容丰富、鲜活生动的优质作品脱颖而出，向海内外网民呈现真实、可感的新疆，塑造出可信、可爱、可敬的中国形象。

同年8月，一架飞机跃上蓝天，向着伟大祖国的首都飞去。

倚靠在飞机舷窗边，阿布都加帕尔·猛德心潮起伏。舷窗外，云卷云舒，一眼望不到边，极像《西游记》里的天宫，既神秘又壮观。一幅与地面截然不同的美丽画卷让阿布都加帕尔·猛德惊叹不已，他目不转睛地跟着流云一起移动，直到脖子酸痛。

这是他在木吉村生活工作了53年后，第一次出远门。他要去实现自己的愿望——到天安门广场看升旗仪式。

此前，阿布都加帕尔·猛德到过最远的地方是距离木吉乡200多公里的喀什市。现在，在公益组织和媒体的帮助下，他的愿望就要实现了。飞机上的电视屏幕上，在播放那首火遍全国的歌：

我和我的祖国/一刻也不能分割/无论我走到哪里/都流出一首赞歌……

阿布都加帕尔·猛德就想，我们都是祖国的儿子，只要祖国母亲一声召唤，就必须赴汤蹈火，在所不辞！

他想到自己的母亲。那是一位伟大的柯尔克孜族母亲，在她的影响下，阿布都加帕尔·猛德小小年纪就爱憎分明，以帮助别人为乐。还有那件骆驼毛大衣，每当穿上这件大衣时，母亲一缕一缕采集骆驼绒的情景就在阿布都加帕尔·猛德眼前闪现。酷爱诗歌的他，就想到唐代诗人孟郊的那首《游子吟》。文化馆的老师说，这是一首母爱的颂歌。所写的人是母与子，所写的物是线与衣，表现的却是骨肉之情、深笃之情。无言语，也无泪水，却充溢着爱的纯情，扣人心弦，催人泪下。

由母亲阿布都加帕尔·猛德想到了儿子加尼甫拉提·阿布都加帕尔，那是一个非常懂事的孩子。只要暑假回家，准会跑到牧场喂马、放牦牛，忙得满头大汗。

尼甫拉提·阿布都加帕尔在阿克陶县读初二，父子俩已三个月未见面了。因为要出远门，儿子回家为父亲送行。

那天，阿布都加帕尔·猛德远远地看见尼甫拉提·阿布都加帕尔从车上下来。

阿布都加帕尔·猛德对儿子管得很严，俗话说，严父慈母。自己就是这样过来的，归根结底，严就是爱，大爱。

加尼甫拉提·阿布都加帕尔没有让父亲失望，他在学校品学兼优。阿布都加帕尔·猛德很兴奋地告诉儿子：我想带着自己的党员精神，到天安门广场去，在那看到国旗飘扬的样子！过两天就启程。

加尼甫拉提·阿布都加帕尔被父亲的情绪所感染，以羡慕的口吻对阿布都加帕尔·猛德说：“太好啦！您先去吧，我的目标是北京大学。总有一天，我也会去天安门广场看升国旗的！”

阿布都加帕尔·猛德知道，儿子的志向是将来成为一名警察。爸爸经常不在家，乡里的警察叔叔隔三岔五帮助加尼甫拉提·阿布都加帕尔，在他幼小的心灵深处，警察是这个世界上最可以依赖的人。尼甫拉提·阿布都加帕尔不知，爸爸的理想也是当一名警察，只是未能如愿，做了护边员。年轻时的梦想寄托在儿子身上，想想，阿布都加帕尔·猛德心里就美美的。

加尼甫拉提·阿布都加帕尔告诉爸爸：“现在在学校里，同学们会叫我‘党徽大叔的儿子’，我感到很自豪！”

说罢，儿子与父亲紧紧拥抱。

一位空姐走到阿布都加帕尔·猛德面前，为他的纸杯里续上茶水。突然，空姐的眼睛一亮：“您是‘党徽大叔’？”

阿布都加帕尔·猛德连连摆手：“嘘，请小声点……”

喀什机场的一幕在眼前出现。

“您是网上那个‘党徽大叔’吗？”

“我是思政课老师，能跟您拍张照吗？回去给我的学生们讲您的故事……”

从候机大厅到飞机座位上，从游客、安检员到飞机乘务员，他不断被人认出、握手，要求合影。

不能再张扬了！阿布都加帕尔·猛德将帽檐拉得更低了，连半张脸都遮住了。

记得是2016年11月，阿克陶县发生了6.7级地震。震中地处山区，幸运的是木吉乡未出现人员伤亡。震后，一场重建家园的战斗打响，共产党员阿布都加帕尔·猛德日夜奔忙。在政府的支持下，柏油路、新房、太阳能设备、翻新的学校……奇迹般出现在木吉乡的大地上。脱贫攻坚战打响后，仅仅两年时间，木吉乡就彻底甩掉了贫困的帽子，跻身脱贫行列。

由木吉乡他又想到木吉村。

这些年，党和国家给村民们盖房子、发补贴，生活越来越好。应该以感恩的心态回馈社会啊！

阿布都加帕尔·猛德在心里对自己这样说。

在木吉村村干部买买提江·亚森的心里，阿布都加帕尔·猛德是这样一个人：每次给他安排工作，他都能积极按时完成。火山口保护工作交给他后，每天，阿布都加帕尔·猛德都会骑着摩托车在火山口附近巡查，发现问题会及时报给村委会。他是一名过得硬的共产党员！

在木吉村村干部余麒麟眼里，阿布都加帕尔·猛德的时间观念极强。

一次，分管党务的余麒麟下发通知，晚上9点开会。大约8点45分，阿布都加帕尔·猛德就到了，还主动过来跟余麒麟打招呼，让初来乍到的余麒麟感受到了温暖。以后的日子里，每次开会，不管是白天还是晚上，阿布都加帕尔·猛德经常第一个到。

乡亲们发现，在他的胸前，自始至终戴着一枚党徽。

此时，佩戴在阿布都加帕尔·猛德胸前的是一枚崭新的党徽。他有十多枚党徽，其中两枚被他小心翼翼地收藏在一只精致的铁盒子里。一枚是建党100周年纪念章，另外一枚就是帮助武汉游客晋文华一行时佩戴的党徽。此次去北京，他选择了一枚从未戴过的党徽。他是第一次来到伟大祖国的首都北京，一切都是新的、前所未有的，他要让这枚党徽承载满满的正能量。

经过近四个小时的飞行，飞机安全降落在北京大兴国际机场。

次日清晨，阿布都加帕尔·猛德早早来到天安门广场。随着雄壮的国歌响起，国旗中队的战士们将那面五星红旗潇洒地抛向天空。瞬间，阿布都加帕尔·猛德热泪盈眶。他不知该怎么表达，只是觉得这一刻，他是全世界最幸福的人。

多年的梦想实现了。这天，阿布都加帕尔·猛德浑身上下充满了力量。

他情不自禁地想到了儿子的目标——北京大学。

他对北京大学不是很了解，只知道一个事实。毛主席年轻时就在这所大学求学，还当过图书管理员。冲这一点，他就佩服儿子的眼光。

站在北京大学校门口，阿布都加帕尔·猛德通过手机对儿子说："我真的很开心，只有我自己懂，其他人可能体会不到。之前爷爷奶奶非常疼爱我，后来我在生活中遇到一些困难，这个过程中我心情有些沉闷。我很认真地对待生活，诚实、有理想，才走到了今天……"

加尼甫拉提·阿布都加帕尔非常懂父亲，知道他话里的含义，尤其是如今名扬全国的他。他让父亲放心，自己一定加倍努力学习，早日跨入北京大学的门槛！

站在长城上，阿布都加帕尔·猛德感受到一种前所未有的自豪和尊严。他想到帕米尔高原，想到边境线，还想到曾经朝夕相处的边防连官兵和护边员兄弟们……

不远处，有人在朗诵：

自豪吧，不朽的长城，你是中华儿女的信念；腾飞吧，中国龙，你是祖国人民的期盼……

顿时，戍守边疆的神圣感油然而生。阿布都加帕尔·猛德暗暗发誓：守护好绵延几千里的边境线，那是我们的"长城"！

2023年3月15日晚，一架班机经过10多小时的飞行，徐徐降落在武汉天河机场。

班机来自几千公里外的新疆，自从这架班机从乌鲁木齐地窝堡国际机场升空，就始终牵动着几个年轻人的心。她们不是别人，正是一年零八个月前，在新疆被阿布都加帕尔·猛德救助的晋文华和她的伙伴们。

帕米尔高原之行，让她们收获了一片人间真情。更让她们始料未及的是，这件事被网民们誉为“信仰的力量”。视频刷屏全网，仅仅三天，播放量就达到了7.9亿次。阿布都加帕尔·猛德大叔还上了中央电视台《新闻联播》，先后获评“全国岗位学雷锋标兵”“中国好人榜”，成为家喻户晓的新闻人物。

这是道德风尚的赞歌，更是信仰的力量的展示。

有一点是毋庸置疑的，阿布都加帕尔·猛德的救助绝非一时心血来潮。

一次，村民塔哈依·托乎提白克家的三头牦牛被困，陷入泥潭。眼看泥潭陷到牦牛腰部了，正在听天由命之际，阿布都加帕尔·猛德策马扬鞭赶到。他取出马褡子里的牛毛绳子，运足气一扬臂，就见一道漂亮的弧线向被困的牦牛腰间飞去……

一头、两头，当第三头牦牛被拖出泥潭时，塔哈依·托乎提白克全家都惊呆了，不知怎么感谢阿布都加帕尔·猛德才好。

有一年，正是大忙季节。一位村民的牦牛丢了，向阿布都加帕尔·猛德求助。阿布都加帕尔·猛德硬是跑出50多公里，找了整整三天。正当这位村民自认倒霉时，一辆皮卡车开进村里，车厢里站着那头跑丢的牦牛……

边境派出所有记录：20多年来，从义务协助派出所核查登记外来人员，到帮助邻居照看牛羊、救助遇险牦牛，阿布都加帕尔·猛德做过的好事不计其数，远远超过“每个月至少做一件好事”的自定标准。他先后寻回牲畜200余头，帮助群众900余人。

不仅仅是阿布都加帕尔·猛德，在民风淳朴的帕米尔高原上，故事天天都在发生。

一对自驾游夫妇，在去景点的路上，车身被牦牛角划了一道口子。当时为了躲避牛羊，他们浑然不知。等他们心满意足地游览完景区返回时，一位柯尔克孜族牧民倚靠在路边的电线杆上，正恭候着他们。牧民比画着，说着事情的来龙去脉，自驾游夫妇听得云里雾里，以为自己的车出了什么问题。

找来翻译方知，是这头牦牛蹭了他们的车。牧民怀着无比愧疚的心情向自驾游夫妇道歉，并表示一定要照价赔偿！自驾游夫妇惊呆了，忙问翻译：

“这位大哥一直在这里等我们?”翻译告诉他们：“一直在这里等你们，说啥也要当面赔偿!”自驾游夫妇的心被深深打动。他们紧握牧民大哥的手说：“不用赔了！我们的车买了保险，回去修修就是……”

牧民说什么也不干，理由很简单，自己的牦牛蹭了人家的车，就得赔偿。不然，心里过不去！在翻译的再三劝说下，牧民才牵着惹祸的牦牛，一步三回头地回村了。

这件事儿被自驾游夫妇传了出去。

传到晋文华和伙伴们那里，自然让她们有了一番感慨。越是这样，她们越是思念阿布都加帕尔·猛德大叔，便有了这次樱花时节的武汉重逢!

不巧的是，晋文华因为工作原因，无法从深圳赶回，分享不了重逢的喜悦。这时，一位伙伴的手机响了，听筒里传来晋文华急切的声音：“阿布都加帕尔·猛德大叔落地了吗?”

伙伴兴致勃勃地告诉她：“刚刚落地!”

当时针指向晚10时34分，54岁的阿布都加帕尔·猛德大叔，身着柯尔克孜族服装大步走出武汉天河机场候机楼。晋文华的四名伙伴们一眼就看到了人群中那熟悉的身影。她们迎上前去，与阿布都加帕尔·猛德大叔紧紧拥抱在一起……

在武汉的日子里，阿布都加帕尔·猛德大叔的节奏依然飞快。

3月16日，他来到东湖樱园，在樱花树下演唱了他的原创歌曲《守护祖国边境》。

3月17日，阿布都加帕尔·猛德来到江岸。

一名女大学生上前，给了阿布都加帕尔·猛德一个热情的拥抱。她告诉阿布都加帕尔·猛德，她叫高牙·努尔阿力，是一名大四学生。家在克孜勒苏柯尔克孜自治州乌恰县，离阿克陶县很近。她的父母和阿布都加帕尔·猛德一样，也是护边员。没想到，能在武汉见到来自家乡的“党徽大叔”。她表示，毕业后一定回到乌恰县，用学到的知识回馈家乡!

听完高牙·努尔阿力的想法，阿布都加帕尔·猛德异常兴奋，与定居武汉的家乡人开始贴心交流。那一刻，阿布都加帕尔·猛德端着盘子，盘子里是他从新疆带来的特产。热情好客的他不停地将奶疙瘩和杏干递到人们手中，并操着熟练的普通话说道："尝尝，尝尝，都是好味道！"

在座的新疆人也纷纷为阿布都加帕尔·猛德送上热干面、恩施绿茶和土家族餐具等礼品。一片浓浓的民族情谊在江岸居民心中升腾。

接着，阿布都加帕尔·猛德应邀来到江岸区多牛世界时尚创意产业园微梦传媒公司。"党徽大叔"的到来，让微梦传媒公司的气氛变得格外热烈。十余位新疆籍创业代表先后发言，交流了他们在武汉创业的酸甜苦辣。阿布都加帕尔·猛德为他们取得的创业成果而骄傲，大家聊武汉、聊家乡、聊思路、聊未来……

李怀宝告诉阿布都加帕尔·猛德：来之前还担心有语言交流问题，来了之后发现，各级政府、商会以及很多市民，都十分热心地帮助来自新疆的创业者，这让他特别有信心。他的两家店铺已完成选址，并进入前期装修阶段。详细考察后，他准备将第三家店开在江岸区二七路附近。

在汉口江滩公园里，阿布都加帕尔·猛德干了一件从未干过的事——种树。

海拔3700多米的木吉乡，树木无法存活，阿布都加帕尔·猛德从未种过树。为了这个千载难逢的机会，他还特意向人请教了种树的相关知识。挥锹挖土，扶苗填坑，阿布都加帕尔·猛德干得有板有眼。一棵、两棵……当五棵石榴树齐刷刷迎风挺立，阿布都加帕尔·猛德搓着手上的泥巴，开心地笑了。

他对大家说："很高兴种下这棵石榴树，希望56个民族像石榴籽一样紧紧抱在一起！"

他朴实的话语，引来一片掌声。在石榴树的挂牌上，他留下真挚的祝福："祝石榴树早日开花，祝我们的祖国更加繁荣富强。"

下午，阿布都加帕尔·猛德来到武汉市汉铁高级中学。高三新疆1班的34名孩子为他送上了一张张特别的明信片。

面对学生们的欢迎和致敬，阿布都加帕尔·猛德激动地说：帮助几名武汉游客脱离困境，我只是做了一名党员和牧民该做的事，却得到了这么多的回报……

这天，阿布都加帕尔·猛德还与中共江岸区委宣传部相关负责人一起，为汉铁高中新疆班雪莲志愿服务队授旗、授牌，表达了崇高敬意！

12年前成立的汉铁高中新疆班雪莲志愿服务队，队员主要是该校新疆部学生。他们走进社区，打扫公共区域卫生、看望空巢老人、慰问残障人士、参加慰问演出，开展一系列志愿服务活动受到了广泛好评。“党徽大叔”的到来，进一步激发了他们的志愿服务热情。

阿布都加帕尔·猛德寄语孩子们：如今在江岸，学校提供了良好的学习环境，你们要努力学习，为家乡争光添彩！

短暂的武汉之行结束了，阿布都加帕尔·猛德的眼里满是依依惜别的深情。

万米高空。

一个甜美的声音在客舱里响起：

> 尊敬的旅客朋友们，欢迎您选乘中国南方航空！
>
> 今天，我们航班上有一位“党徽大叔”，名叫阿布都加帕尔·猛德。他是一位牧民，一年零八个月前，在蒙蒙细雨中，他帮武汉游客脱困。面对酬劳，他却只骄傲地展示胸前的党徽。现在，我们诚挚邀请您来感受这温暖的重逢，歌颂这信仰的力量……

3月19日，在武汉飞往喀什的中国南方航空CZ5851航班上，乘务长杨思思通过客舱广播，为返程的阿布都加帕尔·猛德送上了“惊喜”。

阿布都加帕尔·猛德弹奏起库姆孜，为大家唱起了民族歌曲，祝福伟大的祖国繁荣昌盛……

在狭小的客舱里，阿布都加帕尔·猛德再一次展示了自己的党徽。顿时客舱内一片亮色，戴着党徽的旅客豪情万丈。

党徽虽小，但却表现出了党员的本色以及身上所肩负的责任。一年零八个月前，阿布都加帕尔·猛德的这一举动虽小，却是无数共产党员，始终把“全心全意为人民服务”的根本宗旨镌刻在心中的又一次体现。

“我们都是一家人，家人遇到困难，我们伸出手拉一把，哪能提钱的事？”阿布都加帕尔·猛德的声音在万米高空回荡，在人们的心头激荡起爱的涟漪。

杨思思播放了一首耳熟能详的歌曲——

这是心的呼唤/这是爱的奉献/这是人间的春风/幸福之花处处开遍……啊/只要人人都献出一点爱/世界将变成美好的人间……

在全国少数民族参观团的座席上，阿布都加帕尔·猛德思绪万千。

杭州第19届亚运会即将展开激烈角逐，阿布都加帕尔·猛德觉得，中华民族的踔厉奋发，是任何力量难以阻挡的。

10

第十章

国门下的承诺

五星红旗在关楼上迎风飘扬
一支表情肃穆的队伍
面对国旗齐举起了右手
这支队伍来自万里之外的南粤大地
有一个响亮的称谓叫“援疆干部”

2020年，红其拉甫口岸。

这里是中国与巴基斯坦边界的通商口岸，也是新疆唯一对第三国开放的公路口岸，更是中国西部通往中东、南亚次大陆乃至欧洲的重要门户。

当314国道飞越千山万壑，黑缎带般地一泻千里直通口岸，一座连接中亚经济的桥梁、一条促进文化交流的纽带，便开始挥洒出独具特色的中国魅力。

鲜艳的五星红旗在巍峨雄壮的关楼上迎风飘扬，彰显出中华人民共和国的尊严和神圣。

一支神情肃穆的队伍，面对关楼上的国旗齐刷刷举起了右手。这支队伍来自万里之外的南粤大地，他们有一个响亮的称谓：援疆干部。

今天，他们登上海拔3200多米的塔什库尔干塔吉克自治县，站在红其拉甫口岸关楼前庄严宣誓！此时他们心潮澎湃，深知使命艰巨。

当援疆工作来到第二十个春秋，如何创新援建方式，留下一支永远不走的队伍？这个问题摆在了19个省市援疆指挥部面前。

这次宣誓活动后，一个行之有效的方案被推广开来。

广东省实施“一十百千万”工程，遴选出致富带头人，给予援疆资金和政策扶持，圆“致富带头人”创业梦。把有梦想、有能力、有计划的农村群众，培养成带领更多人致富的“领头雁”，激发其内生动力是“致富带头人”项目的终极目标。

在这样的竞争机制下，31名候选人被确定。随即，18名胜出的致富带头人被列为第一批培育对象。

几年下来，他们引领了约900名贫困群众共同致富，成为伽师、疏附两县和新疆生产建设兵团第三师一道亮丽的风景线。

起初，排丽旦·吐地的人生之路挺顺的。

2007年7月，学园林设计专业的她大学毕业后，被中国农业大学免试录取为硕士研究生。这个专业极有竞争力，往后的前程不言而喻。就在她沉浸在对未来憧憬之中时，祸从天降！病重的爸爸完全失去了生活自理能力，亲人们束手无策，眼巴巴地盼她回来。

她清楚，即使回去，爸爸的病依然要靠医院来治疗。顶多能给爸爸带去心理上的慰藉。她考虑的是，爸爸的病肯定要有一大笔花销，往后，谁来扛起这个家？昔日性格开朗的她，整宿睡不着觉，来到了抉择的十字路口。继续读研究生，把沉重的包袱甩给家人未免太自私了；放弃学业，退学回去照顾父亲并勇敢地挑起家庭重担，自己行吗？经过反复掂量，她办理了研究生退学手续。

离开中国农业大学那天，同学们恋恋不舍，老师们唏嘘不已。当时，好多同学留在了北京，已经开始挖掘自己的第一桶金。而排丽旦·吐地轻轻叹了口气，只能无奈回家。

这位昔日伽师县的翘楚，回到了米夏乡喀孜艾日克村。精明强干的母亲觉得太委屈女儿了。病床上的爸爸伤心地流着眼泪，是自己的病拖累女儿了。

在农村长大的排丽旦·吐地心理素质是比较强的。她不这样认为，她觉得农村有很广阔的创业潜力和发展舞台，只要努力，就能有一番作为。可想法毕竟是想法，与实际尚有很大一段距离。偌大一个喀孜艾日克村，园林设计专业根本派不上用场，排丽旦·吐地没有用武之地。无奈之下，只好帮助母亲经营一家小饭馆，兼顾学学刺绣。经营饭馆的经历倒是为她日后发展积累了不少经验。

那段时光，排丽旦・吐地真的很迷茫。开饭馆非常辛苦，早出晚归，累得要命还赚不到多少钱。但不服输的性格帮她走出了困惑。

一个偶然机会，她发现村里的姑娘出嫁时，嫁妆是很讲究的。在嫁妆里服装和手工刺绣品占着很大比重。一个村是这样，喀什地区有上百个村，只要姑娘出嫁，服装和手工刺绣品就不可或缺。她还敏锐地发现，新疆正大力发展纺织服装等劳动密集型产业，何不借助政策东风创业一把呢?

排丽旦・吐地将自己的想法讲给母亲，刺绣手艺极佳的母亲乐得合不拢嘴。母女俩一拍即合，决定试一试。她挤出时间在网上学习服装设计，母亲在积极地做着一些必要的准备。

凭着过人的悟性，排丽旦・吐地的设计水平提高很快。将手工刺绣和服装结合在一起，开一家手工刺绣馆的想法越来越强烈!

一天早晨，她将这个大胆的设想和盘托出，母亲毫不犹豫地点了头。

就在这时，伽师县妇联深入乡镇调研，她们对排丽旦・吐地规模不大的手工刺绣馆非常重视，为她申请了两万元农发小额贷款。这真是雪中送炭!

2014年，排丽旦・吐地的小服装厂成立了。

开饭馆攒下来的20万元全部投了进去，那是母亲烟熏火燎扒拉出来的全部家当。一旦打了水漂，病床上的爸爸可就危机四伏了。她和母亲坚信，事在人为。

可没干多久，排丽旦・吐地就感受到了资金的巨大压力。手工刺绣和服装很棒，也不愁销路。就是资金回笼周期太长，像她们这样一个小服装厂怎么耗得起? 春季正是做夏季服装的大好时光，可资金周转不开，只能眼巴巴地看着别人大把大把赚钱。心里的憋屈感，让排丽旦・吐地至今刻骨铭心。

2016年，在排丽旦・吐地这样的有志者期盼中，一场“及时雨”来了。

自治区启动实施“南疆星火工程”，重点支持一批特色纺织品产业集群发展，扶持一批特色纺织品优秀企业，将产业发展与城镇化建设相结合。同时，选拔南疆四地州300名纺织服装企业人才赴东部沿海知名服装品牌企业进行生产、管理和营销培训。

这让排丽旦·吐地喜出望外。她马不停蹄地奔忙，申请到30万元扶持资金，解了小服装厂的燃眉之急。

乘着这股强劲的东风，排丽旦·吐地的业务迅速扩大。短短时间，一个名不见经传的小服装厂就发展成集设计、生产、销售于一体的喀什祖美尔服装有限公司。一座550平方米的标准化厂房，也如期建成并投入使用。

夜深人静的时候，排丽旦·吐地会抱着古丽娃娃感慨一番。古丽娃娃是一种类似于芭比娃娃的玩偶，她是排丽旦·吐地的一大创意。当时，她用艾德莱斯绸做成裙子和小帽子，再编上美丽的辫子，就成了可爱的玩偶。

2018年9月，喀什举办的展销会拓展了排丽旦·吐地的想象空间。

那天，她准备带些有新意的产品去。可带什么呢？也许是天意，女儿玩古丽娃娃的情景就在眼前活了起来。

排丽旦·吐地想：对！就带古丽娃娃。也许不久的将来，经过改进和进一步加工，她能成为独具新疆地域特色的玩偶娃娃，会走向更大市场的！

展销会上，古丽娃娃果然广受游客们欢迎。

她们对排丽旦·吐地说："我们都特别喜欢你这个古丽娃娃。以前在市面上见的芭比娃娃真不少，像你这种带有民族特色的玩偶还是很少见到。"

古丽娃娃开始受人青睐。

次年秋天，排丽旦·吐地去上海参加展销会。

喀什展销会的情景在眼前出现，顾客们赞美的话记忆犹新。索性，带了200个古丽娃娃。排丽旦·吐地怎么也没有想到，仅仅一天，200个古丽娃娃就全部抢完了。回到伽师后，排丽旦·吐地做的第一件事，就是正式注册了"古丽娃娃"品牌。

接着就是中国新疆喀什丝路文化冬春服装节。那天，古丽娃娃大放异彩，在众多展品中独占鳌头。不少客商纷纷找到排丽旦·吐地，话题只有一个，跟她合作生产古丽娃娃。古丽娃娃开始批量销售……

排丽旦·吐地服装厂的年销售额达到300万元。仅古丽娃娃一项，就占服装厂总收入的三分之一。一个古丽娃娃的售价在40元到200元不等，一年的订单就达2.5万到3万个。

奥妙何在？初级阶段排丽旦·吐地服装厂制作的古丽娃娃小帽子，种类比较单一，制作方法也相对简单，并没有达到排丽旦·吐地想要的那种效果。给小花帽贴上亮片，用艾德莱斯绸做的小裙子绣上花边，再给小玩偶编上辫子……经过不断升级做出了全手工串珠的帽子，花边也变成手工缝制。

为了保证每一个产品都能达到标准，排丽旦·吐地对所有制作过程要求很严，制作者必须非常细心，一名熟练工平均每天只能制作20个。

古丽娃娃研发者之一的阿皮代木·艾沙与排丽旦·吐地一起想办法，让古丽娃娃不断创新。为了使产品的实用性更强，她们把古丽娃娃的小帽子做成了钥匙链、发卡等产品，配套衣服和其他产品推出了礼盒款。古丽娃娃由相对单一的款式逐步发展到近200种款式。浙江、安徽、北京的客户纷纷与排丽旦·吐地洽谈，订单越来越多……

随着新疆旅游业的不断升温，古丽娃娃逐渐占据火爆的旅游市场。

2019年，祖美尔服装有限公司自主研发生产的新疆古丽娃娃服饰，被评为“喀什地区十大名优旅游产品及纪念品”。

新产品研发开售以来，订单量一直处于增长状态，每个月可以达到2000套到2500套。往往是产品还没做出来就已经卖出去了。这让排丽旦·吐地也有了更大的信心，把古丽娃娃更好地推向全国市场成为她和公司的下一个目标。

她有这样的底气，因为已经设计出了新疆6个民族的古丽娃娃。把古丽娃娃做成新疆各个民族的款式，让古丽娃娃走向世界已不是梦。

由最初的一名快餐馆经营者，成长为经营着两家公司的民族妇女创业带头人，排丽旦·吐地无愧于这个日新月异的时代。

她忙得不亦乐乎。不仅参加党员远程站点学习，还与员工分享学习内容。每周，她组织公司员工开展服装裁剪技能培训，审美、构图、搭配、刺绣……大大提升了她们的就业意识、审美观念和创业思想。

党旗在喀什祖美尔服装有限公司飘扬。落实党建责任制、划分“党员责任区”、建立党员先锋岗、巾帼示范岗、先进班组，公司6名党员“一对一”结对帮带企业员工……

2020年，祖美尔服装有限公司被命名为“全国巾帼脱贫示范基地”；排丽旦·吐地荣获自治区2020年脱贫攻坚奉献奖。

就是凭借着这样的优势，排丽旦·吐地成功入选佛山援疆工作队的“十个以上少数民族致富带头人”项目，在伽师县排名第一。

入选这个项目极其不易。初步筛选、入户调查、公开遴选，要过三大关。遴选专家组深入排丽旦·吐地公司进行调研考察，详细了解公司推进情况、发展前景、市场优势及排丽旦·吐地基本情况，形成了调研结果。可这仅是最终评选的参考依据。公开遴选时，评委们的提问排丽旦·吐地对答如流，获得了最高分。

这个项目让她雄心勃勃，不仅是一份信任，更是一份责任。排丽旦·吐地表示，将用好这笔扶持资金，进一步扩大企业的生产规模，提供更多就业岗位，帮助更多兄弟姐妹脱贫致富。

佛山援疆工作队负责人告诉她：“未来三年，将继续推进致富带头人帮扶工作，落实扶持资金使用情况，激发伽师县群众创业增收的内生动力，让致富带头人与周边群众共同创业致富、共奔小康。”

“十个以上少数民族致富带头人”项目启动，形成了劳动致富光荣的社会风尚，激发出各族群众的冲天干劲。

排丽旦·吐地乘势而上。在伽师县夏阿瓦提镇的4个村分别设立了工厂，吸纳210名农村富余劳动力就业，多数是妇女。

她说：是党和国家的好政策让我在创业路上追梦圆梦，我要带领更多贫困妇女脱贫致富，用实际行动回报党和国家的恩情。

饲草地、圈舍、料槽、羊圈围栏……

一个个忙碌的身影像是张张诱人的名片，吸引着越来越多人的眼球。这是新疆生产建设兵团第三师53团8连依明·赛买提合作社的火热场面。

从小家庭贫困的依明·赛买提，小学二年级就辍学了。辍学，并不代表依明·赛买提的脑瓜子笨。他自幼勤奋好学，辍学后，他对牛羊接触得更频繁了。每当繁殖期，他都会琢磨一些养殖方面的事儿。

长大了，他就想什么时候自己能在畜牧养殖业方面出人头地？可他没有牛羊，更谈不上养殖。这并不影响他在这个方面的思考和实践。邻居家有牛羊，他就在这些牛羊身上积累经验。功夫不负有心人，几年下来，畜牧养殖业方面还真让他悟出不少道道。

2016年，春风又绿图木舒克市。

党的富民政策如阳光雨露滋润着依明·赛买提这样想干事、能干事的职工心头。在连队的大力支持下，以“合作社+贫困户”的模式，他与六十户贫困户共同注册，成立了依明·赛买提养殖专业合作社。

从此，铆足劲的依明·赛买提起早贪黑，率领养殖专业合作社的成员向着既定目标迈进。这个既定目标很简单，就是甩掉贫困的帽子，过上好日子。

在图木舒克市，援疆工作队、“访惠聚”工作队……他们要共同攻克的堡垒就是贫困。依明·赛买提的养殖专业合作社，就是在这样的大背景下迅速发展，很快成为53团脱贫致富的一面旗帜。

依明·赛买提更加主动学习国家通用语言文字，对党、对祖国的一腔热忱溢于言表。他向党组织递交了入党申请书，很快成为入党积极分子。朴实无华的他觉得，应该拿出更有说服力的表现，来证明自己的入党动机。

这天，依明·赛买提走进因病致贫的吐逊·亚森家。

吐逊·亚森老两口很是激动，要知道如今依明·赛买提是53团的风云人物。依明·赛买提看出了老两口的心思，开门见山邀请他们去自己的合作社工作，年薪三万元，包吃包住。

吐逊·亚森惊呆了，以为自己耳朵背，听错了。

依明·赛买提很恳切地将刚才的话又重复了一遍。顿时吐逊·亚森的老伴落泪了。吐逊·亚森握着依明·赛买提的手说："你小子，没变!"

依明·赛买提憨憨地说："怎么会变呢？明天来合作社上班吧!"

吐逊·亚森和老伴响亮地应着。

八连有条土路，有一公里长。每到刮风下雨，就成灾了。

一个大清早，一辆小四轮拖拉机在往土路上拉运砂石。是依明·赛买提开着他的小四轮拖拉机在忙碌着。一车、两车……渐渐地，土路变成了砂石路。再到刮风下雨的时候，这条路上也车水马龙，让连队的职工群众情不自禁地想到依明·赛买提。此时，他开着小四轮拖拉机又在运水泥，他要将路上的桥梁重新修缮一下。在他自掏腰包、坚持不懈的努力下，连队的交通状况得到了彻底改观。

有一天，连队幼儿园大门口开来了一辆崭新的电动三轮车，依明·赛买提从车上跳下来对园长说："给你们的!"

园长以为是开玩笑，仔细一瞧，依明·赛买提一脸真诚，便接过了他递过来的车钥匙。

依明·赛买提高兴了，对园长说："这就对了嘛。还有车上的食品，作为营养餐，一并捐给你们幼儿园的。"

园长往车厢里一看，价值足有五千多元的物资。从那以后，幼儿园购买蔬菜、送营养餐，都是开着依明·赛买提送的这辆电动三轮车，方便极了。

桃李不言，下自成蹊。

依明·赛买提的这些善举，大大提升了养殖专业合作社的美誉度。他就想着，怎样扩大养殖专业合作社？他带人到周边单位走了一圈，受到许多启发。回来后，大家在一起又想出了很多点子。可扩大规模，缺的是资金……

就在这时，图木舒克市援疆工作队"致富带头人"遴选活动开始了。

专家组来到了养殖专业合作社的饲草地、圈舍、料槽、羊圈围栏前。他们不愧是专家，几句话就可以看出其水平。

在最后的评委提问环节，专家们对依明·赛买提的印象非常深刻，给他的养殖专业合作社打了很高的分。

为了支持养殖专业合作社，图木舒克市援疆工作队支持援疆资金90万元，首期30万元已拨付到位。

这简直是雪中送炭！依明·赛买提和大伙十分珍惜这笔来之不易的援疆扶持资金，将养殖场改造升级扩建工程干得扎扎实实。

他对大家说："信誉是金子，如果咱们这次给搞砸了，不仅对不起人家援疆工作队，还会给国家造成很大的损失。都是儿子娃娃，好好掂量掂量吧。如果干不好，咱就没下一回了？"

大家异口同声道："一锤子买卖，咱不干！"

依明·赛买提和大家一起，一砖一瓦，丁是丁，卯是卯，都整得扎扎实实的。

业务洽谈室、办公室的基础在一点一点升起；

料槽、羊圈围栏、场地硬底化改造工程，有条不紊地进行着；

援疆工作队来工地检查时，看到依明·赛买提他们这个阵势，都把心放到肚子里去了。

果然，业务洽谈室、办公室竣工后，验收一次性通过；料槽、羊圈围栏、场地硬底化改造工程，每一项都符合设计标准。

这些大工程的顺利完成，给养殖专业合作社插上了腾飞的翅膀。

占地面积20亩，圈舍面积达到4000多平方米，饲草地达到300余亩。

130多头牛、1000多只羊，在依明·赛买提他们的精心养护下，科学繁育，有计划地出栏，将养殖专业合作社的声名播向远方。

这时，依明·赛买提向团里递交了一份报告，不是要资金、要政策，而是报恩。

在这份报告中，他表示用好用足合作社平台，在未来3年里，持续帮扶低收入群众，每年新增吸纳20名低收入群众加入合作社，有劳动能力的进入合作社务工、学习技能；无劳动力的则由他本人按年度给予分红3000元。

这份报告不胫而走，成为连队主题教育的活教材。

2023年，依明·赛买提备好10万元交给团里。这笔资金准备发放给20

户低收入困难户。依明·赛买提还表示，以后，每年支持53团扶贫助学和公益事业10～30万元，以尽养殖专业合作社的微薄之力。

消息传到图木舒克市援疆工作队，赢得一片欣慰的掌声。依明·赛买提淡然一笑：受人滴水之恩，当涌泉相报！

机遇总是留给有准备的人的。

依明·赛买提的养殖场规模不断扩大，每年收益超过60万元。他聘请了10名工作人员，其中有4人是低收入户，月平均工资1500多元。

这正是“致富带头人”项目的终极目标。

“嗞嗞……嗞嗞……”一把电烙铁在葫芦上灵巧地移动着，烙铁所致青烟袅袅，好一幅诗情画意。

片刻，一个醒目的“福”字渐渐凹显于葫芦壁端。一位维吾尔族中年人上下打量着葫芦，又拿起电烙铁一番修饰，直到满意为止。

他叫吾斯曼·吾布里，新疆生产建设兵团第三师图木舒克市44团18连职工。可以说，他的幸福生活是从一个个葫芦开始的。

23岁那年，父母种了一院子葫芦。吾斯曼·吾布里闲来无事拔下一只在手，看着看着就突发奇想。都说，葫芦里装的什么药，那是说葫芦的肚子。要是在这葫芦上来点花样，岂不是里子面子都有了？

说干就干！他拿起一把电烙铁在葫芦上“嗞嗞……嗞嗞……”画了起来。有美术功底的吾斯曼·吾布里，当然不是乱画。只不过将电烙铁当成了画笔。画完，自我感觉挺好。父母过来一看，都非常吃惊，一只毫不起眼的葫芦，让儿子这么一收拾，居然有模有样了，父母连连说好看。他们不会说谎，更不会恭维儿子。

这只葫芦，给了吾斯曼·吾布里很大的鼓舞。在44团，几乎家家户户都种葫芦，根本吃不完。如果变废为宝，让葫芦产生价值，前景一定会不错的。

带着这样的想法，吾斯曼·吾布里一边在葫芦上大胆实践，一边到和田、喀什的美术培训班学习。随着绘画技术的提高，他在葫芦上作画的信心越来越足。一个名不见经传的艺术品种——烙画葫芦在吾斯曼·吾布里手中诞生了。

千姿百态的葫芦上，烙上精致的图画，让老老少少爱不释手。随着时光的推移，一件件烙画葫芦作品开始产生效益。

2004年，在南疆重镇库尔勒市建市25周年庆祝大会上，烙画葫芦作品获得二等奖；

2005年，在图木舒克市举办的艺术展览会上，烙画葫芦作品获得鼓励奖；

2007年，在乌鲁木齐国际大巴扎，吾斯曼·吾布里的烙画葫芦就被国内外旅客购买了500多个，收入达20万元；

2014年12月，新疆电视台《甜蜜的梦》栏目组来到44团18连，录制了一期吾斯曼·吾布里和烙画葫芦的节目，播出后好评如潮。

他说："我们生活变化太大了，我要用我的葫芦把这些变化都记录下来。我现在住的房子都是国家给建设的，我只花了一点点钱，现在的生活太好了，我赶上了好时代……"

他的烙画葫芦作品，有蓬勃向上的时代感，也有浓郁的生活气息。党和国家领导人、全国知名风景区、南疆风情、连队景象……无不在方寸之间的葫芦上栩栩如生。

烙画葫芦让吾斯曼·吾布里的人生有了新的坐标。他成为当地小有名气的艺术家，慕名而来拜师学艺的人络绎不绝。其中不乏家境贫困的学生。看着他们，吾斯曼·吾布里心里非常难受，便对他们格外照顾，免费教，手把手传授。只有一个打算：等他们学会了，就靠这个赚钱！

吾斯曼·吾布里的德艺被人们口口相传，在图木舒克乃至南疆地区产生了很大的影响。

2020年9月，图木舒克市援疆工作队开始遴选"致富带头人"，第一个进入他们视野的就是吾斯曼·吾布里。经过激烈角逐，吾斯曼·吾布里成功入选"致富带头人"项目，成为6名致富带头人之一。

广东省援疆干部、44团副团长孙晓锋如是说："吾斯曼·吾布里是我们团为数不多的少数民族文化能人之一，所以我们非常重视，并支持他的烙画葫芦事业！"

团里给予吾斯曼·吾布里扶贫贷款，在援疆创业园里为他提供了办公场所，设置了工作室和培训教室，还在44团扶贫电商基地放置他的烙画葫芦销售，帮他拓宽销售渠道。

吾斯曼·吾布里如鱼得水。

在他的工作室，20多名徒弟在聚精会神地作画，其中一些是听障青少年。不用画笔不用纸，田间地头一个个不起眼的葫芦，用一块电烙铁将能让它们发挥作用，徒弟们对吾斯曼·吾布里佩服得五体投地。工作室内，一片"嗞嗞……嗞嗞……"的烙画声，当丝丝青烟散去，吾斯曼·吾布里和徒弟们的脸上绽开了笑容。

他对徒弟们说：现在，我随便就能把这个'福'字写得很好，因为我们现在真的很幸福，可以说幸福得像花儿一样！只要你们愿意学，我就认真教！

冬去春来，一些徒弟学成后，真的靠这门手艺赚到了钱。一些悟性好的还干得风生水起，走上了致富路。

冬天的太阳暖融融。吾斯曼·吾布里在院子里给烙画葫芦做最后的护色处理，妻子努力曼姑·库瓦哼着小曲，进进出出像只快乐的蝴蝶。靠党的好政策，吾斯曼·吾布里家的日子是芝麻开花节节高。120平方米的新房收拾得井井有条，三室一厅内，新家具引人注目。摆满烙画葫芦的窗台，极像一道亮丽的风景线。

吾斯曼·吾布里的个人工作室，许多单位纷纷前来取经。那时，吾斯曼·吾布里会带着徒弟们专心地烙画，由努力曼姑·库瓦给大家介绍烙画葫芦知识。致富路上，吾斯曼·吾布里"夫妻双双把家还"。

如今，吾斯曼·吾布里和徒弟们的烙画葫芦，不仅卖到了乌鲁木齐，在电商平台的助力下，烙画葫芦还渐渐有了内地采购商，平均年收入已达8万元，徒弟们每月也有3500多元的收入。

土葫芦摇身一变成了宝葫芦，在44团创造了奇迹。吾斯曼·吾布里就想开自己的直播间，打造品牌，招收更多学徒带领他们脱贫致富，共同过好日子。

这天，吾斯曼·吾布里将10万元郑重地交到十八连领导手里，希望为连队的贫困户做点什么。

这让连队领导很感动，将这一情况马上汇报给了图木舒克市援疆工作队。

孙晓锋笑呵呵地告诉连队领导："咱们的'致富带头人'项目，开花结果了！"

"筹建唐王城千年屯垦文化体验民宿，申请扶持资金……"

2020年，艾尼·吐孙向图木舒克市援疆工作队提出了申请。

确切地说，艾尼·吐孙不是普通的养殖专业户，他的身后是开尔旺养殖专业合作社，合作社位于新疆生产建设兵团第三师图木舒克市44团20连。此时，合作社已声名赫赫，圈舍总面积达6万平方米，奶牛387头，刀郎羊870只，养殖规模在当地数一数二。

唐王城遗址也叫唐代尉头州城遗址，当地少数民族称之为"托库孜萨热依"古城，建于公元前206年。它坐落在图木舒克市城北10多公里处的代热瓦孜塔格山南端山口的北山东侧，城墙用泥土和石头筑成。它是新疆境内古丝绸之路中道上的一个重要古城遗址，具有极高的考古价值，被列为自治区重点文物保护单位。

艾尼·吐孙提出筹建唐王城千年屯垦文化体验民宿时，二期考古发掘工作还没有全面启动。窥斑见豹，从这个超前的思路上，可以看到他的商业眼光和远见卓识。

图木舒克市地处国家"三区三州"深度贫困地区，语言不通成为当地贫困群众外出就业的拦路虎。而在家门口就业，不出门就能赚钱，是众多贫困户的梦想。

十年前，艾尼·吐孙和乡亲们一样，都有这个梦想。那时，他还是散养户，家里也就五六头牛和三十多只羊。每当夕阳西下，经验丰富的艾尼·吐孙赶着牛羊回村的路上，就琢磨着，什么时候能甩开膀子大干一场。那个时候，牛羊不吃香，艾尼·吐孙英雄无用武之地。他只能挥动羊鞭，无奈地甩几鞭子发泄一下。

机遇是2010年到来的。市场上牛、羊开始走俏。艾尼·吐孙喜出望外，夜里绞尽脑汁想怎样扩大养殖规模。当第二天的朝霞洒满连队，他苦笑地摇着头。扩大养殖规模目前缺钱、缺场地！

一笔政府创业资金和各种优惠政策在意想不到的情况下来到了艾尼·吐孙面前。那一刻，他泪流满面，真想高呼："共产党万岁！"实际上，他心里不知道已经喊了多少遍。

短短几年，艾尼·吐孙就将自家的养殖业做了起来。越做他心里越有底，越做他的眼光放的越远。

机遇再一次来到他面前，艾尼·吐孙拿出全部积蓄，在当地政府的政策扶持下成立了开尔旺养殖专业合作社，合作社成为2014年图木舒克市的一大亮点。

机遇总是留给有准备的人。

艾尼·吐孙除了有准备，还是养殖业内的行家里手。他说："我艾尼·吐孙一家富不算本事，大家都富起来才算！"

脱贫户马木提·依明在开尔旺养殖专业合作社尝到了甜头，他说："我在这里，一个月可以挣2000块。家里新买了冰箱、空调，条件越来越好了，生活也越来越好了。我打算长期在开尔旺养殖专业合作社干下去，以后还要入股参与分红呢……"

不仅是马木提·依明，这些年，艾尼·吐孙累计投入资金1350万元，开尔旺养殖专业合作社吸纳28人就业，其中贫困户8户。2019年底，这8户贫困户全部摘帽脱贫。事实再一次证明艾尼·吐孙是个儿子娃娃。

秋天再一次来到图木舒克市。

在开尔旺养殖专业合作社，一个令人振奋的景象尽收眼底。500只羊陆陆续续出栏，按市场行情，这一次集中出栏，开尔旺养殖专业合作社将收入65万元。

开尔旺养殖专业合作社理事长艾尼·吐孙显得非常平静。因为这已经是开尔旺养殖专业合作社今年的第二次集中出栏了。市场行情看好，卖了195头牛，毛收入351万元；卖了950只羊，毛收入123.5万元。这样的收获，开尔旺养殖专业合作社从理事长到成员，都应该庆贺。

艾尼·吐孙说："庆贺是必须的，但还有更大的事等着我们去做！"

他说的更大的事，就是唐王城千年屯垦文化体验民宿项目。有这样的胆量，基于一个月前，经过层层选拔和角逐，他跻身于图木舒克市首批6名"致富带头人"行列。

很快，图木舒克市援疆工作队对他提出的唐王城千年屯垦文化体验民宿项目进行了实地考察。这个项目计划总投资403万元，主打汉唐风格，致力于民宿和农家乐深度融合发展，项目建成后将带动周边更多的群众就业。

艾尼·吐孙信心满满地阐述道："借助广东省援疆资金和政策的扶持，把现有的养殖合作社做大，打造自己的品牌，同时发展当下热门的民宿和农家乐行业，实现两条腿走路赚钱，也能把我们周边的群众都带动起来一起致富……"

民宿是否有市场？

民宿与农家乐的深度融合是否有前景？

图木舒克市援疆工作队高度重视这个项目。他们对图木舒克市及巴楚县的民宿和农家乐市场进行了考察调研，又对唐王城千年屯垦文化体验民宿项目进行了初步的可行性研判，后期还将依据可行性研判结果进行针对性帮扶。

图木舒克市援疆工作队"致富带头人"项目负责人表示，我们初步判断这个项目还是可行的，它依托于图木舒克市的秀美风光和爱国主义教育基地带来的客流量，再加上周边优质农家乐和民宿市场的空白，可以说这个项目很有潜力。

艾尼·吐孙和他的开尔旺养殖专业合作社准备迎接更大的挑战。

大学毕业后，哈尼克孜·大吾提回到家乡伽师县，去兴业中小企业孵化基地有限公司做了一位员工。

在孵化基地，竞争非常激烈。像她这样在家门口实现就业的年轻人有近4000人。有着远大志向，又满怀家乡情的哈尼克孜·大吾提，把孵化基地作为自己的第一个考场。在这里，她忘记了自己大学生的身份，与那些文化程度不高的姐妹们一道，一点一滴从头做起。很快，她在姐妹中建立起了很高的威信。

孵化基地刚成立，一些员工认为“自己没文化，学不了技术，学了技术也赚不到大钱”，大家工作积极性不高。哈尼克孜·大吾提觉得，她们说的是大实话，但必须面对现实，迎难而上，决不可牢骚满腹，消极懈怠。她私下里鼓励姐妹们趁着年轻多看些书。

孵化基地领导也发现了这个现象。一个360平方米的党群活动中心在兴业中小企业孵化基地建了起来。一系列优化提升行动，使员工们渐渐转变了思想观念，改进了工作作风，工作劲头越来越足。

哈尼克孜·大吾提非常欣慰，她是那种可以与企业荣辱与共的人。这些年，一些姐妹嫁人的嫁人，生子的生子。而哈尼克孜·大吾提经过不懈的努力，走上管理岗位。

不久，兴业孵化基地党员（远程）教育站点成立了，这是伽师县唯一一家在非公企业设置的学习站点，哈尼克孜·大吾提有幸成为学习站的首任管理员。针对企业员工的特点，她精心挑选教学课件。平时，组织党员群众开展国家通用语言文字培训、理论政策集中学习活动、主题读书月活动、“牢记历史，勿忘国耻”主题活动，将常态化工作开展得红红火火。

夜深人静的时候，善于观察、勤于思考的哈尼克孜·大吾提开始思考自己的人生，她想向文化旅游业进军。

伽师，在维吾尔语里是“美丽富饶的地方”。在古代，它是丝绸之路南道上久负盛名的重要商埠，著名的古代西域重镇之一。这里有集峡谷湖泊为一体的天然旅游胜地西克尔大峡谷。2006年，全球自然生态与人居环境论坛大会上，西克尔大峡谷被联合国教科文组织评为全球优秀地质公园。

可随着县城和乡村群众生活质量的不断提高，一个新兴行业让哈尼克孜・大吾提为之动容，这个行业就是婚庆行业。在伽师县，生活日新月异，婚庆行业一直是块短板，根本无法满足消费者的需求，更不要说高质量服务了。

经过反复调研，她坚信婚庆行业在伽师县前景广阔。开设一家服务多元、形式新颖、理念先进的现代婚庆公司，让伽师县的婚庆产业与时代接轨，为新人们带来永恒浪漫的纪念。这个愿望，越来越强烈地扣击着哈尼克孜・大吾提的心。然而，在伽师县寻找合适场地和合伙人，比登天还难。

这时，佛山援疆工作队的“致富带头人”项目开始启动了。

用哈尼克孜・大吾提的话说“天上掉馅饼了”。“馅饼”一扫哈尼克孜・大吾提脸上的愁云。凭借着大学的文化功底和兴业孵化基地经验，她积极申报，参加了激烈的角逐，最终如愿以偿。

她说：“此次获评致富带头人，万分荣幸，这是党和国家的援疆政策的雨露滋润。所获得的帮扶资金，计划用于开展婚庆服务及系列产品的前期开发策划。目前，我们还在筹备购买摄影器材和其他设备，但有了佛山援疆工作队的大力扶持，我的创业道路会变得更加平坦……”

那个梦，那个回家乡干一番大事业的梦想，已经看得见、摸得着了。

帕尔哈提・阿卜拉江和古丽再排尔・阿卜力米提与“致富带头人”项目没有关系。但从另一个侧面反映了援疆企业的强大影响力。援疆的最终目的，就是为受援地打造一支永远不走的队伍。帕尔哈提・阿卜拉江和古丽再排尔・阿卜力米提的故事是最好的佐证。

帕尔哈提・阿卜拉和江古丽再排尔・阿卜力米提出生在疏附县。能进入大名鼎鼎的疆果果农业科技有限公司，是他们没有想到的；能当销售经理、做客服专员，他们以前从没奢望过。

那些年，帕尔哈提・阿卜拉江家的日子不好过。

他的父母均是农民，尽管长年累月风起早贪黑，风吹日晒地忙农活，但在3个孩子的读书问题上，父母从来不含糊。正是这样，帕尔哈提・阿卜拉江兄妹三人都受到了良好的教育。随着父母年纪的增长，他们的身体状况越来越差，家里的生活水平在逐步下降，甚至到了举步维艰的地步。一家人的目光，都落在了聪明好学的帕尔哈提・阿卜拉江身上。

帕尔哈提・阿卜拉和江古丽再排尔・阿卜力米帕尔哈提听说有一家叫疆果果的公司，致力于帮助南疆果农卖瓜果，便上网查。一查不要紧，查了吓他们一大跳。

喀什疆果果农业科技有限公司是一家根植于新疆南疆的企业，主营新疆干果、鲜果、坚果的批发与零售。以“帮助新疆果农，造福新疆社会”为使命，采用“部落电商+自主平台+农户”的运营模式，已发展1200个部落，是自治区农业产业化重点龙头企业。

这么牛的公司，行吗？带着惴惴不安的心情，他们将自己的简历投了出去。帕尔哈提・阿卜拉说：“去试试看。录取了，就算是撞上大运了！”

2018年7月，这个“大运”真让他们两个撞上了，他们俩双双入职疆果果公司。

帕尔哈提・阿卜拉被分配到销售部门，从事的是销售工作。因为工作经验缺乏，连续几个月都没有业绩。帕尔哈提・阿卜拉沮丧极了，恨不得回村里种地去；江古丽再排尔・阿卜力米帕尔哈提也遇到了同样问题。从来没有接触过客服工作，缺乏工作经验，时不时感到委屈。

两人一见面，从彼此的脸上就看到了答案。焦虑、委屈、迷茫……他们对未来失去了信心。

帕尔哈提・阿卜拉对江古丽再排尔・阿卜力米帕尔哈提说：“每到周末回家，看到家里破旧的房子，心里就堵得慌。都什么年代了，家里居然没有一件像样的电器。去疆果果时，一家人对他寄予了厚望。现在……”

江古丽再排尔・阿卜力米帕尔哈提也心灰意冷，一时间，不知道怎样安慰帕尔哈提・阿卜拉。

星期一上班，帕尔哈提·阿卜拉被党支部书记叫到办公室。原来，帕尔哈提·阿卜拉和江古丽再排尔·阿卜力米帕尔哈提的情况，组织上已经了解了。

党支部书记给帕尔哈提·阿卜拉倒了一杯水，开始对他启发教育："别着急，慢慢来，一切都会好起来的……"

临走，党支部书记从抽屉里取出一本书递到他手上。帕尔哈提·阿卜拉下班后回到宿舍翻开了书。这本叫《从望志路到南湖》的书，像一盏明灯，渐渐照亮了帕尔哈提·阿卜拉前进的路。在给党支部书记汇报思想时，帕尔哈提·阿卜拉这样说："阅读这本书的过程，就是认识中国共产党发展壮大的过程。党的事业之所以能够一步一步走向成功，是因为先辈们有排除万难的信仰和解决困难的决心……"

支部书记非常吃惊，想不到这么快帕尔哈提·阿卜拉就有了如此深的认识。反过来一想，都是聪明好学的青年，又有很高的文化程度，有这样的认识理所应当。他便结合帕尔哈提·阿卜拉的问题，一一对症下药。帕尔哈提·阿卜拉眼睛一亮，让党支部书记放心："要走出目前的困境，改变自己，必须拥有共产党人那种排除万难的精神品质！"

支部书记舒心地笑了，他对帕尔哈提·阿卜拉说："中国共产党之所以伟大，是因为有极强的纪律性、有信念，并且永远保持纯洁性和先进性。要想彻底改变自己，最关键的一点就是自律。从生活习惯上做出改变是当务之急……"

次日7时25分，帕尔哈提·阿卜拉已准时起床，开始晨跑。

一边跑，一边想怎么拿到客户的订单，怎么和客户进行沟通……他将这个收获，分享给了江古丽再排尔·阿卜力米帕尔哈提。

又一个清晨，在操场上跑步的不再是帕尔哈提·阿卜拉一个人。在晨跑中，帕尔哈提·阿卜拉和江古丽再排尔·阿卜力米帕尔哈提互相鼓励、互相打气，互相为对方分析工作方向。让一个小小的晨跑，变成了信息交流、工作分析和情感升华互动的平台。

半年过去了，两人在不同的工作岗位上突飞猛进，取得了令人瞩目的成绩。党支部书记喃喃道：“信仰的力量无限，榜样的力量无穷，爱情的力量催人奋进……”

疆果果好谐音，帕尔哈提·阿卜拉和江古丽再排尔·阿卜力米帕尔哈提收到了彼此的爱意，感情在快速升温，就要开花结果了。

一天，帕尔哈提·阿卜拉对江古丽再排尔·阿卜力米帕尔哈提激动地说：“我们应该申请入党，这样才能学习到更多党的知识，让自己的人生更精彩更有意义。”

2019年9月30日，帕尔哈提·阿卜拉郑重向党组织递交了入党申请书。在信念力量的支撑下，两人的业绩越来越好，口碑也越来越好。这年10月，帕尔哈提·阿卜拉被公司任命为销售队长。

开始，他带领一个5人的销售团队东奔西跑，效果不是很好。广州援疆工作队听了疆果果公司领导汇报后，立即安排帕尔哈提·阿卜拉参加政府部门组织的业务培训。对江古丽再排尔·阿卜力米帕尔哈提的工作也大开“绿灯”。

在援疆工作队的大力支持下，仅仅一个月时间，帕尔哈提·阿卜拉就带领团队，将一车车当地贫困果农的瓜果，卖到了一线城市。完成销售额50万元，创造了销售部最好业绩。

2020年5月21日，党支部通过了对帕尔哈提·阿卜拉的考察，确定他为入党积极分子。从此，他有了更加明确的政治方向，就是坚持和维护中国共产党的领导，做任何事都先用这一标准去衡量、去辨别、去判断，绝不被一些事物的假象所迷惑。他对江古丽再排尔·阿卜力米帕尔哈提说：坚持中国共产党的领导，我们就一定能一步一步走向更加美好的生活。

2020年异常艰难，就在这样的条件下，他却带领团队猛打猛冲，居然完成销售额1000万元，至少间接帮助了1000余户贫困果农增收。他个人的年收入也在不断地增加。

回到家中，他做的第一件事就是为父母翻修了房子。望着进进出出忙碌的儿子，老两口乐得合不拢嘴巴。让老人意想不到的是，他们儿媳妇江古丽再排尔·阿卜力米帕尔哈提正式上门了。不久，这对志同道合的伴侣举行了婚礼。

在三亚度蜜月旅行期间，两人没有陶醉在爱情里。在见识沿海城市繁华之时，他们考察了许多地方，思索了很多问题……帕尔哈提·阿卜拉还不失时机地对江古丽再排尔·阿卜力米帕尔哈提说："你应该向党组织靠拢，并提交入党申请书。咱们好好努力，争取早日成为一对党员夫妻。"江古丽再排尔·阿卜力米帕尔哈提扑在丈夫怀里，幸福得像花儿一样。

回到新疆，江古丽再排尔·阿卜力米帕尔哈提向党支部提交了入党申请书。这对年轻夫妻，在思想入党的征程上并驾齐驱，迈开了大步……

2021年2月25日，全国脱贫攻坚总结表彰大会在北京召开。

广东省对口支援新疆工作前方指挥部荣获全国脱贫攻坚先进集体光荣称号，在19个援疆省市，这是唯一殊荣。"十三五"以来，广东省共投入援疆资金153亿元，实施援疆项目204个，派出援疆干部人才3460人。截至2020年，所有对口支援的县市（师）均实现高质量脱贫摘帽目标，累计帮助23.7万贫困人口脱贫。

还有一个重要原因，他们在红其拉甫关楼前"创新援建方式，留下一支永远不走的队伍"的庄严承诺，正化作南疆大地上雨后春笋般的时代壮景。

喀什，一个带有传奇色彩的地方。

1952年，帕哈太克里乡农民的感谢信，就是通过驻乡土改工作队队长赛福鼎·艾则孜转呈给毛主席，并在五个月后获得毛主席亲笔回信的。58年后，一支支工作队从珠江两岸启程，来到喀什、伽师、疏附、疏勒、兵团第三师等地，对一个千古之策——中央对口援疆展开强有力的、持续不断的诠释。

11

第十一章

生命奏鸣曲

道路颠簸

考验着人的意志

高原缺氧

挑战着生理极限

救死扶伤的使命感在胸中激荡

大爱无疆的医者精神在血液里流淌

2020年7月，帕米尔高原阳光灿烂。

《没有共产党就没有新中国》的歌声饱含深情，在原来口岸高度，目前已迁至塔县红其拉甫口岸回荡。

这是一支由99名优秀共产党员、预备党员和入党积极分子组成的队伍，他们来自喀什地区第一人民医院。

引吭高歌、入党宣誓……在国门下开展“永远跟党走”主题党日活动，是一次大胆实践。面对关楼上的五星红旗，白衣战士们将心中的歌献给中国共产党九十九岁生日。

道路颠簸，考验着人的意志。

高原缺氧，挑战着生理极限。

此时，共产党员全心全意为人民服务的使命感在胸中激荡。

此刻，敬佑生命、救死扶伤、甘于奉献、大爱无疆的医者精神在血液中沸腾。

一位白衣战士代表这支队伍发出了最强音：初心不改，冲锋在前，为新疆各族人民群众的健康保驾护航，为实现新疆社会繁荣发展、健康中国战略目标贡献力量！

天色已晚。

突然，一辆救护车鸣着尖厉的笛声，开进喀什地区第一人民医院大门。

“唰”，几名医护人员不约而同地扭头向医院大门口望去。

冒着热气的泡面香气袭人，没有时间了！他们放下泡面，拔腿向手术室冲去。

手术室红灯再次亮起，预示着又一场生命争夺战开始了。

无影灯下，一位动作娴熟的主刀医生沉着冷静。

“血压?”

“正常!”

“脉搏?”

“正常!”

他叫潘春球，南方医科大学南方医院急诊科主治医师、喀什地区第一人民医院紧急医疗救治中心主任。

这是惊心动魄的一天。

潘春球和他的团队经过20多个小时的博弈，将这条鲜活的生命从死神手里夺回。刚刚，他们拖着疲惫不堪的身子，正要吃面，就响起了救护车的笛声。那是无声的命令，那是催征的战鼓!

此时，到了最危险的时候。患者的创口在往外冒血，一股一股，殷红殷红的……

潘春球紧锁眉头略微舒思忖，就有了对策。

一分钟、十分钟……血，止住了。

创口在潘春秋灵巧的手指下，渐渐缝合。当最后一针缝完，潘春秋有点晕眩。

生命保住了!

这仅仅是援疆以来，潘春球超负荷运转的一个缩影。

2020年3月，他的心理负担很重。不是技术上的压力，而是儿子面临高考。平时忙于手术，无暇顾及儿子的学习，可再无暇顾及，总能与一个城市里的儿子照个面的。此去援疆，万里迢迢，看来，一点点父亲的职责都尽不到了。想到这，潘春球无奈地叹了口气，开始给儿子写信：

……接到派遣援疆任务，既激动又担心，激动的是大学毕业时支边的梦想终于实现，担心的是即将面临高考的你。只能说我不是一个称职的父亲，但我相信，你长大后一定能明白爸爸职业上“称职医师”四个字的含义。

儿子收到这封信时，潘春球以第十批援疆专家的身份，已经登上飞往喀什的飞机。从这天起，一种牵挂无时无刻不揪着潘春球的心。

到任仅仅一周，潘春球就基本摸清了本院严重创伤病人救治情况。随即，这位紧急医疗救治中心主任将目光投向了地区11个县医院。喀什地区有近500万人口，现有医疗水平根本满足不了健康需求。必须先摸清情况，才能对症下药！

他主动提出：对全地区11个县医院进行调研！

这个请求得到院领导的大力支持，潘春球率队夜以继日地干了起来。

抵达疏附县人民医院，他一丝不苟地询问着：

急诊严重创伤绿色通道建设情况怎样？

严重多发伤救治流程？

转诊率、抢救成功率、死亡率是多少？

医院从来没有见过如此严格的专家，他提的问题既专业又切中要害。这让医护人员不禁对潘春球肃然起敬。可是，还没等她们喘口气，现场质控检查开始了。

应急反应时间……

急救人员配备、执业资质、科室管理……

急救设备、急救药品配备及管理、急救病历书写……

全方位的检查结束后，潘春球喜忧参半。医护人员工作强度大，但都有一种爱岗敬业精神。面对存在的问题，他一一进行了详细指导，并提出了很多好的建设性意见。

疏附县人民医院急诊科主任感触良多。仅仅一天时间，这位来自南方大都市的专家就能把准脉，而且让人心服口服！

窥斑见豹，从疏附县人民医院紧急医疗救治工作现状，潘春球感到自己肩上的担子沉重，援疆使命艰巨。尽快掌握全地区情况迫在眉睫，要干的事儿刻不容缓。

疏勒县、英吉沙县、岳普湖县、伽师县、莎车县、泽普县、叶城县、麦盖提县、巴楚县……他庆幸领导批准了这次规模较大的调研行动，让他有机会深入基层医院获得弥足珍贵的第一手资料。

那些日子，他几乎是白天下去调研，晚上回到宿舍加班加点写报告。往往是当时针不知不觉指向凌晨一时，他才在一份调研报告上敲上满意的句号。他窗口的灯光总是很晚才熄灭。

他的这种“拼命三郎”精神，先是感动了紧急医疗救治中心。紧接着，带动起全院医护人员的工作热情，精益求精、钻研业务、默默无闻，成为一种自觉行动。

台灯下，他总是在细细梳理着资料，一条一条加以分析研究。

手术室里，他俨然一位“突击队队长”，带领他的团队与死神展开殊死较量。将无影灯下的救死扶伤凯歌，一曲又一曲奏响。

似乎，他的战场永远在手术台上。

一天晚上11时左右，纪律专干余扬查房，发现潘春球不在房间。按照严格的查房打卡制度，人不在，就可以视为违纪。

余扬拨通了潘春球的手机，“嘟嘟嘟……”没人接。

再打！依旧是“嘟嘟嘟……”没人接。

余扬心想：不应该呀？平时潘春球的组织纪律性是很强的呀，怎么会违反纪律呢。也许遇到什么事了……

突然，余扬一拍大腿：他肯定在！知道他在哪里了……

他车转身，大步流星走出宿舍楼，来到急诊中心。

此时，无影灯下，手握手术刀的潘春球浑身上下已经湿透了。

一名木工师傅操作时，不幸被一根木柴插进腹部，引发直肠外露。送到急诊中心时已血流如注，生命危在旦夕。潘春球立即上手术，一小时、两小时……经过五个多小时的手术，终于使重伤的木工师傅化险为夷。

好消息从手术室里传出，余扬不由自主地伸出了大拇指：春球，你真行！

还有一回，潘春球从县上回来，刚刚在办公桌前坐下。

突然，对讲机响了起来，是紧急呼叫："潘主任潘主任，有伤员刚从工地摔下来，请求手术！请求手术！"

潘春球"呼"地一下站起，大手一挥："走，去急诊室！"

仅仅几分钟，他便大步流星地来到急诊室门口。一名30岁出头的男子，正从救护车上被医护人员抬了下来。

潘春球急忙上前，示意大家动作轻点。随着手术车轮的快速转动，男子被送进手术室。

潘春球麻利地套上手术服，果断下达了指令："先止血！"

血，被迅速止住。

潘春球举起手术刀，开始了又一场殊死搏斗……经过四个多小时的急救，男子终于脱离危险。

与死神较量，狭路相逢勇者胜！勇者往往胜在一分一秒的时间上。差之毫厘，谬以千里的古训告诫潘春球他们，不能有一丝一毫的失误。所以，他们总是以急行军的速度穿梭在抢救室、血库、走廊……以抢回宝贵的时间。

风风火火，是人们对潘春球和他的团队的总体印象。高强度工作没有让他和他的团队减弱革命的浪漫主义精神。他想到一种解压的妙方——写工作日记。

他这样写道：春天里，种下希望，秋天便会收获一份欣喜。盈一颗初心，感受清风拂面的温柔，不辜负身边每一场"花开"。把每一天当作生命中最美好的一天去绽放，为了理想奋斗，无悔人生！

喀什地处新疆最南端，与多国接壤，建立急救创伤中心非常有必要。潘春球正牵头建立标准化的喀什地区急救创伤中心，打造示范性“一带一路”国际急救创伤中心。

此时，300公里外的图木舒克市人民医院捷报频传。自首次实现远程会诊以来，已经成功救治了多名重症患者。

调研、查房、会诊……每一天，潘春球都忙得不可开交。

他说：“我们来这里是帮忙的，是支援这里的医院，把时间和汗水留在这里，是我能做的！”

2019年，林天歆就任喀什地区第一人民医院院长。

他是中山大学孙逸仙纪念医院南院副院长，国家卫生健康突出贡献中青年专家，中组部“万人计划”科技创新领军人才。

此前，他陪中山大学领导来喀什的任务就一个——慰问广东援疆医疗队。现在，他是主人，当务之急是深入地区12县市医疗机构，在自己心中绘制出一张“喀什地图”。

几个月的辛勤奔波，一张精准的“喀什地图”绘就，林天歆开始对症下药。

他带领团队，联合广东省干细胞与再生医学重点实验室等进行科技攻关，研发出了基于胸部CT的人工智能（AI）辅助诊断系统，20秒内就能为1名患者检测CT图像并作出诊断，准确率达到95%，基本达到三甲医院影像学副教授水平。

人工智能（AI）辅助诊断系统迅速在全国推广，不断优化。

他安排24名援疆干部积极对接对口帮扶的科室，调出临床诊疗数据开展远程指导，再次寻找短板和弱项。在此基础上，他向中山大学建议，增派10名专家，构成了一支涵盖妇科、儿科、肿瘤、急救等28个临床专业和3个医院管理岗位的精锐部队。

这些援疆专家来自19家省级大型三甲医院，29人拥有医疗技术高级职称，25人具有博士研究生学历，均是医疗骨干。

通过深入了解，他的心在颤抖。喀什地区感染性疾病、心脑血管病和肿瘤三大疾病转诊率惊人，居然达到4.8%。这怎么行！

从这天起，他定下了目标：一定要让喀什地区老百姓在家门口就看好病！

感染性疾病是喀什地区的常见病。经呼吸道传播的肺结核，经血液传播的艾滋病，还有通过消化道传播的肝炎等，无不威胁着南疆人民的健康，甚至生命。可感染科技术力量非常弱。感染科的医生要看每个病人，没有专长，这非常可怕。

林天歆经过深思熟虑，设想着把感染科分成几个亚专科或治疗小组，通过“院包学科群”模式，逐渐培养出一批分别擅长呼吸道传染病、消化道传染病和血液传染病的专家和年轻医生。

他的这个设想得到卫生主管部门的认可。经过不懈努力，喀什地区第一人民医院率先通过自治区临床医学研究中心认证，成为新疆首个感染性疾病（结核病）临床医学研究中心。

林天歆长舒一口气。

一位援疆专家也长舒一口气。他叫舒欣，中山大学附属第三医院感染科主任。擅长肝炎治疗，尤其重型肝炎救治，是稀缺专业的专家。

林天歆告诉舒欣：“占地面积140亩，规划床位500张的喀什地区传染病医院即将动工。”

舒欣激动万分地说：“没想到这么快，太好啦！”

林天歆兴致勃勃地说：“你们感染科只是‘组团式’援疆中的一个学科，‘组团式’援疆还将从妇科、儿科、肿瘤、影像等多个专科进行帮扶，为我们创建‘双百医院’继续努力！”

林天歆的话是有底气的，肿瘤相关的疾病由中山大学肿瘤防治中心负责帮扶，心血管疾病由中山大学附属第一医院负责帮扶，影像方面由中山大学孙逸仙纪念医院负责帮扶。

林天歆还为舒欣描绘了一片喀什地区医疗健康的“蓝天”：妇科、儿科、新生儿科的帮扶，为筹建中的喀什地区儿童中心做人才储备，这个院中院占地面积50亩，规划床位400张，将为喀什妇幼健康保驾护航。

两名来自珠江岸边的专家，共同憧憬着喀什地区医疗卫生事业的美好明天。可美好明天比预期的日子，先期到达了。

在本地科主任和援疆专家“双签名”、约谈制、考核制等一系列规章制度促进下，充分发挥援疆专家资源作用，加强对科室转诊的有效监管，使转诊率显著下降。

林天歆在全院大会上宣布：“4月的转诊率为1.28%，相比去年同期下降了一半。泌尿外科去年4月转诊了82例患者，其中多数是泌尿系统肿瘤患者，这两个月来只上转了1例患者。”

医护人员对这个振奋人心的数据，报以经久不息的掌声。

林天歆提出了更高的要求：“我的计划是，泌尿外科的转诊率在今年要下降到1%以内。咱们通过良好的技术，让病人在家门口就看得好病，避免因病致贫、因病返贫的发生，实现小病不出乡，大病不出县，疑难病症不出喀什的要求……”

一年后，喀什地区第一人民医院转诊率从4.8%下降到0.97%，跻身地州第一，成为南疆唯一定点救治医院，并入选第二批国家区域医疗中心建设试点备选项目。

转诊率下降了，死亡率也随之降低。

林天歆和他的团队乘势而上，针对心脑血管疾病及其他疾病出现的疑难病症，进行远程会诊，显著提高了疑难危重症患者的救治。借助帮扶力量，喀什地区第一人民医院传统优势学科、特色专科逐渐凸显，并走在了全疆前列。

林天歆考虑的是帮助喀什地区第一人民医院创建成为中山大学非直属附属医院，向教学医院迈进，并与暨南大学、石河子大学、新疆医科大学等高校建立教学关系，让医院的20个规培基地顺利通过国家级住院医师规培基地评估。

住院医师的规培工作相当重要，医院有了规培基地，才有医学生到这里来规培，才会有源源不断的年轻医生。但20个规培基地基础非常薄弱。怎么办？林天歆率先垂范，援疆专家们化身住院医师规培基地的“总教头”，实现从“输血”到“造血”的转变，一边规培年轻的医学生，另一边重点培养一批师资力量。冬去春来，拿到国家级规培资格证的有35人，自治区级规培资格证的有156人。

为了助力喀什地区第一人民医院，中山大学安排5批190多名专家前来开讲座、培训、手术带教，提高整个教学水平。每一位中山大学援疆专家带1名博士、3名硕士，在喀什地区第一人民医院做关于喀什地区的多发病与常见病的研究课题，作为毕业论文。以前，规培合格率不超过40%，如今规培率已超过70%。

自治区民族团结先进集体、全国援疆标杆示范单位等荣誉，先后落到喀什地区第一人民医院全体医护人员头上。

这天，林天歆来到喀什古城，开城仪式正在酣畅淋漓地进行。看着看着，一支《金蛇狂舞》就在他心头响起。

广东对口支援新疆喀什始于2011年，十年来，喀什地区第一人民医院在援疆专家的“问诊号脉”下，制定了发展规划，绘制了清晰的发展“路线图”，逐步实现了二次跨越，并从“创三甲”到“强三甲”超越，向建设成为“一带一路”区域国际医疗中心、“双百医院”的新征程阔步前进。明年，将有68名从双一流高等院校毕业的年轻医学生，到喀什地区第一人民医院开展临床规培和科研，形成“中大研究生特派团”，为喀什医疗卫生事业注入新鲜血液。儿童中心、感染病医院等项目都会陆续快速落地，学科和人才队伍的培养与建设，更是实现健康援疆的有力保障。

喀什地区老百姓看病就医，已经不是问题。健康养生，应该提到议事日程上来了，因为这是未雨绸缪地养护身心健康之举。

十年持续不断的努力，还了喀什人民一片健康的蓝天。

4岁，腹部包块……

一声晴天霹雳炸响在维吾尔族女婴古丽父母的心头。

一位文质彬彬的年轻医生仔仔细细看完X光片后非常震惊，喃喃道："怎么可能？"

他叫陆立，中山大学附属第六医院泌尿外科主治医师，喀什地区第一人民医院泌尿外科副主任、泌尿外科二区主任。

这种肿瘤十分复杂罕见，仅占儿童肿瘤的6%，国内外没有标准的治疗方案。不幸的小古丽就摊上了这样的事。放下片子，陆立便向院领导询问，遗憾的是，喀什地区第一人民医院尚未开展相关诊疗。望着小古丽惨白的小脸，陆立暗下决心：绝不让这朵娇嫩的花朵凋谢！

他火速连线中山大学，一次跨越6000公里的多学科会诊开始了。

肿瘤防治中心多学科会诊团队……

相关专家……

交流在继续，分析在进行，专家学者们的交流与分析，让小古丽的病症越来越清晰。接下来，是如何医治，用什么样的药医治最有效？以怎样的药量为最佳？

帕米尔高原上，为了一位年仅4岁的维吾尔族女婴，粤新两地正展开一场争分夺秒的会诊。

小古丽的父母眼含泪水，他们赶上了好时代。在以人为本的理念下，中华人民共和国任何一位公民的生命都是至高无上的。

很快，用药剂量和配药方法确定！

此时，珠江潮起潮落，一如专家们的心情。几十年前，为了61位阶级弟兄，燕赵大地上演了一场社会主义大家庭"一方有难，八方支援"的道德风尚大剧。今天，相隔万里之遥，为了一名维吾尔族女婴，"一带一路"桥头堡喀什同样激荡着一曲共产主义的精神礼赞。时代不同了，社会主义核心价值观什么时候也不会改变，也不可能改变。

治疗开始了。

1天……10天……

古丽获救了！娇嫩的花朵渐渐含苞欲放，小古丽将迎来人生的朝霞满天。

成功医治4岁女婴，填补了喀什地区第一人民医院肿瘤患儿无法在当地进行多学科综合治疗的空白。奏响了一曲民族团结的赞歌！

喀什地区第一人民医院泌尿外科二区主任艾尔肯·吐尔逊深有感触地说："不仅是这个手术，陆立主任到我们医院不到两个月，就接连成功完成了腹腔镜及疑难手术50多台，平均每天一台，我们医生做不了的手术，经过他的手干脆利落地完成了。他，不愧是博士！"

手术对陆立博士而言有着深刻内涵。他的博士后导师任东林教授说："做最美的手术当作礼物送给患者。"导师不仅这样说，更用一台台成功的手术，来诠释自己常挂在嘴边的这句话。现在，陆立将沿着导师的足迹一步一个脚印走着。"把手术当成一份精美礼物送给患者"时刻提醒着陆立，作为一名医生，不仅要具备解决疑难疾病的能力，更要有爱的投入，对患者、对工作都是如此。

进入临床工作一个月来，年轻的博士陆立成功完成腹腔手术及疑难手术20多台，平均每天一台。他的手术行云流水般干脆利落。术后，愈合的非常快。泌尿外科及其二区的同行们有目共睹，暗暗为他竖起大拇指！

陆立却这样认为：在喀什工作的每一天，我都能从中有所收获，有所思考，有所成长。广东援疆医疗队强大的团队力量，后方医院老师们的指导，让我有信心守护喀什同胞健康！

尽管陆立谦虚，但事实已经摆在那里了。

他的到来，泌尿外科和泌尿外科二区立即就开展了一系列从未开展过的手术。

宫颈癌根治术后输尿管阴道瘘的腹腔镜下输尿管膀胱再植术……

T4期肾癌侵犯十二指肠根治性手术……

罕见的盆底疑难疾病之一坏死性筋膜炎的手术……

陆立做这些大手术时，科里的同事们争相上台观摩学习，获益匪浅。

4月初，一名大叔辗转多家医院治疗无效后，慕名而来，住进了泌尿外科二区。

陆立马上给这位大叔检查。说是大叔，他其实才58岁，只是被病痛折磨得非常苍老。

大叔的情况很不乐观。影像学诊断为右侧晚期肾癌，可疑侵犯十二指肠全层。晚期肾癌是泌尿系肿瘤中恶性度较高的疾病，T4期肾癌罕有手术机会。

陆立深知如果不施行手术，大叔的生存期将大大缩短。他斩钉截铁地对团队说："生的希望，是我们作为医生能给予患者的最美礼物！"

随即，陆立召集同行援疆专家进行多学科会诊。胃肠外科专家吴晖、病理科主任黄艳、核医学科主任张占文，纷纷发表了中肯的意见。经过研究商讨，一套周密的手术预案确定了。手术台上，陆立倒抽一口冷气。分离肾脏下极后发现，大叔的癌灶已侵犯十二指肠降部浆肌层全层。按照周密的手术预案，他立即在包膜外完整切除右肾，清扫下腔静脉旁淋巴结。

同台的吴晖教授，熟练地切除了病变侵犯的十二指肠降部，放置空肠营养管。至此，一期顺利完成了十二指肠吻合术。

大叔被护士轻轻推出手术室，接下来的七天，将是手术室外的战斗。

在严格的营养及液体支持管理计划下，大叔的十二指肠吻合口必须顺利愈合，才能度过最困难的时期。第一天、第二天……每一天，都是对陆立和吴晖的考验。

第七天，大叔的十二指肠吻合口顺利愈合。

从这天起，大叔可以进流质饮食了。

随着正常饮食的开始，陆立和吴晖悬着的一颗心渐渐放下了。大叔康复出院那天，握着陆立的手说了很多，句句都是贴心话。医者仁心，对陆立而言，患者的康复，就是对他的最高回报。

一起罕见的手术——盆腔恶性肿瘤术后输尿管尿瘘并发症，以巨大的风险性来到陆立面前。

这样的手术以往多数是请乌鲁木齐或国内知名教授来做。即便是开展这样的手术，也会选择采取开放手术的方式。因为手术中有太多的不可预知，让人望而生畏。

陆立没有丝毫犹豫，就做出了决定：帮助输尿管尿瘘患者恢复正常排尿活动，这不仅关系到她能否有尊严地生活，也是一名从事盆底外科医生必须完成的工作！

无影灯亮了。

这是借助腹腔镜才能完成的高难度手术，所有人都为陆立捏了一把汗。成功，自然会给喀什地区第一人民医院注入新技术活力，塑造崭新形象；失败，意味着十几年来泌尿外科医护人员卧薪尝胆坚守的阵地将毁于一旦。

陆立是个从来不打无准备之仗的人。他曾赴美国科罗拉多大学医学院接受外科技能培训和机器人辅助腹腔镜手术技能培训。他既是妇科专业硕士、泌尿外科博士，还是肛肠外科博士后。临床业务涵盖整个盆底器官疾病领域。丰富的学术经历、过硬的业务技能，让他艺高人胆大。

腹腔镜下，分离黏连肠管、植输尿管膀胱……

陆立做得游刃有余，一台手术下来，仅用时不到3小时。

患者被推出手术室，进入病房。一个星期后，居然拔除尿管，恢复正常生活了。

这天，陆立连续做了两例这样的手术，彻底改变了喀什地区人民医院泌尿外科现状。

2021年4月3日，一位军人再次来到广东援疆前方指挥部做客。

他叫安林峰，南疆军区保障部军需营房处副处长。三年前，儿子小卓被诊断为病毒性心肌炎、心力衰竭Ⅳ级。那一刻，安林峰感到天旋地转。

他是一名普通的边防军人，驻守边疆16年，安家在疏勒县。平时，他忙得团团转，根本无暇顾及家，对妻子和5岁的儿子多有愧疚。哪知道，活泼可爱的小卓居然被病魔缠上，这种病在喀什根本没办法治疗。

亲戚们来看小卓了，都小心谨慎，生怕哪句话不妥，让他们夫妇更加痛苦。想了又想，没有比再生二胎更好的办法了。这善意的建议，让安林峰夫妇心如刀绞，妻子将儿子搂在怀里放声痛哭。

孩子的病，给安林峰的家笼罩上了一层阴影。

就在这时，广东援疆前方指挥部派人联系安林峰，向这位戍守边疆的军官伸出了援助之手。当天，广东援疆前方指挥部就联系援疆医生和广东省专家，对小卓进行了联合会诊。

情况万分危急！必须以最快速度将小卓送往广州救治。

飞机上，一家人都不敢相信这是真的。尽管如此，担忧依旧在折磨着安林峰夫妇。去广州行吗？

果然，小卓的救治遇到了很多困难。但在医护人员的齐心协力下，特别是主治医生的精湛医术，使小卓的病情迅速得到控制，渐渐好转。

安林峰回到了阔别已久的喀什家中，感慨万千。

戍边16年无怨无悔，但孩子深受病痛折磨时，他这个父亲却束手无策。喀什与广州咫尺天涯，是广东援疆前方指挥部和医疗专家给了全家希望！

安林峰深情地望着恢复健康的儿子，喃喃道："感谢我们的时代……"

与安林峰一样感恩时代的，还有维吾尔族妇女阿依慕。

33岁的阿依慕和丈夫结婚4年，始终没能怀上孩子，辗转多家医院无果。孩子，于一个幸福的家庭而言，就是明媚的春光和快乐的天使。阿依慕小两口没这个福分，甚至悲观地认为这辈子都不会有孩子了。

就是这个时候，广东援疆医生陈雷宁出现了。在他的精湛医术下，阿依慕和丈夫的愿望变为了现实……那一天，陈雷宁负责的生殖医学中心传来令人振奋的好消息：南疆地区首例人工授精妊娠成功了！

阿依慕当上了妈妈，从此家里有了"明媚的春光和快乐的天使"。她含着泪水说："本来，我们都不抱希望了，是广东援疆专家创造了奇迹，给我们送来了新生命！"

陈雷宁却平静地说："让喀什老百姓在家门口就能看好病，是我们应尽的义务。"

此时，一名44岁先天性心脏病患者通过CT检查被初步诊断为"三房心合并重度二尖瓣反流”。

此类复杂手术，喀什地区第一人民医院心脏大血管外科是无法独立开展的。援疆专家张振的到来，就不一样了。心脏大血管外科从主任阿迪力到每一位医护人员无不信心满满。

然而，这是一种极为罕见的先天性心脏畸形，即常说的三房心。约占先天性心脏病的0.1%～0.4%。患者的左心房被隔膜一分为二。奇迹的是，该患者隔膜上的小孔直径仅1厘米，按照常理，直径大小与存活率成正比，患者却能存活至今，足以说明问题的复杂性和严重性。更让人难以置信的是，患者同时还患有严重的二尖瓣关闭不全，手术无疑难上加难。

张振迎着风险上阵了。

麻醉科、超声医学科、心内科、心胸外ICU、手术室等科室专家被他邀请来，通过多学科会诊和几番讨论，决定为这名特殊的患者量身定制治疗方案，采用全麻体外循环下行三房心矫治＋二尖瓣成形备机械瓣膜置换术。

手术在张振和心脏大血管外科团队的密切配合下，有条不紊地开始了。

剪除心房内隔膜……

重点消除梗阻……

对二尖瓣关闭不全进行修复……

消除二尖瓣反流……

经过4个多小时的努力，这例高难度手术成功了！

患者已从ICU病房转至普通病房，生命体征稳定。

张振和阿迪力摘下口罩，长长地舒了一口气。

阿迪力心潮澎湃，对心脏大血管外科团队说：“这例手术的成功开展，离不开援疆专家张振教授和我们心脏大血管外科团队的通力合作。这些年，广东援疆专家横跨万里来我院进行帮扶。临床中，他们总是手把手，耐心细致地为临床医护人员传授新理念、新技术、新方法，认真带教。这不仅使我院医护人员开阔了眼界，同时也增长了业务知识，提高了业务水平。通过带教，我院培养出一支支带不走的业务精、素质高的医疗队伍。”

阿迪力此言不差。

除了缺医少药，医疗卫生条件相对落后，南疆地区还是肺结核、结石病、肝炎、艾滋病和外科创伤的高发地区，曾一度出现“有医院，没医生”现象。广东援疆医生重心下移、医疗卫生资源下沉，围绕打造国际区域医疗中心、建设丝绸之路经济带医疗桥头堡，构建了以喀什地区第一人民医院为龙头，以受援地为基地的“组团式”医疗援疆新格局。先后选派960名援疆医生，传帮带受援地医疗卫生人才12万人次。

一串串闪光的足迹，一组组豪迈的数据，完美诠释了广东力量的深刻内涵。

筑梦天山，援疆事业灿若朝霞。

筑梦天山，粤新友谊情满珠江。

不仅是粤新友谊情满珠江，京疆情谊一样满天山。

在和田地区，北京援疆医生“生命接力赛”的故事荡气回肠。

那天，地区卫校“五四”青年节联谊活动正在欢声雷动地进行着。

美丽大方的古丽仙翩翩起舞，她跳的《和田玫瑰》是纯正的维吾尔族舞蹈。热情如瑰、美丽如玉的古丽仙舞艺精湛，舞出了绿洲的气息和芳香，更舞出了红玫瑰般的热烈与绚烂。护理班同学沸腾了，将骄傲自豪的掌声和欢呼声频频送给台上的古丽仙。一滴鲜血溢出古丽仙的鼻孔，她没有感觉到。当她以优雅的舞姿谢幕行礼时，一阵天旋地转传遍全身，古丽仙倒下了。她被火速送进地区医院，黄永成大夫检查后大吃一惊，花季少女古丽仙得了血癌。

晴天霹雳炸响在一个普普通通的职工家庭。这个家庭刚刚经历过一场灾难。大女儿结核性脑膜炎治愈才告一段落，债务如山一般压在尼露拜尔这个当家人的心头。古丽仙的消息传进这个家庭时正是晚饭时分，一家四口围坐在炕头上，就着咸菜和干馕，喝着稀稀的揪片子。古丽仙是这个家的骄傲和希望，全家人无不为她而脸上放光。尼露拜尔望着气喘吁吁的阿娜尔说，不会搞错吧？阿娜尔说：阿姨，不会搞错的，古丽仙经常流鼻血，已经在宿舍里晕倒好几次了。尼露拜尔手里的干馕吧嗒一声落在炕上，瞬间晕倒在被褥上。这个极度贫困的家庭雪上加霜，往后的日子不知道怎么度过。

此时躺在病床上的古丽仙面色苍白，她不知道自己得了什么病，但医生和同学们的神情告诉她情况肯定非常严重。这样的情形已经不是第一次，小小年纪的她常常浑身乏力，直冒虚汗。她不知闺蜜阿娜尔已去报信，母亲正搂着大病初愈的姐姐和幼小的弟弟哭成一团。

值班室里，儒雅的北京援疆医生黄永成陷入沉思。这个年仅15岁的学生怎么会得这样的病？血红蛋白还不到4克，如果不是送得及时，后果还真不好说。以往的病例在眼前一一翻卷着，直觉告诉他这个漂亮的维吾尔族姑娘摊上大事了。这个大事就是令人望而生畏的白血病。这个病死亡率极高，目前这个阶段病情尤其凶险。好悬，如果是个临床经验缺乏的年轻大夫必先化疗，那样将断送古丽仙鲜活的生命。仅从外表和人缘看，黄永成就能猜出古丽仙有多优秀。

黄永成果断采取了医疗措施，这个措施一个星期后就显示了效果。古丽仙的烧退了，鼻子出血和皮肤出血点等症状一天天得到缓解，苍白的脸上也渐渐有了血色。当第一个疗程40天结束时，古丽仙的病情完全得到缓解。专家会诊后给出这样的结论：诊断及时、用药准确、疗效显著。黄永成长长舒了一口气，脸上露出了欣慰的笑容。

在北京市援疆和田指挥部例会上，古丽仙的事儿成为指挥部成员的一份牵挂，很快飞进整个地区援疆干部的心里。总指挥卢向南敏锐地意识到，这绝不是件简单的事，意义已经远远大于医疗救助本身。平时都在讲，援疆事业会让我们化蛹成蝶，实现了大我。援疆的使命会让我们超越梦想，实现了小我。援疆的经历会让我们读懂责任，品味友谊，珍惜生活。这一次，就让古丽仙成为一块试金石吧。一条条建设性意见和果断措施飞往地区卫健委，成为古丽仙生命接力的绿色风向标。从卢向南开始，捐款、问候、探望……援疆干部情不自禁成为古丽仙的坚强后盾。人性的光辉在玉龙喀什河畔闪烁着夺目的光芒，一条又一条感情的纽带将北京与和田紧紧连接起来。

援疆指挥部成了古丽仙家的“定海神针”，全家人对古丽仙康复坚信不疑。黄永成与古丽仙拉了钩，他们相约古丽仙出院后去白玉河捡玉石。

2022年的钟声敲响了，惴惴不安的黄永成不得不告诉古丽仙自己要回北京的消息。古丽仙愣了一下，捂着脸放声痛哭。她不知，黄永成的同事杨志斌正在飞往和田的飞机上。两个副主任医师电话相约，将这场生命接力赛进行到底，彻底治好古丽仙。

与黄永成一样，杨志斌也是友谊医院血液科的优秀专家。治愈古丽仙的病已是友谊医院一项政治任务。当杨志斌下了飞机急匆匆走进古丽仙病房时，尼露拜尔正给女儿收拾东西。杨志斌惊呆了，古丽仙在轻轻抽泣。古丽仙的病情大有好转，可这个五口之家几乎倾家荡产了。经过全家商议，家里痛苦地决定放弃对古丽仙的治疗。杨志斌看见古丽仙头发因化疗掉了一半，用围巾包着头，脸色苍白，像一只无精打采的小猫。

杨志斌揪心的痛，他的眼前闪现出山花般灿烂的女儿丹丹，丹丹与古丽仙年龄相仿。杨志斌在心里千万次扪心自问，如果古丽仙是丹丹自己会放弃治疗吗？无论是医生还是父亲，他都做不到。一行热泪不知不觉滴落下来，毕竟人世间不可复制的唯有生命。杨志斌迅速将情况向卢向南做了汇报，最终援疆干部的真诚和援助之手感动了尼露拜尔，留住了古丽仙。

阳光透进病房的时候，朝霞般年轻的同学们来看古丽仙了。她们的青春活力点燃了面无血色的古丽仙，她与同学们击掌发誓，要战胜病魔，重返课堂。古丽仙告诉同学们，北京来的医生就像爸爸。泪水打湿了姑娘们的眼睛，她们相约，待到玫瑰怒放时来接古丽仙！转眼间玫瑰花蕾初绽了，亚砷酸和柔红霉素的交替作用，已使古丽仙彻底摆脱了死神的纠缠，未完的学业和灿烂的前程在远方招手。

杨志斌在灯下细细推敲下一步治疗方案，刚刚与北京大本营通了电话，“第一棒”黄永成和友谊医院专家们无时无刻不在关心着古丽仙。毕竟这是个夺人性命不眨眼的顽症，一般人很难逃出它的魔爪。黄永成功不可没，采取了切实可行的救治措施。接下来这个不容有一丝一毫闪失的生命保卫战眼下就看杨志斌的了。

古丽仙再次走到人生的十字路口。进行三次化疗后，古丽仙的病情得到缓解，可家里的经济状况不允许她继续治疗下去。杨志斌焦急万分，追到古丽仙家，尼露拜尔流着泪水说亲戚朋友都借遍了，周围的人都说这个病就是个无底洞，治不好的。杨志斌的脑袋一下子大了，片刻他冷静下来，他的眼前闪现出丹丹的红润脸蛋和带着古丽仙姐姐回北京的嘱托。

睿智和涵养回到杨志斌身上，他说了这样一番话："古丽仙的病已经得到有效控制，经过治疗是可以痊愈的。不错，第一个疗程花的钱是多，那是为了控制病情。接下来的治疗绝对花不了那么多钱了。咱们用国产药，十个疗程下来花费才相当于前期治疗的五分之一。但是请你们相信我杨志斌，孩子将来就可以和正常人一样工作和生活。"尼露拜尔的眼里早已热泪盈眶，古丽仙的姐姐已泣不成声，爸爸和弟弟一左一右握着杨志斌的手不知道说什么。杨志斌决定不能再麻烦卢指挥，尽管他再三交代有事直接找他。这一回，他自己想办法，治疗绝不停止！

夜里，躺在病床上的古丽仙在思考一个非常现实的问题：黄大夫和杨大夫为什么对她这么好？如果没有他们的帮助，自己还能挺到现在吗？第二天查房时，杨志斌将一首《和田玫瑰》发到古丽仙的手机上，告诉她是一位北京援疆干部写的。听完这首歌，古丽仙思绪万千，和田的玫瑰枝条较为柔弱软垂且多密刺，每年花期只有一次，可就这一次就像那明媚春光如梦如幻，又如醇厚的芳香让人沉醉，更似情窦初开的少女柔情似水缥缈余香。既然同是生命的绽放，那不妨就做一回和田玫瑰。趁古丽仙看手机，杨志斌将一个大信封悄悄塞到她枕头下。晚上古丽仙打开信封惊呆了，是8000元钱。

杨志斌与丹丹视频，女儿鼓励爸爸坚持，一定要将古丽仙姐姐治好并带回北京家中，还将自己的零花钱用微信转给爸爸，以助力古丽仙姐姐。杨志斌的眼睛湿润了，他将古丽仙当作自己的女儿，精神上鼓励、物质上支持。古丽仙坚强善良，乐观向上，还懂得国家通用语言。她将生命交给杨志斌，坚信早晚有一天自己会重扬生活的风帆。

十几个疗程后，古丽仙生命之花绽放出夺目的光彩，死神再也奈何不了这位一脸阳光的姑娘。这年秋天，古丽仙跟随新生一起复学，在与杨志斌告别时，她情不自禁地喊出了“杨爸爸!”

这天下午，卢向南再次听取了地区卫健委挂职副主任尹维宏的汇报，此时古丽仙和北京援疆医生的故事早已传遍大街小巷。但是，尹维宏主动承担古丽仙的学费和赠送学习用品的事，却对卢向南打了埋伏。

卢向南精心组织了一次别开生面的北京援疆干部总结会。古丽仙在阿娜尔的陪同下走进会场，当她用颤抖的声音响亮地喊出“我爱北京医生”时，全场响起了经久不息的掌声。杨志斌的眼前又浮现出丹丹的身影，他暗暗对自己说，等古丽仙去北京检查时，让两个女儿结成石榴般团结一心的对子。

杨志斌今天回北京。古丽仙扑在杨志斌的怀里泣不成声，杨志斌将自己的笔记本电脑送给了古丽仙。杨志斌回到北京，笔记本电脑连起了几颗心。黄永成、杨志斌、丹丹，还有卢指挥、尹主任，一时间古丽仙感到自己实实在在拥有了一个家，一个非常非常大的家。有了这个家，疲倦的时候会想到它，受惊吓的时候不会害怕，取得成绩的时候有骄傲的地方。杨志斌起飞了，渐渐看不见了。不久，各种书籍寄来了，北京果脯寄来了，救命的维甲酸也定期寄来了。古丽仙如沐春风，她坚信，今生今世她与北京难舍难分，那里有她一个家。

春天到来的时候，一位叫王一冉的医生走进和田地区医院。气质高雅的王一冉发现古丽仙很乐观、有礼貌、积极向上，还懂得感恩。每个月，古丽仙都要来医院查血常规，她总要风雨无阻地捎上一些玉米、土鸡蛋和红枣。王一冉隔三差五打电话查询问候，会提前安排好床位等候古丽仙住院治疗。

这天刚上班，医院财务室遗憾地告诉王一冉，古丽仙的住院费拖了很久了。王一冉走访古丽仙家后，心情沉重地对财务室的同志说，她家实在拿不出钱来了。随后王一冉推开了院长办公室的门，院长特批古丽仙可以先治疗后筹钱。

王一冉敲开卢向南的办公室的门。指挥部连夜作出决定，迅速解决古丽仙的治疗困难。春雨潇潇，社会各界关注古丽仙的人越来越多。古丽仙病情稳定，康复很快，学习成绩直线上升。在精心治疗的同时，王一冉为古丽仙买了漂亮衣服，带来北京特产，两人亲如姐妹，同学们羡慕不已。

“情系和田，直达心田”大型义诊活动在和田拉开帷幕。古丽仙没有想到，杨志斌作为专家团成员回到和田，还带来了黄永成的亲切问候。古丽仙见到久违的杨志斌，一头扑进他的怀里。这一回，走进古丽仙家的除了杨志斌，还有一位身材高大、气度不凡的中年男子，他是北京友谊医院的院长。他亲自安排了古丽仙到北京住院全面复查，并与古丽仙全家合影留念。

阳光灿烂的一个日子，古丽仙在尼露拜尔的陪同下如期飞往北京。捐款活动在卢向南等人的率先垂范下进行得非常顺利，古丽仙北京期间的所有费用解决了。古丽仙不知，此时，卢指挥与地区卫健委的领导已经在商量她毕业以后的事。

这天，在大家忐忑不安的等待中，一个振奋人心的消息沸腾了友谊医院血液科。古丽仙创造了白血病治疗史上的奇迹，她的白血病已经临床治愈，如果五年内不复发，她就彻底战胜了白血病。王一冉与古丽仙紧紧拥抱，尼露拜尔拉着杨志斌和黄永成的手不知说什么好。就是这三位援疆医生“生命接力”，帮助古丽仙彻底赶走了死神。这时在医院捐款箱前，许许多多医护人员在为古丽仙捐款。那个美丽的初秋，杨志斌和丹丹陪着古丽仙母女来到了天安门广场，两个不同民族的女儿结成了心心相印的对子。尽管当时古丽仙的头发还没长出来，但她在北京留下了最灿烂的笑容。

五年前，古丽仙在等待那个最后的结论。五年后的今天，结论让古丽仙明白了许多刻骨铭心的道理。那就是：无论什么时候，都不抛弃、不放弃，因为只要坚持，曙光就在眼前。

时光悄然流逝，古丽仙和杨志斌一直通过微信保持着联系。在杨志斌的鼓励下，她在卫生学校完成了学业，成为墨玉县医院的一名白衣天使。她护理病人特别耐心、细心，赢得了医院领导和同事的认可。一个叫艾尼瓦尔的小伙子闯进了古丽仙的生活，他被古丽仙的故事深深感动，以至于滋生出忠贞不渝的爱情。他同情古丽仙的不幸，更钦佩古丽仙的顽强毅力和对美好生活的追求。爱情在一个花好月圆的葡萄架下结果了，他们决定步入婚姻的殿堂。

欢快的鼓点在县城一个宴会厅里经久不息地敲着，一场别开生面的婚礼拉开了帷幕。在大家祝福的目光中，艾尼瓦尔牵起了古丽仙的手。一对特殊的汉族父女格外引人注目，身穿洁白婚纱的古丽仙高兴地向大家介绍："这就是我的救命恩人杨志斌医生和妹妹丹丹，为了参加这场婚礼，他们特意从北京赶来。"

在雷鸣般的掌声中，艾尼瓦尔和古丽仙向杨志斌深深鞠躬。尼露拜尔热泪盈眶，她拉着杨志斌的手告诉他，大女儿在工厂上班，儿子开了一家饭馆，她和丈夫种的红枣连年丰收，家里的经济状况慢慢好了起来，马上要搬进团部的楼房了。

一年后，古丽仙家的小院里洒落一缕缕和煦的阳光。古丽仙的微笑里透露着幸福，儿子有一双和她一样的大眼睛。杨志斌专门发了微信红包祝贺。丹丹期望在北京见到可爱的小宝宝，说已准备了意义非凡的礼物。古丽仙给杨志斌发微信道：我们计划在国庆节时，带着儿子去北京。

这时，一窝小燕子在院墙上鸣叫。古丽仙展示了自己的微信签名：来电管家提醒您，古丽仙正在幸福中。

阳光路上，一支支永远不走的工作队，在喀什、在和田、在克孜勒苏柯尔克孜自治州、在兵团师团，进行着一场伟大的追梦圆梦工程。

而"敬佑生命、救死扶伤、甘于奉献、大爱无疆"的医者精神，始终在白衣战士们的血液里流淌。

12

第十二章

古城流韵

街巷的纵横交错
建筑的高低错落
布局的灵活多变
环境的曲径通幽
使其成为迷宫式特色城市街区
古城正奏出与时俱进的旋律

2024年2月9日，喀什像一只报春的燕子，随着电视银屏闪烁“飞入寻常百姓家”。

那晚，数千人组成的各族舞蹈演员身着节日盛装和各色舞裙助力这台艺术盛宴。气势壮阔、绚丽多姿的《舞乐新疆》让中国和世界观众领略了新疆歌舞的独特魅力。不仅如此，那个夜晚在光与影的渲染中喜庆祥和。17条主干道和44个路口节点被彩灯和装饰物打造出了鲜活的主题，5万多个灯笼和中国结让这座千年古城流光溢彩。

一种属于喀什，更属于中国乃至世界的独特韵律，将古朴与现代完美整合。王宏伟的一曲《掀起你的盖头来》，迪丽热巴的一袭红裙翩翩起舞，大型舞蹈《舞乐新疆》，说唱节目《千里万里》火爆……那个夜晚之后，游客剧增，平均每天达十万人。

古城的韵律在流动，流出文化、流出品质、流出产业、流出创新，流出大美新疆的日新月异。

那天晚上，王龄萱应该是年龄最小的演员了。作为直接参与春晚喀什分会场的代表之一，她是幸运和自豪的。用她的话说：“能和迪丽热巴姐姐同台跳舞，在全国的舞台上看到自己，很骄傲！”

是值得骄傲，在她这个年龄就有如此表现。一个多月的练习，王龄萱吃了多少苦只有她自己知道。目标是明确的，绝不能在《舞乐新疆》中掉链子！她做到了，也享受着刻苦努力为她带来的快乐与荣耀。喀什古城很美丽！美丽的王龄萱在心里这样赞叹家乡。

1958年，迪里拜尔在这座城市出生时，远没有王龄萱幸运。小小年纪，就能在“家门口”登上万众瞩目的春晚舞台。不过那时春晚这种艺术形式还没有出现，没有出现并不代表迪里拜尔对歌唱艺术的追求可以松懈。她想，既然出生在歌舞之乡，就要为这片热土奉献点什么。从喀什到乌鲁木齐，从新疆歌舞团到中央音乐学院声乐歌剧系，她的步履是坚实的。每一步，无不印证着这位喀什姑娘的坚韧不拔和兼容并包。她在打拼，喀什人拥有的美好品质和活泼开朗，也在岁月的长河里泛着光泽。

1987年，她获得中央音乐学院硕士学位，并进入中央歌剧院工作。一年后应聘到芬兰国家歌剧院担任独唱演员。此后，她在歌剧舞台上成功塑造了几乎涵盖所有花腔女高音的重要角色。除了歌剧，她还与世界著名指挥家及交响乐团合作过不计其数的音乐会，足迹遍布二十多个国家和地区，被全世界赞誉为唱响世界的“中国夜莺”。

世界著名女高音歌唱家尼尔松这样评价：歌剧院多的是，迪里拜尔只有一个。

搜狐网这样评价：无论走到哪里，迪里拜尔从未忘记自己的祖国，无论在音乐会上还是在她的个人专辑里，她总要唱一些中国及维吾尔族民歌。芬兰总统曾赞扬迪里拜尔作为中国的文化使者，为中芬友谊及两国间的文化交流作出了贡献。中国的夜莺迪里拜尔，永远是祖国和人民的骄傲。

新疆艺术剧院原副院长、新疆歌舞团团长艾尼瓦尔·赛买提说：“迪里拜尔对家乡那份热烈又细腻的爱，兴许就是她这辈子最执着的信念。”

迪里拜尔，在维吾尔族语中是“美丽”和“给予”的意思。几十年来，这只百灵鸟从来没有忘记自己从哪里飞来，对新疆始终一往情深。

2024年5月2日晚，在新疆人民剧场，一首满怀深情的《衷心感谢》拉开了迪里拜尔独唱音乐会的序幕。六个月后，她被授予“喀什市文化旅游形象大使”荣誉称号。

2025年1月3日，在新疆艺术学院“声乐艺术名家进校园”文化艺术研学实践活动现场，迪里拜尔为新疆教育学院实验小学的200余名师生带来了一场别开生面的声乐艺术大师课。一个月后，她的“夜莺与华丽之声”专场音乐会将在青岛凤凰之声大剧院开唱。

无论迪里拜尔还是王龄萱，都应该感谢喀什这片音乐热土。

喀什仅仅是一片音乐热土吗?

著名诗人周涛生前认为：你可以一眼望穿其他城市的五脏六腑，但你永远无法看透喀什那双迷蒙的眼睛。

他在巩乃斯河边的军垦农场接受过“再教育”。那里生活条件艰苦，劳动负荷极大，军营管理让他很难适应。一年的军垦农场生活结束后，他就地分配至南疆的喀什地区。然而，并非顺风顺水。恰恰相反，人生的磨砺和艺术的熏陶让他在文学创作上崛起！他开始在《喀什日报》《新疆文艺》《新疆日报》《朝霞》等刊物上发表诗作。

1978年，新时期文学运动兴起，在思想解放运动的鼓舞和启蒙下，他写出抒情诗《天山南北》，广受好评，并受到曹禺、徐迟称赞，遂在新疆文学界脱颖而出。随着长诗《八月的果园》的出版，他被喀什地区团委特招入伍，从此他开始了专业创作生涯，直到走进新疆军区，成为当代著名诗人、散文家。

喀什于他，是一片福地。

著名文化学者余秋雨说：如果你想从事的历史不是一般的历史，而是“大历史”，如果你想从事的文学不是一般的文学，而是“大文学”，那么，请务必多去西域、多去新疆、多去喀什。他认为，到喀什不能选择人群密集的旅游景点，而应该去看乔戈里峰、慕士塔格冰川、红其拉甫口岸、亚克艾日克烽火台，以及千年不倒的胡杨和大漠风光。

喀什噶尔古城历史悠久、文化丰厚、风情独特，素有“不到喀什游不算到新疆，不到古城游不算到喀什”的美誉。古往今来，这片土地吸引了无数仁人志士的目光。“博望侯”张骞凿通了西域，“定远侯”班超驻守过这里，大唐高僧玄奘经过这里，意大利旅行家马可·波罗到过这里……他们的确不虚此行，他们的到来就是对喀什最好的褒奖。

喀什，还是简单意义上的喀什吗?

如果对喀什古城追根溯源，较有权威的著作当属《汉书·西域传》。

“疏勒国……王治疏勒城……有市列……”，这是2100余年前张骞对喀什古城的最早文字记录。喀什古称疏勒，意为“玉石集中的地方”。公元前2世纪，张骞出使西域，使其成为贯通亚欧大陆东西方的交通要道，以及中国、印度、希腊三种主要文化交流的纽带与桥梁。喀什，水到渠成地成为历史文化重镇，促进了波斯文明和中原文明的碰撞、交汇和融合。经过岁月的洗礼，这座城市愈益显现出强大的活力。其实，早在张骞通西域前，疏勒就是最理想的商品集散中转地了。“田地肥广……草牧饶衍……有市列”，足以为证。在那个时代，“有市列”可不是一件容易的事儿，那是要以商贾云集、人声鼎沸为依托的。马可·波罗目睹这一盛况，将疏勒称之为“东方开罗”。开罗是埃及首都及最大城市，也是非洲及阿拉伯世界最大城市。横跨尼罗河，气魄雄伟，风貌壮观，是整个中东地区的政治、经济、文化、商业和交通中心。马可·波罗敢将疏勒比开罗，足见其政治经济的实力。

公元前60年，汉朝在新疆设西域都护府，喀什纳入中国版图。

新中国成立后，人民当家作主，古城喀什焕发出蓬勃活力。她从历史烟云中走来，一步一个脚印，在栉风沐雨中天翻地覆般的变迁。

从原疏附县城及近郊析置成立了喀什市，这是1952年的事儿。

1986年12月8日，喀什市成为国家历史文化名城。

1992年2月20日，喀什市被确定为国家一类开放城市。

国家开放了喀什市西南的红其拉甫口岸及其西北的吐尔尕特口岸，中西之间经济文化交流开始进入一个新时期。

著名教授蒙曼长期致力于中国古代隋唐历史文化研究。她对喀什的内涵有着深刻体验：在喀什古城，大家都非常的友善，老百姓随时可以唱起来、跳起来，其实这就是新疆最美的样子，也是最有吸引力的地方。如果不到喀什就不知道这里有这么大的吸引力……喀什是诗和远方最好的承载者。

“诗和远方最好的承载者”，何等形象和深刻！

我第一次来到喀什，是参加自治区地市党报工作会议。车驶入喀什市郊，许多总编辑已经跃跃欲试。入住的喀什噶尔宾馆成为一种永恒的记忆，仅仅“喀什噶尔”四个字就让许多人兴奋起来。

会议间隙，我举着相机在市区内拍个不停。熙熙攘攘的人群，吆喝声此起彼伏的烤肉、水果摊、表情各异的人物、艾提尕尔清真寺等等无不被我兴奋地摄入镜头。

去朝思暮想的高台民居是最后一天，在这之前我做了功课。高台民居维吾尔语为“阔孜其亚贝希巷”，意为“高崖上的土陶”。这里居住着几百户维吾尔族居民，他们衣着朴素，神态安详，待人友善。或许是来人太多的缘故，对问候和拍照之类的事，男女老少早已习以为常了。抓拍最成功的一幅照片，当属一位身材高挑、神态自如、笑容可掬的维吾尔族姑娘。那个瞬间，她正与一位外地游客亲切交谈。可能是聊到了动情处，那双美丽的大眼摄人心魄，我果断按下快门。夜幕降临了。标题是照片的“眼睛”，我和几位同仁为此煞费苦心。《笑容》，俗；《眸子》，平；《仪态万方》，太大。突然，一个再好不过的标题跳了出来，《巧笑倩兮，美目盼兮》。

这出自《诗经·卫风·硕人》：手如柔荑，肤如凝脂，领如蝤蛴，齿如瓠犀，螓首蛾眉，巧笑倩兮，美目盼兮！意思是：手指纤纤如嫩荑，皮肤白皙如凝脂，美丽脖颈像蝤蛴，牙如瓠籽白又齐，额头方正眉弯细。微微一笑酒窝妙，美目顾盼眼波俏。

这幅颇具内涵的照片《巧笑倩兮，美目盼兮》，自然在很多报刊上发表，还被收入一部画册，淋漓尽致地展示了高台民居维吾尔族姑娘的风貌，很有现实意义。

那天，穿梭于40多条小巷间，印象最深刻的是千篇一律的土黄色墙壁和建筑风格。兴奋之余，不免有单调乏味甚至破败凋零的感觉。我在想，喀什古城位于喀什市中心，景区面积约为1.57平方公里。这极为罕见的“高崖上的土陶”若不加以修缮和保护，随着岁月的流逝早晚会凋敝的。或许是看出了我的担忧，《喀什日报》的同志告诉我，不仅是凋敝的问题，这里人口密集，房屋破旧，巷道狭窄，地震、狂风、暴雨等自然灾害时时威胁着市民们的生命财产安全。快了，大规模的改造就要开始了！

2008年，喀什古城改造的动议得到国家和自治区的高度重视；

2009年，喀什古城区危旧房改造综合治理全面启动；

2010年，喀什古城核心区改造工程正式启动。同年5月，中央新疆工作座谈会议上，中央正式批准，喀什设立经济特区。

2013年，外围片区改造被大力推进。喀什古城的特色被最大限度地保留下来，包括1个核心区、27个外围片区。

2015年，喀什古城成功创建国家5A级旅游景区，成为全国最大的开放式自然人文旅游景区，让越来越多的中外游客流连忘返。

截至2020年底，喀什古城改造工程累计投入资金70.49亿元，完成危旧房改造49083户、507万平方米，对古城区28个片区按照“串点成线、连线成片、整体推进”的原则，集中连片打造核心区15条街巷和外围区域18个特色街区，大大改善了古城居民的生活居住环境，提升了整个喀什的城市品位。

与此同时，新城区兴建的号角也吹响了！短短时间，“五纵五横”主道网络与喀什城区、315国道、航空港、火车站等紧密相连；数千盏灯柱矗立的深喀大道绵延10公里，大道两侧是喀什花园、市民服务中心、图书馆、体育中心。

“玩在古城、吃在古城、住在古城”项目启动仅仅三个月，集高档民宿、音乐酒吧、民族茶馆、旅游纪念品、特色小吃为一体的“一户一品”特色业态建成，古城民宿大放异彩。丝路驿站、阿凡提驿站、蓝院子、夏故里、漠里莫见、梓桐苑、绮辰民宿、那时慢等相继诞生，日均住宿率达到40%。

如今，喀什古城被誉为“最后的西域，活着的古城”。

清晨，最激动人心的时刻莫过于开城仪式。那时群情振奋，来自四面八方的游客无不被眼前的视觉与心灵盛宴所折服。由“史上名城、融汇文明、智慧幽默、古城来客”四个部分组成，别具一格。旁白、对话、舞蹈、杂技……古丝绸之路的历史风貌和中华民族多元一体的文化内涵被展示得淋漓尽致。

开城仪式围绕一个“开”字做足了文章。开城，是一种欢迎和友善的态度。以载歌载舞的形式欢迎八方来客，又是一种胸怀。张开双臂欢迎客人，是热情好客的维吾尔族人民一种最普通的肢体语言。它传达出欢迎和友善的情感，表示开放和接纳、自信和独立、舒适和放松。其实，开城仪式更是一场精彩演出，与游客互动表演才是高潮。

走进古城，各种古朴造型的建筑上写着这样的语句——

“喀什古城，中国太阳落山最晚的地方。”

“活着的烟火古城”。

“我和古城有个约会”……

如果说古城是喀什的灵魂，人就是古城最美的韵律。

不是吗？为改造古城殚精竭虑的建设者、苦尽甘来的居民、南来北往的游客，才是古城喀什流动的韵律。是他们托起了这座城市的过去、现在和未来。

“笃……笃……”

几乎每隔两三天，一位长者就会迈着轻盈的步子在喀什古城主城区行走。布袋巷、彩虹巷、磨坊巷、吾斯塘博依街、汗巴扎美食街、布拉克贝希巷……13条主街及99条小巷，2万余户土木或砖木结构的民居，鳞次栉比、结构多样。她喜欢闻这里的味道，看熙熙攘攘的人流，与精神焕发的居民们聊天。有谁不认识她呢？她是一位退休干部，曾经参与过古城改造项目环保手续的办理。在那段如火如荼的日子里，她总是挨家挨户走访。是她，把最好的消息第一时间传递给居民们；是她，在年久失修、乱搭乱建的古城前掉了泪。她声泪俱下地说：这里已成危城，再不改造后果将不堪设想！

记得当时有好几种改造方案，广泛征求意见后如数上报给中央决策。最终，“一户一设计”“修旧如旧”的改造原则出台。改造原则字里行间透出远见卓识和殷切关怀，深深影响着喀什的发展。至今，对这个改造原则她还念念不忘。

不仅是这位退休干部，艾买提江·麦麦提老人对古城的感情历久弥新。他在这里生活大半辈子，依旧转不够、看不够、玩不够。这是一种什么情绪呢？有文艺天赋的他，苦思冥想后得出了一个结论：是乡愁，地地道道的乡愁！每当他弹唱《最美的还是我们新疆》后，这种感觉愈益强烈。乡愁是需要一种寄托载体的。很快，他在千年老街吾斯塘博依路上开起了一家“古老房茶餐厅”。之后，来喝茶的人络绎不绝，有老哥们，也有游客。每到这时，他就拿起热瓦普弹唱起来。

> 我走过多少地方，
> 最美的还是我们新疆，
> 牧场的草滩鲜花盛开，
> 沙枣树遮住了戈壁村庄，
> 冰峰雪山银光闪闪，
> 沙海深处清泉潺潺流淌，
> 哎……

好像这样，心里那种感觉才得以痛快淋漓地宣泄。他对朋友们说：“喀什古城是我们永远的乡愁！”

木合塔尔·居玛洪听完艾买提江·麦麦提老人声情并茂的弹唱，竖起了大拇指。他非常赞同艾买提江·麦麦提老人的观点。是的，喀什古城是我们永远的乡愁！

二十世纪八九十年代，木合塔尔·居玛洪敏感地意识到，这里房屋破旧，基础设施差，就业创业机会少。等，终究不是个办法。随后，脑子灵光的他去了一趟苏杭，回来时带回一批上等布料。布料卖给了一位巴基斯坦客商，从谈到成交不过半小时的事儿。他有点恍惚，便掐了一下自己大腿，疼！他恍然大悟，古城是个施展才干的大舞台。他决定，用这赚的第一桶金在家门口做生意。可做生意是需要场地的，就是店铺。经过一番折腾后，他有了自己的店铺。直到这时他才松了口气，以后可以不出门赚钱了。他没想到，古城的改造给他的店铺带来了源源不断的生意。店面在扩大，生意越做越顺。他就想，什么时候都不能忘记乡愁，老物件是一种怀旧的载体。他开始一趟又一趟地跑旧货市场，老旧物件被他一件件“淘”了回来。家人问他干什么，他说你们不懂。其实，他是准备开一个民间博物馆，让所有街坊邻居都记住乡愁。

古城西区的喀斯普巴扎，原本是专门加工销售笼屉的地方，如今发展成了产业丰富的商品一条街。自从木合塔尔·居玛洪在古城外买了电梯公寓，他就把改造后装修一新的房屋租了出去。来古城的时间少了，可逢年过节走动时，和街坊邻居聊得最多的还是古城的变化。此时，他又在动那个心思：开一个民间博物馆！

记住乡愁是不忘初心的感情流露，留下印记就是踔厉奋发的具体行动。

2015年，北京媒体人王莉背着她的行囊走进喀什古城时，恰逢国家5A级旅游景区挂牌，喀什古城最辉煌的时刻她遇上了。对媒体人而言，敏感性是“雷达”。“雷达”告诉她，一个前所未有的机遇来到了。但她毕竟长期舞文弄墨，即便是走南闯北，也不过是那里的匆匆过客。现在，在喀什古城创业的念头在心头盘桓，如同一只燕子在屋檐下寻觅立足点。正徘徊之际，另外一名背包客董诗才来到王莉面前。南疆人文景观，特别是喀什古城的底蕴，让两个背包客眼睛放光，心中燃起熊熊烈火。王莉很快做出了一个惊人之举，辞去北京的工作，到喀什古城创业！

亲戚朋友感到她在“发烧”，而且“烧”得不轻。王莉颇不以为然，看准的路就毅然决然地走下去。她花费一年多时间，“疆湖风墅”民宿伴着氤氲的喀什气息应运而生。毕竟是干过媒体的，一开张动静就很大。不是声势大，而是民宿别具一格。“厚重华美的挂毯和衣物，古朴无瑕的连廊和木梯，个性迥异的房间和露台，优雅独特的桌椅和摆饰……”给喀什古城阿热亚路这条小巷增光添彩。

旗开得胜！王莉和董诗才喜不自禁，“斑马小姐”和“斑马先生”随之成为他们两人的网名。

维吾尔族朋友来了，左邻右舍也来了。来祝贺，也给予他们帮助和指导。“斑马小姐”和“斑马先生”坚信，文化永远是商业高地山上那面迎风招展的旗帜。围绕文化，“斑马小姐”和“斑马先生”有了新思路。不久，一家颇具喀什特色的文化空间“斑马公社”成立了。

在“斑马公社”小院中，各式各样的装饰品无处不在。色彩斑斓的手工挂毯、精致的茶具与器皿、来自世界各地的老物件、不同文化背景的照片，应有尽有。步入这个空间顿感一种温馨，至于藏在装饰品后面的历史也好，故事也罢，无不是文化的胜利！只有文化交流交融，才有心灵的碰撞。于历史痕迹和现代创意的碰撞中，于古朴与现代的交织处独享闲适时光，是“斑马公社”的点睛之笔。

“疆湖书房”则是“斑马小姐”和“斑马先生”另外一种创意。手工摆件、书画影集、图书、手工艺品，彰显文化底蕴的同时，营造了浓郁的文化空间。还有印有古城烟火气息的明信片，更是老少皆宜。从海内外来到这里，若是在明信片上留个邮戳，岂不时髦？

面对地域空间、文化空间、生存空间，大跨度的抉择，远非“斑马小姐”和“斑马先生”两人。

亢翌，来自四川的创客。说实话，蒙曼教授在中央电视台发表的“喀什是诗和远方最好的承载者”是很有感染力的。为了这片“诗和远方”，亢翌女士步“斑马小姐”和“斑马先生”的后尘来到了喀什。仅仅在巴格其巷转了一圈，进了两户居民家，她就做出了一个干脆利落的决定。当然，没有古城众多维吾尔族朋友的帮助，她起步不会这么快。亢翌的“丝域精品民宿”开张那天，晴空万里，预示着她的事业壮志凌云。

湖南创客周星星和姐姐是来古城游玩的，游着游着就游出了人生的精彩之处。古城先是给了姐妹俩亲近感，接着是一些居民兼店主的悠然自得吸引了她们。作为创客，她们去过许多地方，唯有这里让她们辗转反侧、夜不能寐。艾青的诗《年轻的城》一次次撩拨着湖南妹子的心。

第三天，她们的心思开始转变，开一家旅拍店的念头越来越强烈。经过进一步考察，“湘疆旅拍店”油然而生。姐妹俩按捺不住激动的心情，开始通过网络联系裁缝定制街拍服饰，招聘摄影师和化妆师，思考店面文化和运营方式……姐妹俩下定决心，就把这里当成自己的第二故乡！

迪力夏提·吐尔逊和妻子海迪雅是在大学期间相识相爱的，海迪雅来自坦桑尼亚，成就了一段穿越国界的浪漫。

在喀什古城，迪力夏提·吐尔逊和海迪雅就是一道美丽的风景。带着心爱的人创业，本身就是件幸福又充满挑战的事儿。不过迪力夏提·吐尔逊眼光独到，他决定开家咖啡店，这是从小喝咖啡长大的海迪雅起的主意。那段时间，迪力夏提·吐尔逊几乎“钻”进了咖啡世界。

原来“咖啡”一词源自阿拉伯语，意为“植物饮料”。当全球各地喝咖啡的人越来越多，“咖啡文化”无处不充满生活的每个角落。家里、办公室、各种社交场合，品咖啡成为一种时尚。1898年，咖啡被引进中国海南省文昌迈号镇种植。经过一百多年的变迁，咖啡进入高速发展时期……基于这样的了解，更出于对古城市场的考量，“迪力和迪雅”咖啡店开业了。

一开业就大热。海迪雅懂咖啡，迪力夏提·吐尔逊会经营，一对金童玉女将跨国之恋的故事延续出新的内涵。爱情的结晶有了，网红店名副其实。

来这里打卡的顾客除了品尝纯正的非洲咖啡，还有一个小九九，与迪力夏提·吐尔逊和妻子海迪雅合影留念。这样的请求，夫妻俩怎么会驳人家的面子？他们笑容满面地答应了。

在喀什古城布拉克贝希巷长大的卡哈尔·买买提明，一度迷上了蜡烛。

蜡烛是一种日常照明工具，可燃烧发出光亮。卡哈尔·买买提明就想，不是把老师比作蜡烛吗？这照亮别人、牺牲自己的工具，可为古城做点什么呢？许多外国影片里的蜡烛画面跳动起来。卡哈尔·买买提明甚至想到了那脍炙人口的诗句："春蚕到死丝方尽，蜡炬成灰泪始干。"顿时，他有了更高的意境，蜡烛有温度有热度，就从这"温度和热度"开始吧。很小的时候，他和小伙伴们就批发过蜡烛，自食其力的意识和能力始于那个时候。出于对生活的热爱，卡哈尔·买买提明的蜡烛店开张了。一根根蜡烛，在生日宴会、大小节日、集体哀悼、红白喜事等活动中放光发热，占据着居民生活很重要的位置。这些，难道不是一个居民对生他养他的故乡的另外一种回报？

善于思考的卡哈尔·买买提明还发现，古城居民热爱生活的方式很多。比如修建房屋时，左邻右舍会普遍使用木雕、砖雕，这是无可非议的传统艺术。还有，家家户户房前屋后种植的花花草草，也应该是居民热爱生活的一种表现。再说蜡烛，小小的身板却能释放出淡淡的情绪，岂不是一个奇迹？

燃烧自己，照亮别人，是蜡烛精神。这对出生在古城的一代人而言，是一个奋斗的坐标。

大学生西热扎提·迪力夏提在古城汗巴扎出生。家乡情结使他的暑假格外有温度。他将古城变为课堂，想把自己的才华施展出来，为家乡做点事儿。

一拨、两拨……游客被他带到古城汗巴扎。还没有怎么开口讲，儿时的情景就在眼前闪现。那时家里的危旧房屋令人尴尬，生活条件很差。暴雨、狂风、寒冷……他和家人经常为此担惊受怕。当他用今天的幸福生活和家乡的巨变为古城鼓与呼时，许多游客流下了泪水。这天，一拨来自浙江的游客被西热扎提·迪力夏提的精彩解说深深打动了。他们表示尽自己的绵薄之力，将这项改造建设速度最快、改造方式最尊重民意的民生工程，以自己的方式传播给左邻右舍，吸引更多的游客来！笑容在西热扎提·迪力夏提的脸上绽开，他真诚地给浙江游客频频鞠躬。

古再丽努尔·吾布力阿西木是呼吸着古城磨坊巷的空气长大的，她刻苦学习，终于如愿以偿考上了大学。古城改造拉开帷幕时，她在外地的一所大学正废寝忘食。古城改造这件大事轰动一时。那天《新闻联播》结束后，同学们纷纷向她表示祝贺！激动不已的同时，她感觉到了责任感和使命感。她暗暗告诫自己好好读书，把翅膀练硬了回去报效家乡！大学毕业了，她毫不犹豫地回到古城，成为一名管理型干部。

古再丽努尔·吾布力阿西木喜欢观察事物，尤其喜欢观察游客的一颦一笑。她发现，这座自己再熟悉不过的古城，正发生着前所未有的巨变。更为重要的是，此城非彼城了。昔日无人问津的巷子里，有一种叫作“魅力”的东西在闪闪发光。一间不大不小的门面房里，就业者不仅仅是古城居民。有喀什市的，也有周边县的年轻人，一切都源于两个字——巨变！

爱喀什古城已潜移默化到每一户居民，人人都是最棒的设计师。富起来的居民争当志愿者，心甘情愿地为古城建设发展服务、为游客提供便利。一个不起眼的旅行社服务点上，往往罗列的旅游线路就有八九条之多。居民们恨不得游客什么都看，千万别漏掉一条线路。

游客变创客，创客参与古城创建的现象越来越普遍。管理者当然底气十足。因为古城改造后，居民居住、生意人做生意都放心了；房子好出租了，租房人有了当房东的底气，承租人有了创业的激情；整个城区上下，变得宜居宜业又韧性十足。

也就两三年工夫，3家民宿已增至110余家，2家旅拍店增至160余家。经营餐饮、旅游纪念品的店铺和摊点数不胜数。以“百年老茶馆”“爷爷的爷爷的爸爸的馕”为代表的店铺，饱含着创业者的智慧、心血和汗水。

喀什古城的韵律，在旅游打卡点“坎土曼巴扎铁业社”流动。

驻足这里，不禁让人联想到第二次工业革命。于一个民族和地区而言，坎土曼功不可没。它应该是维吾尔族人民撬动地球最原始也最称心如意的农具了。如今它在完成大部分使命后，像一位“献了青春献终身”的老者，接受人们的敬意，也在反思未来。坎土曼的未来是什么呢？是为人们研究农具提供借鉴。俗话说，天下三大苦：打铁、撑船、磨豆腐。“坎土曼精神”代表着勤劳、勇敢、无畏的开垦精神，也一直激励着人们在历史潮流中不怕困难、不怕牺牲、奋勇向前。

喀什古城的韵律也在喀什中亚、南亚国际商贸市场中流动。这里占地4万平方米，有近万种商品，是西北地区最大的商贸市场，5000多个摊位分布在二十多个不同区域，年销售额在一亿元以上。不折不扣的第一名！

夜幕笼罩下，喀什古城这个离海最远的城市，离现代却如此近。

高楼大厦被霓虹勾勒出迷人的身姿。彩灯、路灯倒映在东湖水上公园。要知道，公园的白天都能醉煞游人。碧水蓝天，波光粼粼，水鸟欧翔，游艇如织……此时，在灯的色彩中，熙熙攘攘的人群仿佛一股彩流，缓缓移动。更妙的是，LED大屏在高楼大厦间制造扑朔迷离的效果将内容不一的信息发布给这座城市。

方圆8000多平方米的自然景观，自然会有奇迹发生。2024年6月，喀什市首届龙舟赛在人们的惊呼中，在世界的瞩目下，荡起人们心中的涟漪。一个不争的事实——“戈壁滩”上赛龙舟，像报春的燕子般再次“飞入寻常百姓家。”

当然，盘橐城、福乐智慧园、乌帕尔新石器文化遗址、汉诺依古城遗址、三仙洞、耿公祠、布拉克贝希泉……也无不流光溢彩，绽放着中华文化的绚丽色彩。

“不到喀什，不算到新疆；不到古城，不算到喀什。”具有2000多年历史的古城喀什，是全世界最大的生土建筑群。而“街巷的纵横交错，建筑的高低错落，布局的灵活多变，环境的曲径通幽”，也使其成为我国唯一的特色迷宫式城市街区。

古城韵律，正流出与时俱进的风采。

13

第十三章

稻香帕米尔

六月的阳光普照
托乎提纳扎尔·色提瓦尔地又开始播种了
库来西·买买提在自家水稻地里插秧
从绿油油的秧苗上阿布拉江·胡达亚嗅到了稻花香
帕米尔高原上的“水稻革命”
在蓬勃地展开

芒种时节雨纷纷，江南水乡插秧忙。

古往今来，鸟语花香的江南水乡与高寒缺氧的帕米尔高原相隔千山万水，二者之间似乎缺乏想象的空间。可日新月异的时代顺理成章地将其连在了一起，创造出稻花香飘帕米尔高原的奇迹。

帕米尔高原东麓的克孜勒苏柯尔克孜自治州阿克陶县，柯尔克孜语意为“雪山”。就在这里，一幅生机勃勃的插秧图景让人们叹为观止。

说到插秧，不禁想到南宋诗人杨万里的《插秧歌》。诗中，江南农户全家总动员，拔秧、抛秧、接秧、插秧的紧张忙碌而秩序井然跃然纸上。

> 插秧的诗一直很诱人：水田是镜子/照映着蓝天/照映着白云/照映着青山/照映着绿树；农夫在插秧/插在绿树上/插在青山上/插在白云上/插在蓝天上……

芒种时节，蓝天白云倒映在汗铁热克村的水田上。村民托乎提纳扎尔·色提瓦尔地手握方向盘，驾着插秧机稳步前进，身后的秧苗像绿色诗行。两个合作伙伴，一个紧盯着播下的秧苗，一个在地头小心翼翼地搬运秧苗。

这是一群高原牧民。

一年前的这个时节，裹着棉衣棉裤的托乎提纳扎尔·色提瓦尔地和小伙伴们挥舞羊鞭跟着牛羊漫山遍野地跑。眼下，手里的羊鞭变成了绿油油的秧苗，他们跻身于海水稻的种植者行列，好不气派。

这项事业源自一个声名赫赫的科研团队，团队的掌舵人更是蜚声海内外。他就是“杂交水稻之父”“共和国勋章”获得者、中国工程院院士袁隆平。

2018年5月28日，袁隆平海水稻团队在青岛城阳区启动“中华拓荒人计划”，前景令人振奋。在我国五大主要盐碱地类型和延安南泥湾次生盐碱与退化耕地共六地，同时进行水稻插秧“拓荒”，建立稻作改良试验示范基地，开展耐盐碱水稻品种审定区域种植试验和盐碱地稻作改良技术产业应用示范。

这天，88岁的袁隆平院士亲手筛选秧苗，产生巨大影响。随后，“中华拓荒人计划”得到社会各界的热烈响应和大力支持。

2019年12月18日，在第四届国际海水稻论坛上，中国银联正式加入“中华拓荒人”计划，并宣布将于五天后启动“一块造福中国”公益活动。

2020年6月5日，由种福田、青岛海水稻研究发展中心等合作方联合发起的“小小拓荒人”计划正式启动，旨在传承中华拓荒人精神。当天，青岛航空正式加入“中华拓荒人计划”，成为航空领域首家战略合作伙伴，并认领了10000亩盐碱地用于海水稻的种植。

不久，一部叫《慕士塔格》的电影问世，以帕米尔高原种植海水稻、改良盐碱地以及展现波澜壮阔的民族风情与壮美画卷为背景，故事蓝本源自阿克陶县的智慧农业产业扶贫项目。

而一部叫《稻路》的纪录片，将创新采用油画动画与现实场景相结合的艺术表现形式，追求超越电影质感的视听效果和文学语言，呈现给电视观众与网络观众，希望从艺术的角度，带领大家探索不为人知的“中华拓荒人”的故事与感动。

此时，海拔3000米的汗铁热克村面临着一次历史性抉择，托乎提纳扎尔・色提瓦尔地和乡亲们夜不能寐。

祖祖辈辈生活在古称“葱岭”的帕米尔高原。每天，托乎提纳扎尔・色提瓦尔地和小伙伴们挥舞着羊鞭优哉游哉地放牧。在村民眼里，羊和牦牛是他们最大的家业，因为它们关乎一家人的吃喝拉撒。这么说没毛病，可26岁的托乎提纳扎尔・色提瓦尔地总觉得哪里不顺畅。夜里，躺在床上，他不止一次地想，就这样围着羊屁股转，一辈子？他有点不甘，更有点心悸，一辈子多漫长呀！看看前辈，他们安于现状那是没有办法，可我们是村里的有生力量，还读过书，尽管只是小学毕业，可抡羊鞭绰绰有余。现在，让识文断字的托乎提纳扎尔・色提瓦尔地依旧待在这山高坡陡、沟壑纵横、植被稀疏的高原上抡羊鞭？他觉得非常憋屈。

唉声叹气在狭小的空间里持续，爸爸妈妈又何尝不知？一墙之隔的爸爸咳嗽了一声，那是一堵薄薄的墙。夜深人静的时候，爸爸妈妈的絮絮叨叨全是操心，托乎提纳扎尔・色提瓦尔听得一清二楚。老两口想，他们这辈子认命了，可儿子也这样，孙子也这样吗？有啥办法呢？汗铁热克村以畜牧业为主，地非常有限。就是那仅有的497亩地，也是乡亲们与山洪博弈的成果。土壤非常薄，几乎没有什么肥力。山洪发一次，地就被冲刷一回，哪还有一点地的模样？碎石间或其间，与其说是地，不如说是掺合了淤泥和碎石的“大杂烩”。就是这样的“大杂烩”，全村人均能有几分？山洪、贫瘠、荒凉……日复一日、年复一年地如影相随，赶都赶不走。

曾经，托乎提纳扎尔・色提瓦尔地将羊鞭甩得脆响后仰头问天：这贫穷的日子何时是个头？山谷回应他的只有无尽的回声。

并非就没有一点希望。汗铁热克村，柯尔克孜语为巨大的一棵杨树，这不就是一种期望绿色永驻的寓意？有树，何惧风雨？可高原裸露的山体上容不下树立足。当地政府也曾尝试修路。路，大大方便了汗铁热克村民的出行，踩在平坦的砂石路面上，牛羊开始撒欢。可山洪每年“光顾”几次后，路就面目全非了。不仅是路，还有那几百亩薄地；不仅是薄地，还有全村258户牧民的心。汗铁热克村民备受山洪、贫穷的摧残和煎熬。

对托乎提纳扎尔·色提瓦尔地来说，50只羊和8头牦牛，几乎就是他的全部生活。全家8口人，主要收入来源就靠它们了。托乎提纳扎尔·色提瓦尔地即便是想走出大山搏一搏，也挣脱不了这沉重的羁绊。生活，让年轻人冷静了许多，可冷静并不代表向大自然投降！隐隐约约记得，有个“欲与天公试比高”的说法，托乎提纳扎尔·色提瓦尔地不明白是啥意思，只是觉得特别提气。下山请教了学校里的老师，他不禁倒抽一口冷气。原来这是毛泽东的诗句，出自著名的《沁园春·雪》。老师仅仅告诉他字面意思，托乎提纳扎尔·色提瓦尔地就热血沸腾起来。白雪覆盖的群山，好像银蛇在舞动，高原好像白象在奔跑，它们都想试着和老天爷比一下谁更高？从学校出来，托乎提纳扎尔·色提瓦尔地抬头看了看天空，精神为之一振。

机遇来到帕米尔高原上，“葱岭”有了“郁郁葱葱”的希望。阿克陶县围绕精准扶贫、精准脱贫的目标开始实施。2018年11月，易地扶贫搬迁的热潮彻底改变了汗铁热克村的命运。托乎提纳扎尔·色提瓦尔地一家来到距离县城不远的搬迁点，分到一套80平方米的楼房。

楼房简直是神了！有电有水，还有天然气和暖气，这让大半辈子待在山上的父母一下子难以适应，甚至怀疑这是真的吗？

有抱负的托乎提纳扎尔·色提瓦尔地非常理解老人，在山里待久了难免孤陋寡闻。这是党的政策的力量，这种力量排山倒海，什么人间奇迹都能够创造的！他给父母讲了新时代的概念，也讲了为人民谋福利的中国共产党。父母知道毛主席，托乎提纳扎尔·色提瓦尔地告诉父母，为人民服务就是毛主席首倡的，他老人家的思想正在代代相传。父母不停地点头，泪水溢出眼眶。电视里，为人民谋福利的习近平总书记正亲切探望山区人民，神态慈祥，笑容可掬。托乎提纳扎尔·色提瓦尔地说，总书记正带领全国人民挖穷根呢。老人恍然大悟，这就是儿子所说的新时代和新时代的领路人！

第三天，托乎提纳扎尔·色提瓦尔地4岁的儿子上了免费的幼儿园。送儿子回来，搬迁点的负责人来家里征求意见。他告诉托乎提纳扎尔·色提瓦尔地，计划两年内将帕米尔高原上的特困牧民分批搬迁到平原地区。托乎提纳扎尔·色提瓦尔地非常兴奋，两年后，258户村民在这里聚齐，还是他们的汗铁热克村。搬迁点内，排排小树正在生长，“巨大的一棵杨树”的寓意正在变成现实。

下山的牧民有的选择进工厂当工人，有的种起了大棚蔬菜，托乎提纳扎尔·色提瓦尔地毅然选择到海水稻试验田工作，他和三个小伙伴有幸成为阿克陶县第一批种植海水稻者。丢掉羊鞭，在一片盐碱地开始创业，过一种闻所未闻的生活。

他们是何等幸福。阿克陶县的智慧农业产业扶贫项目，正是袁隆平团队以海水稻技术为核心，借助盐碱地四维改良法，结合数字化农田技术及物联网、云平台、大数据等技术，打造的国家级农业产业扶贫示范项目。

托乎提纳扎尔·色提瓦尔地和两个合作伙伴，无疑是“中华拓荒人计划”首批受益者。他们深知，“中华拓荒人计划”旨在广泛推广袁隆平院士最新科研成果——耐盐碱水稻（俗称“海水稻”）技术，通过整合社会各界资源，传递稻作改良盐碱地的重大意义，同时让更多人支持、参与稻作改良盐碱地事业，从而共同实现“改造亿亩荒滩，增加亿亩耕地，保障粮食安全”的伟大目标。

他们还清楚，“中华拓荒人计划”传递以袁隆平院士为代表的老一代农业科学家的大爱情怀，可以一举多得的解决粮食安全问题、环境问题、淡水资源问题，让更多的人吃饱饭，同时用现代科技农业让更多人吃好饭。

习惯了放牧生活，尽管还不太适应6月的炎热天气，每天一大早种稻插秧，已是托乎提纳扎尔·色提瓦尔地他们自觉自愿的行动。海水稻是一种在重度盐碱地上能生长的新品种，稻种和栽培方法来自袁隆平的科研团队。技术是很成熟的，托乎提纳扎尔·色提瓦尔地他们只要严格按照操作规程干就是。一切都是全新的体验，一道道难题纷至沓来。

种植水稻，不要说对牧民，对于地地道道的农民来说也非易事。首先是地，水田的第一要务是平整，插秧机的轮子在上面。若地不平，插秧机压上去会非常颠簸。这不，托乎提纳扎尔·色提瓦尔地感到方向盘特别重，插秧机的轮子被大小坑别来别去，机身扭动着像腾云驾雾，托乎提纳扎尔·色提瓦尔地大口喘着粗气，衣服全湿透了。两个合作伙伴示意他停下喘口气，托乎提纳扎尔·色提瓦尔地没有理，倔强地把持着方向盘。渐渐地，插秧机开始听话，秧苗保持直线了。

说起第一天，托乎提纳扎尔·色提瓦尔地脸就发烧。不是插秧机跑偏了，就是秧苗插密了，没有一样达到技术要求。反正，这天让牧羊高手托乎提纳扎尔·色提瓦尔地栽了不少面子。可话又说回来，面子值几个钱？秧插好了才是最大的面子。现在，不仅插秧机在托乎提纳扎尔·色提瓦尔地手里乖乖地，到了机器无法作业的地头，合作伙伴们卷起裤腿就跳进小腿深的泥水里人工插秧。团队精神在插秧机的前行中渐渐形成了。托乎提纳扎尔·色提瓦尔地表情依然严肃，心里却乐开了花。

他们有所不知，从2018年开始，袁隆平海水稻科研团队已经在帕米尔高原重度盐碱土地上试种了300亩海水稻，当年亩产达到549公斤，取得初步成功。对有大面积盐碱地的新疆来说，海水稻种植前景广阔。就在托乎提纳扎尔·色提瓦尔地一家搬进搬迁点的前一个月，县里与袁隆平海水稻科研团队合作，将扶贫搬迁点的7260亩盐碱地承包给对方。双方约定，海水稻种植用工优先选择搬迁下山的贫困户。按照规划，先试种1000亩海水稻，预计全年临时用工将达到2000人次，雇工全部来自附近搬迁点的牧民。

托乎提纳扎尔·色提瓦尔地是幸运的，月工资达3000元，那可是昔日全家人一年的收入。合作伙伴的收入自然也不差，他们暗暗庆幸跟对了人。牧民搬迁脱贫，最难转变的是观念，最缺乏的是技术。托乎提纳扎尔·色提瓦尔地和小伙伴们搭上了时代的快车。

本是七月流火的难熬季节，皮拉勒乡琼巴什村水稻种植基地却喜气洋洋。

种植户库来西·买买提以前不懂诗，自从与水稻结了缘，特别是绿油油的稻苗随风摇曳时，他情绪超好。有首歌是这么唱的：吐鲁番的葡萄熟了，阿娜尔汗的心醉了！葡萄可以让人心醉，水稻又何尝不能让库来西·买买提陶醉呢？收获水稻那天，他蹲在自家的15亩水稻田里心潮起伏。就说这个抓饭吧，曾经是维吾尔族过节、待客的必备食品之一，现在走出天山得到南北方人的普遍认可。抓饭最重要的原料大米，居然可以在盐碱地上长出来，还是自己亲手种的。莫非是做梦？祖祖辈辈吃抓饭，库来西·买买提吃着抓饭长大，用自己亲自种出的大米做抓饭，是个什么感觉？

不知为什么，他突然喜极而泣。就是这个时候，伟人的诗句“喜看稻菽千重浪”跳进了库来西·买买提的脑海。为了享受第一次收获水稻的喜悦，他是做足了功课的。维吾尔族能歌善舞，从来都不缺浪漫和想象力，阿凡提更是智慧和幽默的化身。他想，开割水稻那一刻，总得学着文人墨客的样子来点什么。就特意向一位农民诗人讨教，问有没有写水稻丰收的诗。诗人见库来西·买买提对诗感兴趣，立马来了精神。他毫不犹豫地给库来西·买买提推荐，还逐字逐句地讲解了伟人的《七律·到韶山》，并坚定不移地告诉库来西·买买提，没有什么人能超过伟人的诗，还列举了当年《沁园春·雪》“洛阳纸贵”为例。他心悦诚服地说，就“千重浪”三个字的意境和气势就够自己学100年的。库来西·买买提不是很懂，站在自家待开镰的水稻地头豁然开朗，“千重浪”把他彻底征服了！

这年，库来西·买买提家种植的15亩水稻，按市场价每千克稻米6元算，除去成本，挣了24000元。难能可贵的是，他开始崇拜诗歌，一有空就往农民诗人家跑。其实，劳动者就是诗人。只不过，他们的诗行写在大地上。

琼巴什村土地平坦、水利资源丰富，适合水稻生长。沐浴着全国对口援疆、精准扶贫和乡村振兴的阳光雨露，打造“帕米尔雪米”特色农产品品牌成为皮拉勒乡的重中之重。

知道了特色对农产品的重要性后，琼巴什村家家户户开始了深深的思考。这些种水稻时间不长，但尽职尽责的村民们无一例外地看了纪录片《稻路》。在村委会大会议室里，他们几乎是屏住呼吸一个画面一个画面地看。

纪录片以“稻”为中心线索，从考古学、民族学、文化人类学、生物学、农业科技等角度，全面展示稻作文化的丰富内涵和历史意义，以及广西稻作文化与中国乃至世界历史文化的关系。涵盖了广西与稻作有关的重要人文、自然景观和民族文化风貌，展现出广西在稻作文化起源、发展中的重要地位及独特贡献。袁隆平、梁庭望等多位专家的采访，更是将种水稻的学问说得清清楚楚，村民们走出会议室还意犹未尽呢。

琼巴什村不再平静。这个时候，村里的水稻种植面积达到了1530亩，已经是个很大的突破了。每亩产量比上不足比下有余，大概400千克。村委会主任告诉他们，全村的年总产值是367万元。最为关键的是，全村556户人家，户均增收5500元。这已经是非常好了，与其他村比，琼巴什村完全可以偷着乐了！

但是，他们没有。村干部说，还不是乐的时候，远着呢！当大家再一次看完《稻路》后，心里涌出很多滋味。一个念过大学的小伙子引用了一句名人的话，点醒了大家。这句话就是“革命尚未成功，同志仍须努力。”这是革命先驱孙中山先生说的，此时用在琼巴什村的水稻“革命”上，再恰当不过了。

稻子是种成功了，可邻近的乡村都在种，竞争的风暴迟早会来临。怎样才能立于不败之地呢？还是在村委会那个会议室里，一个热烈的话题被讨论得透彻，像晶莹剔透的石榴籽一样。品牌，必须有过硬的水稻品牌。

以后的努力是艰辛的，也是脚踏实地的，村民们感到非常自信。琼巴什村的居安思危，得到皮拉勒乡党委的高度重视。其实，就在琼巴什村组织村民看《稻路》时，乡干部们早已开始琢磨品牌的问题，并将其作为主攻方向。

上下同心，其利断金。在品牌思想指导下，一个非常有底气的品牌——“帕米尔雪米”诞生了。皮拉勒乡人心里跟明镜一般，站稳市场的切入点正是品牌。经过艰辛的努力，“帕米尔雪米”大米商标成功注册，先后获得国家地理标志保护产品、有机食品认证。

2020年是一个让皮拉勒乡人可以“偷着乐”的年份。这一年，“帕米尔雪米”被纳入全国扶贫产品目录。在脱贫地区农副产品网络销售平台助力下，售出大米1.63万公斤。年底一算账吓了一大跳，销售额居然达到了20.46万元。品牌效应成为皮拉勒乡家家户户餐桌上的热议话题。他们没有想到，第二年售出大米18.56万公斤，销售额突破百万元，累计达123.29万元。

2022年的第一缕晨光洒满皮拉勒乡的稻田时，皮拉勒乡人奔走相告：皮拉勒大米在线销售部成立了！从这天起，与时俱进的皮拉勒乡人找到了致富的路径。依靠科技种稻，通过线上、线下销售“帕米尔雪米”。从这年起，任凭市场起波澜，皮拉勒乡“帕米尔雪米”的销售额始终稳定在100万元以上。

“帕米尔雪米”的知名度和影响力呈直线上升，天山南北，乃至全国市场。高原人开拓出一条绿色化、优质化、特色化、品牌化的水稻生产之路。

“轰隆隆……”

机器昼夜轰鸣着，声音来自阿克陶县泉水大米农副产品加工专业合作社厂房。流水线上，稻谷在传送带上有条不紊地运转，最终稻谷被加工成色泽晶亮的精米。

“轰隆隆……”

这是村民们最爱听的声音，尽管在夜空里已经远远超过了噪声分贝标准，可没有一个人嫌烦。恰恰相反，这是最能激发他们想象力的声音。伴着“轰隆隆……”的声响，平整土地的情景，水田插秧的欢乐，稻子抽穗的喜悦，稻穗摇曳的身姿，无不在眼前浮现。夜深了，枕着他们认为极其动听的声音入睡，是一种享受。走在致富路上的皮拉勒乡人，安然入睡了。

晨曦刚刚微露，乡亲们就早早起来了。走过合作社厂房去下地，精神格外抖擞；晚上端起饭碗，诗情画意又在眼前。海水稻，让他们的生活发生了质的飞跃。一双双曾经牧牛羊的手，居然种出了水稻，而且是香喷喷、色泽晶亮的海水稻。合作社厂房内，成吨的大米在打包待运。

泉水大米农副产品加工专业合作社在皮拉勒乡举足轻重。合作社在能力范围内，帮乡亲们富起来，在不断提升技术装备水平的同时，积极动员村民种植水稻。这样的合作社怎么能没有市场竞争力呢？成立于2009年的皮拉勒乡泉水大米农副产品加工专业合作社，解决了30人的就业，村民们说，这是咱自己的合作社！

30人每天不用走远，在自己家门口就可以赚钱。一年下来，户均增收2.4万元。对乡亲们来说，这样的合作社是不是福祉？

合作社负责人艾斯卡尔·纳斯尔是一名党员，他说，如果不种海水稻，情况就不会是这个样子的。不是这个样子是什么样子呢？原来合作社的发展并不是一帆风顺的，前些年，经营不是很理想。海水稻种成功后，一切都变得顺顺利利。他清楚，这是遇上了好政策和大环境。他是搞稻米加工的，怎么能不知道好政策和大环境的重要性？掰着指头粗略算了一下，泉水大米农副产品加工专业合作社年加工规模在剧增，从最初的10吨发展到现在的500吨，这是个惊人的“三级跳”。合作社的年纯收入达到了224.4万元后，艾斯卡尔·纳斯尔开始有了新的谋划。

很快，他的谋划乡亲们投了赞成票，乡里拍板，又建起了两家成规模的加工厂和十余座小型加工作坊。“党支部+合作社+农户”的富民模式正在皮拉勒乡逐步形成。

海水稻的成功种植，改变、改良了种植结构和土壤，助力乡村振兴，拉动经济大幅度增长，让农民的腰包鼓了起来。

秋天来到阿尔帕村。夕阳西下，几双手摩挲着稻穗，千般情万般爱，都在轻柔的摩挲中了。他们是自治区纪委监委驻英阿尔帕村工作队的同志，此时，他们在思考一个最现实的问题：如何让水稻田实现“稻虾共养”？在水稻不断增产的同时，走出一条“稻虾共养”的路子。他们查阅了资料，也走访了许多水稻种植大户。经过反复论证，思路越来越清晰。开启以绿色有机、生态环保为出发点，发展茭白、田螺、小龙虾共养的生态模式。

说干就干！在工作队同志的指导协调下，流转英阿尔帕村集体土地150

亩试种。既然是试种，就会有许多不确定因素。这些，工作队的同志都想到了。不仅想到了，还给试种户讲清楚了。谁能说，第一个吃螃蟹的人没有顾虑？顾虑归顾虑，“稻虾共养”的前景诱人，加之工作队的同志给掌舵，试种就顺利了许多。

种植户说，测产是个让人胸口“扑通扑通”跳的时候。那天，150亩试种田里一片欢腾。稻米亩均产量300千克，小龙虾亩均产量就达到了500千克。这是让人没有想到的，一个工作队员用手机拍下了这激动人心的一幕，还用计算机算了一下。当时小龙虾均价每公斤90元，亩均收入在12000元左右，亩利润却达到了8000元以上。首战告捷！

在工作队同志的建议下，皮拉勒乡水稻种植协会顺理成章地诞生了。综合种养立体农业培训班上，专家的话通俗易懂。“稻鱼共养”“稻虾共养”“稻鸭共养”，无非一个目的，形成种养互补、一水共用、一田多收的“1+N”稻渔种养模式。从这天起，皮拉勒乡的水稻种植户们清清楚楚地知道了综合种养立体农业的最终目标，那就是提高农田综合利用率和水稻附加值，促进增产增收。尽管对“综合利用率”“附加值”还不是很明白，但“增产增收”他们已经体会到了，心里暖暖的。

好消息不断传来。在县城和喀什市，皮拉勒乡的小龙虾大受欢迎。这一年，小龙虾解决了11名村民的就业，带动了40余户村民增收致富，“一水两用、一田双收”的粮虾共赢战略奏效了。

还等什么？务实的皮拉勒乡很快作出决策。建起大规模水稻田近万亩，水稻综合养殖村3个。“一水两用、一田双收”的粮虾共赢战略正展现出独特魅力。

抗盐碱水稻这个意义深远的农业产业援疆项目，牢牢吸引着农业科研人员的目光。

江苏的科研人员来到了阿克陶县。王才林，江苏省农科院粮食作物研究所所长。他和他的团队将目标锁定在皮拉勒乡11村。这个村的土壤含盐量高达千分之三，而且水源紧张，如果在这里打开突破口，意义不言而喻。他们行动了，先后从全国各地105个优良品种中，选出了15个品种。先是让盐城的抗盐碱水稻在克州落地，继而开始试种。一年、两年……四个品种长势明显好于原有品种，大米晶莹剔透，口味更好。

4个品种成功了！

想象力是诗人的翅膀，又何尝不是科研人员王才林的翅膀？曾经他想让大丰的耐盐碱水稻长到戈壁滩上，让兴化垛田的油菜花盛开在帕米尔高原！可这个想法遭到一些人的冷嘲热讽，说这是“天方夜谭”，痴人说梦。王才林及其团队不信这个邪，终究梦想成真！

如今，在11村规整的稻田里，200亩地种植的全是抗盐碱水稻改良品种。饱满的稻穗倒映在水中，美丽的倒影让颇具诗人潜质的村民们浮想联翩。稻穗的颜色透着一缕缕光泽，给人以温暖与慰藉。

对原本做国际贸易的张家港企业家郁平来说，11村的稻穗带来的就不仅仅是温暖与慰藉了。他敏锐地发现11村的土、水、空气都没有污染，水稻生长期长达200天。因为没有病虫害，无需施用农药，这意味着无公害和绿色环保。一个长远规划在郁平脑海里形成：流转土地1万亩，推广种植王才林团队试种成功的水稻新品种！

当强劲的秋风再次吹遍阿克陶县的水稻田，郁平已签订18年经营合同，种植面积将扩大到1500亩。

勤劳智慧的江苏人，正把“天方夜谭”逐步变为现实。

江西科研人员也来到了阿克陶县。

援疆农业技术专家许煜峰经过反复调研考察后，有了这样的结论：经过数年的试验田研究，水稻品种不断升级。随着新粳2号、新稻21号、新粳4号等不同品种的种植，皮拉勒乡水稻产量与品质大幅提升。

喀拉苏村种植户阿布拉江·胡达亚种植的110亩水稻，选用的全是新粳2号品种。在地头，许煜峰和阿布拉江·胡达亚对产量信心满满。瞧，饱满的稻穗随风摇曳，秋阳为它们镀上了一层金辉。阿布拉江·胡达亚非常实在，他说，这样的好年景，之前是不敢想的！

不仅阿布拉江·胡达亚不敢想，全乡的种稻大户都不敢想。

皮拉勒乡素有“冰山雪米”之称，尽管种植水稻已有30多年的历史，但效益都不理想，更别说是名气了。究其原因，就是村民不注重产量和种植方法。采用冰川融水灌溉秧苗后，情况就大不一样了。雪白的稻米在十里八村有了名气，还产生了可观的经济价值。用阿布拉江·胡达亚的话说：那简直是一个天上、一个地下！

今年是阿布拉江·胡达亚更换种子后的第一年，他心里没有底。往年也就不到500公斤吧，邻居说：“更换种子你就能飞呀？”此时，阿布拉江·胡达亚正惴惴不安地等测产结果。

“阿布拉江·胡达亚，750千克！”

听到测产结果，阿布拉江·胡达亚怀疑自己听错了。许煜峰告诉他，千真万确！

阿布拉江·胡达亚一把抓过许煜峰的手，说：“不知道怎么感谢你们……”

许煜峰心里暖暖的。经过不断的试验推广，阿克陶县水稻种植面积逐年增加，单产提高，主栽品种也更新换代，实现了新品种全覆盖。

十月，在克孜勒陶镇，丝路佳苑丝路稻香园的海水稻掀起千层浪。300多亩海水稻全部实行机械化收割，脱粒、装车全机械化。也就一会儿工夫，谷仓就满了。

望着这神奇的场景，村民伊德尔斯·塔什铁木尔有点蒙圈。种了多年稻，播下种子怕冰霜，苗出来怕盐碱，稻谷成熟怕虫鸟，收获时节怕耽搁，耽搁一分钟都有损失，季节不等人啊。眼下可好，转眼间，稻子变成谷粒子，送到加工厂一打，就是白花花、亮晶晶的米了。农业机械化，亚克西！

是的，收割机是不会留下一点遗憾的，那不是一个人的心血，是科研人员和克孜勒陶镇丝路佳苑居民栉风沐雨苦干的结晶。

该用怎样的笔墨，为帕米尔高原上的阿克陶县树碑立传？在空气稀薄、盐碱严重的土地上大胆试验，成功种植海水稻；将一流的种子和种植经验普及到户，跨越30年种植经验提振农户士气；引机械化入稻田，高奏效率和效益之歌。

横空出世，莽昆仑，“海水稻”种植在阿克陶县大获成功。

然而，海水稻的起源并不在中国。

早在1939年，斯里兰卡就已经培育出世界上第1个抗盐水稻品种。中国20世纪50年代才开始投入到这方面的研究。

据专家称，中国海水稻后来居上的根本原因在于杂交水稻技术相对领先。1962年，袁隆平第一次种植天然杂交水稻。8年后的11月，他的团队在三亚发现野生水稻不育株——“野败”。这株野生雄性不育水稻打开了杂交水稻研究新天地，因为水稻是自花授粉的，海水稻也如此，那些生长在盐碱地上的野生水稻至关重要。随后，中国科学家利用国内野生耐盐水稻，引入了国外品系进行杂交筛选，使中国海水稻研究实现弯道超车，后来居上。尽管如此，中国依然是全世界最大的农产品进口国。2021年，中国进口粮食达1.64亿吨，14亿人的饭碗没有完全端在自己手中，情况不容乐观。

国家大力推广海水稻，除了产粮因素外，它还可以在盐碱地种植、改良土壤、省大量耕地。目前我国盐碱地有15.2亿亩，主要分布在西北、东北、华北及滨海地区，其中，近十分之一的盐碱地具有开发利用潜力。

海水稻大有可为，可在全国首次试种成功之地并不是阿克陶县，而是喀什地区的岳普湖县。它紧邻塔克拉玛干沙漠，土壤盐碱化严重，pH值高达7.8，90%的耕地中土壤盐含量超过了15‰，被视为“农业的荒漠”。在中国农业科技人员眼中，种植海水稻是唤醒这一“沉睡”资源的重要方式。海水稻在这个县的试种成功意义深远。

从2018年第三届国际海水稻论坛起，关于“海水稻”的相关报道开始频繁出现在大众视野中，可见袁隆平的国际国内影响力之深远。

2021年底，中国海水稻种植面积达60万亩；

2022年，海水稻种植面积超过了100万亩。

如果2026年到2028年，我国海水稻的种植面积能达到1亿亩，增产的粮食将多养活8000万人。

相对而言，高原种植海水稻远比平原地带艰难曲折。令人欣慰的是，帕米尔的稻花香，已引来天山南北百花艳。

2021年，喀什地区疏附县帕哈太克里乡开始种植海水稻。种植水稻前土壤PH值8.6、盐度0.2%，粮食作物无法生长。种植海水稻一年后，PH值降到7.5、盐度为0.15%，土壤改善效果非常明显。

帕哈太克里乡举办的“中农海稻杯”首届海水稻手抓饭大赛引人注目。获得第一名的厨师买买提依明·萨吾提说：“米选对了，手抓饭就成功了一半。”

这米叫海水稻弱碱米，晶莹透亮，粒粒饱满，煮出来的米饭口感筋道，泛着清香，是烹饪米饭、熬粥、制作手抓饭的上佳之选。馕，在维吾尔族群众心中具有非常重要的位置。“宁可三日无肉，不可一日无馕”便是例证。如今，随着手抓饭广为深入南北方游客的味觉，米的需求量剧增。

海水稻前景云蒸霞蔚，种植业一年上一个新台阶。

岳普湖海水稻种植基地，一片万马战犹酣的收割场景；

阿克苏地区温宿县稻田，研究员王奉斌带领团队正在寻求核心技术的重大突破；

中农海稻喀什科研试验基地，1.3万亩海水稻开镰收割。

新疆中农海稻生物科技有限公司董事长杨记磙豪情万丈：在喀什、和田、阿克苏、伊犁，我们都选择了不同的合作伙伴，目的只有一个，让更多的农户和农场能够受益！

米啊米，让阿克陶人思绪万千。

曾经无奈的盐碱地，因为一个人和他的团队的神奇种子，变成了聚宝盆。这是金种子啊，播下去就能收获崭新的生活。干部们告诉村民，这个全世界赫赫有名的科学家曾经来过新疆考察，没有他的严谨和超前，就没有今天的海水稻。

村民眼里的渴盼，村干部读懂了。他们便找来了2004年《感动中国》给袁隆平的颁奖词：

他是一位真正的耕耘者，
当他还是一个乡村教师的时候，
已经具有颠覆世界权威的胆识；
当他名满天下的时候，
却仍然只是专注于田畴；
淡泊名利，一介农夫，
播撒智慧，收获富足；
他毕生的梦想，
就是让所有的人远离饥饿……

阿克陶人牢牢记住了这句话——让所有的人远离饥饿！也将袁院士的身影永远铭刻在心上。他们寻找到了海水稻的源头，当然也记住了来自江苏、江西致力于抗盐碱水稻品种改良的科研人员。遗憾的是，当袁院士的预言正化作鲜活的事实，他却永远离开了我们，让世界育种领域痛失一颗巨星。

六月的阳光普照。

托乎提纳扎尔·色提瓦尔地和他的合作伙伴又播种了。

库来西·买买提在自家水稻地里一边插秧，一边吟诵“喜看稻菽千重浪”。

阿布拉江·胡达亚依然选用新粳2号品种，从绿油油的秧苗上，他仿佛已经嗅到了稻花香。

帕米尔高原上的“水稻革命”在蓬蓬勃勃地展开。

14

第十四章

策勒达人

金秋时节
打卡昆仑山下
石榴籽村一片花的海洋
毛泽东像章陈列馆暖流滚滚
新时代的“樊锦诗”激情四射

网络时代，一些原本内涵普通的词一经衍生，就有了超高的点击率和使用率。达人和打卡，就是时代的大潮汐上涌出的崭新用语。前者指在某一领域、某一方面非常专业、出类拔萃、非常精通的高手，后者是说到了某个地方或拥有某个事物。

金秋时节，我专程打卡昆仑山下的策勒县，三位维吾尔族达人走进我的视野。

石榴代表我的心

昆仑山下的石榴熟了。

望着丰收的石榴园，麦麦提热伊木·买买提明感慨万千。他喜欢石榴的色彩，红得灿烂，绿得青翠，黄得温暖，紫得神秘。特别是晶莹剔透的石榴籽，一看就让人的味蕾翻腾起来。麦麦提热伊木·买买提明又何尝不知？石榴的内在品质远远超过美丽的外表，能承受烈日的炙烤，更能够抵抗严寒的侵袭。这是一种什么特质？

总想对你表白，
我的心情是多么豪迈，
总想对你倾诉，
我对生活是那么热爱……

麦麦提热伊木·买买提明特别喜欢这首《春天的故事》。做梦都没有想到，一个在大漠深处种石榴的农民，居然在2017年春天，有了终身难忘的故事。

那是在第十二届全国人民代表大会第五次会议期间，习近平总书记来到了麦麦提热伊木·买买提明所在的新疆代表团。握着总书记的手，顿时，一股幸福的暖流涌遍全身。麦麦提热伊木·买买提明有千言万语想说："我今天太激动了！1958年，库尔班大叔来到北京见到了毛主席，我今天见到了习近平总书记……"

会议室内响起代表们的欢笑声，总书记问麦麦提热伊木·买买提明："像你们和田地区，农村土地都很少，您那个村里头，每一家有多少土地？"

麦麦提热伊木·买买提明告诉总书记："我们每家人口平均一亩二分地。"

总书记点点头："一亩多地。那现在这块地都是种粮食呢，还是种果树？"

麦麦提热伊木·买买提明回答道："都种果树！"

总书记继续问道："都种石榴？"

麦麦提热伊木·买买提明肯定地回答："对，种石榴！"

总书记用又问道："那不种粮食了吗？"

麦麦提热伊木·买买提明回答道："粮食就是中间种。"

总书记笑了："间作套种。"

面对新疆的人大代表，总书记强调，要紧紧围绕各族群众安居乐业，多搞一些改善生产生活条件的项目。多办一些惠民生的实事，多解决一些各族群众牵肠挂肚的问题，让各族群众切身感受到党的关怀和祖国大家庭的温暖。

这个夜晚，麦麦提热伊木·买买提明彻夜难眠。他在想，一个国家的领导人，对我们老百姓的小事情这么关心，我们还有啥可说的？撸起袖子加油干呗……

麦麦提热伊木·买买提明是2005年走上策勒县巴什玉吉买村党支部书记岗位的。

巴什玉吉买村人杰地灵，更让村民们骄傲的是别的地方石榴籽是白红色，这里是红黑色，好吃、好看亮。但由于长期的管理粗放，石榴产量低、品质低、销量低，根本没有发挥石榴主产区的效力。

麦麦提热伊木·买买提明上任后，迅速砍出了“三板斧”：植树固沙，栽种石榴，探索“套种”色素辣椒特色种植，向荒漠要土地要财富。

巴什玉吉买村人均收入60%来自石榴产业，他和村干部们一起对症下药。农业专家被请到村里，现场教授种植管理技术；一批又一批村民去经济效益好的石榴园参观学习，理念有了质的飞跃。

石榴树下，村民们七嘴八舌第一次谈起了管理。

“我算搞明白了，以前咱们那叫传统种植！”

“什么传统种植？实际上咱什么也没管呀，就是埋了埋土、浇了浇水嘛。”

“所以嘛，一亩地只能收300公斤到400公斤……”

向管理要效益成为巴什玉吉买村的一个目标。还是原来的园子，还是原来的石榴树，坐果率不断提升，让村民们的积极性空前高涨。施农家肥，一年两次修剪石榴树……科学种石榴，向管理要效益！成为家家户户的座右铭。

秋天到了。一测产，吓了阿日孜古丽·奥斯曼夫妇一大跳，亩产竟然达到了800公斤。他们是村里的种植大户，有7亩石榴地。很快，靠着石榴带来的收入，小夫妻花20万元盖起了100多平方米的新房子。乡亲们暗暗发誓，阿日孜古丽·奥斯曼夫妇就是榜样，来年咱也盖新房子！

2012年的时候，巴什玉吉买村人均纯收入达到3440元；2020年，人均纯收入就达到了10173元。

麦麦提热伊木·买买提明心里明白，这得益于党的好政策。总书记曾说："维吾尔族谚语说得好，事成于和睦，力量生于团结。中国这56个民族，多么稳定地安居乐业，而且相互之间又是这么和谐。正确的民族政策，我们要继续秉持它。"这样的亲切话语一直温暖着各族人民。

每到石榴丰收时节，麦麦提热伊木·买买提总要组织村民们重温总书记的嘱咐："像爱护自己的眼睛一样爱护民族团结，像珍视自己的生命一样珍视民族团结，像石榴籽那样紧紧抱在一起。"

麦麦提热伊木·买买提最欣慰的是，总书记当年关心的每件事都一一落实了。村民们住进了富民安居房，还经营起了肉兔养殖等特色产业，在家门口就能就业。孩子们欢天喜地，图书室、科普馆、篮球场应有尽有。戈壁滩上的巴什玉吉买村已经正式更名为石榴籽村。

五月，石榴籽村是一片花的海洋。石榴籽村约2000亩石榴园里，石榴花争奇斗艳。翠绿的树冠，艳丽的石榴花，一片和谐绽放异彩。吸引"四季看新疆"之"追着花儿看新疆"大型主题采访团来到石榴籽村。葡萄长廊、农家书屋、洗车房、服装店……记者们知道了，这就是乡村振兴中的新农村！

这些年来，麦麦提热伊木·买买提明做了100多场宣讲，把总书记的嘱托一一传递到基层群众中。在学校，他给孩子们讲"石榴籽"的寓意；在村里，他创办了"石榴花人民调解工作室"，解决困难、调解矛盾；在田间，他给村民们宣讲党的惠民政策。和谐渐渐成为村民之间、邻里之间、婆媳之间的桥梁。

2021年，石榴籽村超过一半的人买了小汽车；

2022年，石榴籽村人均纯收入达到12790元，其中种植石榴的收入占到一半，另外一半是养殖、外出务工和做生意的收入。

石榴籽村有这样的发展速度，天津市对口支援新疆工作前方指挥部功不可没。

以前的托帕路很窄，周边没有绿化，两侧临街的46户村民庭院十分破旧。天津援疆项目出资250余万元，使石榴籽村旅游线路两侧民居及门前中华文化、民族特色景观和形象得以完善。同步完成的托帕路沿街民居及其他基础设施，间接提高了石榴籽村村民的收入水平。

如何让石榴籽村从脱贫到富裕，一直是天津援疆干部思考的问题。在充分调研后，一个非常契合石榴籽村实际的方案出台了。津南区投资帮助石榴籽村建起了350平方米的汽车修理（洗车）厂，厂里各类设备设施齐全，成为远近闻名的修理厂。

修理厂成功了，如何让石榴籽村的石榴走得更远？成为天津援疆干部思虑的新问题。以往，卖石榴是石榴果农唯一的销售渠道。经过反复调研和论证，天津市对口支援新疆工作前方指挥部做出一个大胆决策，通过招商引资，投资100万元在石榴籽村托帕路建成策勒县和滇红酒业有限公司，将石榴、葡萄、杏子及桑葚等本地大量种植的水果深加工，生产成各类果酒。短短时间，产品已进入北京、天津的大型超市，产品质量、口感等深受当地市民认可，年销售量逐渐扩大，前景非常乐观。这个举措解决石榴籽村10人的就业问题，不仅拓宽了农民的增收渠道，还进一步完善了石榴产业链条。

在天津市对口支援新疆工作前方指挥部的全力支持下，石榴籽村的各项事业蓬勃发展，荣誉纷至沓来。

2017年，石榴籽村被自治区精神文明建设指导委员会评为自治区文明村镇；2019年被和田地委党的建设工作领导小组评为“八星级”党支部；2020年，石榴籽村团支部荣获自治区“五四红旗团支部”称号，石榴籽村被中央文明办评为第六届全国文明村镇。

最让村民激动不已的是脱贫攻坚工作成果显著，石榴籽村被中共中央、国务院评为全国脱贫攻坚先进集体。麦麦提热伊木·买买提明捧回这个沉甸甸的奖牌那天，全村沸腾了。村民们弹起热瓦普，跳起麦西来甫，与天津援疆干部一起载歌载舞，庆贺这来之不易的荣誉。他们心里跟明镜一般，这一切全靠党的好政策。

2022年，又一个喜讯传来。策勒县天津援疆民族团结馆荣获“和田地区民族团结进步教育基地”称号。麦麦提热伊木·买买提明来到天津援疆民族团结馆，这是援疆工作的又一个成果。此时此刻，他的心在剧烈翻腾，与天津援疆干部朝夕相处的日子仿佛就在眼前。他不知该用什么样的语言表达自己的心情，他真真切切领悟到了民族团结和对口援疆的深刻含义。千言万语化作一句话："党的政策，亚克西！"

2024年7月1日，一场特殊的演出活动在石榴籽村隆重举行。

活动以"东西南北中乡村互联通，宜居宜业和美乡村"为主题，联合了16个省区市39个单位含33个村主办。采取线上直播的方式，让全国观众欣赏到来自不同地区和民族文化的表演。活动现场，新党员入党宣誓仪式庄严而神圣。村民们带来的特色农产品、手工艺品和文化表演，充分展示了石榴籽村的独特魅力。

村民古丽巴努姆·麦提赛迪感到不可思议！在家门口就能通过直播带货的方式，把村里的特色产品推广到全国各地，她特别开心。古丽巴努姆·麦提赛迪不知，开心的事接踵而至。

2024年10月，"金石榴"全国青年（大学生）短片盛典部分主创人员造访石榴籽村后决定，在石榴籽村共同打造一个全国青年（大学生）"金石榴"影视短片创作教育实践基地，每届盛典都请推优短片的作者种下一棵棵寄托"青春梦想"的石榴树苗。

麦麦提热伊木·买买提明笑了，笑容格外灿烂。

他想，民族团结的事儿我要干一辈子！今年要想方设法招商引资，将石榴籽村的石榴汁生产出来。那个时候，石榴的价格可以更高，老百姓的收入也会更多……

亚夏，毛主席！

亚夏，维吾尔语意为"万岁"。

20世纪五六十年代的生人，对"亚夏，毛主席！"这句火遍全国的口号有着特殊感情。那是发自内心深处的呼喊，也是灵魂震撼后的真情表白。

维吾尔族人民高呼时，眼含激动的泪水。他们道不尽对人民领袖的感激之情，便用这句最朴素的语句直抒胸臆，却达到了震荡五洲、翻腾四海的效果。当时，中国乃至全世界人民对毛主席的感情是一致的，不同肤色的人有着高度统一的祝福：毛主席永远健康长寿！至今，毛主席离开我们已经近半个世纪，在韶山冲，人们对毛主席的崇拜非但没有因为岁月的流逝有丝毫减退，反而愈加强烈。

艾尼瓦尔·司马义在策勒呱呱坠地，是1968年6月的一天。

父亲是一名党员干部，对毛主席无限崇拜，工作更是勤勤恳恳。当这个虎头虎脑的孩子一天天长大，父亲为儿子描绘了一幅美好的人生图画。

哪知道，噩耗传来！1976年，周恩来、朱德、毛泽东相继离世。群山肃立，江河呜咽……

那是1976年9月12日，策勒县委大礼堂庄严肃穆。

阵阵哀乐，花圈似海。毛主席追悼会开始了，霎时，泪水化作倾盆雨。1000多名各族群众，无不沉浸在巨大的哀痛中。礼堂里挂满了大大小小的白花，大人哭了，小孩也哭了，8岁的艾尼瓦尔·司马义和同学们情不自禁地哭着。有的哭昏在地，当即被人架着离开了会场；有的，哭得浑身颤抖，被左右的人赶紧扶住。艾尼瓦尔·司马义再也忍不住，放声痛哭起来……

三天后，学校在足球场上召开了一个表彰大会。校长说：“在毛主席追悼会中，有三个同学表现特别突出，对伟大领袖毛主席感情真挚，起到了活动的表率作用。”艾尼瓦尔·司马义作为受表彰者，上台领到了5个本子和5支铅笔。

晚上，在饭桌上，父亲语重心长地对全家人讲：“毛主席永远活在我们心中，每个人都要化悲痛为力量，以实际行动来悼念他老人家。特别是刚刚获得学校奖励的艾尼瓦尔·司马义，一定要把学习搞好，争取将来有所作为。”

躺在被窝里，艾尼瓦尔·司马义还是有些莫名其妙，为啥给我奖励？班主任的话在耳旁响起：“当时在毛主席哀悼会上，你是哭得最厉害的一个。”他还是不明白，怎么一个人哭了还给奖？8岁的孩子需要搞清楚的问题太多了，想着想着，艾尼瓦尔·司马义就睡着了。父亲轻手轻脚地进来，默默给他盖上被子。端坐在床头，望着那5个本子和5支铅笔沉思良久。

真正解开这个答案的是以后上了初中。那时候，艾尼瓦尔·司马义已经阅读了许多关于毛主席的书籍，也从电影《地道战》里知道了《论持久战》，特别是那首电影插曲《太阳出来照四方》让他想了许多许多。不可一世的日本鬼子，都在毛主席的思想指引下，被抛进人民战争的汪洋大海之中。还有什么侵略者不被打败？上高中了，有关毛主席的材料他读得更多更仔细了，从中间悟出了道理：一个被举国哀悼、万众哭泣的人，其丰功伟绩将与日月同辉、天地共存。他恍然大悟，为什么8岁的他会得到一份荣誉。因为他对毛主席的感情虽朦胧，但丝毫掩饰不住率真。这份率真是一束希望之光，能穿越任何阴霾的天空。1976年9月，这样的率真，让多少人为之动容啊。

校长果然没有看错人。1987年，艾尼瓦尔·司马义顺利考入新疆大学，成为策勒县为数不多的大学生。在物理系，艾尼瓦尔·司马义全身心地投入学习中。他要回报学校，回报父母，回报策勒这片热土。

说热土一点不为过，战斗渠就是这片热土上数万建设者心血和汗水的结晶，是全疆水利建设史上罕见的奇迹，更是策勒人民艰苦创业的历史丰碑。这时的艾尼瓦尔·司马义早已熟知毛主席的许多诗词，那句“欲与天公试比高”的大气磅礴让艾尼瓦尔·司马义激动万分。战斗渠就是在毛主席“欲与天公试比高”的精神引领下，与大自然较量的胜利成果。

艾尼瓦尔·司马义大学毕业时，情不自禁地想到了毛主席，想到脍炙人口的“欲与天公试比高”。推开自家院门，他迫不及待地跑到自己的房间打开一个红包。那是大学二年级时，父亲送给他的珍贵礼物——49枚毛主席像章。

一个有着38年工龄的老党员，不仅自己崇拜毛泽东，更希望自己的大学生儿子亦如此。他想，只有这样，毛泽东思想才能代代相传下去。他不知道，艾尼瓦尔·司马义回到大学，就如饥似渴地收集有关毛主席的材料和物品了。

艾尼瓦尔·司马义走上了工作岗位，可收藏毛主席像章于几年前就开始了。他从策勒县广播电视台一名普通工作人员干起，后来担任农村公共服务中心负责人、高级工程师。

2007年，在北京挂职期间，艾尼瓦尔·司马义参观了毛主席纪念堂、八达岭长城和十三陵水库，只要是毛主席的故事，他都一一牢记在心。他说这些给了他很大启发和教育！他细细研读了1921年至1949年间，毛主席指挥千军万马赶走日寇、打败国民党反动派、推翻“三座大山”、建立新中国的史料，数次被感动得热泪盈眶。

让全家人感到无上光荣的是，他当选为自治区第十次党代会代表，赴乌鲁木齐出席了大会。端坐在庄严肃穆的新疆人民会堂，他觉得自己这么些年来，最正确的选择莫过于坚定不移地收藏有关毛主席的资料和物品，建成了策勒县毛泽东像章陈列馆。

1987年至今，艾尼瓦尔·司马义收藏毛主席像章30000多枚，雕塑3000多座，语录8000多本，毛主席生活用品1000多件。是新疆，乃至西部地区收藏毛主席相关藏品较多的维吾尔族知识分子。他担任馆长的陈列馆，先后被命名为国防教育基地、和田地区民族团结进步教育基地、策勒县青少年爱国主义教育基地。来陈列馆参观的人络绎不绝，海内外皆有之。

一个星期天，艾尼瓦尔·司马义的手机响了，一位山西游客挤出一天时间想来策勒，恰巧赶上了。艾尼瓦尔·司马义热情相邀，游客赶来了，在陈列馆拍了许多照片，也与艾尼瓦尔·司马义交流的非常好。傍晚，他赶最后一趟班机回乌鲁木齐。第二天，他发在朋友圈里的照片引发了一场“毛泽东像章”的热议。这样的游客为数不少，他们的到来对艾尼瓦尔·司马义来说是一种巨大的鞭策。当“毛泽东像章陈列馆”跻身策勒县三个国家3A级景区行列，艾尼瓦尔·司马义心里乐开了花。

38年来，艾尼瓦尔·司马义自费收集毛主席像章、雕塑、语录、生活用品等，花费已达约100万元。无论在什么地方，不管什么价格，只要是毛主席的物品，艾尼瓦尔·司马义必须买下！

目前，“毛泽东像章陈列馆”有430平方米，仅存放了1/3藏品，还有2/3在艾尼瓦尔·司马义家。艾尼瓦尔·司马义最大的愿望：适当的时候扩大陈列馆面积，争取把5万多件藏品全部放进来！

有趣的是，在毛泽东像章陈列馆有90%的展品是1968年的，打着深深的时代烙印。艾尼瓦尔·司马义幽默地说：“我是1968年出生，这怎么解释？”

新时代的“樊锦诗”

“这座佛寺遗址为托普鲁克墩2号佛寺，据悉，这是世界上迄今发现的最小寺院，面积只有4平方米……”

达玛沟佛教遗址博物馆馆长穆塔力甫·买买提比画着双手，绘声绘色地讲解着。渊博的知识、了如指掌的典故和风趣幽默的语言，不时引发游客的惊叹声。这批游客来自黄河岸边的山西，受穆塔力甫·买买提情绪感染，更为这世界最小的佛寺而震惊。

若论文物，山西人历来底气十足。历史悠久，人文荟萃，历史文化遗产丰厚，拥有全国重要文物保护单位530处，名列全国各省第一。仅仅一个运城，就有102处文保单位，位居全国地级市第一。广为流传的一句话是这样说的：“地下文物看陕西，地上文物看山西。”尽管如此，眼前这位堪称维吾尔族美男子的馆长还是让他们彻底折服了！

颀长的身材给人以精干利落之感，浓密的须发点缀着轮廓分明的脸庞，鹰一般犀利的目光仿佛穿透历史的烟云……在他们看来，馆长身上迷雾重重，揭秘的欲望越来越强烈。

1996年，穆塔力甫·买买提从新疆大学历史系毕业时，压根没想到，未来的命运会与达玛沟佛寺遗址博物馆紧紧相连。回到家乡第一天，他就给自己的未来做了一个设计和憧憬。可计划不如变化，坐办公室的日子渐渐让穆塔力甫·买买提感到无聊。毕竟，他是科班出身，研究历史是他的强项。可办公室里，这个强项得不到发挥。前程看得见，全县凤毛麟角的本科大学生，只要不出什么问题，闭着眼睛都能上去。可上去了又能怎样？此时，达玛沟佛寺遗址像个多情的少女，让穆塔力甫·买买提魂牵梦萦。他隐隐约约意识到，新疆大学历史系高才生的事业在那里。

他毅然决然地离开县城，如愿来到30公里外的达玛沟托普鲁克墩博物馆做管理员。一到这里，穆塔力甫·买买提感到天蓝地阔。一切变得那么生机勃勃，一草一木都让穆塔力甫·买买提有了浓厚兴趣。

2000年3月，一个牧童偶然发现了埋藏在沙漠腹地千年之久的“秘密”——达玛沟小佛寺。随后，考古界掀起了一股小佛寺热潮。一年后，中国社会科学院考古研究所新疆队抢救性发掘了这处佛教遗址，并将其命名为托普鲁克墩1号佛寺。

塔力甫·买买提欢喜得手舞足蹈，全神贯注地参与到托普鲁克墩1号佛寺的考古、发掘、整理、保护之中。

佛寺坐北朝南，建筑平面呈长方形，南北长约2米，东西宽约1.7米，是考古发现的世界最小的古代佛寺。佛寺系南北朝遗迹。表现出典型的犍陀罗雕塑艺术特征，属典型的西域佛教艺术风格。专家判断，距今1500~1800年。

引人注目的泥塑莲花座佛像，是穆塔力甫·买买提和其他两位管理员的重点保护对象。它坐北朝南，身着赭红袈裟，头部和双手残缺，小佛寺四壁绘有精美壁画。从佛像的制作技法判断，系南北朝时期遗迹。主尊的两侧壁面各绘有两尊立佛像，东壁、西壁同样绘制着两尊立佛，南壁门两侧绘有守护神像。各壁佛像的空隙间点缀着结禅定印、跏趺坐的小千佛。六尊佛像有五身穿土红色袈裟，从图像上看，五尊佛像的姿势基本相同，一手于胸前结印、一手自然下垂或握袈裟下摆，手指间有蹼连接，跣足，呈外八字立于莲台之上。

穆塔力甫·买买提获知，达玛沟佛寺遗址遗址形制、壁画与所出土文物，对研究古代和田地区佛教、民间佛教信仰、佛教塑画技法，以及与河西走廊、中原、西藏等地的佛教传播和发展等方面具有重要意义，是丝绸之路东西方文化交流实物例证。还是中国考古已发现的古代佛教遗址群中邻近交通路线和主要绿洲城镇的古代文化遗迹之一。达玛沟佛教遗址大量的出土文物承载着西域佛教建筑、壁画艺术、雕塑艺术、佛教史、文化史内容，有力地表明，这里曾经是一个多文化、多宗教、多民族共同生活与发展的家园，是中国传统文化的重要组成部分和宝贵财富。

佛寺周围是一个庞大的佛寺群。曾出土千手观音手持带有老鼠图案的法器，是世上首例印证“万民崇拜鼠王”这一典故的重要文物。它的发掘被考古界列为2005年中国考古七大发现之一。而2号小佛寺内，发掘出许多精美的壁画和佛头，进一步印证了唐玄奘《大唐西域记》中关于古于阗国的记载。中央电视台播放的《新丝绸之路》，对小佛寺做了详细介绍，称其具有较高的考古和学术价值，开发潜力大。

2007年8月，达玛沟佛教遗址博物馆建成并对外开放。穆塔力甫·买买提成为第一任馆长。

说是馆长，手下就俩兵——“二和尚”和“三和尚”。刚来这里时和穆塔力甫·买买提一起工作的两个管理员。如今，“大和尚”穆塔力甫·买买提“修成正果”，当了馆长，但三个人之间的情谊依然如故。

其实，“和尚”这个词儿，对维吾尔族小伙子而言很不合适。穆塔力甫·买买提一脸不高兴，他想，我们维吾尔族的祖先也信仰过佛教，这里的壁画都画着呢。可又一想，就“扑哧”一声笑了。三个大光棍守着达玛沟佛寺群，孤零零的，远离酒肉和女色，不是和尚又是什么？别说，还挺形象的。之所以他被推举为“大和尚”，原因有三：管理员中他资历最老，35岁依旧一人过着清苦的日子，守护着一处有千年历史的佛教寺院。

不仅如此，三个人当中，唯有穆塔力甫·买买提懂行，他不仅亲自参与考古发掘，亲自将文物搬回博物馆内，还对博物馆高度负责。一次，在巴扎上，他突然发现一块被盗挖的壁画正被人出售。那个时候，周边的人文物保护意识不是很强，穆塔力甫·买买提几个箭步上前，将壁画一把抓在手中。一看，果然是达玛沟遗址里挖出来的。还没等对方反应过来，他已经从怀里掏出了钱。最终，他自掏腰包2000多元买回了壁画。

回到达玛沟，他郑重地对大家说："钱，可以再挣。壁画不买回来就流失了……"当兵出身的"二和尚"阿布拉当即就被感动了，从穆塔力甫·买买提手里接过失而复得的壁画，小心翼翼地放回馆内。他们是达玛沟古佛教遗址的守护者，但和很长一段时间内，方圆百公里的遗址群就靠他们"三个和尚"看护，鞭长莫及。有时候，眼睁睁看着被盗挖的现场和被私下买卖的文物，他们几个欲哭无泪。

冬天，达玛沟零下20多摄氏度，北风怒号，寒气逼人。佛教遗址忌惮火，立于屋中的炉子形同虚设。那叫一个冷啊，穆塔力甫·买买提他们蜷缩在被子里，怎么也睡不着。夜里，冻得实在受不了，就索性裹着被子在值班室里来回走，或者跺脚。他们知道，这样的日子终会有个头。只要达玛沟佛教遗址安然无恙，这点苦算不了什么。

夏日，大漠深处像个火盆。体能消减得非常快，主要原因是水供不上。只有一个10米深的沙坑，那里面的水又苦又涩，根本咽不下去。好像总是在闹肚子，其实是水里的细菌在折腾。久而久之，三个人的肠胃都整出病了。十公里外有条大渠，水清凉甘甜。三个人轮流去挑水，正应了那句"三个和尚挑水吃。"炎炎烈日下，往返20公里是一种什么滋味？可正是这个季节，来博物馆参观考察的人最多。穆塔力甫·买买提他们估算了一下，居然有好几个国家的游客，像日本、韩国、法国、哈萨克斯坦等，对达玛沟小佛寺非常感兴趣。北京、上海、广东、山东、云南等地来的游客，一个个态度虔诚，为穆塔力甫·买买提讲解注入了强大动力。

当然，这是中华文化古迹和文物的巨大魅力使然，穆塔力甫·买买提也功不可没。每当这个时候，三个人对电视机的渴望特别强烈。不久，他们装了一台小电视机，只有一个频道可以看清楚。这样，他们已经非常知足了。"二和尚"和"三和尚"与科班出身的穆塔力甫·买买提不同，他俩做梦都没有想到，这辈子能与佛教建筑遗址搭上边，还天天守着世界上最小的精美佛寺。把他们美得，在亲戚朋友们面前把头仰得高高的，腰板挺得板板的。

随着博物馆条件的改善，馆内陈列的内容越来越丰富。小佛寺遗址、毗沙门天王壁画、千手观音、三弦直项琵琶、裸体伎乐天人像……这座在原址上建成的博物馆内收藏文物108件，其中有镇馆之宝——最早的飞天琵琶、千眼佛木版画让东西方游客叹为观止。唐玄奘在《大唐西域记》中关于古于阗国“佛塔林立，僧众云集”的记载，可以从这些文物和壁画中得到印证。

不止一次，面对游客，穆塔力甫·买买提无比自豪地说：“达玛沟佛寺遗址承载着西域佛教建筑、壁画艺术、雕塑艺术、佛教史、文化史等方面的文化内涵，是中华民族传统文化的宝贵财富！”

2013年3月5日，达玛沟佛寺遗址被国务院公布为第七批全国重点文物保护单位。

这个夜晚，穆塔力甫·买买提一夜未眠。从踏上这片充满诱惑力和想象力的土地的那一刻起，他就两个字：坚守！可这两个字的深刻含义，只有他自己心里清楚。那绝不是一个轻松的字眼，需要付出，用青春、用汗水，甚至是牺牲。

一年四季，穆塔力甫·买买提往返于县城和达玛沟之间。30多公里，对有车的人来说，根本不是个事儿。可当时没有通班车，路程就是一道每天必做的功课，无法回避，爱小佛寺就得日复一日坚持。

摩托车，那是四面透风的交通工具，春夏秋可以，冬天就惨了。穆塔力甫·买买提始终牢记自己的初心，祖国的文物高于一切。后来，达玛沟通班车了，情况好了很多。

一个月1500多元的工资，根本无法补贴家用。工作十来年，存款不足1万元，说起来让人心酸。每天中午他还要带着两个临时工吃饭，光饭钱一个月就是1000多元。这样的日子，穆塔力甫·买买提哪有时间和心情去考虑自己的个人问题？爸爸妈妈急了：你跟小佛寺成家吧！虽是气话，可不无担忧和焦急。小40岁的人，才完成了“迟来的爱。”结婚时，一个堂堂馆长，连彩礼都凑不齐，好在人家看上的是他这个人。

“唰唰唰……”清晨，当博物馆其他同志到的时候，穆塔力甫·买买提已经把办公室前后打扫得干干净净。这个优良传统，从进博物馆第一天起至今，整整保持了二十多年。像达玛沟的文物古迹，虽久居大漠深处，初心却永远如磐。

“敦煌的女儿”樊锦诗的故事广为流传后，当地父老乡亲给穆塔力甫·买买提送了个雅号：新时代的“樊锦诗”！

15

第十五章

群山中的“小三峡”

随着水轮机的轰鸣
银色的浪花上跳跃着数不清的喜悦
新时代的“大禹们”
奉献了一个无与伦比的力作
群山中的“小三峡”
正愈益散发出夺目的光芒

几千年来，大禹治水的故事一直被人们津津乐道。

大禹治水体现了两种精神：中华民族不畏艰险、艰苦奋斗的精神；水利工作者公而忘私、创新求实的精神。它是中华文明的重要精神图腾之一，在世界范围也有广泛影响。

2021年，大禹治水传说入选中国第五批国家级非物质文化遗产代表性项目名录。

2023年岁首，“人民治水·百年功绩”治水工程项目名单公布，117项治水工程入选。被业内专家称为“新疆三峡工程”的的阿尔塔什水利枢纽工程位列其中。这个大禹治水“新疆版本”的故事荡气回肠，彰显了新时代的“大禹们”踔厉奋发的精神风貌。

曾经，叶尔羌河是匹喜怒无常的野马，撒起野来肆虐残暴，流经之处满目疮痍。

这条发源于喀喇昆仑山冰川的河流，以其兼具极高起涨速率和异常高洪峰值特点的融雪性、溃坝性洪水，让沿岸人民苦不堪言。每年汛期，流域内90%以上的农村劳动力都要参与防洪，物资投入数以亿计。

那是2014年8月30日下午，克孜勒苏柯尔克孜自治州阿克陶县库斯拉甫乡的神经开始绷紧。乡里的大喇叭又响了：“紧急通知，暴雨导致河流水位快速上涨，请尽快组织避险！”

这样的播报对库斯拉甫乡人来说，已经习以为常。祖祖辈辈生活在叶尔羌河畔，担惊受怕的日子让乡亲们变得坚强。暴雨来得太频繁了，家家户户从容应对险情，紧急撤离已不是什么难事。很快，老老少少井然有序地搬到那片高位彩钢房之中。

真难以想象，一根木棒顶端被绑上一个油漆桶盖，就能让“无服务”区域有服务，手机信号不再衰减。当洪水迫近，库斯拉甫乡最需要的是沉着冷静。亲人之间、干部与群众之间、县里与乡里之间，只要通信联络不中断就有信心。就某种程度而言，这个时候，声音就是信息、就是信心、就是战胜洪水的动力。库斯拉甫乡的年轻人戏称油漆桶盖为“信号增强器”，在对付险情的磨砺中，群众的智慧和幽默感依然如故。

阿尔塔什村村民阿娜罕·达代科家离河岸近，夏天发洪水时，全家只有一个选择，那就是快速撤离。洪水渐渐逼近，也顾不了那么多了，一家老小的命最重要。夜晚，阿娜罕·达代科有百般牵挂，房子、牛羊，还有地。借住亲戚家哪里睡得着？天渐渐亮了。阿娜罕·达代科急三火四赶回家，房子前后是淤泥和枯枝败叶，院墙有几处已被毁坏，需要花很大的精力去修补。好在牛羊安然无恙，这让阿娜罕·达代科一颗悬着的心落下了。

喀依孜小队村民艾合买提·安瓦尔是初中生。他上学时，喀依孜小队与乡中学间隔着12公里山路。为了求学，艾合买提·安瓦尔周一至周五不得不住在乡里的亲戚家，周末再步行回家。这样就不会因为路途问题耽误学习了。艾合买提·安瓦尔是有目标的，目标就是好好念书，走出这层层叠叠的山峦。周末，是同学们最放松的时候。勤奋好学的艾合买提·安瓦尔却要开始自己的“小长征”。12公里，骑自行车不算个事儿；开车，也就是一脚油门。对昆仑山上的艾合买提·安瓦尔来说，那是3个小时汗流浃背的攀援。为了减少路途上的耽误，确保又一个星期的学习无“障碍”，艾合买提·安瓦尔只能这么做，直到毕业。

库斯拉甫乡卫生院药剂师努润古丽·阿尔孜业务熟练，接生是她的另外一个技能。这就要求她既医术精湛，又要有博大的爱心。叶尔羌河沿岸的人们都知道努润古丽·阿尔孜的大名。1999年，特大洪灾袭来时，河对岸的一个孩子即将出生。努润古丽·阿尔孜心急如焚，人命关天，一刻也不能耽搁！她不顾家人劝说，毅然决然坐在一个汽车轮胎上往对岸漂去。汽车轮胎在洪水里忽上忽下，险情迭出。经历过风浪的努润古丽·阿尔孜努力让自己镇定，尽管五脏六腑在剧烈翻腾。家人见状，高声呼唤："危险！古丽·阿尔孜你赶紧回来……"

对岸孕妇的家人也频频挥动手臂，让努润古丽·阿尔孜感动不已。她咬紧牙关，坚定不移地向前。五分钟、十分钟……半个多小时后，努润古丽·阿尔孜终于漂流到岸。片刻，一声婴儿的啼哭从对岸传来，家人如释重负，妈妈擦起了眼泪。

在喀什地区莎车县，"毛驴认路"的故事令人心酸。

每年6月，汛期约定俗成。这些日子，乡亲们如履薄冰。随时要面对突如其来的洪水。防汛点上，老老少少警惕地坚守。这时候，抗洪物资堪比前线官兵战壕里的弹药，万分珍贵，凭借它们才能击溃来势汹涌的洪峰！日复一日、年复一年，连驮运物资的毛驴都习以为常了。汛期，只要绑好物资，那些负重的毛驴会默默朝着防汛点一步一步走去。甚至不用吆喝，它们就能走到防汛点。

洪水袭来时，绝不是那么简单的事儿。它裹挟着大量泥沙和枯枝败叶，毁坏房屋不算，还将仅有的薄地给彻底破坏了。久而久之，一种叫做贫穷的梦靥如影子相随，让这片土地再也不能平静下去。

洪水频发，人均3分耕地的库斯拉甫乡再也难以发展。牧业是乡里的主业，牛羊得吃草方能存活。问题是，裸露的荒坡上每平方米不足3株草，草场还能够称其为草场吗？承载不了牲畜的草场形同虚设，离开是迟早的事。

因为洪水的袭扰，房子的牢固成为头等大事。乡里唯一的混凝土建筑是一栋7米高的粮站，乡政府和学校是砖结构建筑，除此之外，村民们的房屋大部分是土坯结构，木头、草席和泥巴覆盖的房顶，安能经受得住狂风暴雨的击打？洪水滔天的时候，这些房屋就像风雨飘摇的小舢板。在乡政府对面，汛期会常设一些民政帐篷和彩钢房，安全是暂时保证了，汛期过后又该怎么办？大货车送来的米面油盐会发放到家家户户，这毕竟不是长久之计。

还有水的问题。长期以来，“靠河吃水”已是一种固定模式。然而，就是这样固定模式也难以维系。夏日，叶尔羌河里满是泥沙，水是指望不上了！7公里之外的山上有水，拥挤不堪的山道上，毛驴车、摩托车络绎不绝，为了一桶水，村民们要起早贪黑。2017年，第一口机井冒出水花，村民的脸上露出了灿烂的笑靥。即便如此，饮水也是定时供应的。

沿河的乡村不计其数，念的无不是“贫穷经”。

有的，上电力不足；

有的，乡里没有巴扎；

最可怕的是，昆仑山上的年轻人正在丧失想象力！

何为想象能力？它是人们利用已有的表象创造新形象的心理过程，是一种高级复杂的认知活动。它不仅与感知力、记忆力和思考力密切相关，还能通过训练得到提升，比如进行视觉想象训练和增加见闻。最关键的是，想象力能够帮助人们将抽象概念形象化，从而提高理解能力和共情能力。如果连想象力都丧失了，特别是关乎昆仑山未来的年轻人都感到绝望了，会是一种什么样的结果？

有数据为证，仅仅一个库斯拉甫乡，2014年统计贫困户800余户、3000余人，贫困发生率超过70%。

阿克陶县有5个镇、7个乡，另辖5个乡级单位。克孜勒苏柯尔克孜自治州有1市、3县，人口达62万。一个乡、一个县、一个州是这样，昆仑山上的县乡又该如何？长此以往，各族群众怎么走出贫困步入小康？

2011年12月10日，一个温暖的词语如平地一声雷，在昆仑山上炸响。它就是阿尔塔什水利枢纽工程。

这一天，库斯拉甫乡父老乡亲欢天喜地。家家户户收到了《关于阿尔塔什水利枢纽工程建设征地范围内禁止新增建设项目和迁入人口的通知》。

当阿尔塔什水利枢纽工程第一根勘探桩，砸进莎车县霍什拉甫乡阿尔塔什村和阿克陶县库斯拉甫乡交界处时，新疆新华叶尔羌河流域水利水电开发有限公司总工程师孟涛情不自禁地想到“高峡出平湖”。

20世纪60年代末，毛泽东以73岁高龄最后一次畅游长江，并挥毫写就《水调歌头·游泳》。武汉长江大桥的建成，“截断巫山云雨”创造了“高峡出平湖”的奇观。对这一伟大壮举，毛泽东倍感欣慰，以“一桥飞架南北，天堑变通途”表达了内心深处的喜悦。《水调歌头·游泳》在国际国内产生了巨大反响，特别是毛泽东“不管风吹浪打，胜似闲庭信步”的浪漫主义精神，大大鼓舞了中国人民战天斗地的豪情壮志。

现在，一场“高峡出平湖”的水利之战就要在昆仑山下打响，叫孟涛怎能不感慨万千？

阿尔塔什水利枢纽工程是一个梦。几十年前，老一辈水利人就有了这个大胆设想，只要工程完成，防洪、灌溉、发电等综合功能便能发挥出来。对这个关乎民生的构想，自治区党委和政府高度重视。那个时候，技术、人才、资金等，如同一只只张开巨口的猛兽，挡在前进的道路上。无奈，工程一直停留在初步勘察和设计阶段，美好的设想只能暂时放下。放下并不代表放弃，许多人依旧在为这伟大的梦四处奔波。

进入新世纪，希望的曙光在昆仑山冉冉升起！

2008年，阿尔塔什水利枢纽工程前期工作全面启动。

三年后，《新疆叶尔羌河阿尔塔什水利枢纽工程项目建议书》获得国家发展和改革委员会批复。

2011年金秋十月，工程奠基，正式拉开了建设序幕。

叶尔羌河两岸人民终于盼来了阿尔塔什水利枢纽工程开工典礼的爆竹和欢天锣鼓声。那天，河谷里万众欢腾。披红挂彩的挖掘机伸出铁铲，一铲滴着浊水的淤泥被挖了出来。从这铲开始，祸害沿岸人民的水患将被连根拔起！

站在人群中的村民，曾经饱受洪灾侵害。此时，她们扬眉吐气。

阿娜罕·达代科泪水盈眶；

艾合买提·安瓦尔泪水盈眶；

努润古丽·阿尔孜泪水盈眶……

万马战犹酣的场面，沿着千年叶尔羌河河谷迅速展开，向着大河截流的目标迈进！

多项技术难题一一跳出，像马戏团里的小丑，狰狞、恐怖，不可一世。高温、严寒、风沙等极端自然条件，也在考验着这支施工队伍。右岸建筑物联合进水口开挖分秒必争！“轰隆隆……”大面积滑塌，工程被迫停工。是地质不可抗力原因造成的。四次大面积滑塌后，专家们忧心忡忡，原定的下闸蓄水、首台机组发电工期恐怕难以保证了。项目部负责人不信这个邪！迅速把施工时间精确到小时，还在材料转运、混凝土输送等因素方面下功夫，将时间抢回来。在现场，每一位施工人员都时刻紧盯施工进度，终于将干扰降到最低程度。

当时光来到2015年，一个个历史性时刻被铭刻在各族人民心中。

6月10日，大坝工程正式开工建设；

11月19日，阿尔塔什水利枢纽工程顺利实现大江截流。

随着项目建设的陆续展开，“三高一深”建设难题摆在了人们面前。

高面板堆石坝，坝高164.8米，工程大坝加可压缩覆盖层深度的总高度达258.8米，世界罕见；

高边坡，大坝右岸高边坡600—800米危岩体处理；

高地震烈度，坝址区域地震基本烈度8度，大坝抗震按9度设防；

河床覆盖层深，最厚处达94米，渗控体系建设难度世界罕见。

怎么办？早在2012年，新疆新华发电叶河公司就先后委托中国水利水电科学研究院、大连理工大学、新疆农业大学等科研院校，结合阿尔塔什水利枢纽工程实际，开展了十余项科研专题研究，共同破解这道超难超大的技术难题。

经过无数次实地调研和反复论证，一个科学实际、切中阿尔塔什水利枢纽工程脉搏的工作思路被正式确立下来——依靠信息化手段，建设智慧工程。

于是，在工程项目现场，北斗卫星导航系统、云计算、大数据等先进技术实现了与传统行业的完美融合。一场向科学要效益的战役打响了，对拥有“万山之祖”之称的昆仑山而言，前所未有。

白天，技术人员采用数值分析方法，研究大坝在强震作用下的稳定、变形及损伤破坏。与模型试验相结合，对大坝的极限抗震能力进行研究分析，复核大坝的抗震安全裕度。

夜晚，技术人员对筑坝材料现场碾压试验及相对密度试验进一步研究，验证和确定了大坝填筑标准和技术要求，复核确定了相关参数，填补了国内同类型大坝相关研究的空白，为施工控制提供了科学依据。

新华发电叶河公司建设管理处副处长孜比江·吾布力哈斯木，有着20年一线工作经验。他自信地说：“只要有人在施工，我们就能监测到施工数据；只要有工人的地方，我们就能监测到他的位置！”

为确保大坝如铜墙铁壁，必须有强健的“体魄”。为此，大坝碾压实现了基于北斗卫星导航系统的无人驾驶振动碾。工作人员借助无线传输，把碾压参数实时传输到大屏幕上，从而监控碾压质量。为确保万无一失，通过埋设在大坝里的多种监测仪器还能够及时传输数据，确保作业过程中大坝的碾压内部密实。一体化的工程建设信息化管理平台，为工程提供了大数据统计、设计信息管理、建设实时预警、建设动态在线、灌浆自动化监测、数字档案系统等一系列信息服务支持。

当智能手段越来越多地被运用到工程建设中，一个个科研难题相继被攻克，工程的建设更平坦的路在人们眼前出现了。

总库容22.49亿立方米的阿尔塔什水库，在乡亲们眼里一天一个样，就要蓄水了！

阿娜罕·达代科知道，洪水被驯服后会乖乖到这里来，然后发电造福乡亲们，昔日被洪水逼走的日子再也不会有了；

努润古丽·阿尔孜清楚，叶尔羌河综合治理后洪水泛滥会被严格控制。过河去对岸如履平地，再也不会让妈妈担心了……

2019年11月19日12时30分，随着总质量588吨的导流洞巨型闸门缓缓下落，阿尔塔什水利枢纽工程下闸蓄水成功。

站在导流洞前，李文新的情绪有点高涨。工程建成以后，能成功锁住叶尔羌河这条“巨龙”“水患”从此变“水利”喽。每年1000万人次的防洪投入，那是个多大的负担和“无底洞”呀？这仅仅是个经济概念。叶尔羌河流域灌区春旱缺水由来已久，这么好的土地若早一天保证灌水，又能种植多少经济作物啊。

很早，李文新就知道一部叫《静静的叶尔羌河》的电视剧。这是迄今为止最早反映叶尔羌河流域故事的影视作品。电视剧讲的是张怀德和何铁山两家人及其战友们，以兵团发展为核心，在叶尔羌河畔建设团场的故事。展示的却是一代人同一代人、一个民族同另一个民族的感情世界，谱写的是可歌可泣的军垦创业史诗。由此，引发出了人应该如何面对困难、死亡、名利、幸福，又应该如何追求人生。非常棒！

水轮机在唱着欢快的歌。李文新想，横空出世的阿尔塔什水利枢纽工程，应该回答了这部电视剧所引发的一些问题吧。所以，他感到心里像喝了蜜般舒坦。

自收到《关于阿尔塔什水利枢纽工程建设征地范围内禁止新增建设项目和迁入人口的通知》后，一个闻所未闻的词汇在库斯拉甫乡的父老乡亲面前出现了。

这个词汇叫搬迁。字面上的意思非常简单，将一些物品从一个地方转移到另一个地方。可实施起来就是一项系统工程，牵一发而动全局。

正因为搬迁史无前例，所以也是一场革命！

2011年11月至2012年2月，调查组共发布榜单3次。故土难离，众口难调，当第三份榜单在修改无数次后，终于挂在了各个村委会的外墙上。这时，签名的村民才开始多了起来，自愿的效果达到了。

由移民搬迁工程业主方新疆新华叶尔羌河流域水利水电开发有限公司、监理方河南大河工程建设管理有限公司、设计方新疆水利水电勘测设计研究院的工作人员和阿克陶县有关部门、乡村两级干部、移民代表组成的考察团，多次实地考察后，形成了阿克陶县本地安置方案。

对这个安置方案，村民们有以下疑问：

“住进楼房，产权到期后怎么办？”

“草场太远，我们的羊怎么办？”

“每家只有两个小菜园，种的菜只够群众吃，怎么脱贫？”

一遍遍沟通。

一次次权衡。

这个几近完备的方案被否定了，移民安置工程暂时搁浅。由此不难看出移民安置工程的复杂性和艰难程度。参与这项工作的同志不免有些泄气，这时，搬迁宗旨在他们心头回响。是啊，要充分保障群众的知情权、选择权和参与权。迎着困难上！越是艰难越向前。他们先后排除了阿克陶县内两个安置点和喀什地区岳普湖县、莎车县两个安置点后，已是2015年5月。上上下下心急如焚。下个月，大坝工程将正式开工建设。可搬迁工作还在安置方案上扯皮，如果拖了工程的后退，谁负得起这个责任？

200余名考察团成员来到喀什地区泽普县桐安乡。一份对库斯拉甫乡16岁以上群众进行的调查结果显示，99.6%的人选择搬迁到泽普县桐安乡。

2016年12月2日，桐安乡作为安置点的方案正式出台。始于2011年的选址工作从这天起有了最终结果。

跨地州安置拉开帷幕。但细节方面的争论和调整，自始至终都在路上。专家认为，新建乡村应采取建设集中养殖小区的方式，适度扩大养殖规模，一方面可以提高养殖效率，另一方面也能够优化庭院环境。然而，这个方案被群众否定了。不仅如此，房屋户型有3种设计方案，群众选择不一。最终，1200套房屋全部采用了统一的户型设计。

2017年5月7日，作为第一个标志物的五星红旗插在了桐安乡的土地上。远在库斯拉甫乡的4000余名群众心里暖暖的，因为桐安乡安置点建设工程开始了。

在万众瞩目下，仅仅一年多时间，桐安乡安置点楼群就拔地而起，挺立于夏日的光环里。房子盖起来了，路修好了，房间通电了，墙壁刷白了……三个月前，第一批榆树苗带着人们满满的期望，栽进桐安乡的土地。虽是树苗，却已经赏心悦目，空气里也有了淡淡的清香。

2018年6月的一天。一个祖祖辈辈都没经历过的选择题，摆在了村民艾合买提面前。他将代表全家人抽取房子。这是个非常重要的时刻，不精心捯饬一下对不住家人。他取出只穿过一回的西装。衣服几乎是新的，可艾合买提还是不满意。他用热毛巾一遍又一遍地擦，直到光亮得如同自己朝霞般的脸颊。

4名村组代表和艾合买提一样，也是大姑娘上轿——头一回。说不紧张那是假话，一个个无不小心翼翼。他们抽选完片区位置后，艾合买提来到了抽签箱前。

艾合买提非常聪明，他问工作人员：“请问，2-526号在哪里？”

工作人员告诉他：“这个位置特别好，就在村委会的对面！”

艾合买提继续询问：“那2-556号呢？”

工作人员如实相告：“这个位置有点偏，但进出大门很方便。”

艾合买提点点头，拿着3张纸条在打印好的平面图上细细寻找着位置。他觉得位置都挺好的，与大山里的村子相比，这里简直就是幸福的港湾。这是个广为流行的用语，与艾合买提此时的心境非常吻合。抽好签，艾合买提心满意足地离开了。在心里对自己说，等着吧，搬迁令一下达，我们就是这里的一员！

等不到搬迁令下达，许多村民就迫不及待地跑来了。之后，将催人奋进意想不到的信息源源不断地传回。

7月21日，库斯拉甫乡移民搬迁第一次演练。

两户村民成为第一批迁出大山的人。14时30分整，英阿瓦提村民像欢送出征的将士般庄严，搞得有点严肃。两户村民涨红了脸，紧张局促起来……3个小时内，车行驶了94公里。桐安乡安置点，热水和西瓜在迎接他们。

8月20日，阿尔塔什水利枢纽移民搬迁工程正式启动。13辆面包车、50辆大货车、4辆救护车组成的车队浩浩荡荡驶向桐安乡安置点。仪式感被拉得满满的，犹如扬帆起航的大船。

9月2日，喀依孜小队搬迁车队即将出发。村民阿依木汗·毛拉惴惴不安，她有点放心不下朝夕相处的丈夫，丈夫在看管羊群，要在山上待一段日子。节骨眼上，这个家中的顶梁柱不在，老老小小一大家子全靠阿依木汗·毛拉了。越想越感到责任重大，越想越感到心有所牵，鼻子不知道怎么就酸酸的。猛然，随车摆动的耳饰提醒了阿依木汗·毛拉，坚强些！是的，阿依木汗·毛拉性格开朗，非常新潮。这不，思来想去，搬迁是一个庄重的事儿，自己也得庄重。她戴上了珍珠项链和耳饰，还在高高的发髻上别上了一枚大红色发卡。果然，饰品所闪射出的女性魅力，远远盖住了她复杂的表情。

离库斯拉甫乡越来越远，村民阿依木汗有点恍惚。陌生的环境、陌生的人，一切都得从头开始。安置点刚刚建起，有巴扎和商店吗？显然，她的担心是多余的。安置点的商店在她们抵达不久就营业了，巴扎更是人气指数攀升，大大超越了她们的想象力。阿依木汗始料未及的还有，就业机会在向她们招手！

10月历来是个厚重的月份。新中国就是在1949年10月1日成立的。那天，毛主席在天安门城楼上向全世界庄严宣告了中华人民共和国的成立！

在桐安乡，随着第一把麦种撒进泥土，开启了安置点口粮种植之旅。对土地，村民们有着深厚的感情。可许多村民说，事情远远不是这个样子。原来，浇灌小麦地的水引自叶尔羌河。叶尔羌河四个字让许多人当场落了泪。

无论走到哪里，即便是越过万水千山，叶尔羌河也是他们的精神寄托。这一下，乡亲们是彻底安下心来了。

11月28日晚上，麦麦提卡日·阿吾提在自己的新居里想了许多许多。他是见过世面的人，作为曾经的英阿瓦提村党支部书记，他敏感地意识到搬迁是怎么回事儿，要承受什么，接下来又该干什么。他的所思所虑以文字的形式呈现在日记里：

叶尔羌河是我们祖祖辈辈的水源，守住它就守住了我们的寄托。戈壁荒滩或许土层太薄、石子太多，但世间万物都不可能是十全十美的。我们该做的不是伸手求助，而是通过双手努力奋斗，一起打造我们的新家园。

这位72岁的老人的预感是有根据的，对搬迁带来的问题他给出了行之有效的办法：不是伸手求助，而是通过双手努力奋斗！一位基层党支部书记对村情人事是如此了如指掌。

2019年11月19日，阿尔塔什水利枢纽下闸蓄水。这天，4000多群众彻底告别位于库区的故乡——库斯拉甫乡，全部乔迁新居。

这天晚上，同样善于学习的艾合买提查了一下资料。截至2018年底，怒江州近10万人“挪穷窝”，占总人口的1/5。库斯拉甫乡的搬迁与人家比，咱们简直就是毛毛雨。

面对这么重大的历史性时刻，麦麦提卡日·阿吾提怎能不写日记：

对于曾经的故乡，我们存有深沉的爱。如今的脚下，是我们往后代代为之奉献的地方，也是我们新的家乡……

2021年8月17日，阿尔塔什水利枢纽工程全部机组实现并网发电。

防洪灌溉、保护生态环境的帷幕彻底拉开了，方兴未艾的民生工程正奏出众望所归的交响乐。

霍什拉甫乡阿尔塔什村坐落于进入喀喇昆仑山和帕米尔高原的要道口，被誉为“昆仑第一村”。古往今来，这个称谓始终没有改变。

库尔班尼萨·霍加的童年就在这里度过，让她做梦都想不到的是一个和村子同名的大型水利工程会在家门口拉开战幕。记忆留给她的大都是恐怖，叶尔羌河从村边流过，每当洪水发怒时，她眼睁睁看着家园、田地被一一摧毁。她恨透了叶尔羌河！

仅仅十年间，阿尔塔什水利枢纽工程就大功告成。千年水患逃得无影无踪，全村人乔迁新居。在桐安乡安置点，她家的院子里也听得见叶尔羌河的声音。不同的是，洪患再也不能祸害乡亲们了。2020年底，喀什地区莎车县等10个县退出贫困县序列。爸爸到附近发电厂上了班，妈妈在村里当上了小组长。库尔班尼萨·霍加和邻居们有了飞跃的感觉。之后，她参加了普通高考，如愿从中职学校考入乌鲁木齐一所大专院校，崭新的生活在等着她。

叶尔羌河流域红海景区建成不久，还沉浸在新婚甜蜜里的茹仙古丽·阿不都热衣木，携丈夫来这里游玩。没想到，昔日的荒凉之地，因为一座大坝巍然挺立于群山之中，就将桀骜不驯的叶尔羌河收拾得服服帖帖。不然，红海景区怎么可能如此平静？茹仙古丽·阿不都热衣木是个热爱生活的人，很小的时候就想有机会一睹母亲河——塔里木河的风姿。因为水患，她的这个愿望只能成泡影。如今，她不仅如愿以偿，还在叶尔羌河流域红海景区找到了自己的位置，当然，那是和新婚丈夫首次游览红海景区的收获。绵延不绝的大漠、三千年不倒的胡杨、波光粼粼的河水、鸥鸟云集的湿地、络绎不绝的游客……这些，让她很快做出了一个大胆的决定。

在红海景区，丈夫负责景区游艇部，她售票，大伯哥夫妇经营烧烤。来自内地的游客对茹仙古丽·阿不都热衣木说：“你们这个小日子，好得很嘛……”

茹仙古丽·阿不都热衣木不是很明白，但她清楚，肯定是羡慕嫉妒。不光她们一家，在红海景区，100多村民都在享受红海景区的“福利”。

距叶尔羌河民生引水枢纽500米处，“民生渠首生态农家乐”非常火爆。

农家乐老板亚森·买买提，才26岁，是巴楚县英吾斯塘乡喀拉玉吉买村村民。从小到大，他对叶尔羌河有种复杂的感情。好的时候，他和伙伴们可以在水中无拘无束地玩耍；河水犯起浑来六亲不认，让人恨得咬腮帮子！清楚地记得，与喀拉玉吉买村近在咫尺的渠首建成后，防洪、灌溉等问题得到了解决。村民高兴，就把渠首叫成“民生渠首”了。可以说，亚森·买买提是“民生渠首”最直接的见证人，也是对“民生渠首”最有感情的村民。他上过大学，也在首府乌鲁木齐创过业。当阿尔塔什水利枢纽工程建成，“民生渠首”吸引越来越多的游客，他敏感地意识到机遇来了！在乌鲁木齐再也坐不住了，他回到村里和堂哥们合伙开起了“民生渠首生态农家乐”。管理的特长得到充分发挥，创业时的开阔眼界和广泛人脉大大助力了农家乐的兴旺。他和堂哥商量好了，开始筹划农家乐二期建设。更加美好的日子在前方招手！

站在温暖如春的大棚里，英阿瓦提村村民莫明·合依甫的心情好得不得了。

此时，大棚外寒风刺骨，一片萧瑟景象。小白菜、芹菜、菠菜和西红柿……张开笑脸，冲莫明·合依甫献着殷勤。他怎么能不乐？儿子吐尔洪·莫明从新疆大学机械专业毕业后，经过遴选成为国家电网阿克陶供电公司的一名员工。仅仅实习期的月收入就有5000元，更不要说转正后，等待儿子的是什么前景。短短时间，他的种植技术就有突破。一靠党的富民政策好，二靠村干部的全力帮助，三靠自己的刻苦钻研。这不，新鲜蔬菜吃不完，他还匀出一些卖给其他村民，增加了收入。他就想，还是原来的叶尔羌河，怎么一座大坝，生活就一个天上一个地下呢？

村民努尔艾合麦提·托合塔洪莫明从阿尔塔什水利枢纽道路施工现场回来时，踌躇满志。

让家人惊诧的是，他的存折里居然已经攒下7.6万元。对一家人来说，这几乎是个天文数字。去工地时，父母千叮咛万嘱咐，好好干！这个差事来之不易，别给村里丢脸。他回来了，不仅给家人争了光，还带回了属于自己的汗水结晶。搬迁后，努尔艾合麦提·托合塔洪莫明用补偿款买了台二手装载机，干得风生水起。他说，没有阿尔塔什水利枢纽道路施工的历练，怎么可能有他努尔艾合麦提·托合塔洪莫明的今天？

叶尔羌河的“梧桐树”，召回只只凤凰归。大批在外地打工、做生意的村民，纷纷回到自己的故土。在桐安乡，活生生的现实让他们目瞪口呆。曾经举着牧鞭漫山跑的牧民成了种植户，围着灶台转的妇女成了产业工人，普通话都不标准的姑娘成了人民教师……关于未来，还需要思考吗？张开双臂，尽情拥抱新的生活吧！

不光是叶尔羌河的村民，阿尔塔什水利枢纽工程也激发了老水利人们的思绪。

依干其水库管理站站长马自更一家三代，与叶尔羌河难舍难分。他的父母是响应党的号召，跻身于20世纪50年代边疆建设者行列，来到叶尔羌河边的。他们风餐露宿，参与开发建设叶尔羌河流域。爱情的结晶也诞生在叶尔羌河边。马自更是喝着叶尔羌河水、吃着叶尔羌河鱼长大的。他从父母手里接过担子，在依干其水库管理站开始了第二代人的“水利人生”。与父母不同的是，他在叶尔羌河流域不同的站点工作了十个春秋后，回到最初参加工作的地方挑起了站长重任。

老龙口始建于67年前，多年来，莎车县、麦盖提县、巴楚县和兵团团场的人取水、退水、防洪全指望它。随着条件的逐步改善，一个愿望日益强烈，那就是将依干其水库塔布吾孜临时引水龙口建成真正的渠首。正当他为自己的心愿能否实现而担忧时，儿子通过招考跨入水利系统。老马悬着的一颗心放下了，只要一家三代接力守护叶尔羌河还在继续，他的心愿就能实现！

2022年6月10日，一个颇具浪漫色彩和环保意识的仪式在艳阳高照下开始了。

50万尾塔里木裂腹鱼、斑重唇鱼、宽口裂腹鱼、厚唇裂腹鱼、重唇裂腹鱼等5种土著鱼类鱼苗，在阿尔塔什水库库尾和枢纽坝址下游放流。此前，叶尔羌河旁的鱼类增殖站已对各类鱼苗进行了驯养繁育，先期放流10万尾。再借助相关设备打通鱼类洄游通道，就能实现人工干预状态下最大程度的生态保护。

每年，阿尔塔什水利枢纽工程为下游胡杨林供水5亿立方米，向塔里木河生态供水2.17亿立方米。塔里木河流域生机重现，胡杨葱茏，野生鸟类撒欢……一幅幅和谐共生的图画舒展在丽日阳光下。

随着水轮机的轰鸣，银色的浪花上跳跃着沉甸甸的数据——年减少约1000万人次的防洪投入，使灌区农民、群众告别了千年水患和沉重的防洪负担；全国第四大灌区叶尔羌河流域灌区的春旱缺水问题得到彻底解决，灌溉保证率从不足50%提高到了75%，极大地改善了灌溉条件；为南疆人民提供清洁能源，改变并缓解了克孜勒苏柯尔克孜自治州、喀什、和田三个地区的电力短缺状况，400多万人受益。

新时代的“大禹们”奉献了一个无与伦比的力作——新疆最大的水利工程，国家“十三五”期间的百项重大项目工程之一和国务院加快推进的172项重大节水供水工程之一。连续三年，阿尔塔什水利枢纽工程被评为全国最具影响力的十大水利工程。

群山中的“小三峡”，正日益散发出夺目的光芒。

后记

绿叶对根的述说

依稀记得，2021年末那个电话是自治区作家协会打来的。

那一刻，我正在电视机前追一部火遍大江南北的电视剧。自从入了电视行当，追剧成了我生活的重要组成部分。这个电话温暖我心房的同时，如同一支大桨，将我创作的船头再次拨向报告文学水域。

电话源自一篇报告文学《一步千年》，《新疆日报》副刊以整版篇幅推出之际，责任编辑向自治区作家协会推荐了我。当时，自治区作家协会正准备组织作家深入生活，我很荣幸地“入伍”了。这支赴南疆的采访队伍汇集了疆内大名鼎鼎的作家、摄影家、词曲作家和剧作家，可以说规格非常高。动员会上，自治区文联领导激情四射地说：“让我们奔赴南疆去创作无愧于时代的作品吧！”

顶着11月份的寒霜，我们来到帕米尔高原。天蓝地阔，一只雄鹰在高空悠闲自得地盘旋着。这让我很是羡慕，也浮想联翩。雄鹰首先得脚踏实地练硬一双翅膀，才能一飞冲天，进入悠闲自得的境地。与它相比，我仅仅是“小荷才露尖尖角”而已，任重而道远。

正是这种创作态度，让我对帕米尔高原上的山山水水、一草一木，特别是这里的各族人民感到格外亲切。在喀什古城，文化气息浓郁的开城仪式给我留下了深刻的印象。开城干什么？笑迎四方客。这种胸怀和理念，彰显出喀什作为国家“一带一路”倡议桥头堡的独特魅力。走进古城深处，立即有了“天翻地覆慨而慷”的感受。经过声势浩大的古城改建工程，一座千年古城焕发出青春活力，崭新的市容市貌和经营理念，特别是古城居民脸上的灿烂笑容让世界为之喝彩。便有来自全球的游客慕名而来，探秘帕米尔高原上的千年古城。驻足“坎土曼巴扎铁业社”，我想到第二次工业革命。于一个民族和地区而言，坎土曼功不可没。它应该是维吾尔族人民撬动地球最原始也是最称心如意的农具了。如今，它在完成使命后，像一位献了青春献终身的老者，接受人们的敬意，也反思未来。坎土曼的未来是什么呢？是为人们研究农具提供借鉴。

人们常说，葫芦里卖的是什么药？在喀什，葫芦是宠物。种葫芦、吃葫芦、卖葫芦，并精心雕刻让其跻身艺术品行列，蔚然成风。喀什古城的坎土曼和葫芦，让我有了“深入、深入、再深入”的冲动。

在被誉为“核桃之乡”的叶城县，我们走进阿克塔什镇。

卸去累累硕果的红枣树，功臣般矗立于深秋的暖阳中，疲惫不堪而又幸福美满。塑料筐内，是红彤彤的枣子，这样的好年景让果农们喜不自禁。在华凌牛业集团叶城基地，我们领略了牛的世界，也共同憧憬了牛产业的强劲势头，以及其为叶城人民带来的福祉。走进阿克塔什镇的工厂、学校，步入花卉、蔬菜大棚，造访从山上迁到这里的农户，除了感动还是落泪。

这之前，我去过麦盖提县，那个时候，舞蹈《阳光下的麦盖提》还没有获奖。但这个被沙漠包围的全球唯一的县城，给我带来了巨大的创作激情。还有伽师县，为采写全国脱贫攻坚十大楷模、水利局局长刘虎，我有过几天的深扎人民经历。除此之外，南疆在我记忆里非常淡薄。

这回帕米尔高原之行，如同一粒石子落入我心中的情感火山，我爆发了，前所未有地大爆发了！

几乎是夜以继日，报告文学的犁铧翻起“千重浪”，《阳光普照帕米尔》《在北纬39℃》《地震带上那碗甜水》等相继完成。《西部》等文学刊物推出后反响较强烈。一个作家应有的责任得以体现：为楷模立碑,为时代铸魂。

这时喜讯传来，《一步千年》获新疆新闻奖副刊一等奖、中国报纸副刊精品一等奖。在自信和使命感的驱使下，我构思了长篇报告文学《太阳迟落的高原》。没有想到的是，这部作品居然获得中国作家协会2023年重点作品扶持项目，新疆仅三部。

现在，我惴惴不安地献上这部作品，希望读者喜欢。

作　者

2025年4月于乌鲁木齐